10
18

12, AVENUE D'ITALIE. PARIS XIIIᵉ

JEAN-FRANÇOIS PAROT

LE SANG
DES FARINES

**10
18**

« *Grands Détectives* »

dirigé par Jean-Claude Zylberstein

JC LATTÈS

Du même auteur
aux Éditions 10/18

Les enquêtes de Nicolas Le Floch,
commissaire au Châtelet

L'ÉNIGME DES BLANCS-MANTEAUX, n° 3260
L'HOMME AU VENTRE DE PLOMB, n° 3261
LE FANTÔME DE LA RUE ROYALE, n° 3491
L'AFFAIRE NICOLAS LE FLOCH, n° 3602
LE CRIME DE L'HÔTEL SAINT-FLORENTIN, n° 3750
▶ LE SANG DES FARINES, n° 3960

À André et Théia Ross

LISTE DES PERSONNAGES

NICOLAS LE FLOCH : commissaire de police au Châtelet
LOUIS LE FLOCH : son fils, collégien
M. DE SARTINE : ministre de la Marine
LE NOIR : lieutenant général de police
M. ALBERT : son successeur
PIERRE BOURDEAU : inspecteur de police
M. DE SAINT-FLORENTIN, DUC DE LA VRILLIÈRE :
    ministre de la Maison du roi
COMTE DE VERGENNES : ministre des Affaires étrangères
BARON DE BRETEUIL : ambassadeur de France à Vienne
M. TESTARD DU LYS : lieutenant criminel
ABBÉ GEORGEL : secrétaire d'ambassade à Vienne
CHEVALIER DE LASTIRE : lieutenant-colonel
JACQUES MOURUT : maître boulanger
CÉLESTE MOURUT : sa femme
EULALIE, dite LA BABINE : leur servante
HUGUES PARNAUX : apprenti
DENIS CAMINET : apprenti
ANNE FRIOPE : apprenti
LE PRÉVÔT DE BEAUMONT : ancien secrétaire du clergé de
    France
MATISSET : traitant
PÈRE MARIE : huissier au Châtelet
TIREPOT : mouche
RABOUINE : mouche
AIMÉ DE NOBLECOURT : ancien procureur

MARION : sa cuisinière

POITEVIN : son valet

AWA : sa cuisinière

CATHERINE GAUSS : ancienne cantinière, servante de Nicolas Le Floch

GUILLAUME SEMACGUS : chirurgien de marine

COMTE D'ARRANET : lieutenant général des armées navales

AIMÉE D'ARRANET : sa fille

TRIBORD : leur majordome

M. DE GÉVIGLAND : médecin

THIERRY DE VILLE D'AVRAY : Premier valet de chambre du roi

M. DE LA BORDE : son prédécesseur, devenu fermier général

CHARLES HENRI SANSON : bourreau de Paris

NICOLAS RESTIF DE LA BRETONNE : publiciste, écrivain

MAÎTRE VACHON : tailleur

JACQUES NIVERNAIS : savetier

JUSTIN BELHOME : archiviste au siège de la Compagnie des Indes

LA PAULET : tenancière de maison galante

LA GOURDAN : tenancière de maison galante

COLETTE : sa servante

I

LE SECRET

« Car toute cette brume maintenant tendue
devant tes yeux émousse ton regard et à
l'entour épaissit ses vapeurs. »

VIRGILE

Jeudi 2 mars 1775

Nicolas considérait avec étonnement le ramas de sarco-
phages qui jonchait le sol de la crypte des Capucins. Ce
tableau éteint de métaux, oxydés pour certains ou encore
éclatants pour d'autres, le poignait comme la pensée d'un
naufrage. Le plomb, le zinc et l'argent dominaient et leurs
teintes noircies recueillaient par endroits un peu de la
lumière glauque issue d'étroites ouvertures en s'irisant
des couleurs du prisme. Partout des têtes et des ossements figurés, des formes d'épouvante, des couronnes et
des sceptres abattus. Dans une odeur humide de moisi
et de chandelle froide, un capucin noyé dans sa bure
l'avait introduit dans le panthéon des Habsbourg, passage
obligé de tout visiteur étranger à Vienne. Rien à voir,
songeait-il, avec le caveau des Bourbons à Saint-Denis.
Depuis la mort de Louis XV, il y était descendu à deux

reprises, une fois seul pour y rendre les derniers devoirs à son maître, et l'autre pour y accompagner Madame Adélaïde désireuse de se recueillir devant le petit bâti de briques qui contenait le cercueil de son père. Il avait erré dans la longue salle où, sagement posées sur des tréteaux de fer, s'alignaient les bières austères des princes. Ce lieu auguste possédait un aspect paisible et familial alors qu'ici des figures de cauchemar vous observaient ; cette impression était encore renforcée par le désordre dans lequel ces dépouilles semblaient avoir été disposées au hasard. Adossé à un pilier, il se remémora les événements des derniers mois. Le succès de sa dernière enquête tirant le duc de La Vrillière, ministre de la Maison du roi, d'un fort mauvais pas, avait marqué son retour en grâce auprès de M. Le Noir. Le nouveau lieutenant général de police s'en remettait désormais à lui dans l'ouverture d'esprit la plus totale.

Au début de l'année, il fut chargé d'accompagner l'archiduc Maximilien d'Autriche depuis Bruxelles jusqu'à Paris. Il devait veiller non seulement à la sécurité du prince, voyageant incognito sous le nom de comte de Burgau, mais aussi s'assurer que les honneurs militaires lui seraient rendus dans les places traversées avec tout le respect et les égards dus à un frère de la reine. Le jeune archiduc, qui s'était entiché de lui, avait demandé qu'il l'accompagnât dans ses visites de la capitale. Nicolas fut témoin à cette occasion d'une scène qui réjouissait encore tout Paris : M. de Buffon, recevant l'illustre visiteur, lui avait fait hommage d'un volume de son *Histoire naturelle* que l'autre avait refusé en indiquant poliment « qu'il ne voulait pas l'en priver ». Chacun éclata en apprenant ce trait de candide ignorance. La visite de son frère conduisit la reine à un pas de clerc qui lui valut ses premières marques d'impopularité : en raison du statut incognito de l'archiduc, les princes de sang, Orléans,

Condé et Conti, prétendirent qu'il leur devait la première visite. Quelques propos plus que vifs furent échangés à ce sujet entre la reine et le duc d'Orléans, lequel ne changea point de système. Pendant les fêtes de Versailles dont ils s'étaient eux-mêmes exclus, les princes affectèrent de se rendre à Paris pour se montrer dans les lieux publics et s'y faire applaudir à outrance par le peuple.

Nicolas fut également requis d'aller chercher à l'Isle Sainte-Marguerite un détenu nommé Querelle [1]*, ancien archer garde de la connétablie de France, afin de le mener à Bicêtre pour y être enfermé dans les cabanons de cette prison-hôpital. Accompagné de deux cavaliers de la maréchaussée, il gagna à franc étrier le sud du royaume et prit livraison du détenu. L'homme ameuta par ses plaintes M. de Vergennes, ministre des Affaires étrangères. Nicolas découvrit que M. de Laurens, prévôt général à Aix, lui avait naguère fait confiance et, sur sa bonne mine et l'air de franchise qui paraissait dans ses discours, lui avait consenti sans difficultés une importante avance en louis. Lorsqu'il voulut s'en prévaloir auprès de la trésorerie de la connétablie, celle-ci rétorqua aigrement que, depuis longtemps, l'intéressé avait abdiqué ses fonctions et en usurpait l'uniforme. Le commissaire, poursuivant ses recherches, découvrit que, déjà condamné à Montpellier sept ans auparavant, il se voyait accusé d'avoir soutiré derechef quatre cents livres au consul du roi à Parme, se mettant dans le cas d'être pendu. Enfin, le cardinal de Bernis, ambassadeur à Rome, révélait que le nommé Querelle, multipliant les mauvais coups, s'était spécialisé dans la fabrication d'ordres, de passeports et d'ordonnances forgés avec la dernière habileté.

De retour à Paris, Nicolas retrouvait avec surprise M. de Sartine à l'hôtel de police. Il lui apprit qu'en sus du

* Les notes sont en fin de volume. (N.d.É.)

département de la marine, il assurait pour un temps l'intérim de la lieutenance générale de police, M. Le Noir étant accablé d'une maladie de peau. Les nouvelles à la main s'en donnaient à cœur joie en répétant à qui mieux mieux le dernier calembour du marquis de Bièvre : « *Le Noir malade n'a plus la peau lisse…* »

Du côté de la rue Montmartre, calme et régularité prévalaient. Noël réunissait le père et le fils. Ravi et agité, M. de Noblecourt s'évertua pour entourer d'attentions prodiguées ces quelques jours de répit. Une chambre et un petit bureau bibliothèque aménagés dans les combles de l'hôtel constituèrent, avec des livres et des friandises, les étrennes de Louis Le Floch. Le jeune homme ne paraissait guère éprouvé par le régime du collège, mais Nicolas remarqua avec la perspicacité de l'amour paternel que son fils paraissait remâcher quelque tourment. Quels que fussent ses efforts pour donner le change et manifester de mille façons la joie des retrouvailles, son père, sans mettre en doute sa sincérité spontanée, pressentit qu'une blessure secrète avait atteint son but. Il tenta avec délicatesse de le faire parler, supposant tout d'abord que l'exil de sa mère à Londres lui pesait et l'attristait. Louis s'en défendit, soit qu'il souhaitât dissimuler ses sentiments profonds, soit que tout autre objet le préoccupât. Le voyant pourtant disert et souriant dans ses longues conversations avec le vieux procureur et sensible aux gâteries de l'office où Marion et Catherine s'évertuaient à d'alléchantes préparations destinées à lui faire, un temps, oublier les peu ragoûtants brouets du collège, Nicolas n'y voulut plus penser, persuadé de s'être trompé.

Il conduisit son fils à Versailles pour la grand-messe du premier dimanche de janvier. L'enfant ébloui vit passer le cortège du roi se rendant à la chapelle par les splendeurs de la grande galerie. Il s'enorgueillit du salut aimable du souverain à son père ainsi que du sourire de la reine jeté

14

dans un joli mouvement du col. Sur le chemin du retour, il entêta Nicolas de questions sans que celui-ci s'en lassât, heureux et rasséréné de ce bonheur évident. Louis revint exalté et conquis du spectacle de la majesté ; il en fit aussitôt un récit précipité et haletant que la maisonnée, subjuguée, écouta béante. Chacun releva son sens du récit et du détail utile, si conforme au talent de son père. Des parties d'échecs, quelques leçons d'escrime et d'équitation de haute école et d'autres divertissements occupèrent le reste de cet intermède. Louis repartit, serein en apparence, bardé de paquets, de recommandations et d'une provision considérable de cotignac. Nicolas, rassuré, se promit cependant de veiller sur lui de plus près et de se rendre sans tarder à Juilly pour prendre quelques informations auprès des oratoriens.

De fait, la passion amoureuse possédait tout entier le commissaire ; elle dominait sa vie. Il s'y était jeté à corps et à cœur perdus. Sa situation particulière d'aristocrate pourtant proche du peuple, l'existence d'un enfant naturel et la nature de ses fonctions auraient pu l'inciter à nourrir d'excessifs scrupules. Or, il menait sa liaison avec Aimée d'Arranet à longues guides, moins soucieux des convenances qu'il aurait supposé. Il faillit au début ne pouvoir se départir d'une réserve et d'une inquiétude qui visaient davantage la réputation de la jeune femme que la sienne. Avec prudence, il s'en ouvrit à sa maîtresse qui se moqua, le bouscula, le houspilla, le couvrit de caresses et lui ferma la bouche d'un baiser. Quant à l'amiral d'Arranet, pris par ses nouvelles tâches auprès du ministre de la Marine, il le recevait toujours avec la même paternelle bienveillance, ne laissant rien paraître de son sentiment sur ce qui eût semblé éclatant aux yeux du moins suspicieux des pères. Ayant consenti depuis longtemps de lâcher la bride à une enfant qui, par sa tendresse impérieuse, lui imposait ses volontés, il avait d'évidence pris son parti, sans préjugés.

D'ailleurs Nicolas n'était-il pas le fils du marquis de Ranreuil, et chacun, Sartine le premier, ne chantait-il pas autour de lui ses louanges ? Que pouvait-il souhaiter de mieux pour sa fille ? Son vieux cœur ayant vu beaucoup souffrir s'attendrissait devant ces enfants qui semblaient si heureux ensemble et l'entouraient de leur gaieté.

Quant au cénacle de la rue Montmartre, Noblecourt, Semacgus, Bourdeau et La Borde, qui l'avait connue enfant, il était tombé sous le charme de la coquine. Le procureur s'épanouissait en grande perruque Régence lors de ses visites et Semacgus le taquinait, s'écriant qu'il croyait voir le grand roi batifoler avec la petite duchesse de Bourgogne. Elle avait asservi bêtes et gens, y compris, ce qui était un succès, Marion, Catherine et Poitevin. Quant à Cyrus et Mouchette, ils lui faisaient cortège et, familiers, ne la quittaient pas, couchés à ses pieds. Tout à la fois savante, sérieuse, mutine ou luronne, elle tenait sa partie avec un appétit de connaissances et de la bonne chère qui avait conquis cette société d'hommes. En secret, les uns et les autres se félicitaient de voir cette jeunesse insolente effacer enfin le souvenir maléfique de Mme de Lastérieux. Même Bourdeau, pourtant si ombrageux pour tout ce qui approchait Nicolas, avait baissé ses défenses et se multipliait en égards. Le commissaire s'affermissait dans son bonheur. L'ardeur et la fougue des retrouvailles dans de discrètes auberges de campagne ne le cédaient en rien à celles qui précédaient les séparations, tant les deux amants souhaitaient profiter de ces moments volés au temps. Ainsi, Nicolas, mesurant l'incertitude de leur avenir et dans l'impossibilité de l'envisager au-delà de la présente occurrence, s'abandonnait au destin en goûtant la félicité de posséder une femme qu'il pouvait sans réticence aimer et estimer.

Soudain, il fut tiré de cette longue réflexion par une ombre interposée entre lui et la lumière déclinante qui tombait dans le caveau par d'étroites ouvertures. Un homme mince en habit bourgeois, perruque poudrée et chapeau sous le bras, le considérait avec un air à la fois investigateur et ironique. Nicolas nota, en dépit du contre-jour, les yeux clairs, la bouche serrée et un peu cruelle et l'air de tristesse surmontée :

— Monsieur, dit-il dans un français légèrement accentué[2], vous êtes étranger et ce lieu paraît vous inspirer.

— Je le suis en effet, répondit Nicolas en s'inclinant avec la naturelle courtoisie que ce traitement poli appelait. Il incite à la méditation sur le mystère du temps et la fragilité humaine.

L'inconnu se redressa dans une attitude un peu théâtrale et d'une raideur toute militaire.

— Je vois, philosophe, donc français ! Que dit-on à Paris de la nouvelle reine ?

— Elle enchante ses sujets.

— On rapporte à Vienne qu'elle les enchaîne surtout à ses traîneaux dont elle a beaucoup usé par ce rude hiver pour courir à ses divertissements et au bal de l'Opéra.

— Les traîneaux de la reine sont acclamés du peuple auquel elle dispense ses aumônes sans compter.

Le ton se fit un peu grinçant.

— Mais encore, monsieur ? Je sais les Français propres aux compliments, excessifs, et aussi prompts aux retournements d'humeur. Chez vous le moindre succès n'a d'avenir qu'autant que le commun le veut bien maintenir. Peu de peuples sont aussi versatiles que le vôtre. N'appelait-on pas votre précédent roi « le bien-aimé » ? Son convoi n'en fut pas moins hué et insulté par la populace lors de son dernier voyage.

— Il a pu compter sur ses fidèles ; tous pleurent un bon maître.

— Vous en fûtes, monsieur ?

— J'eus l'honneur de le servir.

— Le nouveau souverain bénéficie-t-il de leur allégeance ?

— Certes, monsieur. Le Français a la religion de la monarchie chevillée à l'âme. Notre fidélité est notre honneur, soyez-en persuadé.

— Bien, bien, monsieur, loin de moi l'idée de vous offenser. C'était affaire de parler.

Ils demeurèrent immobiles dans un silence pesant, puis l'homme salua et se retira. En sortant, Nicolas interrogea le capucin afin de savoir s'il connaissait l'inconnu. Celui-ci releva la tête, dévoilant une barbe mitée, il ne comprenait rien au français. Le latin fut essayé. Le moine s'inclina, l'air effrayé.

— *Imperator, rex Romanorum.*

Ainsi le commissaire Le Floch comprit qu'il venait de parler avec Joseph II, empereur d'Autriche et frère de Marie-Antoinette. La rencontre était-elle fortuite ou savait-il qui était Nicolas ? La chose était peu vraisemblable. Il s'en voulait pourtant de ne l'avoir point reconnu. Il ne disposait que d'une note d'un commis de M. de Vergennes. Elle rappelait que Joseph II exerçait le pouvoir conjointement avec Marie-Thérèse, qui le consultait sans pourtant lui abandonner la moindre autorité. On le disait irrité de cette sujétion et enclin, pour secouer le joug de son inutilité, à voyager dans ses futurs États. N'aimant ni le faste ni la représentation, il excellait à se dépouiller du plus pesant dans ses dignités pour ne paraître qu'en simple particulier ; ainsi avait-il surgi devant Nicolas. On le disait charmeur dans une conversation ouverte, habile à favoriser le choc et la combinaison des idées d'où jaillissaient, selon lui, les étincelles de la vérité. Cette propension au débat ne poussait cependant pas jusqu'à tolérer certaines familiarités. Pour soucieux qu'il fût d'écarter les entraves, l'autocrate perçait aisément sous l'honnête homme.

Le commissaire apprécia l'air froid d'un hiver qui durait et s'assit, après avoir dégagé la neige, sur les marches de la Donnerbrunnen, fontaine surmontée d'une effigie de la Providence et au socle entouré de *putti*. Un cicérone improvisé flairant l'étranger lui indiqua, tout en veillant à n'être point entendu, que les quatre statues représentant les affluents du Danube, jugées impudiques dans leur nudité, avaient été retirées sur ordre de l'impératrice. L'inconnu y gagna quelques piécettes avant que Nicolas ne replonge dans sa rêverie. Sa présence à Vienne le surprenait encore et il se remémora l'étrange concours de circonstances qui l'y avait conduit…

Deux semaines auparavant, tout s'était précipité. Sartine l'avait convoqué et entraîné dans son carrosse, silencieux et perdu dans ses pensées jusqu'au mutisme. À l'hôtel des Affaires étrangères, Vergennes, le ministre, les recevait aussitôt. L'homme au long visage, aux bajoues couperosées et aux yeux pétillant d'une ironie amusée, avait froidement salué Nicolas comme une vieille connaissance. Sartine, ouvrant la séance, rappela que le commissaire était initié de longue main au secret du feu roi. Sans préalables superflus, il répéta ce qu'il avait confié au commissaire l'automne précédent. L'abbé Georgel, secrétaire du prince Louis de Rohan, ambassadeur à Vienne, avait découvert que le secret de la correspondance était traversé par le cabinet autrichien. Un mystérieux intermédiaire masqué lui en avait fourni l'éclatante confirmation et d'indiscutables preuves matérielles. Cela corroborait les renseignements dont Versailles disposait sur ce réseau d'interception qui, outre les États patrimoniaux des Habsbourg, tissait sa toile sur la mosaïque des innombrables principautés de l'empire. Chaque relais de poste possédait une officine expérimentée. Leurs servants faisaient preuve d'une habileté diabolique pour pénétrer les systèmes les plus ingénieux. Or le nouvel ambassadeur à Vienne, le baron de Breteuil, ne parvenait pas à obtenir de l'abbé Georgel les informations nécessaires sur le transfuge en question. Vergennes s'était alors adressé à Nicolas.

— Songez, monsieur, que la logique de ce tiercelet de prêtre n'est pas la mienne. Il m'accable de dépêches contradictoires, se dit détenteur de la confiance du prince de Kaunitz[3]. Comme si la confiance pesait de quelque poids dans ces affaires-là ! Celui-ci se répandrait en confidences. Je sais par expérience ce que vaut l'aune de ces épanchements des grands. Ils gagnent par ce moyen le cœur des naïfs et font passer le chiendent pour de l'avoine.

Il s'était levé et marchait à petits pas pressés.

— Je me plains, oui je me plains de ce monsieur dont la délicatesse s'alarme dès que je réclame de plus grands éclaircissements sur ses activités et ses liaisons occultes. Aussi, monsieur, vous saurais-je gré de me faire, autant que vous y parviendrez, rapport sur ce mystérieux interlocuteur de notre abbé. De surcroît, la correspondance et sa sincérité n'étant plus assurées…

Il soupira.

— … cela, hélas, dans tous les cas, car les hommes sont corruptibles… Veillez à me rapporter, avec l'aide de Breteuil, un mémoire sur les agrandissements récents de l'empire, en Moldavie notamment : ses limites, le nombre et la nature des troupes qui les couvrent et d'autres circonstances de cette espèce qu'il me serait agréable de devoir à votre zèle et qu'il aurait été à la portée de l'abbé de se procurer s'il ne les avait pas jugées indifférentes à sa gloire.

Il s'adressa à Sartine :

— Il vous reviendra, monsieur le comte, de peaufiner le détail de tout cela avec le commissaire qui voyagera, à cette occasion, sous son nom de marquis de Ranreuil. Je vous abandonne le soin de lui révéler ce que nous avons décidé. Un crédit illimité est ouvert dans mes bureaux. Que l'on songe aux passeports…

De retour à Paris, les deux hommes s'étaient mis au travail sans désemparer. Sartine, précautionneux lorsqu'il se plongeait lui-même dans le détail d'une affaire, lui découvrit le choix arrêté pour servir de prétexte à ce déplacement. Le baron de Breteuil n'avait pu, faute d'achèvement à la manufacture, emporter dans son bagage un buste en sèvres de la reine destiné à sa mère. Nicolas serait chargé de le convoyer et de le remettre à son auguste destinataire. Pour donner plus d'éclat et de véracité à cette mission, un officier lui serait adjoint, le chevalier de Lastire, lieutenant-colonel. Disposant d'une berline de poste, on mobiliserait Rabouine comme valet et garde du corps. Nicolas hasarda que Bourdeau… Sartine ne voulut rien entendre : il venait de reprendre pied à la lieutenance générale tout en étant requis par les tracas de son département de la marine. L'expérience de l'inspecteur et la totale confiance qu'il lui inspirait en faisaient l'homme de la situation en l'absence du commissaire des affaires extraordinaires.

Nicolas souleva la question de la langue. Ne pratiquant que l'anglais, ses investigations risquaient d'être vaines. Dans ces conditions, il suggéra, et le lieutenant général de police saisit la balle au bond[4], que le docteur Semacgus pourrait être du voyage.

Botaniste émérite, il évoquait souvent son souhait de visiter le jardin d'essai de l'empereur François Ier à Schönbrunn et de rencontrer Nicolaus von Jacquin, élève des Jussieu et célèbre pour ses voyages aux Antilles et en Colombie. Les plantes rapportées de cette expédition ornaient les jardins d'acclimatation impériaux. Cependant, par esprit de contradiction, Sartine lui opposa qu'il ne s'agissait pas d'un voyage d'études. Il changea d'avis en apprenant que le chirurgien de marine parlait parfaitement l'allemand. De surcroît, il savait l'homme de bon conseil et, le cas échéant, d'utile secours. Enfin, il avança une somme importante en louis et des lettres de change sur une banque de la capitale autrichienne. Le lendemain Nicolas parut à la toilette de la reine qui lui fit, comme à l'accoutumée, bon visage, et battit des mains à l'annonce que « *son cavalier de Compiègne* » acheminerait son buste à « *sa chère maman* ». Mercy-Argenteau, ambassadeur impérial présent à l'entretien, l'assura de son appui, offrit ses services et promit des lettres de recommandation qui lui parvinrent le soir même. Il connaissait le commissaire depuis la visite de l'archiduc Maximilien en France. La reine griffonna un petit mot pour Marie-Thérèse qu'elle confia au messager, lui précisant, en pouffant, de garantir à l'impératrice qu'il était bien de sa main. Il se promettait d'élucider ce mystère quand l'ambassadeur le rattrapa dans l'escalier et lui confia, essoufflé, que la reine s'exerçait depuis peu à se former une écriture moins enfantine.

La rue Montmartre s'émerveilla, non sans s'inquiéter de cette nouvelle équipée. Bourdeau, partagé entre le souci de ne pas suivre Nicolas et la satisfaction d'être indispensable à Sartine, finit par se persuader que cette faveur éclatante compensait sa déception. Rabouine sauta de joie et s'empressa de se procurer la livrée convenant à ses éphémères fonctions. Semacgus, empourpré et silencieux, ordonna, dès qu'il apprit la chose, qu'on prépare son portemanteau. Nicolas fit un saut à Versailles pour embrasser Mlle d'Arranet qui le supplia de l'emmener, au point qu'il dut la raisonner et la convaincre de l'incongruité d'une telle proposition. Les préparatifs allèrent bon train. Nicolas médita sur ses *impedimenta*, en particulier les habits, qui devaient non seulement répondre aux circonstances, mais encore aux situations les plus variées.

Avec l'aide de l'inspecteur Bourdeau, il se procura aussi une garde-robe parallèle, choix judicieux de tenues disparates propres aux travestissements. Les cuisinières de la rue Montmartre, Marion et Catherine, et celle de Semacgus, Awa, réunirent leurs efforts afin de pourvoir en abondance les voyageurs de provisions de bouche transportables et de flacons destinés à les arroser. Une malle en osier recueillit, soigneusement rangés, terrines, rillons, andouilles diverses, biscuits et croquignoles et une multitude de pots de terre contenant gelées et confitures. Rabouine avait retenu une berline presque neuve tirée par six chevaux et menée par un cocher et un postillon. Une solide caisse de bois pleine de paille accueillit le buste de la reine soigneusement enveloppé dans un coutil double.

Le mercredi 15 février, par un petit matin glacial, tous se retrouvèrent devant l'hôtel de Noblecourt. Rabouine, en livrée amarante à liserés d'argent à demi dissimulée sous son manteau de calemande, se percha auprès du cocher, le postillon en grandes bottes enfourchant l'un des chevaux de l'attelage. Le chevalier de Lastire, sans âge, la chevelure tirée et tressée, apparut d'emblée comme un bon compagnon. Il portait un manteau de cavalerie d'un rouge brun. Le docteur Semacgus s'enveloppait frileusement dans une cape à col de loutre et son visage disparaissait sous une toque de la même fourrure. Nicolas étrennait une création de maître Vachon, son tailleur, manteau ample à col de zibeline garni de poches multiples. Il avait noué autour de son cou un châle de cachemire qu'Aimée d'Arranet lui avait offert en lui faisant promettre de ne le pas quitter. Il en respirait avec délices le délicat parfum de verveine.

L'or prodigué par Vergennes et Sartine ne serait pas inutile. Cinquante-neuf postes séparaient déjà Paris de Strasbourg et, avec une voiture de cette importance, la dépense, dans les seules limites du royaume, s'élèverait à plusieurs centaines de livres. La route habituelle traversait Châlons, Saint-Dizier, Bar-le-Duc, Nancy, Lunéville, Phalsbourg et Saverne pour les étapes françaises les plus importantes. L'indicateur des Messageries royales consulté signalait en outre qu'à Strasbourg et au cas où l'attelage arriverait après la fermeture des portes, il faudrait payer au maître de poste dix sols par cheval en surplus du prix de la route. Enfin, à Vienne, la location d'une voiture de place, plus maniable dans les embarras des rues, s'imposerait.

Les conversations sur les conditions matérielles du voyage rompirent la glace avec le chevalier de Lastire. Il se révéla un connaisseur éclairé des monnaies et leur distribua de petits vade-mecum de change sur des carrés de papier. Il expliqua doctement qu'un kronthaler autrichien était l'équivalent de vingt-quatre livres, soit d'un louis d'or, que la livre comprenait vingt sols, un sol quatre liards et que, par conséquent, le liard valait un pfennig et enfin que de tout cela résultait... À ce moment-là il s'égara dans son raisonnement, ayant fait apparaître des kreutzer là où des florins auraient convenu. Il finit par tenter de convertir le pfennig en anas des Indes orientales. Semacgus, qui avait navigué sous toutes les latitudes, l'aida sans y parvenir. La compagnie, à laquelle s'était joint Rabouine transi de froid, s'égaya, et le chirurgien en profita pour sortir de dessous la banquette de petites caisses en bois tapissées de tôle emplies de braises. Ces chaufferettes furent bien accueillies et la gaieté redoubla quand il exhiba un pot de chambre de voyage en porcelaine, dans son étui de maroquin, dont le bord doré du plus bel effet fut unanimement loué. Il mit le comble à l'enthousiasme en ouvrant un petit cabaret en bois des Isles, comprenant des verres et quatre couteaux à manche de nacre et à deux lames pliantes, l'une servant de fourchette et l'autre de couteau. Dans ces conditions, ils ne furent pas longs à entamer leurs provisions et l'après-midi se passa dans une sieste digestive.

Les jours s'écoulaient ponctués par les menus incidents du voyage : un cheval déferré, les marches roboratives dans les pentes afin d'alléger le fardeau de la caisse, les sempiternelles et aigres discussions dans les relais pour obtenir les meilleurs attelages, les auberges toujours sales et les invasions de punaises chaque nuit conquérantes. Semacgus avait distribué à ses compagnons de petits pots de pommade odorante de sa confection dans laquelle le camphre dominait au milieu d'autres substances dont il gardait obstinément le secret. Les soupers succédaient aux dîners plus ou moins réussis. Ils conservèrent le souvenir ému d'une ripaille dans l'auberge du Lion d'Or à Vitry-le-François. Des andouillettes de Troyes grillées, toutes luisantes de leur graisse, les avaient mis en bouche avant d'entamer un pâté de lapin dont l'hôtesse expliqua qu'elle en faisait mariner les morceaux dans le vin rouge et l'alcool de quetsche durant plusieurs jours. Son arôme si parfumé venait de n'être point désossé. Le tout était longuement cuit dans une pâte au saindoux dont le centre tel un nombril-cheminée, selon ses propres termes, laissait échapper la vapeur de cuisson. Une terrine de hure complétait ce régal. Un fromage cendré du cru avait ensuite exalté la fraîche alacrité d'un vin nature de champagne. Ils tentèrent d'obtenir le secret de sa fabrication tant ce délice corsé les séduisit, en vain. L'hôtesse précisa seulement que ce fromage était lavé à grande eau avec une brosse avant d'être servi, ce qui accrut d'autant le mystère.

Pour couronner le festin, on apporta un plat de roussettes, losanges de pâte frite et sucrée, gonflés et légers. Semacgus déclara qu'ils accompagneraient à merveille une omelette de sa façon. Il bondit vers l'âtre, saisit une vingtaine d'œufs, prétendit que c'était bonne proportion pour quatre appétits honnêtes et, en un clin d'œil, les cassa et sépara les jaunes des blancs. Les premiers furent mélangés à la fourchette avec du sucre, et les seconds montés en neige au fouet. Les deux masses délicatement incorporées l'une à l'autre avaient été versées, avec mille précautions, dans une gigantesque poêle où grésillait un beurre blond. Sous l'effet de la chaleur, et aux yeux étonnés de l'assistance, les œufs ainsi préparés avaient gonflé de manière prodigieuse. Semacgus sucrait d'abondance, puis, sortant de sa poitrine un flacon de vieux rhum, il en versa une large partie dans un poêlon pour le chauffer. Il fit glisser l'omelette sur un plat dans une odeur de caramel moussant, arrosa avec l'alcool qu'il enflamma en approchant une brindille allumée. La clarté bleuâtre illumina les visages réjouis des convives. Le croustillant des roussettes s'harmonisait avec la douceur suave et relevée par le rhum du soufflé. On n'entendit pendant un long moment que les soupirs de plaisir des quatre voyageurs.

L'hiver perdurait et le froid s'était tellement concentré dans les bâtiments et dans les lieux les mieux calfeutrés que le feu, même ardent et le plus habilement entretenu, ne parvenait pas à les réchauffer. Nicolas nota l'angoisse des paysans rencontrés lors des relais tant l'automne les avait déjà frappés par sa dureté. Une abondance prodigieuse de beaux fruits avait été perdue. Ils craignaient que cette saison rigoureuse ne les exposât au double fléau de la faim et de la ruine. De fait, le givre piquait jusqu'à midi, c'est-à-dire au moment où le soleil adoucissait l'air et faisait fondre la neige et le verglas. La nuit venue les vents du nord se remettaient à souffler, ramenant des nuages chargés de neige. Tout gelait à nouveau jusqu'au lendemain.

À Strasbourg, la ville étonna Nicolas par sa beauté et sa richesse. La cathédrale rose dominant les toits pentus le ravit et lui rappela les descriptions de Catherine Gauss, le soir à l'office, quand elle évoquait son pays natal. Ils firent provision de salaisons, lard, palettes fumées auxquels Semacgus ajouta quelques pots de raifort dont il raffolait. Nicolas leur réserva une surprise. Ayant entendu évoquer par M. Le Noir le pâté de foie gras du maréchal de Contades, il s'en était ouvert à son cuisinier. Celui-ci lui avait révélé que, par ordre de son maître, le secret en était jalousement gardé par Close, cuisinier du maréchal, et normand comme lui. Cette complicité avait fait le reste et ils purent faire leurs délices de ce mets en quintessence, entouré d'une douillette de veau fin haché et recouvert d'une fine cuirasse de pâte dorée et historiée. Un suave *Trottacker* de Ribeauvillé l'accompagna et égaya longuement la soirée.

Le cours du voyage reprit avec une monotonie accentuée par la fatigue et le manque d'exercice. L'observation de paysages inconnus était trop souvent noyée dans les brouillards et les bourrasques de neige. Heureusement le chevalier de Lastire, dévoilant chaque jour de nouveaux talents, savait animer l'assemblée de son insouciante légèreté. La fréquentation assidue des salons parisiens l'avait conduit à adopter leurs petites distractions. Il découpait des silhouettes, faisant surgir avec adresse des chaînes de pantins d'une feuille de papier. Il les multiplia tant et si bien que Semacgus, qui lui avait cédé son papier à lettres, l'arrêta, lui expliquant que le courrier était pesé et taxé à haut tarif au fur et à mesure qu'on s'éloignait de Paris ; il convenait donc de l'économiser et d'écrire sur cette texture spéciale le plus finement du monde et de la manière la plus serrée. Dépité, le chevalier avait sorti son ouvrage, découvrant une autre occupation masculine des cercles à la mode, et brodait, désormais, morose, le motif de ses armes sur un petit tambourin tendu de trame. Sa bonne humeur revenue, il les divertit par le récit de ses campagnes. Il paraissait un peu amer et leur avoua espérer que cette mission à Vienne lui apporterait la récompense de ses services depuis longtemps espérée. On obtiendrait tout ce que l'on souhaite, disait-il, si cela était donné sur le champ de bataille. Hélas, ce qui devait être le prix de la valeur se résumait trop souvent en prétentions non fondées et en intrigues. Le passe-droit dominait dans ce combat de cour et, quelquefois, d'alcôve. Le plus chanceux était trop souvent celui qui avait à peine entendu le bruit du canon. Ils s'évertuèrent à consoler cet homme déjà mûr qui voyait les honneurs s'éloigner et Semacgus ouvrit un flacon afin de trinquer à ses succès futurs.

Après les étapes de Salzbourg et de Linz, leur voiture, couverte de neige et menée par deux fantomatiques ombres blanches, franchissait en fin de matinée du mercredi 1er mars, jour des Cendres, la vieille enceinte de remparts, de tours et de bastions et entrait dans Vienne. Corsetée dans ses murailles, elle apparaissait comme une petite ville entourée d'un vaste glacis sur lequel des faubourgs commençaient à prendre forme. Lastire leur expliqua que cet appareil fortifié avait été élevé sur les ruines provoquées par le dernier siège turc de 1683. La première impression cédait vite à l'admiration devant le nombre et la splendeur des édifices, palais, églises et monuments. Le luxe et l'opulence s'affirmaient dans l'apparence des maisons aux façades sculptées et décorées et dans la richesse de boutiques reflétant une vie brillante. Pourtant ils ne pouvaient s'empêcher de jeter sur cette capitale d'empire le regard dépréciateur des Parisiens blasés, la jugeant un peu provinciale ; tant et si bien que Semacgus se moqua de leurs commentaires, les engageant à éviter ce travers propre aux Français. Il fallait, disait-il, « *changer sa clef de sol quand on abordait une terre étrangère en la considérant sans préjugés et sans comparaisons* ».

Nicolas, toujours collectionneur de silhouettes, regardait avec avidité d'étranges figures dont la vêture rappelait la diversité des peuples qui composaient l'empire et le voisinage de ses possessions avec la Sublime Porte. Le Bœuf d'Or, auberge recommandée par l'ambassadeur d'Autriche, située Seilergasse en plein cœur de la cité, les surprit par sa splendeur et sa propreté. Nicolas estima que l'établissement pouvait rivaliser avec les meilleures enseignes de Paris : l'Hôtel du Parc Royal, rue du Colombier, et celui de Luynes dans le faubourg Saint-Germain.

Le lendemain, chacun se dispersa au gré de ses préférences, un peu de solitude s'imposant à tous. Nicolas courut entendre la messe à la cathédrale Saint-Étienne tandis que Semacgus se précipitait à Schönbrunn visiter les jardins et les serres en dépit de la neige. M. de Lastire préférait se prélasser sous un édredon de plumes en fumant une pipe, les yeux rêveurs et fixés sur les solives du plafond. Rabouine enfin s'occupait à louer une voiture de place. Nicolas avait erré une partie de la journée avant que la modeste entrée du caveau des Capucins ne l'attire…

La nuit tombait sur la place et le froid se faisait plus vif. Il regagna l'hôtel à quelques rues de là. Ses compagnons semblaient tous épuisés, comme si la fatigue accumulée du voyage les écrasait soudain. Une soupe aux pois secs et un plat de charcuterie accompagné d'un pain noir fort parfumé et de bière ambrée leur servit de déjeuner. Silencieux, ils se retirèrent dans leurs chambres sans autre forme de procès.

Vendredi 3 mars 1775

De bon matin, Nicolas quitta Le Bœuf d'Or pour rallier la résidence de l'ambassadeur du roi à Vienne. Sa voiture avait bonne allure et Rabouine en livrée se tenait fièrement juché sur l'arrière de la caisse. La majesté du bâtiment marquait le faste par lequel le prince Louis avait illustré sa mission. Il fut aussitôt introduit chez le baron de Breteuil dans un vaste bureau tendu de damas rouge. Au milieu de meubles surdorés, de laques et de vases de Chine, un homme en habit feuille-morte et grande perruque surannée l'attendait. Il était de taille moyenne, corpulent, un visage ferme et énergique aux yeux grands et bien fendus. Un nez fort surmontait une bouche mince, aux coins curieusement relevés, soulignée par deux profonds plis d'amertume. Nicolas songea à ne pas se fier à cet air débonnaire. Ils s'étaient croisés chez le feu roi quelques années auparavant et il avait pris la mesure du personnage. Il le trouva vieilli, le temps ayant fait son œuvre. À peine échangés de cérémonieux saluts que l'ambassadeur, un doigt sur la bouche, lui intima silence. Le prenant par le bras, il l'entraîna par une porte dérobée dans un petit couloir obscur. Ils franchirent ainsi plusieurs portes que Breteuil fermait soigneusement à clef derrière lui pour arriver à ce qui parut à Nicolas un réduit de garde-robe sans autre meuble qu'une chaise percée en cuir de Cordoue, un escabeau et une fontaine d'argent. L'ambassadeur s'assit et invita son hôte à l'imiter. Un demi-sourire éclairait son visage sévère.

— Pardonnez, monsieur le marquis, cet accueil pour le moins étrange, mais je ne suis jamais à court d'excès de précautions. Tel que vous me voyez, je ne suis assuré ni des serviteurs que m'a laissés mon prédécesseur, ni de ceux que je m'évertue à recruter moi-même. Mes gens rapportent, je n'y puis rien. Venons-en à votre mission dont je suis parfaitement au fait. Nous pouvons nous entretenir en toute sécurité dans ce lieu retranché dont j'ai vérifié la discrétion. Ne vous ai-je pas rencontré jadis lors d'un souper dans les petits appartements ?

— Si fait, monsieur l'ambassadeur. Nous avions parlé de vos collections de chinoiseries avec M. de La Borde.

Breteuil sourit et cela le rajeunit. Nicolas songea à Sartine.

— Le feu roi vous appréciait…

Il soupira.

— Le secret est donc traversé, et depuis des mois. Il est vrai que notre nouveau maître paraît bien réticent à prendre la suite et à restaurer le mouvement…

La question n'appelait que le silence qui dura un moment.

— Que savez-vous de l'abbé Georgel ?

Nicolas rappela en termes mesurés ce que Vergennes lui avait révélé.

— C'est suffisant pour les grandes lignes, il vous reste à apprendre le détail. Sachez que, dès mon arrivée, j'ai remis à l'abbé, en l'assurant de ma bienveillance, une lettre du ministre qui l'engageait à me faire connaître l'homme qui s'est livré à lui. Aussitôt, il a élevé des constructions fort argumentées, que rien ne pourrait déterminer cet intermédiaire à prendre confiance en moi, qu'il s'agissait d'une affaire d'honneur, c'est à peine s'il n'a pas excipé du secret de la confession !

— Je présume que là n'était pas votre dessein ?

— Justement ! Il ne s'agissait nullement de consulter l'homme en question ! Qu'aurais-je à faire, moi Breteuil, avec un tel faquin ? Mais il était du devoir de Georgel, chargé des affaires du roi, de ne point dissimuler son nom ni les moyens de rapport établis avec lui à moi, l'ambassadeur qui entrait en fonctions. Rien à faire, rien ! Des arguties… de faibles prétextes ! L'homme ne s'était jamais dévoilé, il ignorait son vrai nom tout en s'obstinant à celer le prétendu, les voies tierces qui lui servaient de canal n'existaient plus, et que sais-je encore ? À la suite de mes objurgations, il m'a fait espérer être bientôt en état de remédier à tout ce qui lui manquait pour m'assurer ce moyen. J'ai laissé s'écouler quelques jours avant que de lui rappeler sa promesse. Il m'a demandé un nouveau délai.

— Que vous lui avez accordé ?

— Certes non ! J'imagine que vous jugez comme moi sa démarche intolérable. J'avoue que je n'aurais jamais cru qu'il pouvait passer par la tête d'un homme employé par le roi de se croire en droit de taire quelque chose intéressant son service dès lors qu'on le somme de le dire. Le zèle obstiné d'un tel ouvrier est pour le moins suspect.

— Comment expliquez-vous cette coupable réticence ?

— L'homme n'a ni honneur ni principes. Ce petit collet a été lancé fort jeune dans un monde pervers. Mme Geoffrin, cette précieuse philosophe, se trouva bien de faire son éducation. C'est chez elle qu'il puisa cette aisance artificielle que l'on ne saurait acquérir qu'à la cour ou…

Il sourit à nouveau en fixant Nicolas.

— … de naissance. Depuis le départ du prince Louis…

Un rictus méprisant, presque haineux, s'afficha sur le visage de Breteuil. Nicolas se souvint que l'ambassade de Vienne lui avait échappé à la chute de Choiseul et qu'Aiguillon avait désigné Rohan.

— … il s'est cru en place et s'est laissé corrompre par des illusions qui le flattaient. Il s'est persuadé être l'homme de la situation, l'homme en crédit. L'empereur et Kaunitz favorisent cette prétention, mais l'éclat importun du personnage ne m'en impose guère. Je l'ai congédié : il part dans quelques jours, le 7 ou le 8. J'ignore si ce délai suffira pour vous permettre de démêler cette affaire. J'ai pourtant tout tenté pour le convaincre, oui, tout !

Le ton persuadait Nicolas que Breteuil avait déployé toute son autorité et même au-delà. D'expérience, il savait pourtant que ni les voies de la douceur non plus que la violence, ni l'appel au devoir d'État, ni le respect de l'autorité, ne peuvent rien sur les gens de cette robe lorsque leurs passions veulent se satisfaire. D'évidence, Georgel était mû par d'autres intérêts dans le cas où il ne travaillerait pas, en jésuite, à la plus grande gloire de son ordre. L'affaire prenait mauvaise tournure et le congédiement tombait mal. Il n'y avait là ni facilités ni recours, or c'était justement dans les commencements, comme le rappelait souvent M. de Noblecourt, « *que les secours extraordinaires sont le plus nécessaires !* ».

— Voulez-vous, monsieur le marquis, loger chez moi ? Avec votre... suite, bien entendu. Au fait, apportez-vous le sèvres destiné à l'impératrice-reine ?

— Oui, et il est fort ressemblant à son illustre modèle. Je suis également porteur d'une lettre de Sa Majesté à son auguste mère.

Le visage de Breteuil s'éclaira et il joignit les mains dans un geste théâtral d'adoration qui semblait remercier le destin.

— Ainsi, grâce à votre zèle et à votre entregent, nous aurons une nouvelle audience au palais. Avez-vous été présenté à la reine ?

— Dès son arrivée en France, en 1770, à Compiègne où j'accompagnais le roi et le dauphin.

Breteuil n'en saurait pas plus. Nicolas se garda d'orner d'aucun détail une phrase qui en disait si long. Avec les hommes de cour il avait appris à ne jamais sortir du mystère. Intriguer l'interlocuteur de son laconisme et ne jamais répondre aux questions qui n'étaient pas posées lui servait souvent de bouclier. Il prit un air assez cafard et baissa les yeux avec modestie, riant en lui-même de sa malice. C'était un point marqué, une main dont il emportait la mise, et sur un rude joueur. Béat, M. de Breteuil savourait cette suite d'heureuses nouvelles. Nicolas trouva le moment bien choisi pour aborder l'autre aspect de sa mission à Vienne.

— Puis-je compter, monsieur l'ambassadeur, sur votre aide pour rapporter à M. de Vergennes les éclaircissements demandés à propos des extensions de l'empire qu'il souhaiterait recevoir par une voie moins exposée ?

Breteuil le considéra d'un air sévère. La question abordait un terrain où il estimait être le maître.

— Outre les demandes du ministre, nous préparons une dépêche sur la Moldavie et une, également, sur des troubles en Bohême dont l'écho est parvenu jusqu'à Vienne. Reste le problème de savoir comment procéder pour les transmettre sans risque… Votre lettre de courrier ne vous sera d'aucun secours… On ouvre les sacs d'autorité, on fouille, on saisit. Nous protestons et le prince de Kaunitz déplore, en chassant les mouches, la maladresse de ses agents. Il ne se multiplie guère en regrets, à ce que me rapportent les ministres des autres cours étrangères. Entre-temps, le mal est fait ! Comment comptez-vous procéder ?

— Vous me permettez de garder le silence là-dessus.

— Les papiers seront chiffrés, mais nous savons, hélas, ce qu'il advient de nos codes.

Soudain, il se précipita pour ouvrir une porte faisant face à celle par laquelle ils étaient entrés. Nicolas perçut quelques paroles vives et l'ambassadeur réapparut le teint empourpré et l'air fort crêté.

— Que vous disais-je ! Voyez comme je suis entouré d'espions et de sicaires. Ce maroufle de valet tentait de traverser nos propos. Renvoyez-le, vous entends-je penser. Hélas, le prochain serait pire ! Heureusement que la porte est matelassée. Le prince Louis recevait en ces lieux ses greluchonnes travesties en abbés… Et pour qui tout cela ? Au profit de qui ? Rohan, d'Aiguillon et leur suite, sans aucun doute. Le cabinet autrichien par-dessus le marché et peut-être même les redoutables de Sans-Souci[5].

Il reprit souffle.

— Monsieur le marquis, je compte sur votre zèle, votre passé plaide pour le succès de nos affaires. Je vous ferai connaître le jour et l'heure de l'audience que je vais, sans délai, solliciter de Sa Majesté impériale et royale. Au fait, pour trouver Georgel, vous n'aurez pas grand chemin à faire. Il loge au Bœuf d'Or, ayant repoussé avec hauteur mon invitation à l'héberger.

Ils reprirent à l'envers le chemin parcouru dans le dédale des couloirs jusqu'au bureau de l'ambassadeur. Celui-ci le reconduisit jusqu'au palier avec cérémonie, pérorant à haute voix sur la chronique des comédiennes de Paris et sur la rigueur de l'hiver.

Dans sa voiture, Nicolas dressa le bilan de cette entrevue. C'était déjà un succès d'avoir réussi à amadouer Breteuil, réputé d'abord rugueux. Il avait cependant suspecté sous la dorure des paroles et la souplesse du diplomate une volonté mal dissimulée de s'imposer. Nicolas lui était utile et même nécessaire et les accointances du commissaire de nature à ne pas être insoucieusement dédaignées. Maintenant il lui fallait entendre l'abbé Georgel, autre instrument du duo discordant constitué avec l'ambassadeur. La tâche lui était facilitée : il savait où le trouver. Il pressentait que le dialogue serait plus malaisé avec un homme qui ne reculait pas devant le risque de s'attirer les mauvaises grâces de son chef et de son ministre. Cela choquait en lui l'homme du roi, mais il comprenait que celui-là se sentait appuyé par la réputation de son ordre et assuré du soutien de la puissante famille des Rohan et de toute sa séquelle.

De retour au Bœuf d'Or, trouver l'abbé Georgel fut un jeu d'enfant. Il dégustait un chocolat et des gâteaux dans l'un des salons de l'auberge. Par le jeu d'une glace qui couvrait un mur, il put l'observer à loisir avant de l'aborder. L'homme, de petite taille, chevelure frisée et poudrée, portait avec élégance un habit noir avec un rabat discret qui tenait plus de la cravate que de la parure d'un prêtre. Des yeux clairs, une bouche mince resserrée entre deux plis dissymétriques et un curieux haussement d'épaules involontaire offraient un ensemble net et sans joie. Il approcha.

— Puis-je, monsieur l'abbé, troubler votre collation ? Permettez que je me présente…

L'homme le fixa avec froideur alors que se multipliaient les mouvements de son épaule.

— Vous êtes le marquis de Ranreuil, plus connu, je crois, sous le nom de Le Floch, commissaire de police au Châtelet.

En apparence, l'intéressé ne marquait en rien que cette rencontre inattendue dût l'émouvoir. D'évidence, l'abbé était déjà informé de tout. Il sentit une menace s'appesantir.

— Allons, vous ne croyez pas, vous savez ! Cela simplifie ma tâche.

Un mince sourire crispé s'esquissa.

— Prenez place, monsieur le marquis. Le chocolat est fouetté à merveille, en prendrez-vous une tasse ?

— On ne saurait résister à une invitation formulée de si gracieuse manière, dit Nicolas en s'asseyant.

Il avait choisi le ton le plus léger. Donnerait-il suffisamment le change pour désarmer la méfiance tangible de son interlocuteur ? L'abbé s'était tu. Nicolas voulait savoir jusqu'où allaient ses informations. Rien ne venant, il força le destin.

— Je présume que vous n'ignorez pas pourquoi je suis à Vienne ?

— Vous présumez bien ! Il s'agit, je crois, de remettre un buste de sèvres à la reine de Hongrie, présent de notre souveraine, sans oublier le poulet de la fille à la mère.

Nicolas se contint. Il n'appréciait ni le ton ni la forme, qu'il tenait pour intolérables.

— Vous êtes bien informé.

Il revoyait la scène à Versailles. Étaient présents la reine, l'ambassadeur Mercy-Argenteau et quelques dames d'honneur. Toutes les possibilités de fuite étaient réunies. Sans doute était-il informé par les Rohan.

— Alors, monsieur l'abbé, inutile de m'étendre sur le but réel de ma mission : vous rencontrer, et m'enquérir auprès de vous, sur instructions de M. de Vergennes, des raisons pour lesquelles vous refusez d'informer votre ambassadeur dans la question grave que vous savez...

Il n'était plus temps de finasser. Il lui semblait que Georgel accusait le coup.

— Monsieur, répondit-il, comment pourrais-je croire en votre équanimité ? Vous sortez de la résidence de France. Nul doute que l'homme qui s'y calfeutre a chanté mes louanges. Qu'aurais-je à opposer à ce haut et puissant personnage dont l'éclat usurpé tient de la happelourde, cette pierre au scintillement sans valeur ? Me croirez-vous ? M'écouterez-vous ? Me prêterez-vous une oreille bienveillante après tout ce qui a été distillé et glosé sur ma bonne foi ?

— C'est, monsieur, me faire le plus mauvais procès du monde.

— Je vais vous énoncer quelques vérités : je pouvais espérer un autre traitement, ma situation est en effet trop flatteuse pour en perdre l'espérance sans regret. Mais au fond, en dépit des agréments dont je jouis à Vienne, j'aspire au moment de reprendre mon état premier. La carrière diplomatique n'avait pour moi d'autres attraits que la satisfaction de remplir mon devoir, mon goût ne m'y portait pas. Devais-je, pour autant, être traité comme un laquais qu'on casse aux gages ?

— Je vous entends, cependant le baron de Breteuil déplore votre peu d'ouverture à son égard.

— Quelle injustice ! Alors que j'ai fait tout ce que mon devoir exigeait pour sa présentation à la cour, subissant toutes les avanies de la mise au point d'une entrée solennelle ! Je n'évoquerai pas les visites aux ministres et aux gens en place. J'ai tout déployé à ses yeux : mes sources, mes relais, le détail du caractère et des affections des souverains, les préjugés pour ou contre nous, et j'en oublie. Je l'ai instruit par le menu des liaisons secrètes des ministres de Russie, d'Angleterre et de Prusse, de leurs démarches tortueuses pour diminuer notre influence et du fil de toutes les négociations particulières qui tiennent à nos intérêts. Que voulez-vous de plus ?

— Et qu'advint-il ? Ne manifesta-t-il point l'appréciation reconnaissante de ce zèle ?

— Au début, il me rendit en effet des propos fort honnêtes. Mais bientôt, il me mit en demeure de lui révéler les moyens que j'employais avec tant de succès pour procurer à Sa Majesté les secrets du cabinet de Vienne. Je ne le pouvais pas. Son arrivée avait tari la source, et comment aurais-je pu retrouver un homme masqué entraperçu de nuit et qui m'avait prévenu que toute tentative pour le reconnaître et le ramener serait en pure perte et dangereuse pour moi ?

— Pourquoi cette réticence alors que, sous le prince Louis, ce commerce amorcé depuis longtemps paraissait si aisé ?

— L'ambassadeur en éprouva une vive colère, tant qu'il s'oublia et se déchaîna contre son prédécesseur, prétendant que j'avais épousé sa fortune et m'assurant

« qu'il saurait un jour se venger, qu'il serait le ministre de Rohan et lui ferait sentir le poids de son autorité ». Je lui répondis, sans sortir des bornes ni des égards que je devais à son caractère, que je ferais connaître à Versailles sa conduite. Le croirez-vous ? Après cette scène, il osa revenir me tympaniser, pensant que je lui pouvais être encore utile.

— Ainsi, constata Nicolas, vous estimez ne lui rien devoir, ni votre estime ni votre entregent, qualités qui, jusqu'à présent, ont permis à notre cour de contrôler les menées du cabinet autrichien. Reste, monsieur l'abbé, qu'à moi-même, venant de bonne foi de la part de votre ministre, vous devriez consentir à m'aider. Il va de soi que, dans ces conditions, je me constituerais à Versailles votre avocat le plus dévoué.

Le mot malheureux lui avait échappé ; il s'en mordit aussitôt les doigts. L'abbé sursauta sous l'injure. Il jeta sa cuillère dans une jatte de crème battue et s'en éclaboussa l'habit.

— Avocat ? Avocat ! Ai-je bien entendu ? Suis-je donc accusé, qu'on veuille ainsi me défendre ? jeta-t-il d'une voix basse et sifflante. Comprenez, vous et les autres, que rien ne sortira de ma bouche, que je n'ai rien à révéler. Dans quatre jours, je prendrai la poste et quitterai à jamais ce lieu d'iniquités.

Il leva les yeux au ciel.

— Dieu merci ! Au moins nos amis autrichiens ont clairement marqué leur déplaisir de me voir partir. L'empereur Joseph m'a accordé une audience de congé ! Oui, de congé.

Il se redressait, comme ivre d'orgueil.

— Comme pour un ambassadeur en titre ! Quant au prince de Kaunitz, il m'a prodigué toutes sortes d'égards, c'est tout dire !

— Indiquez-moi au moins comment vous procédiez.

— Il n'y a guère de mystère. Je consens à le répéter pour la millième fois. Billet anonyme à lettres moulées. Homme masqué à minuit qui me remet une liasse comprenant des dépêches déchiffrées du secret ainsi que celles du roi de Prusse. Deux fois par semaine. Un ancien secrétaire les copie, car je devais les rendre. Là-dessus, monsieur, bâtissez votre mémoire en défense, je suis votre serviteur !

Il sortit du salon la mine haute et gourmée. Nicolas songea que ses efforts étaient inutiles. On ne tirerait rien de l'abbé, du moins de bon gré. La haine appuyée sur la vanité blessée conduisait toujours les hommes de cette trempe à de coupables reniements. Affrontement du prince Louis et de Breteuil avec, en toile de fond, Choiseul aux aguets, d'Aiguillon ulcéré des outrages de la cour et la puissante famille de Rohan à l'affût, tout cela menait à d'ignominieuses manœuvres au détriment du trône et du royaume. Il décida d'aller parcourir la ville pour réfléchir à la marche à suivre.

Dehors, il se félicita d'avoir échangé ses souliers d'apparat contre une solide paire de bottes graissées de frais par Rabouine. La neige fondue qui giclait à chaque pas aurait sans remède souillé ses bas blancs. Il erra un peu au hasard jusqu'à la *Hofburg*, palais viennois de l'impératrice, qui lui parut simple et sans fioritures. Il était gardé par un détachement de médiocre importance dont l'uniforme oriental l'intrigua. Il nota la numérotation régulière des habitations. Sartine en avait eu le projet pour Paris, mais n'avait pu le mener à terme. Ses pas le conduisirent ensuite sur une grande place appelée le *Graben*. Entouré de maisons richement décorées, ce grand rectangle possédait en son centre une sorte de tour de marbre curieusement sculptée, revêtue des symboles de la Sainte Trinité. Deux pièces d'eau entourées de grilles forgées placées aux deux extrémités de la place ajoutaient à la splendeur de l'endroit. Il fut frappé par les déversoirs des gouttières dont les extrémités figurant des têtes de griffon dépassaient largement les toits des demeures ; elles vomissaient le trop-plein du dégel. Les boutiques abondaient sur le pourtour, avec des auvents de bois pour protéger des intempéries de l'hiver, mais sans doute aussi des ardeurs du soleil. Partout une grande animation régnait, carrosses, charrettes, fardiers, et une foule très variée. Il ne fut pas long à découvrir, en dépit de ce qu'il savait de la volonté de la reine de Hongrie de proscrire la prostitution dans sa bonne ville, que le *Graben* fourmillait de filles galantes peu discrètes et de la clientèle corres-pondante. À l'une des extrémités de la place, il tomba en arrêt devant une fresque décorant une façade aveugle. Elle représentait un éléphant caparaçonné monté par un chevaucheur tenant un crochet. Il portait un curieux chapeau conique qui lui rappela ceux des païens d'Asie dont son ami Pigneau de Behaine, aujourd'hui mission-naire aux Indes orientales, lui avait montré la représentation.

Dans une petite baraque en roseau, il acheta un morceau de carpe panée enveloppé dans un fragment de partition. Le mets était recouvert d'une poudre rouge dont il apprécia l'ardeur et la saveur inconnue. Plus loin, il entra dans un établissement aux cuivres étincelants pour déguster un café tout en observant les chalands. C'est alors qu'il prit conscience d'avoir été suivi par deux personnages qui, dans leur maladresse, ne pouvaient échapper à un œil aussi averti que le sien. Un enfant se fût aperçu de leur grossier manège. Il n'en fut pas surpris. À Paris, M. de Sartine avait poussé à l'extrême cette pratique, et la surveillance des étrangers, en particulier en temps de guerre, atteignait une espèce de perfection. L'une des entrées du café donnant sur un passage en galerie, Nicolas s'y précipita une fois sa consommation réglée. Il changea soudain de direction et se heurta de front avec les deux mouches dont il perçut les remugles d'hommes mal lavés. Il reprit sa promenade en ne prêtant plus d'attention à ses gardiens. L'après-midi s'écoula en visites d'églises jusqu'à ce que, rompu et glacé, il se décide à rentrer au bercail.

Chacun de ses compagnons avait quelque chose à conter, sauf Rabouine qui courtisait déjà la femme de chambre d'une dame de qualité séjournant au Bœuf d'Or. Nicolas, après bien des précautions, réunit son monde dans sa chambre et lui résuma la situation. Il restait quatre jours pour démasquer l'interlocuteur de l'abbé. On pouvait supposer, quoi qu'il en dise, que Georgel prendrait un dernier contact avec son informateur. Il fallait en avoir le cœur net et découvrir son identité. M. de Lastire, associé à ce conseil de guerre sur l'assurance de Sartine qu'on pouvait se fier à lui, paraissait bien loin de leurs préoccupations et chantonnait à mi-voix. Nicolas, quelque peu irrité de son attitude, lui demanda son avis.

— Remerciez-moi plutôt d'être allé par ce froid prendre mes places pour la première annoncée de l'oratorio de Haydn, *Il Ritorno di Tobia*, au théâtre de la porte de Carinthie.

Il fit un entrechat en chantant.

— Songez ! Basse Christian Specht, ténor Carl Friberth, soprano dans le rôle de Sara, Magdalena Friberth ! Un régal, je vous le promets. Et…

Il mima un instrumentiste raclant son archet.

— … Luigi Tomassini au violon et Frantz Xavier Morteau, violoncelliste, qui joueront, l'un et l'autre, un concerto entre les deux parties de l'ouvrage. J'ajoute, messieurs, que le livret est de la plume de Giovanni Gastone Boccherini, le père du compositeur ! La la la… la la… la…

— La date de cette soirée ? demanda Semacgus.

— Le 2 avril prochain.

— Comment, reprit le chirurgien, et vous imaginez que nous serons encore là !

— Eh ! dit Lastire, j'y compte bien. On attend une audience de l'impératrice, m'est avis qu'elle tardera. Sur ce, messieurs, je vous abandonne, car je crains que mes lumières ne vous soient d'aucune utilité ; il n'y a pas de charge en vue ! *Et vivat Maria Teresa !*

Les dispositions furent vite prises. Chacun avait relevé être suivi par des sbires ; il fallait en tirer les conséquences et déjouer cette surveillance, source d'échec dans leur tentative. Il fut décidé que Nicolas sortirait, revêtu des habits de Rabouine, aux bras de la soubrette que quelques florins attendriraient. Il emprunterait la porte des domestiques, moins en vue. Rabouine, dans le manteau de Nicolas, rameuterait les mouches. Semacgus en attirerait d'autres très ostensiblement. Lastire demeurerait au logis, surveillerait la porte de l'abbé Georgel et donnerait l'alarme en levant une chandelle à sa croisée pour prévenir Nicolas, dissimulé sous un porche près de l'auberge. Ce soir-là, il ne se passa rien et, bien qu'ils eussent veillé une partie de la nuit, ils durent convenir de leur échec.

Samedi 4 mars 1775

La table d'hôte les réunit fort tard dans la matinée. Le chevalier de Lastire manquait à l'appel. Rabouine monta le réveiller. Après un long moment, il réapparut fort pâle.

— M. de Lastire a disparu. Ses effets ne sont plus là. Sa chambre est vide !

II

L'AIGLE À DEUX TÊTES

> « La politique forme dès l'enfance les rois à la dissimulation. »
>
> MACHIAVEL

Le silence marquait l'intensité de leur étonnement. Semacgus porta sa tasse de café à ses lèvres, la posa, se moucha et prit la parole.

— J'abuserai du privilège de l'âge en vous donnant mon sentiment sur cette étrange nouvelle. Deux hypothèses, car j'écarte d'emblée la troisième qui serait celle d'une faiblesse de courage devant le danger. Soit on a enlevé notre compagnon, soit, pour une raison aussi impérieuse que mystérieuse, il a souhaité disparaître. À partir de là, que devons-nous faire ? C'est à vous, Nicolas, d'en décider. Pour ma part, j'estime que la seule attitude raisonnable consiste à ignorer cet incident. Feignons d'en être, sinon les organisateurs, du moins les complices informés. Si nous sonnons le boutefeu, à qui nous plaindre ? À notre ambassadeur ? Il arrive ; le moment est bien mal choisi. Aux Autrichiens ? S'ils sont les auteurs de cet enlèvement, ils ne s'étonneront pas de notre silence. S'il s'agit d'un acte volontaire du chevalier, ce n'est pas à nous de dénoncer un départ dont nous ignorons les raisons profondes. Demeurons sereins et ne nous départons pas des apparences communes.

Nicolas écoutait avec attention, mais son attitude figée semblait l'entraîner au-delà du débat présent.

— S'il avait été enlevé, se hasarda Rabouine, le colonel se serait défendu. Tout tricoteur qu'il soit, c'est un gaillard dont l'ardeur au combat ne fait pas de doute. Or nul bruit n'a troublé la maison et le repos de chacun. Pourtant on entend tout...

Il rougit, l'air faraud.

— ... et je n'ai guère dormi cette nuit. Je couche au-dessus de sa chambre. Je peux vous assurer qu'il n'y a eu aucun désordre dans celle-ci.

Nicolas sortit enfin de sa réflexion.

— Interroge les valets, peut-être a-t-il retiré son bagage en notre absence. Je n'ai pas souvenance qu'il nous ait relaté l'emploi de sa journée d'hier...

Rabouine se précipitait déjà.

— ... Attends, encore une chose. Vois si, par hasard, les places pour l'oratorio de Haydn n'auraient pas pu être retirées par un commissionnaire. Rien de plus... Le reste excéderait les limites de la raison.

Il saisit un petit pain rond couvert de cumin qu'il émietta machinalement. Le silence isola à nouveau les deux amis jusqu'au retour de Rabouine.

— Alors ? s'enquit Nicolas avec impatience.

— Point de commissionnaires, mais j'ai appris une chose étrange. Le bagage de M. de Lastire n'a jamais été monté dans sa chambre.

— À bien y songer, avoua Semacgus, sa tenue depuis notre arrivée m'avait frappé : il n'en changeait pas. Ainsi son coup était-il préparé de longue main... Samedi, dans la fatigue de l'arrivée, nous n'avons rien remarqué de ce détail intrigant.

— Il a attendu pour décamper d'être au courant de notre plan d'action. Pourvu que…

— Pour les billets du théâtre de la porte de Carinthie, ajouta Rabouine, l'auberge s'en était elle-même chargée. Ils me les ont donnés. Et il y en a quatre !

Il brandit de petits carrés de papier ivoire.

Nicolas secoua la tête comme s'il se trouvait devant un insurmontable obstacle.

— Voilà pourtant une indication qui plaide pour l'une de mes hypothèses, dit Semacgus l'air soulagé. Considérez que se comptant parmi les spectateurs, il marquait peut-être par là sa volonté de nous avertir.

— De nous avertir de quoi ? Pour moi, cela ne fait qu'ajouter au mystère. Que dirons-nous au baron de Breteuil ?

— Rien, tant qu'il ne nous interrogera pas.

— Le problème est que le chevalier est censé escorter le buste de la reine et que sa présence est annoncée.

— L'audience de l'impératrice n'est pas encore accordée.

Ils furent interrompus par l'abbé Georgel qui salua gracieusement à la ronde et se dirigea vers le commissaire.

— Le bonjour, monsieur le marquis. J'ose espérer que vous ne me tenez pas rigueur de ma véhémence d'hier. C'était celle d'un cœur honnête.

Nicolas se leva. Il fallait jouer serré. Semacgus s'écarta avec discrétion, entraînant Rabouine.

— Point du tout. J'ai apprécié le langage sans détours que vous m'avez tenu.

— Je viens de ce pas vous transmettre une invitation à dîner de monseigneur le prince de Kaunitz *geheimer Hof und Staatskanzler*, le chancelier de l'Empire et le Nestor des ministres de l'Europe. Ayant appris par votre serviteur votre présence à Vienne, il vous demande d'être son hôte, en ma compagnie. Une seule condition : êtes-vous en bonne santé ?

— Je le crois, répondit en riant Nicolas. Votre question m'intrigue.

— N'y trouvez point malice. C'est que le prince est de santé fragile. Tout jeune déjà, on craignait pour sa vie. Il fait tout pour éviter les refroidissements. Lorsqu'il était ambassadeur à Versailles en 1751, il ne redoutait rien tant que les courants d'air qu'on y affronte, comme vous le savez, à foison. Plusieurs fois il dut se retirer des affaires pour se soigner. Il a la terreur des épidémies. Divers maux l'assaillent en permanence. Le moindre souffle de vent le fait défaillir et trop de chaleur l'accable. Et vous observerez son régime ! Des plus particuliers.

— Ma voiture, monsieur l'abbé, sera à votre disposition.

— Nous irons donc de conserve, dit Georgel, avec un ton de moqueuse ironie. Mesurez, monsieur, l'honneur qui vous est fait d'approcher ce talent de premier ordre qui applique si bien le passé au présent pour en tirer avantage. Son attachement aux manières et usages des Français fait de lui le soutien le plus ferme d'une alliance, en partie son ouvrage.

Nicolas s'inclina.

— Ah ! Il faut aussi vous préciser que le grand homme a quelques singularités et manies étranges. Il veut que pour lui le temps s'écoule sans être obligé d'en mesurer les intervalles. Il n'a donc ni pendules ni montre et ne calcule jamais les moments qu'il emploie à ses occupations. Couché fort tard et levé de même. La toilette achevée, il demande à dîner à quatre, cinq ou six heures, suivant le travail et les divertissements qui précèdent. Nous y serons donc à quatre de relevée. Préparez-vous à savoir attendre.

Il lorgna avec impertinence la tenue de voyage de Nicolas.

— Bien sûr, tenue de cour, épée et perruque. Je vous retrouve à la demie de trois heures.

Il disparut dans un nuage de poudre et dans des effluves de bergamote.

Nicolas s'enferma dans sa chambre le reste de la journée pour réfléchir. Il souhaitait comprendre pourquoi il n'était pas satisfait de lui-même. Tout d'abord il s'en voulait de n'avoir pas prévu l'apparente défection du chevalier de Lastire. Il lui avait accordé sa confiance ; il se sentait responsable et trahi. L'angoisse le fit songer à son fils. Il revit soudain son regard malheureux à son retour de Juilly pour Noël. Il se torturait pour deviner ce qui avait transformé un garçon insouciant en ce bloc de tristesse. Le fait que sa gaieté fût si vite revenue ne le rassurait pas. Que s'était-il passé ? Il ne le comprenait pas et craignait d'être passé à côté de quelque chose d'essentiel et d'avoir déçu Louis. Il se promit derechef de veiller plus étroitement sur lui.

En écho à cet engagement, un autre scrupule resurgit du fond de son cœur, réanimé par son malaise moral. Ne donnait-il pas à Aimée d'Arranet trop de lui-même eu égard à la situation de son fils ? Certes sa réflexion ne s'inscrivait guère dans les conduites communément observées. Il voyait dans la société des enfants maniés comme des jouets ou traités comme des adultes miniatures. Les distances étaient maintenues par les parents et l'affection hors de compte, artificielle et ostensible. Il en était autrement dans le peuple. Bourdeau et ses cinq enfants lui offraient l'exemple d'une famille aimante et unie. Sanson, lui-même, le bourreau, vouait à sa progéniture une affection exclusive qui compensait la solitude obligée d'une famille marquée.

Son cœur lui disait que c'était la voie à suivre, même si les affections conjuguées du chanoine Le Floch et du marquis de Ranreuil – son père non encore révélé –, pour retenues qu'elles s'exprimassent, l'avaient entouré de tendresse. Il recommença à s'examiner comme autrefois les jours de confession chez les jésuites de Vannes. Quel objet valait une passion ? Le risque se mesurait-il sans qu'on pût le définir : une fuite en avant, un oubli des autres dans la forteresse de deux corps et de deux âmes enivrées ? Que pesait son fils face à ce tourment ? Il se gourmanda. Ne retombait-il pas, à son âge, dans ses vieilles et habituelles antiennes en s'abandonnant à d'aussi infécondes ratiocinations ? Il fallait bien constater qu'il subirait encore bien des traverses avant que la raison et l'apaisement des passions ne s'imposent. M. de Noble-court, qui devinait si bien l'au-delà des apparences, l'avait prévenu. Peut-être lui suffisait-il de vider et de remplir sa poitrine, de dissiper cette lourdeur qui l'oppressait, de se garder de réfléchir et de suivre d'instinct son propre mouvement ? Cette pensée de bon sens le soulagea et, apaisé, il se consacra à sa toilette.

Un habit gris souris brodé de fil d'argent lui parut de circonstance. Il songea avec attendrissement au feu roi qui affectionnait cette couleur. Il ceignit l'épée de cour du marquis de Ranreuil après en avoir embrassé la poignée ; le roi et son père se confondirent dans son souvenir. Après avoir assujetti la perruque, il se contempla, critique, dans la psyché de la chambre. Il lui sembla avoir minci et rajeuni. Sa présence régulière aux longues chevauchées des chasses royales lui procurait l'exercice nécessaire. L'amour, aussi, le rendait plus soucieux de son apparence. Il enfila son manteau.

L'abbé l'attendait à l'heure dite, vêtu sous sa cape d'un habit de soie moirée d'une sombre nuance violette qui lui donnait un air épiscopal. Parvenus au palais du chancelier, ils furent accueillis devant le péristyle par une foule de laquais portant des flambeaux, tant la neige à venir assombrissait le ciel. Dans les salles éclairées *a giorno*, les invités attendaient. Georgel s'attacha à présenter Nicolas qui fut lorgné et salué par une foule où résonnaient les plus grands noms de l'empire. Son guide suscitait des débordements d'enthousiasme. Il se mouvait avec aisance, s'inclinait devant l'un, répondait à l'autre et plaisantait avec tous. Son évidente complicité avec ce monde sautait aux yeux, fruit d'un long séjour à Vienne. Son entregent, son esprit et sa robe, tout se conjuguait pour favoriser une habileté à flatter ces êtres ironiques et hautains. Le prince Louis était au centre de toutes les interrogations comme la figure encore présente d'un homme à la mode dont cette société s'était entichée. Nicolas songea que le nouvel ambassadeur du roi peinerait sans doute longtemps avant d'effacer cette image et de prendre ascendant sur la nostalgie des splendeurs passées.

Les quarts d'heure se succédaient sans que le prince parût. Chacun se mit à jouer avec animation. Nicolas se demanda si à Vienne comme à Paris le revenu des cartes aidait à défrayer la dépense de grandes maisons. Chaque famille avait ses coteries sur lesquelles son ordinaire était fondé. Inviter les gens ou les dépouiller participait d'un même mouvement. On y croisait aussi des fripons dorés sur tranche s'accoudant aux tables pour se familiariser avec les princes et s'enrichir en trichant dans l'égalité factice du pharaon.

Nicolas constatait que les cours se ressemblaient, dans les mimiques comme dans les us. Les mêmes révérences, tout empreintes de componction, répondaient aux salutations dans une cascade d'attitudes allant du dédain à l'adulation, de la flatterie au persiflage. Georgel continuait à se fondre dans le décor, telle une mouche butineuse. Les inquiétudes de Breteuil étaient justifiées. Seul, isolé, en butte à l'acrimonie et à la raillerie calomnieuse de son serviteur, il ne pouvait que souhaiter le voir s'éloigner de Vienne au plus vite. Nicolas entendit quelques échanges. L'enfer était pavé de bonnes paroles qui en dissimulaient d'autres moins amènes et les phrases de l'abbé, bien gazées de circonspection, n'en résonnaient pas moins à sens double pour une oreille attentive. Interrogé sur le nouveau ministre de France, il se rétractait aussitôt derrière la méconnaissance du caractère de son chef dans un silence éloquemment dépréciateur. Son verbe suave et mesuré paraissait vouloir en dire davantage. Ou bien un flot d'épithètes exagérées et excessives se déversait que chacun recevait avec un sourire entendu et cruel. Cette manière détournée suscitait des ricanements si insultants que Nicolas se retint et se mordit les lèvres d'irritation, car c'était le nom du roi qui était insulté dans la personne de son représentant. L'abbé ne cessait de le présenter, outrant ses qualités et son importance. Il se trouva ainsi accablé de tant d'invitations qu'il renonça à les décliner, n'entendant pas leur donner suite.

Parfois il perdait de vue son cicérone qui se faufilait d'un groupe à un autre. Sa petite taille ne facilitait pas la surveillance du commissaire. À un moment, il crut entrevoir un échange de propos avec un valet portant un plateau de sirop d'orgeat. Georgel s'était bel et bien penché, à demi tourné pour prêter son oreille à l'homme qui lui parlait la tête baissée. Pourtant rien n'indiquait que cela eût une importance. Son observation fut interrompue par le bruit d'une canne frappant le dallage. Une porte à deux battants s'ouvrit. La foule, dans un envol de soie et de satin, se leva pour accueillir le prince.

Sous son regard circulaire, chacun s'inclina. Nicolas découvrit, encadré par une extravagante perruque, un visage fin et spirituel d'homme à l'orée de la vieillesse. Le prince offrit le bras à une dame et l'assistance en cortège se dirigea vers la salle où la table, immense et chargée, était dressée. Georgel, entraînant son compagnon, s'était d'autorité glissé derrière Kaunitz. Chacun prit place et Nicolas, assis presque en face du chancelier, put observer à loisir cette physionomie froide et sévère animée parfois par un coup d'œil pénétrant. Il s'adressa d'abord aux dames qui l'entouraient, sachant d'évidence donner le plus grand prix au moindre de ses propos. Les mets étaient abondants plus que recherchés et un valet se tenait derrière chaque convive pour servir des plats qu'on lui désignait. Une petite desserte derrière le maître de maison recevait légumes, blancs de poulet et fruits réservés à son usage personnel. Il fixa longuement Nicolas et, de sa voix un peu nasillarde, s'adressa à lui.

— Je suis heureux, monsieur le marquis, que notre ami nous ait procuré la satisfaction de votre présence à cette table.

Nicolas s'inclina.

— Je sais, monsieur, que vous êtes proche de M. de Sartine. Il y a peu je lui avais soumis une énigme. Nous étions intéressés à découvrir un homme dont nous avions à nous plaindre et qui, faute d'être contenu, risquait de nous causer de grands embarras. On le disait caché à Paris où il résidait sous une fausse identité : son signalement fut adressé au lieutenant général de police avec requête de ne rien épargner pour le succès de cette recherche.

La table tout entière se taisait sous le charme de la parole du ministre.

— Après trois mois d'efforts on ne découvrit que des traces très fugaces de son passage.

— Par un témoignage, monseigneur, dit Nicolas, de sa logeuse à la Courtille.

— Je crois, monsieur, que nous vous devons de grands remerciements, remarqua le prince sans qu'aucun mouvement de son visage témoignât de sa surprise. On me transmit aussi que l'intéressé s'était embarqué pour l'Égypte. Or rien de tout cela n'emportait notre conviction et nous demeurions persuadés que l'homme se cachait toujours à Paris. Je ne dissimulai pas à votre chargé d'affaires…

Georgel salua à la ronde.

— … que la police parisienne, pourtant si réputée, ne paraissait pas meilleure qu'ailleurs.

— M. de Sartine, j'en puis témoigner, repartit Nicolas, fut peiné à l'excès du jugement porté par l'un des plus grands ministres de l'Europe.

Georgel approuvait, béat, les propos du commissaire. Kaunitz sourit.

— Pourtant, il trouva le moyen d'atteindre notre objet. Il me fit peu après savoir que l'homme se trouvait dans un faubourg de Vienne appelé Leopold-Stadt, chez un marchand turc, déguisé lui-même en Oriental avec un emplâtre noir sur l'œil gauche. Tout se révéla exact : l'homme fut trouvé et pris. J'envoyai à Sartine les remerciements de l'impératrice. Quant à moi, j'admirai comme il convenait les rouages d'une aussi merveilleuse machine. Les hommes qui la mettent en action ne pouvaient être que des génies !

Il leva son verre empli d'eau puis se tourna vers un autre invité. Chacun reçut le tribut de son exquise attention. Enfin, il se mit à discourir. L'essentiel de ses propos portait davantage sur l'historique de faits passés que sur le présent. Brochant quelques réflexions générales sur le malheur de l'inexpérience et sur le feu de la jeunesse, il se plaignit de la triste nécessité où se trouvait l'homme le plus mûri par l'expérience de l'âge et du travail de ne pouvoir faire aucun usage utile de la force de ses lumières ni de celle de son caractère.

— Décryptez ce propos, dit Georgel à voix basse. Comment exprimer plus galamment que Joseph II ne lui prête pas une oreille suffisamment attentive ?

Le repas s'acheva assez vite, le prince n'aimant guère se prolonger à table. Avant de se lever, il fit étaler devant lui un petit miroir de poche, une boîte de cure-dents, un petit bassin de vermeil et un gobelet rempli de liquide vert émeraude. Il se nettoya longuement les dents, se rinça la bouche, cracha, recracha et s'essuya avec soin.

— Même chez l'impératrice, dit Georgel gloussant, le prince ne se gêne guère et, en dépit de la bienséance d'usage devant sa souveraine, il observe sans vergogne sa peu ragoûtante pratique. D'ailleurs, même quand il manque l'heure fixe de son dîner, elle est pleine d'indulgence et l'attend pour commencer.

Le prince remonté dans ses appartements, la foule des invités se dispersa. Nicolas et l'abbé durent attendre un long moment leur voiture au milieu des valets qui virevoltaient en tous sens, faisant dégoutter sans égards la cire de leurs torches. En montant dans la caisse, Nicolas se sentit bousculé. Il entrevit à peine une femme au visage recouvert d'une mantille noire ; elle lui glissa dans la main un petit papier carré. Elle s'écarta avant même qu'il tente un geste pour la retenir. Sans en parler à Georgel, il mit le poulet dans son gant à la jointure du poignet. Il supposa s'être attiré quelque rendez-vous galant d'une des femmes présentes à la réception, séduite par sa figure, sa tournure et sa qualité de noble étranger. L'abbé parlait d'abondance, le félicitant de son succès auprès de Kaunitz. Arrivé au Bœuf d'Or, ils se saluèrent avec cérémonie et Georgel regagna sa chambre.

Nicolas s'approcha d'un chandelier et, après avoir constaté qu'il était seul, déplia le papier pour le déchiffrer. Il portait en lettres capitales cette sentence énigmatique : « TIMOR METUS MALI APPROPINQUANTIS. » Il allait mobiliser son latin quand il s'aperçut qu'une autre phrase apparaissait, tracée de biais : « MAXIMAS IN CASTRIS EFFE-CISSE TURBAS DICITUR. » L'interrompant, Semacgus et Rabouine apparurent avec l'air de conspirateurs bon enfant. Il remit à plus tard la traduction. Ils affectaient une attitude que le commissaire connaissait bien, celle de personnes impatientes de révéler quelque chose. Quand il voulut leur parler, ils mirent leur doigt sur la bouche.

— Nous avons déniché, dit Semacgus, une gentille taverne dans laquelle j'ai ordonné un petit souper du cru. Nous y serons à l'aise. Vous nous regarderez peut-être, puisque manger est une action qui appartient au passé pour vous ! Et nous avons des choses à vous dire...

Son grand nez se plissait d'ironie.

— Détrompez-vous, je meurs de faim. Je sors d'une de ces réunions où le parler l'emporte sur le manger. Cela dit, je trouve que vous faites médiocre cas de l'abbé. Ce n'est pas parce qu'il est rentré qu'il ne peut pas ressortir !

— Peuh ! s'exclama Semacgus, l'argument ne tient pas. Rabouine a tout prévu. Nous avons des relais, des informateurs... et des corsages au bon endroit. Le florin en abondance fraie les voies de la vérité. Ne vous préoccupez de rien.

Ils se retrouvèrent dans une petite taverne sombre. Au premier étage un cabinet exigu tout en bois ciré les accueillit. Nicolas examina la pièce qui paraissait une excroissance en surplomb. Des carreaux en vitrail, illuminés de décorations naïves, donnaient sur l'obscurité de la rue. Rabouine fit apporter l'ensemble des mets qu'il disposa sur une desserte en compagnie de flacons de vin blanc. Ainsi ne seraient-ils pas dérangés. Semacgus prit une attitude d'officiant inspiré et psalmodia avec une joyeuse emphase les merveilles du souper.

— Soupe à l'œuf relevée de cumin accompagnée de ses quenelles de foie de veau...

Il désigna une terrine ventrue.

— … pâté de tétras en croûte, petite casserole contenant la sauce au safran dont il conviendra de l'humecter une fois le couvercle soulevé… oie rôtie aux pommes et ses *nudlen*…

— Que sont les « nudlen » ? s'enquit Nicolas.

— Des pâtes fabriquées à l'italienne dont on use beaucoup dans cette partie de l'Europe. Toute sauce les enrobe délicieusement en leur communiquant ses arômes.

Ils s'attablèrent aussitôt, surpris par les parfums savoureux de la soupe et le moelleux des quenelles.

— Si le potage, remarqua Semacgus, est, comme on le prétend, « *au dîner ce que le portique est à l'édifice, celui-ci ne peut servir de péristyle qu'à un souper de hautes futaies !* ».

— Je préférerais bien un chapon au sel à Paris que ces goûters torves où la cassonade prévaut et où les graines ont un drôle de relent. Même la moutarde ici n'a point goût de moutarde, elle est sucrée !

— Ces grains, comme tu dis, Rabouine, c'est le divin cumin, béotien !

La science du chirurgien de marine dut encore se manifester pour expliquer à la mouche qu'on nommait ici tétras le coq de bruyère, que son approche pour le chasseur était particulièrement difficile, mais que la saison des amours facilitait la chose, l'oiseau perdant alors ses ruses et sa prudence. Leur première fringale apaisée et avant d'attaquer l'oie, Nicolas les interrogea sur ce qu'ils avaient à lui dire.

— Messieurs, interrompit Nicolas soudain sérieux, je vous écoute.

Rabouine prit un air d'enfant fautif et baissa la tête.

— Oh ! reprit Nicolas, je pressens le pire. Quand Rabouine prend cet air-là, les catastrophes ne sont pas loin. On dirait un chat qui crache dans la braise, comme dit Catherine.

— Elle le dit plus crûment, jeta Semacgus.

— Nous sommes en bonne compagnie...

Rabouine fixait le chirurgien d'un air suppliant. Celui-ci se décida après s'être régalé d'une longue rasade.

— Apprenez, monsieur le commissaire, qu'abandonnés, nous avons décidé de nous donner du bon temps. Et comme Rabouine n'entendait pas perdre la main, il a fait chanter l'oiseau.

— Que dois-je comprendre et de quel volatile parlez-vous ?

— Point du tétras... Nous nous sommes dit, le champ est libre. Nicolas a emmené Georgel. Ils ne vont pas réapparaître de sitôt. Il faut en profiter.

— Soit, et alors ?

— J'évoquerai cet oiseau dont l'organe bien graissé s'insinue et déclenche, ce « rossignol » qui ouvre les plus rétives serrures et les fait chanter si le déduit est habilement mené.

— Je renonce à deviner, s'esclaffa Nicolas.

— Je l'avoue tout à trac : nous avons visité la chambre de l'abbé Georgel, murmura Semacgus, se jetant à l'eau.

Et pour faire diversion, il tira à lui une aile de la volaille qui céda avec un long morceau de filet croustillant.

— Maître Semacgus, dit Nicolas l'œil amusé, je m'interroge, oui je m'interroge. Ai-je bien agi, il y a quatorze ans, en vous sauvant de la Bastille ? Bon, ce qui est fait est fait. Abrégeons les préliminaires. Pour quel résultat ?

Rabouine soupira d'aise et sortit de son justaucorps une feuille de papier sur laquelle semblaient collés les fragments noircis d'un document. Il la tendit au commissaire qui la considéra.

```
                    âter ouvertement. On dit que
                    de faire Choiseu da          la
        leur d       avre. Elle                   ions pour nous
        à Reim.                  Partisa          trav
                    Turgo        guère    face                        tte
        coalit               ettre le              eu        au poud ordre
        et          açant        âteau         par es      suscitées
                                                    dra                   la
        meute
        par                  actions horribles.
        Corpora                          aitants    merce du    grain
        iguillon                         arlement
```

— C'est, dit Rabouine, la reconstitution à partir de fragments trouvés dans la cheminée de la chambre de l'abbé. On peut définir la nature de ce document : à n'en pas douter une correspondance venue de France, lue et détruite. Cependant notre homme a fait par trop confiance au feu : le bois était vert et la fumée l'a trompé sur sa capacité de destruction.

Nicolas admirait ce discours étonnant dans la bouche de Rabouine. Le gaillard le surprenait.

— Tout cela était bien imprudent mais, reconnaissons-le, fort utile. Qu'en déduisez-vous ? demanda Nicolas.

— Rabouine et moi, reprit Semacgus, avons tenté d'en éclairer les arcanes. À première vue, il ne s'agit pas d'un message chiffré. Il contient des mots aisés à reconstituer : *Choiseul, sacre, Reims, partisans, Turgot, coalition, feu aux poudres, désordre, château, meute, actions horribles, corporations, commerce du grain, d'Aiguillon, parlement.* Le reste ne se laisse pas deviner. Y aurait-il du complot là-dessous et que vient faire le Georgel dans tout cela ?

— Messieurs, dit Nicolas en sortant le billet glissé par la femme mystérieuse au sortir de la chancellerie, considérez cela. Voilà du surcroît pour alimenter votre naturelle et curieuse sagacité. Guillaume, voulez-vous m'aider à traduire ces phrases ?

Le chirurgien de marine chaussa ses bésicles et examina avec soin le minuscule papier.

— L'auteur de votre correspondance a des lettres : je crois bien reconnaître la griffe de Cicéron. « TIMOR METUS MALI APPROPINQUANTIS » ; tirez le premier !

— Je dirais, essaya Nicolas, quelque chose comme « quand on éprouve de la crainte, c'est que le malheur arrive ». J'ai toujours traduit de tête. Les pères de Vannes me le reprochaient assez. À force d'imagination, je devinais tout et plus. Ma foi, souvent juste. Reste que lorsque je m'égarais…

— Votre flèche ne passe pas loin de la cible. Je suggérerais plus finement en ciselant votre à-peu-près : « La crainte est l'appréhension d'un mal qui approche. » Reste l'autre sentence, malaisée à rendre. « MAXIMAS CASTRIS EFFECISSE TURBAS DICITUR. » Je propose : « On rapporte qu'il fait surgir dans le camp les plus grands troubles. »

— J'ai mieux, s'exclama Nicolas. « On dit qu'il fit éclater dans le camp les plus graves désordres. »

— Encore « désordres », remarqua Rabouine, comme dans les papiers consumés.

— « Castris » pourrait être traduit par château, observa Semacgus. Autre terme rencontré !

— Vous avez raison, l'un et l'autre sont possibles.

— Ainsi, dit Nicolas réfléchissant à haute voix, je m'étais égaré dans ma première supposition. Ce billet n'émanait pas d'une femme à la recherche d'une intrigue galante. Ces phrases énigmatiques offrent une résonance tout autre aux indications limitées du papier Georgel. Doit-on y lire un avertissement ? D'autant plus que seuls le caprice du destin et votre initiative ont permis de rapprocher des informations si étrangères les unes aux autres.

— Je crois, continua Semacgus, que la coïncidence est curieuse. Le billet de l'inconnue annonce un danger présent ou à venir à Vienne certes, mais également « au château ».

— Qui sait, hasarda Rabouine, peut-être à Versailles ?

— Quant à l'autre, qui jamais n'aurait dû parvenir dans nos mains, il suggère le même péril en France. Les deux sources se recoupent alors que rien n'aurait dû les rapprocher.

— Cela est vrai, dit Semacgus, et comment expliquer aussi que votre mystérieux correspondant n'ait pas choisi une formulation plus directe que ces phrases ambiguës en latin ?

— Ce quelqu'un, proposa Rabouine de plus en plus animé, connaît monsieur Nicolas. D'abord, il suppose qu'il sait cette langue, ensuite des sentences latines n'éveillent pas de suspicions, quand un style plus commun n'aurait pas manqué de le faire.

Le souper se poursuivit avec des silences pensifs ou perplexes qui ne laissèrent aucune chance à l'oie rôtie, bientôt réduite à un amoncellement d'os parfaitement nettoyés. Ils regagnèrent leur chambre fort tard, laissant seul Rabouine au cœur du dispositif. Nicolas éprouva quelque peine à trouver le sommeil. Il n'était jamais bon de poursuivre une réflexion au lit et de surcroît le souper lui pesait ; dans l'excitation de la conversation, il avait mangé beaucoup et vite.

Dimanche 5 mars 1775

La porte s'était ouverte en grinçant puis, après un silence, avait claqué. Il battit le briquet, alluma une chandelle et, en chemise, tira avec précaution le lourd panneau. Au lieu du hall habituel du palier, il découvrit avec stupeur un escalier de pierre immense descendant vers un parc. Il aperçut des jardiniers qui tiraient des souches ou de grosses racines de la terre avant de les frapper comme s'ils cherchaient à les écraser. Plus loin, deux hommes tentaient de forcer un cercueil à grands coups de barre de fer. Les bruits sourds retentissaient douloureusement dans la tête de Nicolas. Il se boucha les oreilles avec ses mains, le sang lui battant les tempes. Tout bascula et il retrouva la tranquillité confortable de sa chambre : on frappait à la porte. Chancelant et se promettant d'éviter à l'avenir la traîtrise des vins étrangers, il demanda d'une voix éraillée qui l'appelait.

— Monsieur Nicolas ! c'est Rabouine, un laquais du baron de Breteuil vient de nous annoncer que l'ambassadeur passera vous prendre à onze heures. Vous avez audience à midi chez l'impératrice Marie-Thérèse.

Nicolas avait ouvert.

— Quelle heure est-il ?

— Le quart passé de dix.

Voilà bien ma veine, songea-t-il. Il lui restait à peine trois quarts d'heure pour se préparer. Il demanda à Rabouine de l'aider. Il descendit dans la cour où il se fit jeter, les pieds dans la neige et dans le plus simple appareil, quelques seaux d'eau glacée sur le corps. S'il en réchappait, il serait propre à affronter toutes les cours du monde. Il remonta en hâte se raser, se coiffer et remettre son habit gris. Peu avant onze heures, il se tenait à la porte de l'hôtel sous le regard admiratif des domestiques. Des instructions avaient été données à Rabouine au cas où Georgel profiterait de la journée pour quelque coupable escapade. Le carrosse de l'ambassadeur parut à l'heure dite. La caisse contenant le buste de la reine fut solidement arrimée à la voiture, deux valets veilleraient à son transport. S'asseyant auprès du ministre du roi, Nicolas songea qu'il n'en aurait jamais fini avec les perruques.

Les persiflages entendus chez le prince de Kaunitz lui revenaient : le baron prêtait à rire avec des perruques d'un autre âge. Il arborait pour cette impériale audience une perruque marronnée de style Régence que n'auraient pas désavouée M. de Noblecourt, fidèle aux habitudes et modes de sa jeunesse, et M. de Sartine par goût de collectionneur. L'ambassadeur, la mine empourprée, semblait fébrile. Il interrogea brutalement Nicolas sur les raisons de l'absence de M. de Lastire. Il frappa avec violence le plancher de sa canne.

— Quelles sont les raisons, répétait-il, de cette inqualifiable absence ? Que dis-je ? Une désertion, monsieur, oui une désertion ! Il faut savoir tenir vos gens. Veuillez me fournir sur-le-champ le pourquoi de cet insupportable manquement, la maison de l'impératrice va s'en étonner.

Nicolas estima le moment peu propice à une réponse trop sentie ou trop précise. La manifestation fulminante de l'autorité le laissait de marbre. Il choisit de souffler avec le vent et d'emprunter un biais moins redoutable.

— J'en suis le premier navré, monseigneur. M. de Lastire est encore jeune. Nul doute que les tentations de Vienne ne l'aient retenu dehors plus que de raison. Je n'adoucirai pas, vous pouvez en être assuré, l'écho de votre déplaisir. N'y songeons plus. Je suis là avec le buste, sans compter la lettre de la reine à son auguste mère.

Ce rappel opportun calma le baron qui s'épanouit à la pensée de ces heureuses perspectives. Il gourmanda encore un peu pour la forme. Nicolas se souvint d'un conseil de Sartine : ne jamais inquiéter les gens en place. Ils ne souhaitent et ne sont prêts qu'à entendre des propos favorables. Il fallait, disait le lieutenant général de police, *les emmailloter de rassurements et de certitudes lénifiantes*. Ce préalable réglé, l'ambassadeur entreprit d'initier le néophyte aux subtilités du cérémonial de la cour de Vienne, tout manquement pouvant provoquer de véritables drames. Il glosa longuement sur le sujet, rappelant que le respect du rang avait en 1725, ici même, opposé le duc de Richelieu et le duc de Rifferda, ambassadeur de Philippe V. Le conflit portait sur la préséance toujours dévolue au représentant du roi très chrétien.

— Le rappel de l'Espagnol régla la question. Rifferda était d'ailleurs un traître qui passa au Maroc et se fit mahométan sous le nom d'Osman Pacha[1]. Le récit des démêlés des nôtres avec les ministres étrangers remplirait des volumes. Et c'est très bien ainsi pour le renom du roi dans les cours, ajouta Breteuil en se rengorgeant.

Nicolas se garda bien d'évoquer sa conversation avec Georgel et son dîner chez Kaunitz, la question resurgirait toujours assez vite dans l'esprit du baron. Il l'interrogea, pour que se maintienne cette belle humeur et par curiosité naturelle, sur les subtilités de l'audience de l'impératrice à Schönbrunn. Ayant franchi les remparts, le carrosse sortait maintenant de la vieille ville et s'engageait dans une campagne assez plate, couverte de neige à l'infini. Çà et là des constructions neuves s'élevaient dont les travaux paraissaient interrompus par le froid. La route rectiligne, balayée et nettoyée, témoignait de l'activité quotidienne des services de la ville par la présence, à intervalles réguliers, de grandes pyramides de neige. L'esprit tendu vers l'audience à venir, Breteuil se taisait, refermant d'une main le col de sa pelisse et, de l'autre, agitant sa canne à une cadence irrégulière.

— Veillez, monsieur le marquis, reprit-il, à observer par le menu ce que je ferai et comment je me comporterai. Pour que tout se déroule selon les règles, il vous suffira de calquer en quelque sorte votre attitude sur la mienne. De toute façon, tout est mesuré et prévu à l'avance : le nombre de pas, les révérences, le choix du siège et la durée de l'entretien. Représentant le roi notre maître, j'aurai droit, suivant l'usage, à un fauteuil à accoudoirs.

Vous demeurerez debout, sauf extraordinaire. L'impératrice est bienveillante, mais rien ne lui échappe. M. de Rohan ne l'a que trop éprouvé. Au fait, et Georgel ?

— Qui nous accueillera ? s'empressa de demander Nicolas, feignant de ne pas entendre la question.

— Il y a au palais un gouvernement intérieur dirigé par le grand maître de la cour, le *Obersthofmeister*. Son second, le grand chambellan, organise les audiences et pour cette raison son influence est des plus marquées, c'est l'*Oberstkämmerer*. Mais de fait, nous aurons affaire avec le grand maréchal, l'*Oberstmarschall*, qui nous accueillera.

Le tout fut dévidé la face agitée d'une sorte de trémulation gourmande. À la satisfaction de Nicolas, il en oublia l'obsédante question de l'abbé et retomba dans une anxieuse attente. Il regardait le paysage marqué de faibles ondulations avec, dans le lointain, l'esquisse de coteaux plus escarpés. Une fois traversé un village propret en voie d'agrandissement, ils arrivèrent devant une longue grille, et franchirent le corps de garde. Ils furent salués par des soldats présentant les armes aux lys de France. Des bâtiments bas reliés au corps principal par des arceaux de pierre encadraient une vaste place avec deux fontaines surmontées de statues. Nicolas se pencha par la vitre baissée. Dans la lumière froide d'un soleil tamisé par les nuages, le palais de Schönbrunn, jaune ocre, apparut. De prime abord, il ressemblait à un Versailles au petit pied.

— Souvenez-vous de mes recommandations, murmura Breteuil les dents serrées, en se débarrassant de sa pelisse.

Après quelques caprices des chevaux, l'équipage finit par s'arrêter devant le porche central du principal bâtiment. Accueillis par un officier, ils furent dirigés vers un personnage chamarré qui les salua en cérémonie. Il se fit présenter le commissaire qui s'entretint un moment à l'écart avec l'ambassadeur avant de les inviter à le suivre. Nicolas supposa que leur introducteur était le grand maréchal du palais. Un long périple les attendait. L'escalier d'honneur gravi, ils traversèrent une enfilade infinie de pièces dans lesquelles Nicolas nota avec surprise la présence régulière de poêles en porcelaine. Ceux-ci répandaient une chaleur bien plus agréable que celle dispensée par les immenses cheminées de Versailles. Ils furent finalement admis, sans l'excès des formes prédites par l'ambassadeur, dans le cabinet de travail de l'impératrice. La dimension de la pièce imposait, il est vrai, de limiter les révérences prévues et les pas réglementaires. Le baron de Breteuil fut invité à prendre place dans un fauteuil. Nicolas demeura debout tandis que deux valets posaient avec précaution à ses pieds la caisse contenant le précieux objet de sa mission à Vienne.

— Monsieur l'ambassadeur, votre présence m'est une sensible joie, dit-elle avec un léger accent germanique.

— J'oserai présenter à Votre Majesté le marquis de Ranreuil, chargé par mon maître de convoyer l'envoi si précieux qu'elle attend.

Marie-Thérèse fixait Nicolas qui, à demi incliné, ne bronchait pas sous ce regard insistant. Il se prêtait même à cet examen avec le détachement de quelqu'un habitué de longue main à la fréquentation des grands. Seul le feu roi, dont le souvenir lui était si présent, l'avait naguère impressionné. Restait que la vénération qu'il lui vouait avait toujours combattu sa crainte ou sa timidité. Dans les circonstances exceptionnelles, le sentiment d'être son propre spectateur l'emportait sur toute autre réaction.

Il soutint sans trembler l'inquisition des petits yeux bleus enfoncés dont le caractère tranchait avec la bonasse affichée de la physionomie. De rares cheveux redressés sans grâce se dissimulaient mal sous une dentelle noire. Le corps énorme et informe paraissait affaissé, soutenu dans son fauteuil par des carreaux de soie. Dans le silence ouaté du cabinet, son souffle court et sifflant faisait mal à entendre. Le bas du visage, fort rouge, affichait un sourire proche du rictus. À plusieurs reprises, des douleurs, qu'accusait la crispation des traits, agitaient cette masse de mouvements involontaires. Elle tenta de se redresser en dévoilant dans cet effort des pieds enveloppés de linges dans des mules avachies. Dans son souvenir Nicolas revit les jambes de la Paulet et soudain une même compassion mêla la souveraine et la maquerelle. Il attendait, respectueux des formes et des usages, qu'on s'adressât à lui pour le dialogue obligé. Il profitait de cette attente pour admirer la pièce ornée de moulures en bois peint en bleu, imitant la porcelaine, avec en motifs des fleurs, des fruits et des ombrelles chinoises. Des centaines de lavis bleus et quelques portraits encadrés complétaient cet ensemble chargé et charmant. Le cabinet baignait dans une odeur composite de parfums et de baumes médicinaux accentuée encore par la chaleur ambiante d'un lieu calfeutré.

— Je suis charmée, monsieur, de recevoir de vos mains…

Elle regarda Breteuil.

— … et de celles du ministre du roi, un objet tant espéré par mon cœur de mère.

Cela fut dit sans excessive sensiblerie.

— La reine vous a-t-elle reçu avant votre départ ?

Question de convention, pensa Nicolas. Son ambassadeur Mercy-Argenteau, présent à Versailles, avait dû lui en rendre compte.

— La reine a bien voulu me donner audience et m'a chargé de convoyer ce buste, mais aussi de remettre ce pli à Votre Majesté.

Marie-Thérèse tendit une main boudinée et encore plus rouge que son visage. Nicolas y déposa la lettre qui disparut prestement dans les profondeurs d'une manche.

— Profitons de la satisfaction de votre présence, reprit-elle avec un petit rire, pour recueillir de vive voix quelques nouvelles de France, et des plus récentes.

Breteuil s'agitait dans son fauteuil, n'osant reprendre la parole. Cela n'échappait pas à l'impératrice que la mimique d'évidence amusait.

— Mais auparavant, placez, monsieur, ce buste si attendu sur le dessus de ce secrétaire.

Elle désignait d'un doigt impérieux un petit bureau à cylindre. Il n'eut qu'à tirer quelques chevilles de bois placées en vue d'une rapide et facile ouverture de la caisse. Le couvercle soulevé, il repoussa la paille avec précaution, dénoua le lacet qui serrait en coulisse l'enveloppe de coutil double et éleva, comme un ostensoir, le buste de Marie-Antoinette avant de le placer sur la planchette du meuble désigné.

L'impératrice joignit les mains.

— Mon Dieu ! Comme elle a changé et embelli ! Je ne reconnais plus ma petite fille ! Je vous dois bien des obligations des peines que vous vous êtes données. Cela est d'ailleurs bien conforme à ce qu'on est en droit d'attendre d'un homme réputé pour sa fidélité au feu roi. Il est mort, dit-on, dans vos bras ?

Encore une manière élégante mais directe d'annoncer qu'on savait tout de lui.

— J'étais présent, mais il est mort dans les bras de M. de La Borde.

Elle ne releva pas, seule la question méritait d'être posée.

— Ce buste est-il ressemblant ?

— L'art le plus délicat et le biscuit le plus fin ne sauraient rendre la réalité dans sa perfection.

D'un soupir ému, M. de Breteuil approuva ce mot délicat de courtisan.

— Oui, dit-elle, nous comprenons cela. Au fait, monsieur l'ambassadeur, quand disposerons-nous d'un portrait du roi et de ma fille ?

— Majesté, répondit-il ravi de reprendre bouche, il n'existe aujourd'hui aucun original duquel on puisse faire copie. Malgré les instances, il a été impossible de déterminer Sa Majesté à consentir quelques séances de suite au peintre Duplessis choisi pour ce faire. Dès qu'il aura achevé celui du roi, il commencera celui de la reine.

— Il est vrai que ma chère fille m'écrit que les peintres la tuent et la désespèrent, que certains s'y sont essayés, mais que leurs tentatives sont si peu ressemblantes qu'elle renonce à me les envoyer. Au fait, monsieur, on m'assure qu'elle serait devenue l'arbitre des élégances, et que la mode des hautes coiffures s'étendrait, grâce à elle, avec des effets de plumache [2] ?

— La reine n'a point besoin d'artifices pour relever ses grâces et, s'il est vrai que la parure en plumes conduit à toutes sortes d'excès, elle accompagne la mode et donne le ton raisonnable. Sa pratique en est générale et permet de faire travailler à Paris artisans et petites mains. Du reste, Votre Majesté sait que toute voie récente dans ce domaine éphémère laisse place assez vite à d'autres fantaisies.

— Certes, je vous entends bien. Tout laisse cependant à penser que cet excès s'affirme, qu'on ne passe plus une porte sans ployer le genou, et que, vues du balcon, les salles de spectacles paraissent une mer de plumes et que ces coiffures ôtent la vue aux spectateurs. On dit même que certaines élégantes arborent, dans ces édifices, des montagnes, des prairies émaillées, des ruisseaux argentés, des jardins à l'anglaise et que sais-je !

Il la découvrait fort au fait de la réalité.

— Votre Majesté est bien informée, mais cela ressortit aux exagérations constatées. J'ai vu aussi à l'Opéra des cornes d'abondance répandant des fruits qui se veulent symboles des espérances du nouveau règne.

— Vous me rassurez. La distance, hélas, entraîne à recevoir des nouvelles contrefaites. Mes sujets sont mieux informés que moi par maintes correspondances qui passent si aisément entre Paris et Vienne. Aussi, mon cœur de mère s'est-il serré en entendant évoquer un accident de traîneau…

M. de Breteuil se mit à tousser.

— Majesté, dit Nicolas, rien n'a été plus exagéré que ce minime accident. Je puis en parler, me trouvant alors dans le traîneau qui suivait celui de la reine. Le drapeau servant d'ornement a effarouché le cheval. Il s'emporta et le cocher fut renversé par une secousse. La reine, avec une présence d'esprit admirable, saisit l'un des guides et dirigea l'attelage contre une haie par laquelle il fut arrêté. Sa Majesté a depuis affirmé qu'il pouvait survenir des accidents plus graves, vu le peu d'habitude que l'on a en France de conduire les traîneaux, et j'ai cru remarquer qu'elle se détournait désormais de ce genre d'amusements.

L'impératrice paraissait satisfaite, soit que le récit l'ait rassurée ou qu'il recoupe ce qu'elle savait déjà.

— Monsieur le marquis, vous contez à merveille ! Aussi continuerai-je à abuser de votre complaisance. La reine monte-t-elle à cheval ?

— Elle prend un peu d'exercice, toujours avec des bêtes rompues à la promenade, d'un âge rassis, sur terrain sûr et sans obstacles.

Il lui sembla que cette prudente réponse ne la satisfaisait pas entièrement et n'était pas reçue avec la même ouverture.

— Le deuil de cour achevé, les bals ont repris.

Il releva l'affirmation.

— Sa Majesté a souhaité que la cour se réunisse comme il se doit autour d'elle et non plus autour de Mesdames [3]. Des bals à mascarades sont organisés en cette période de carnaval, le dernier peu avant mon départ de Paris. Le roi y a paru en costume du temps d'Henri IV.

— Tout cela s'achevant fort tard le matin…

— Fort tard dans la nuit…

— Et le roi s'y complaît ?

Pour le coup, la question était directe, il convenait d'y répondre.

— Sa Majesté n'est point fort portée à ces sortes de fêtes. Elles lui conviennent uniquement pour le goût que la reine y prend et c'est le motif qui le détermine à provoquer lui-même les amusements auxquels il assiste avec toute la satisfaction possible.

Marie-Thérèse poursuivit inlassablement son enquête. S'établit alors un jeu étrange dont M. de Breteuil n'était plus que le spectateur accablé. Aux questions de plus en plus précises, Nicolas feignait de déférer avec le plus respectueux empressement. Rien ne pouvait lui être reproché. L'objet qui alimentait la curiosité impériale était peu à peu vidé de sa réalité première, réduit à l'état de faux-semblant qu'une dernière réplique anéantissait et un charmant sourire, tout de dévotion adorante, empêchait que lui fussent restituées sa force et sa capacité de nuire. L'ambassadeur haletant finit par admirer ce jeu de paume verbal, partagé qu'il était entre la suave obstination de la souveraine et la résistance courtoise du marquis de Ranreuil. Parfois l'irritation de l'impératrice se marquait par la torture infligée à sa mantille et l'agitation tremblée de sa jambe. Rien ne troublait Nicolas qui, impavide, défendait sa reine en évitant de donner prise.

— Bien, conclut enfin Marie-Thérèse, je ne vais pas abuser de votre complaisance. D'évidence, le marquis a été à bonne école…

Elle n'acheva pas sa phrase.

— Monsieur l'ambassadeur, comment Vienne vous accueille-t-elle ?

— J'y rencontre, Majesté, l'accueil conforme à l'étroitesse des liens de notre alliance.

Elle évoqua plusieurs points avant d'aborder les affaires de Pologne.

— Je sais, dit-elle, que le partage de ce malheureux royaume a mis une grande tache sur mon règne. Mais les circonstances ont forcé mes principes et, pour lutter contre les vues immodérées des ambitions russe et prussienne, j'ai moi-même formé des demandes si exorbitantes que je les espérais inacceptables et menant à la rupture des négociations. Ma surprise et ma douleur furent vives de l'entier consentement du roi de Prusse et de la czarine. M. de Kaunitz en eut une peine extrême, étant lui-même opposé de toutes ses forces à ce cruel arrangement et sentant ce qu'il jette de fâcheux sur son ministère. Puissions-nous aujourd'hui y placer des bornes !

Elle soupira et se tamponna les yeux avec son mouchoir. Puis elle fourragea dans sa manche pour en extraire une boîte entourée de diamants avec son portrait qu'elle tendit à Breteuil et une bague de brillants qu'elle remit à Nicolas.

— Recevez, messieurs, ces souvenirs comme une nouvelle preuve de la vive satisfaction que m'a causée l'attention de la reine.

Dans la voiture, M. de Breteuil semblait préparer mentalement la dépêche à M. de Vergennes. Ses lèvres bougeaient en silence comme si elles polissaient des formules incisives et alignaient des périodes harmonieuses. Cette réflexion le conduisit à interroger de nouveau Nicolas sur la manière dont il entendait transmettre sans risques à Versailles un rapport circonstancié sur les troubles de Bohême, sujet sur lequel des informations de première main lui étaient revenues. Il reçut la même réponse qu'auparavant. Bien que déçu, il le félicita de son usage des cours et sur l'habileté de ses réponses.

Quelque sensible qu'il fût aux travers d'un homme souvent âpre et tatillon dans son commerce, Nicolas n'en respectait pas moins le serviteur du roi tant soucieux du service de l'État et du renom de la France dans les cours étrangères. Il admirait qu'il fût entièrement dévoué à sa représentation et à sa gloire, prêt à sacrifier beaucoup pour y parfaire. Ainsi le baron honorait son nom de Breteuil, dans ce combat sans cesse recommencé, tout autant que s'il avait brandi son penon et ses armes sur un champ de bataille. Le connaissant de courte main, Nicolas lui portait ainsi une indulgente déférence comme une révérence à une morale et à des fidélités communes, peut-être déjà d'un autre temps.

Il accepta la proposition du baron de le suivre à la résidence de France afin d'examiner les papiers officiels et confidentiels destinés à être convoyés en France. Une fois dans le bureau de l'ambassadeur, celui-ci l'installa dans une petite lanterne[4] et lui apporta une brassée de feuilles numérotées. Il précisa qu'il avait lui-même écrit ces dépêches, réveillant ainsi un rhumatisme dans son bras, pour éviter tout risque dans l'incertitude où il se trouvait quant à la fidélité de son personnel. Il le laissa seul en lui demandant de le rejoindre dès qu'il en aurait fini. Trois heures après, Nicolas restituait sa moisson à Breteuil et lui assurait que la teneur en serait rendue à M. de Vergennes dans son intégralité. Il refusa d'en dire davantage, ce qui agaça au plus haut point la curiosité de l'ambassadeur. Il lui montra seulement un petit papier avec de courtes séries de chiffres. Ce mystère non élucidé réveilla la mémoire

72

de son interlocuteur qui l'interrogea sur Georgel. Nicolas répondit évasivement que « le grand œuvre était en marche et que les arcanes s'ouvriraient bientôt ». Sur cette alchimique formule, il salua et rejoignit Le Bœuf d'Or.

Il retrouva ses compagnons sur le pied de guerre : l'abbé Georgel avait commandé une voiture pour sept heures de relevée. Rabouine, ayant approfondi ses connaissances grâce aux domestiques de l'auberge, en avait été très vite informé. Il avait glané d'autres précisions tout aussi intéressantes. Elles complétaient le tableau : l'intéressé avait réclamé qu'on lui graissât ses bottes. Il était aisé d'en déduire que le but du déplacement l'entraînerait à patauger dans la neige et dans la boue et qu'il ne s'agirait pas d'une rencontre de salon, détail d'autant plus intrigant que la nuit serait tombée depuis longtemps.

Il était urgent de parer à cette nouvelle situation et de prendre sur-le-champ les dispositions nécessaires. Une première ébauche d'action avait été esquissée, que la défection de M. de Lastire rendait caduque. Une version nouvelle fut échafaudée : Semacgus, peu avant sept heures, prendrait leur voiture, irait se mettre à l'affût à l'une des extrémités de la Seilergasse et suivrait Georgel s'il se dirigeait de ce côté-là. Nicolas et Rabouine échangeraient à nouveau leurs tenues. La mouche quitterait lui aussi l'auberge quelques instants avant l'heure fatidique avec d'ostensibles et maladroites précautions qui attireraient l'attention suspicieuse des policiers autrichiens. Nicolas, pour sa part, sous la défroque de Rabouine, s'évanouirait par les arrières aux bras d'une soubrette stipendiée. Il rejoindrait l'autre extrémité de la rue où stationnaient toujours quelques voitures de place et pourrait ainsi suivre Georgel. Dans sa chambre, il se dépouilla de son bel habit gris et enfila la livrée et le manteau de calemande de Rabouine tandis que celui-ci, ayant coiffé perruque et tricorne, s'emmitouflait dans le manteau à col de fourrure de son chef. Ils se considérèrent dans la psyché : dans l'ombre propice, on pouvait s'y tromper. Leur plan péchait par un point délicat : il faudrait s'en remettre à la discrétion de cochers que seule la vue d'une poignée de thalers d'argent pouvait persuader d'obéir aux curieuses injonctions d'une pratique étrangère.

Sans coup férir, l'opération débuta à sept heures quand Georgel, d'évidence nerveux, sortit dans la rue et, après quelques pas et un regard suspicieux sur les alentours, monta dans sa voiture. Quelques instants auparavant, Nicolas, Rabouine et Semacgus avaient appliqué à la lettre les consignes. Le hasard voulut que l'abbé se dirigeât vers l'endroit où Nicolas attendait. À distance raisonnable, la voiture de celui-ci, toutes lanternes éteintes, engagea la filature.

La ville ne lui était pas assez familière pour qu'il relevât le trajet, mais il reconnut certains monuments. La neige se remit à tomber et il craignit de perdre la piste, d'autant que Vienne ne possédait pas la qualité de l'éclairage public de Paris. Ils avançaient désormais dans une zone moins bâtie. Il comprit qu'on approchait des remparts de la vieille ville. Il devinait des formes massives recouvertes de neige, sans doute les bastions et les courtines à peine entrevus lors de leur arrivée dans la capitale autrichienne. Il y eut un arrêt ; il se pencha par la portière. Le cocher lui désigna l'abbé descendant de sa voiture à une centaine de toises de là [5]. Heureusement sa voiture était brillamment éclairée. Nicolas s'avança avec prudence dans l'obscurité. S'étant un peu éloigné, il entendit un bref sifflement et il comprit au bruit qui s'ensuivit que son équipage venait de faire volte-face. Il n'aurait jamais dû régler le cocher en avance. Il se consola en se disant que, sans cela, l'homme aurait refusé de s'engager dans une entreprise aussi risquée. Restait que le bruit de ce départ sans précautions risquait d'alerter Georgel et de le mettre sur ses gardes. Il décida de poursuivre, toujours guidé par les lumières de la voiture, assuré d'être invisible dans la nuit. Un moment il s'arrêta, le cœur battant : il lui avait semblé entendre le bruit mouillé de pas derrière lui. Il se retourna sans rien distinguer tant ses yeux étaient encore éblouis pour avoir fixé la lumière qui approchait. Le vent s'était levé en bourrasques et rabattait sur lui des flocons de plus en plus épais ; il était en même temps aveuglé et assourdi.

Soudain il perçut des bruits de briquets successivement battus. D'un coup, des lumières l'environnèrent. Quatre ou cinq inconnus l'entouraient, des lanternes allumées à leurs pieds. Puis il se trouva en face de l'abbé. Il le considérait et ne le reconnaissait pas, plus grand qu'à l'accoutumée. Comme dans un rêve, il le vit dégager sa cape et brandir une épée. Il analysa la situation : des hommes à ses basques et Georgel, sans doute accompagné d'autres sicaires, face à lui. Un instant lui suffit pour mesurer les risques du guet-apens dans lequel il s'était jeté. Il devait conserver sang-froid et lucidité. Il se dévêtit avec calme de sa cape qu'il enroula autour de son bras gauche et dégaina prestement son épée. Il comprit vite que la seule direction vers laquelle il pouvait s'échapper était le rempart. Sa mémoire lui représenta la hauteur des fortifications. Il ne pouvait sauter dans le vide : il se casserait les reins. Il en était réduit à faire face en s'adossant au parapet. Il ne donnait pas cher de ses chances au terme d'un assaut si inégal. En tout cas, il entendait faire payer d'un haut prix la satisfaction de son massacre. En hurlant comme un possédé, il poussa une pointe vers le plus proche de ses assaillants qui, trébuchant, renversa sa lanterne et l'éteignit. Voilà une bonne chose, songea Nicolas, qui donnait la marche à suivre. Il songea aux Horaces, au vieux Corneille et à son fameux : « *Qu'il mourût ! Ou qu'un beau désespoir alors le secourût.* »

Capable d'ironie au milieu du pire danger, il se moqua de mêler le théâtre et la réalité. D'ailleurs, il s'agissait de sa mort et il pontait à bourse ouverte dans une partie inégale.

Il entendait l'abbé Georgel, mais était-ce bien lui qui lançait avec rage des ordres gutturaux ? Il supposa que ses agresseurs étaient autrichiens. Une deuxième attaque de sa part fut couronnée du même succès, il parvint jusqu'à la lanterne qu'il renversa. Un claquement sec lui éclata aux oreilles et quelque chose dans le même instant lui cingla les jambes et s'enroula autour d'elles ; il tomba. Le cocher de l'abbé venait de jouer du fouet. Il gisait les chevilles entravées. À peine s'était-il dégagé et relevé que quatre gaillards fondaient sur lui l'épée haute. Sous le choc, il s'affaissa sur les genoux et ferrailla de plus belle. Dans cette posture, sa situation devenait intenable. Il avait réussi à se redresser quand l'épaulette en passementerie de sa livrée fut transpercée par une lame. Au même moment sa propre épée se ploya sur un obstacle, puis s'enfonça. Il perçut un cri étouffé et le bruit d'un corps qui s'effondrait dans la boue.

Restait que le nombre de ses assaillants lui semblait sans cesse se renouveler ; sans doute des troupes fraîches donnaient les unes après les autres. Il ne pourrait résister, il sentait qu'il était sur le point d'être submergé. Se précipiter dans le vide d'un bond, à tout risque, demeurait l'ultime chance. Sur le point de céder à cette suicidaire tentation, il entendit comme un grondement de tonnerre, les tueurs eux-mêmes parurent hésiter. Il comprit qu'un équipage fonçait sur eux au grand trot. Un coup de fouet dispersa au passage la masse des assaillants et il vit deux chevaux se cabrer devant lui. Une voix lui hurla de monter. Il saisit la poignée de la portière, les pieds sur une marche à demi sortie. Il crut choir quand la voiture vira sur deux roues latérales, mais fut ensuite rejeté contre la caisse. L'attelage prit le galop, il s'accrocha et finit par pénétrer à l'intérieur où il se laissa tomber sur la banquette, épuisé et haletant. Une grêle de balles, dont aucune ne toucha la voiture, salua, en feu de salve, sa retraite.

III

ORAGES

« J'aime les paysans ; ils ne sont pas assez savants pour raisonner de travers. »

MONTESQUIEU

Nicolas reprenait souffle. Il tâta son épaule, le fil de cuivre doré d'une broderie pendait, lamentable, le long de son bras. À quelques pouces près, la poitrine était transpercée. Mille questions se bousculaient dans sa tête. Quelle suite incroyable d'événements ! Comment démêler un tel imbroglio ? Avait-il suivi Georgel ou son apparence ? Quel grain de sable avait pu gripper les rouages d'une opération agencée et ménagée avec tant de soin ? D'évidence leur propre ruse s'était retournée contre lui et ses compagnons. Cela signifiait que l'adversaire connaissait leur plan. De qui le tenait-il ? Quelle raison suffisante justifiait une tentative de meurtre aussi patente et déterminée ? Qui était, enfin, ce mystérieux cocher surgi de nulle part comme un spectre ? Quels motifs l'avaient conduit à lui sauver la mise et la vie ? Il avait égaré son épée au cours du sauvetage. Il soupira d'aise en songeant que ce n'était pas celle du marquis, son père ; il ne se serait pas pardonné cette perte. Le rythme de la course finit par se calmer, puis la voiture, après quelques chaos, s'arrêta. Il se tint sur ses gardes, s'attendant à tout. La portière s'ouvrit et, débarrassée de sa tenue de cocher, apparut la figure réjouie de M. de Lastire, un doigt sur les lèvres et l'œil amusé.

— Marquis, pas un mot. Descendez et, sans désemparer, retournez au Bœuf d'Or : il se trouve à quelques pas. Dans un petit quart d'heure, je vous rejoins avec mon bagage.

Nicolas voulut parler ; en vain, Lastire bondissait déjà sur son siège, le fouet à la main. Il se repéra aisément, retrouva la Seilergasse et gagna discrètement sa chambre. Il s'empressa de se changer et attendit le retour de Semacgus et de Rabouine. Il était curieux d'entendre les explications du chevalier. Il réfléchissait à sa surprenante réapparition quand l'intéressé, dans sa tenue habituelle, poussa la porte et, avec un grand soupir, s'affala dans un fauteuil. Il prit une pose un peu canaille et considéra Nicolas en souriant.

— Monsieur, dit celui-ci, soyez assuré que je suis votre débiteur, je vous dois mon salut et vous détenez sur ma reconnaissance une traite inépuisable. Mais, que diable, contez-moi comment vous disparaissez et apparaissez comme les dieux des opéras de M. Rameau ! Nous avons tremblé pour vous, nous nous perdions en conjectures sur votre sort !

Lastire éclata de rire en piétinant le sol de ses bottes.

— Il est vrai que je vous dois une explication. Un fait décisif prévaut : ne croyez pas que M. de Sartine vous ait laissé partir sans scrupules. Dieu, non ! Il tient trop à vous. Il demeure toujours un peu du grand Châtelet, surtout au moment où il assure l'intérim de M. Le Noir. L'inconnu lointain et étranger l'inquiétait. Mon rôle essentiel ne consistait pas à escorter une effigie de porcelaine en brodant des babioles. J'avais carte blanche pour vous servir de garde du corps et une totale initiative pour décider de la manière d'en user.

Ce fut à Nicolas de sourire.

— Soit, reprit-il soudain sérieux, mais comprenez que votre logique n'est pas la mienne, elle passe même ma portée. Qu'auriez-vous dit, et légitimement, si je vous avais mis à l'écart et celé notre plan d'action ? Sans alarmer votre délicatesse, j'aurais apprécié de votre part davantage d'ouverture sur la véritable nature de vos activités et de devoir ces éclaircissements à votre zèle. Je comprends que vous n'étiez sans doute pas en mesure de nous les procurer, ou que vous avez jugé cela indifférent.

— Il n'aurait tenu qu'à moi de vous consentir ce plaisir, mais j'avais des ordres. Quoi qu'il en soit, monsieur le marquis, j'ose espérer que la suite de nos relations répondra à leur si favorable commencement. Et j'observe, soulagé, qu'un duel avec la camarde, loin de vous diminuer, vous anime au plus haut point !

Nicolas lui tendit la main.

— Pardonnez, chevalier, la chaleur de mon propos. Les scrupules d'une amitié surprise en sont la cause. Elle est aussi à la mesure de la crainte éprouvée quant à votre sort. Mais si quelques lueurs les plus bienvenues pouvaient…

— Allons, je m'efforcerai donc de justifier une conduite dont je conçois qu'elle ait pu vous apparaître étrange. J'appartiens à une phalange récemment créée par M. de Sartine… qui a pour tâche de traverser, pour nous en protéger, les menées des cours étrangères dans le royaume et au-dehors…

— Le ministre m'en avait laissé entendre la naissance, il y a quelques mois [1].

— Usant des moyens de la police sans appartenir à la police, ce service est aussi conduit à surveiller les factions de cour, vous le savez, si souvent utilisées par nos ennemis. Son travail doit cependant s'exercer dans le secret le plus absolu, sans rien troubler de l'intelligence et de l'intimité des couronnes. Il importait au plus haut point que cela fût le cas avec l'Autriche, réputée notre bonne alliée. Je devais donc disparaître pour, sans me compromettre, vous mieux protéger. Les intérêts d'une affaire si délicate étaient à peser dans un trébuchet en toile d'araignée.

— Il me faut oser une question.

— Dans le domaine du possible, j'y répondrai de grand cœur.

— Outre votre apparition décisive, tel un génie d'opéra, avez-vous tenté de me prévenir d'un quelconque péril ?

— Je sens que le charme de cette dame masquée vous a séduit.

— C'était donc vous ?

— Votre serviteur ! Pardonnez le stratagème, mais quoi de plus habile qu'un déguisement pour approcher sans être deviné ?

— Et le message, pourquoi en latin ?

— Je vous sais d'une culture jésuite… Et ce n'était pas du latin vulgaire. Du Cicéron !

Ainsi, pensa Nicolas, Semacgus avait vu juste.

— Quelle signification attachiez-vous à ce double message ? Dans tous les sens du terme…

— Une mise en garde. J'espérais qu'il inciterait un commissaire réputé intrépide à ne se départir point de la plus grande prudence. Hélas, je misais sur la mauvaise carte !

— Ce n'était pas aisé à comprendre. Pourquoi une écriture si hermétique ?

— Il faut, monsieur, calmer cette humeur tracassière que seuls excusent les événements de la soirée… Imaginez que le poulet tombe et soit ramassé par un de ces espions mondains si nombreux dans ce pays. Qu'on l'examine ensuite par le travers d'yeux hostiles, où en serions-nous, vous et moi, avec votre clarté et vos mots qui damnent ?

Les bottes piétinaient sauvagement le sol.

— Le tracassin est mon plaisir et je ne lâcherai pas l'élan de ma curiosité, dussé-je lasser votre patience. J'ai bien entendu le premier message, mais le second ? J'y perdais mon latin. Il est question de discordes au château ?

— Le lien supposé entre notre abbé et ceux qui, à la cour et dans le royaume, aiguisent les factions contre les gens en place. M. de Sartine sait cela et le suit.

Nicolas n'était guère étonné que le ministre de la Marine, nostalgique plus ou moins dissimulé de Choiseul, fût au courant de ce qui se tramait contre Turgot et l'esprit de réforme. Ayant, en outre, de grands projets pour son département, si essentiel à ses yeux au salut du pays, il supportait mal les éternels entravements que suscitait le contrôleur général des finances à ses demandes incessantes de crédits. Du reste, l'opposition à Turgot participait d'une marchandise fort mêlée en tous genres. Pour l'heure, il souhaita mettre du baume sur l'irritation perceptible du chevalier et lui dévoila le résultat de la fouille dans la chambre de Georgel.

— Que vous disais-je ! s'écria Lastire après un temps de réflexion. Le lièvre se débusque. Il a beau jouer à cligne-musette[2] avec nous, voilà qui le démasque ! C'est la clique des Rohan, des Choiseul et de tous les Marsan. Tout s'éclaire.

Ce n'est pas ainsi que Nicolas aurait qualifié la situation. Elle lui semblait de plus en plus confuse. Il comprit soudain que Lastire en était encore à prendre le faux Georgel pour le vrai.

— Le gibier vous a masqué sa trace, s'exclama-t-il avec un petit sourire, ce n'était pas l'abbé qui croisait en tierce dans ce théâtre d'ombres. Vous avez pris, comme moi au début, l'allure de la bête à contre-angle.

Lastire ne parvenait pas à dissimuler sa surprise.

— Vraiment ? Alors, vous avez perdu la piste et comme il quitte Vienne sous peu… Pourtant… Il est bien sorti de l'auberge ! J'étais dans son ombre et je l'ai vu sans conteste.

— C'était donc son frère ! Je vous assure que celui qui m'a attaqué n'avait rien d'un abbé de chancellerie. Reste que Semacgus a peut-être reconnu et suivi le bon. C'est notre dernière chance.

— Que me chantez-vous là, marquis ?

Nicolas comprit avec une certaine volupté que le chevalier songeait toujours au plan mis au point avant qu'il ne disparût. Il lui dévoila les ressorts de leur dernière stratégie qui le laissèrent silencieux et pensif.

— Il ne reste plus, conclut-il, qu'à attendre le retour de nos amis.

Un silence peuplé d'arrière-pensées s'établit entre les deux hommes. M. de Lastire sortit sa pipe, allongea ses jambes sur un escabeau et, tête renversée, se mit à former des volutes de fumée. Nicolas se sentait mal à l'aise tant le moral chez lui portait sur le physique. Son humeur brouillée l'achemina vers d'interminables considérations qu'une logique implacable déroulait en spirales. Chaque question donnait naissance à une suite de propositions qui, invariablement, le ramenait à l'origine de sa réflexion. Cette impuissance suscitait d'autres interrogations et le même processus mental se répétait, accru et aggravé par la fatigue des événements.

Il allait de soi que si le chevalier appartenait à cette secrète phalange, la discrétion devait être sa première et plus absolue obligation. Mais le commissaire faisait partie de la famille et pourtant… Il se rappela fort à propos que Sartine lui-même était coutumier de la rétention d'informations. Il aimait dissimuler une partie de ce qu'il savait, y compris à ses plus proches, dont Nicolas. Il se réservait toujours une part secrète dont il pourrait, au moment voulu, user à son avantage et à celui de l'affaire en cours.

Quant au débat ouvert avec Lastire, il s'étonnait qu'il eût pris, à certains égards, l'apparence d'un duel, certes verbal, mais dans lequel le caractère ondoyant de l'homme et une sorte de violence contenue s'étaient donné libre cours. Sous le futile officier ravaudant sa tapisserie transparaissait un homme d'action et de décision au tempérament quasi ombrageux. Il pouvait en juger par la vélocité du sauvetage qui lui avait sauvé la vie. Il finit par se convaincre que cette incertitude causée par la nature du chevalier correspondait sans doute à sa propre déception de n'avoir point discerné, dès l'abord, son caractère, de s'être trompé du tout au tout sur les apparences, d'être passé, lui, l'homme des intuitions et de l'usage des âmes, à côté d'une vérité humaine. Il pensait pourtant que la première impression était souvent la plus féconde en jugements fondés. Restait que Lastire avait, dès le départ, composé sa mine, faisant l'agréable et, pour tout dire, le sot, accommodant son apparence et son visage à l'image qu'il souhaitait offrir de lui-même.

Rabouine apparut vers minuit. Il avait décidé de rentrer, estimant sa mission de diversion achevée. Il avait promené les mouches autrichiennes avec la science consommée d'une longue expérience, pour les ramener enfin au Bœuf d'Or. Il paraissait pressé d'aller se reposer de ses travaux avec quelque accorte soubrette du dernier étage. Il avait compté sans Nicolas qui lui intima de rester avec eux pour attendre Semacgus et tirer ensemble les premières leçons de cette nuit agitée. Il en fit le récit à Rabouine stupéfait.

Au fur et à mesure que le temps s'écoulait, Nicolas s'inquiétait du sort du chirurgien et se blâmait déjà de l'avoir entraîné dans cette affaire. La nuit s'écoulait lentement. Vers la demie de trois heures, la porte s'ouvrit avec fracas et un Semacgus titubant et hilare fit son entrée avant de s'affaler dans un fauteuil dont le bois gémit sinistrement. Sur le coup, Nicolas craignit que son ami ne soit retombé dans ses égarements passés. L'homme, rencontré pour la première fois il y a quatorze ans, menait une vie, sinon dissolue, du moins fort libertine, que l'âge et l'influence bénéfique d'Awa, sa cuisinière noire, avaient réussi à tempérer. Mais il était dit que ses intuitions seraient, ce soir, mises à mal, les unes après les autres.

— Tarare[3], dit Semacgus en les considérant, goguenard, ne dissimulez surtout pas votre joie de me retrouver. Vous avez, ma foi, la mine d'une troupe de pénitents bleus !

— Qu'est-ce à dire ? demanda Nicolas l'air pincé. Que viennent faire ici des pénitents, et bleus de surcroît ?

— Oh ! Je constate que mon impression première se confirme : l'humeur n'est pas à la gaudriole. Il est interdit d'extravaguer. Cependant, au risque de ne pas séder[4] votre humeur, comme le disait mon maître Rabelais, je vais vous conter qui sont ces pénitents…

Nicolas sentit que, dans cet état, rien n'arrêterait Semacgus et il prit son mal en patience.

— … Piéça[5], faisant escale à Marseille, j'éprouvais le besoin de me dégourdir le bistouri et me mis en quête d'un quelconque cadavre à dépecer. C'est là que je tombai sur une confrérie de personnes charitables dont la mission consistait à procurer aux suppliciés les consolations d'une fin chrétienne et un coin de terre comme sépulture. Le peuple les appelle les moines de la mort. Il est superflu de vous dire comment ils accueillirent ma démarche. De joyeux lurons ! Vous me les rappelez. Inutile de me regarder avec cet air consterné : oui, j'ai abusé de l'eau-de-vie, mais pour la bonne cause !

— Nous y voilà ! dit Nicolas soulagé. Auparavant, apprenez les nouvelles de la nuit…

— Mais, j'y songe, l'interrompit Semacgus, je crois que nous sommes quatre.

Il se leva et esquissa une révérence chancelante devant le chevalier.

— Monsieur, mille excuses. Les vapeurs de l'alcool m'ont confondu les visages en un seul, c'est dire…

— Justement, interrompit Nicolas, vous avez droit à une explication.

— Auparavant, Rabouine, va me quérir une chope de bière fraîche ; rien n'est plus efficace pour remettre l'esprit et les idées en place.

Sans attendre, Nicolas entreprit pour la seconde fois le récit de ses aventures de la soirée.

— Peuh ! dit Semacgus. Échec sur toute la ligne. Cela me laisse de marbre, car moi j'ai tenu le vrai Georgel à ma botte !

— Comment savez-vous que c'était le bon ?

— De la même manière que vous avez suivi le train du faux ! tonitrua Semacgus avant d'ingurgiter le contenu d'une chope armoriée que venait de lui tendre Rabouine.

Ce garçon a toutes les qualités, songea Nicolas. Où diable a-t-il trouvé cette boisson, à trois heures du matin ?

— Gaussez-vous ! Riez ! Oui-da, je tenais le bon et il m'a promené dans tout Vienne pendant des heures, dans une obscurité…

Il se leva.

— *Fuyez, astre du jour, laissez régner les ombres*
   Nuit étendez vos voiles sombres !
   Vos tranquilles moments favorisent nos jeux [6].

— Eh quoi ! dit Nicolas riant malgré lui devant cette voix de basse dont la justesse était remarquable. Georgel a retrouvé Huascar, Zaïre, Ali ou encore Adario [7] ?

— Peuh ! Un personnage des plus communs. Gros traits, gros dos, grands pieds et une perruque de filasse dont même l'ami Gabriel le marin ne voudrait pas. Ils ont longuement devisé à l'ombre d'un portail d'église. Des papiers furent échangés, de l'or aussi. Puis le Georgel a pris congé : je l'ai abandonné.

— Comment cela ? dit Lastire jusqu'alors silencieux.

— Qu'aurais-je donc gagné à le filer ? La bête retournait au bercail.

— Vous l'ignoriez, et s'il avait eu un autre rendez-vous ?

— Le commissaire Le Floch vous apprendra, monsieur le chevalier, que l'essentiel consiste souvent à faire un choix entre deux inconvénients. Il m'est apparu plus opportun de chercher à connaître la nature du quidam en question.

— Je ne doute pas, monsieur, que vous y soyez parvenu.

— Certes, monsieur, et au-delà de l'imaginable ! Il a lui aussi repris une voiture que la mienne, de loin, a suivie. Bienheureuse neige qui assourdit et aveugle… Au *Graben* il est descendu et a enfilé une ruelle jusqu'à un tripot. Je l'ai accompagné. Pardi ! lui, au contraire de Georgel, ne me connaissait pas. Il a retrouvé un homme en habit noir. J'ai beaucoup bu.

— Comment cela ?

— J'ai feint de beaucoup boire en buvant un peu… On ne se méfie pas d'un ivrogne. Je possède là-dessus une expérience qui vous en remontrerait… Il y avait des stalles en bois. J'étais dos à dos avec ces drôles, à moitié couché sur la banquette. Vous savez à quel point le bois transmet les sons. J'entendais leur conversation comme si je me trouvais entre eux. Enfin, apprenez ce que j'ai retenu et l'analyse que j'en ai dressée.

Tous se rapprochèrent de Semacgus qui avait singulièrement baissé le ton.

— Que se confiaient-ils, hein ? Ils déploraient le départ du petit abbé, si commode et si candide. La vérité, c'est que ces bougres cédaient contre argent trébuchant des choses révélables. Ils avaient réussi à le persuader, par leurs livraisons régulières et opportunes, que, d'une part, le secret français était bien traversé et que, d'autre part, il obtenait, par leur entremise, des documents autrichiens authentiques.

— Je comprends, dit Nicolas. Nous avons vu le résultat.

— Le résultat ? C'est que le secret du roi n'avait plus de raison d'être. Ou alors il le fallait réorganiser tout entier et cela aurait pris des mois pour le remettre en état, ce que seul le roi était en mesure de décider. Or il est mort et son successeur ne paraît pas désireux d'y remédier. Aussi, moyennant de minimes entorses à sa propre discrétion, l'Autriche nous a persuadés d'abandonner un moyen utile de notre diplomatie.

— Et Georgel dans tout cela ?

— L'abbé, qui n'est rien moins que candide, joue peut-être à le paraître : il subodore quelque chose, ce qui expliquerait sa réticence à dévoiler son informateur. Il n'est jamais à honneur d'être l'objet imbécile d'une tromperie. Une autre hypothèse, qui ne récuse pas la première, c'est que ces documents sont pour lui le moyen de se faire valoir auprès de ceux qui le manipulent, nous en avons la preuve, depuis Paris. Bref, voilà un homme trompé, consciemment ou non, qui est à l'origine de la destruction d'un système de pouvoir. Je pressens que nous ne saurons jamais le fin mot de cet imbroglio… J'ajouterai, pour parfaire mon récit, qu'abandonnant mon intermédiaire – mille regrets, chevalier – j'ai collé mon ombre à celle de l'homme en noir, jusqu'à sa destination.

— Et alors ? demanda Lastire.

— Moi, je l'ai vu entrer avec sa clef dans les bureaux du *Statthalter bei der Regierung für Niederösterreich*.

— C'est-à-dire, en bon français ?

— Les bureaux de Son Excellence M. le gouverneur de la basse Autriche, détenteur à Vienne des pouvoirs de police, en quelque sorte leur lieutenant général à eux. Ainsi Georgel, qui prétendait démêler la politique du cabinet de Vienne, ne faisait que servir de paravent à une action offensive de celui-ci. Il lit nos secrets et nous adresse les siens les plus éculés. Tout cela pour mieux nous paralyser. Un coup de maître, en vérité ! Sur ce, messieurs, je vais me coucher.

Il se leva lourdement et quitta la chambre, laissant l'assistance consternée de ces révélations.

— J'irai tout à l'heure, soupira Nicolas, rendre compte à l'ambassadeur des tristes conclusions de notre enquête. Je doute qu'il apprécie la nouvelle.

— De fait, dit Lastire, elle ne laisse pas de lui ôter une épine du pied. Tout s'éclaire et il sait désormais à quoi s'en tenir. Le voilà débarrassé de Georgel. À lui de faire oublier le prince Louis, s'il le peut !

Sur cette courte morale, ils se séparèrent.

Lundi 6 mars 1775

Outre un visage contracté, la première réaction de M. de Breteuil fut tout à son honneur de représentant du roi. Il avait écouté sans ciller le rapport de Nicolas, exposé sans fioritures. Il déplora aussitôt l'offense faite à la France et en mesura les conséquences. Puis, comme pour se persuader de ce qu'il venait d'apprendre, il en résuma sur un ton interrogatif chacun des éléments. Qu'on ait tenté d'assassiner un envoyé de la cour ne fut, en rien, pris en compte ; cela faisait partie des risques du jeu.

— Ainsi, les bureaux autrichiens connaissaient le secret et son chiffre ? Ainsi, par l'intermédiaire d'un prétendu transfuge, on nous a insinué par la bande, c'est-à-dire par ce faquin d'abbé, notre malheur ? De plus, on a ajouté, pour davantage de vraisemblance et pour nous appâter, quelques papiers authentiques sans conséquence politique, ou évaporée depuis longtemps, mêlés à beaucoup d'autres forgés et emplis de fausseté. C'est bien cela ? Hein ?

Il se mit à ricaner en tordant la batiste de sa cravate.

— Le comble en cette affaire, c'est que Georgel pensait me tailler des croupières en m'écartant de son petit commerce. Le fait est qu'il me rend service. Ma bienveillance vous est acquise, monsieur le marquis, comme due à l'efficient instrument de mon éclaircissement. Vous y ajouterez en insistant, dans votre rapport à Versailles, sur l'infidélité notable et l'insondable bêtise de ce médiocre personnage à rabat.

Le mouvement suivant porta M. de Breteuil à exsuder sa haine à l'égard du prince Louis, accusé d'avoir donné dans le panneau [8] des Autrichiens, sans méfiance ni réflexion. Nicolas laissa passer l'orage qui redoubla pourtant de violence quand il révéla à l'ambassadeur la teneur du papier à moitié consumé ramassé dans la chambre de l'abbé. Il s'ensuivit une aigre diatribe qui s'acheva dans un rire sarcastique. Tout cela s'ajouterait aux débours de Rohan. L'impératrice-reine ne l'avait jamais supporté et la reine avait épousé l'antipathie de sa mère envers un prélat débauché et, de plus, courtisan attitré de Mme du Barry. Un jour ou l'autre, il serait, lui Breteuil, en place et en mesure de lui faire souvenir du passé.

— Voilà, dit Nicolas, une affaire, hélas, réglée. Il n'y a donc plus aucune raison, monsieur l'ambassadeur, que notre séjour à Vienne se prolonge. Cette information décisive et vos dépêches à convoyer engagent, au contraire, notre zèle à vous demander notre congé et à rejoindre le royaume au plus vite.

— Vos compagnons peuvent partir, sans vous. Convoyer mes dépêches ? Convoyer ? Que suggérez-vous ? Vous m'aviez assuré…

— C'est affaire de langage. Il s'agit d'en convoyer la teneur.

— Pourriez-vous, sur-le-champ, me restituer… ?

— Si cela peut vous rassurer.

Nicolas ferma les yeux. Il réfléchit un instant et se mit à parler sur un ton monocorde comme s'il lisait quelque chose.

— *Il y a du mouvement dans la Bohême. Quelques villages mécontents des corvées qu'ils doivent à leurs seigneurs se sont attroupés pour se soustraire à ce devoir. Ils se sont présentés devant la ville de Königsgraetz pour s'en emparer. La levée des ponts a fait échouer leurs projets. Les hussites, dont la secte est nombreuse en Bohême, paraissent les plus échauffés…* Voulez-vous le début de la seconde ?

Breteuil, sidéré, opina sans un mot.

— *Les mouvements des paysans sont plus considérables et le mal qui en résulte plus grand que je vous l'ai mandé par ma dernière dépêche. Comme on tâche de cacher ici la majeure partie du désordre, j'ai cru inutile d'en paraître instruit plus que le ministère ne le veut, et encore plus de m'étendre sur les causes de ce malheur qui menace la Bohême et les possesseurs de terre de pertes irréparables…*

Effaré, Breteuil mit un doigt sur ses lèvres.

— Monsieur le marquis, cela me passe. Par quel prodige ? Il vous faut, sur-le-champ, calmer ma légitime curiosité.

— L'explication en est bien simple. Enfant, j'ai beaucoup appris par cœur. Mes maîtres jésuites ont parachevé mon éducation en ce domaine. Il me suffit de connaître le début des paragraphes. Je les chiffre par un moyen de moi seul connu. Et ensuite cela va de soi.

— Monsieur, il vous faut faire école ! Voilà résolue la question du secret !

— Sous réserve de n'être point soumis à la question, dit Nicolas en souriant.

— Reste que je ne peux vous autoriser à quitter Vienne, hélas ! L'impératrice souhaite vous charger d'un paquet et d'une missive pour la reine. Nous dépendons de son bon plaisir, qui peut prendre bien du temps… J'ai cru comprendre qu'il s'agissait d'achever un médaillon. Vous voilà contraint de rester ici tant que le paquet ne nous est point parvenu. Je vous conseille de profiter de la ville.

De retour au Bœuf d'Or, Nicolas réunit ses compagnons pour leur exposer la triste conjoncture. Chacun avait son opinion sur la manière de répondre à la situation. Semacgus se félicitait sans insister sur la possibilité qui lui était offerte de prolonger ses études botaniques. Les recommandations de M. de Jussieu lui avaient ouvert bien des portes et, en quelques jours, il avait enrichi ses connaissances en vue de son grand traité de plantes tropicales. Rabouine, serein, s'en remettait à Nicolas. Quant au chevalier de Lastire, il estimait que, l'affaire Georgel éclaircie, rien ne laissait penser que des agressions contre le commissaire se renouvelleraient. La présence d'un faux abbé prouvait que les événements de la dernière soirée étaient intimement liés. Il se proposait donc, sauf objection de Nicolas, de quitter Vienne. Il leur confierait son bagage et rejoindrait la France à franc étrier, ce qui permettrait d'avertir Vergennes et Sartine de leurs découvertes. Il ne prendrait avec lui que du courrier personnel, toute autre missive le mettant en péril en cas d'interception dans les États héréditaires et de l'empire. Personne ne s'éleva contre ce raisonnement. Le dispositif proposé rallia tous les suffrages. Le chevalier entendait partir le jour même. Nicolas s'isola pour écrire quelques lettres, à son fils, à Aimée, et un petit message amical à l'inspecteur Bourdeau dont il pressentait, malgré l'astuce de Sartine, le dépit de n'avoir point été de l'aventure. À deux heures de relevée, Lastire leur fit ses adieux, occasion pour Nicolas de lui témoigner encore sa reconnaissance pour son aide décisive. Ils éprouvèrent tous un peu de tristesse de le voir partir ; c'était un bon compagnon qui avait agrémenté de sa fantaisie et de ses saillies la monotonie d'un long voyage. Ils avaient aussi mesuré les facettes de sa personnalité et le caractère décidé et, par certains côtés, ombrageux de l'homme choisi par Sartine pour lutter contre les menées étrangères hostiles au royaume. Le souper fut morose. Après le temps échevelé de l'action et de la violence, la tension retombait et chacun se réfugia dans sa chambre.

Du mardi 7 mars au lundi 10 avril 1775

La période qui s'ouvrit, pourtant plaisante par certains côtés, finit par leur peser. Nicolas occupa les premiers jours d'une visite plus complète de la capitale de l'empire, mais la ville n'était pas grande au point que ce passe-temps permît de meubler les jours suivants. Le commissaire pensa à ses amis et à ses proches. Il découvrit une fine épée de cour, damasquinée, pour Louis, assuré qu'elle lui procurerait le plus grand plaisir. Pour Aimée, un collier en corail de Corfou le séduisit. Il eut la délicatesse de songer à la marotte de M. de Sartine. Se souvenant que l'abbé Georgel, activé par le ministre, lui avait adressé l'année passée une superbe perruque à marteaux, il s'enquit du meilleur faiseur local. Un modèle unique commandé par le *Magistrato Camerale*[9] de la cité de Padoue, récemment décédé, fit l'affaire. On lui assura que même le doge à Vienne n'en possédait pas de plus longue et de plus fournie ; il admira ses reflets argentés. Elle constituerait sans conteste la pièce maîtresse de la bibliothèque musicale à perruques du ministre de la Marine.

À l'intention de M. de Noblecourt, il finit, à la suite d'incessantes recherches, par dénicher une édition de la *Vie des Douze Césars* de Suétone dans un texte mis au point par le poète Franciscus Van Gudendorp, relié plein velin avec un double filet doré en encadrement. Ce superbe exemplaire ravirait le vieux magistrat bibliophile et, de surcroît, latiniste hors pair. Nicolas se souvint qu'il s'était naguère séparé d'un exemplaire d'Ovide, cher à son cœur, pour en faire présent à Louis Le Floch en partance pour son collège de Juilly. Un flacon de *slevovitz* et une tabatière pour Bourdeau, des mouchoirs en dentelle pour Marion et Catherine et enfin, une toque en fourrure pour le bon Poitevin, si sensible de la tête, parachevèrent ses emplettes. Il satisferait ainsi tout son monde.

Les semaines s'écoulèrent, ponctuées d'événements inattendus. L'archiduc Maximilien, que Nicolas avait escorté de la frontière des Flandres jusqu'à Paris, ayant appris sa présence à Vienne, se souvint de la dilection que la compagnie du commissaire lui avait procurée et le convia à souper en tête à tête. Il le retint jusqu'à une heure avancée de la nuit en lui posant mille questions sur la cour, les hommes en place, l'exercice de la justice et l'usage de la question dans la procédure criminelle. Marie-Thérèse, en effet, envisageait de l'interdire dans les

États héréditaires. Le prince estimait qu'elle ne permettait pas de découvrir la vérité et qu'elle constituait plutôt un moyen aveugle qui forçait aussi bien le coupable que l'innocent à s'accuser. Il avait une physionomie intéressante, avec un rien de vivacité qui pouvait même le faire passer pour brusque ; cela le rapprochait de l'empereur, en moins affable et moins communicatif. Coadjuteur de l'ordre teutonique, il exerçait aussi les fonctions de gouverneur des Pays-Bas.

Nicolas assista à une représentation de gala d'un opéra italien en présence de la cour au *Burgtheater* sur la Michaelerplatz, devant la *Hofburg*. Il avait été frappé par l'architecture du bâtiment, avec ses grandes verrières et son balcon promenade. La multitude et la splendeur d'immenses lustres rendaient une lumière semblable à celle du jour. Avec Semacgus et Rabouine éblouis, ils se retrouvèrent au théâtre de la porte de Carinthie pour la première d'*Il Ritorno di Tobia* dirigée par Haydn. Tout Vienne était accouru assister à la création du maître de chapelle des Esterhazy. L'œuvre, brillante et superbement exécutée, recueillit les applaudissements unanimes de l'assistance. L'expression et la nature se mêlaient si étroitement que les auditeurs ne pouvaient qu'aimer l'une et admirer l'autre. Quant aux chœurs, ils brillaient d'un feu qu'auparavant on avait cru l'apanage du seul Haendel. Nicolas s'émerveilla des ressources vocales de la soprano Magdalena Friberth.

Enfin un appel de M. de Breteuil mit fin à leur attente. Nicolas s'empressa de rejoindre la résidence de France où l'ambassadeur lui remit, avec mille recommandations, le médaillon et la lettre frappée du sceau impérial destinés à la reine. Quelques paroles aimables et il fila retrouver ses amis. Les préparatifs du départ furent rapidement exécutés. Seul Rabouine renâclait et tirait longue mine, multipliant les adieux déchirants avec les coquines du voisinage. Il fallut que Nicolas s'en mêlât pour l'arracher à ces rustiques séductions au matin du mardi 11 avril.

L'hiver, redoublant de rigueur, multiplia les difficultés du retour. Pourtant le printemps aurait dû commencer depuis longtemps à poindre. Le gel persistait avec des redoux tempétueux de pluies et de neiges. Ces alternances transformaient les chemins en fondrières et, plusieurs fois par jour, Nicolas et ses compagnons devaient descendre de leur voiture pour aider le cocher et le postillon à dégager les roues des ornières emplies de boues glacées. Le temps s'aggrava au point qu'ils furent plusieurs jours bloqués à Augsbourg. Par chance, la meilleure auberge de la ville, Les Raisins d'Or, les accueillit pendant que la tempête faisait rage. Le tenancier, Johan Sigmund Mayr, homme des plus affables, se révéla un hôte charmant et un conteur intarissable. Par le truchement de Semacgus, il dévida mille anecdotes qui animèrent les soirées au coin de l'immense cheminée de la salle commune. C'est ainsi que Nicolas entendit à nouveau évoquer un aventurier du nom de Casanova qui avait séjourné dans cette auberge où sa bonne humeur et sa gourmandise, notamment pour le gratin de macaronis, étaient demeurées légendaires. Apprenti policier chez le commissaire Lardin, il avait jadis participé à son arrestation à Paris pour une affaire de dettes [10]. Grâce à la mansuétude de Choiseul, son séjour forcé au Fort-Lévêque n'avait duré que quelques jours.

Entre Augsbourg et Munich, ils furent interceptés par une troupe de hussards en rase campagne. La conjoncture s'avéra inquiétante. Ils se trouvaient loin de tout, faiblement armés et hors d'état de résister à cette soldatesque. Contraints par la force à descendre de voiture, ils durent s'aligner et subir un discours en sabir du chef civil du détachement qui les accusa d'être des espions. Nicolas excipa de sa lettre de courrier aux armes de France sans que cela parût en rien émouvoir son interlocuteur. Il leur annonça qu'ils allaient être fouillés à corps et leurs bagages visités. La lettre de l'impératrice fut examinée avec circonspection sans que le reître osât se porter aux derniers outrages. Nicolas avait averti que son ouverture équivaudrait à un crime de lèse-majesté dans lequel les deux couronnes seraient parties. Le paquet contenant le médaillon représentant Marie-Thérèse fut moins respecté. Les soldats s'acharnèrent vainement sur leurs effets, à l'irritation grandissante de leur chef. Finalement, sans un mot ni un regard, la troupe se retira, laissant leurs biens épars sur la neige. Ils mirent plus d'une heure à y remettre un peu d'ordre. Nicolas remarqua que Rabouine portait constamment les yeux sur le versant brumeux d'une colline. Qu'avait-il cru y déceler ? Interrogé, il demeura muet.

La nuit tombait quand ils se remirent en route, transis et couverts d'une neige qui prenait aussitôt la consistance de la glace. Que cherchaient ces sbires dont le chef avait poussé son enquête jusqu'à examiner le contenu du « *bourdaloue*[11] » de Semacgus ? Nicolas se félicitait d'avoir usé d'un stratagème pour convoyer les dépêches de l'ambassadeur du roi. Il avait même mémorisé sa liste de nombres qui lui restituaient le début de chaque paragraphe, clef de son système. L'auraient-ils d'ailleurs trouvée qu'ils se seraient échinés à la comprendre. Seulement sa découverte eût sans doute empiré les choses, prolongé les recherches et justifié une arrestation. En tout cas, l'épisode était à replacer dans la suite d'événements extraordinaires survenus depuis leur arrivée à Vienne.

L'arrivée en France coïncida avec une aggravation des conditions du voyage. La circulation devint de plus en plus malaisée et les maîtres de poste de plus en plus réticents à hasarder leurs équipages. La tourmente était telle que, par moments, on ne pouvait plus marcher au pas.

L'hiver terrible dans ses effets et sa durée se prolongeait sans relâcher son emprise. Hors les villes, la neige s'accumulait dans les bas-fonds en édifices qui tournaient vite à la glace pour s'effondrer ensuite par pans entiers. Parfois, le recours à la pelle imposait un travail long et pénible auquel chacun s'attelait en silence. Une pluie verglaçante forte et prolongée couvrait par endroits le sol d'une couche de glace de trois pouces qui s'ajoutait aux précédentes, constituant une masse incertaine sur laquelle il était impossible de poser le pied et que les roues de la voiture défonçaient avec des craquements sinistres et des giclements. Bientôt le dégel survint avec ses marées de boue.

Dans les relais de poste où, éreintés, ils faisaient étape, Nicolas devait déployer toute son autorité pour faire plier la mauvaise volonté des maîtres. Des rumeurs qui couraient ne leur échappèrent point ; l'air sombre, les buveurs attablés baissaient la voix à leur approche. Plusieurs, interrogés, répondirent de mauvais gré que, pour eux, l'année s'annonçait funeste. La mauvaiseté de l'automne et celle de l'hiver conjuguées, le fait qu'en mars et avril le froid, la neige et la glace s'étaient maintenus compromettaient le cycle naturel des travaux des champs. La terre souffrait et rien n'en sortait. Comment les blés pousseraient-ils dans ces conditions ? À cela s'ajoutaient des rumeurs et des peurs. On avait observé des aurores boréales, la nuit le fracas des glaces réveillait les campagnes comme si la terre avait tremblé, des orages meurtriers avaient répandu des grêlons sanglants, le ciel s'embrasait la nuit et s'assombrissait le jour. Tout cela paraissait autant de signes néfastes, avant-coureurs de calamités pour les esprits sensibles. Les almanachs répandus par les colporteurs dans tout le royaume annonçaient aux populations effarées plusieurs éclipses dans l'année 1775, ce qui ajoutait encore à leurs terreurs diffuses.

Plus ils se rapprochaient de Paris, plus les submergeaient des nouvelles contradictoires et menaçantes. Lors d'une halte près de Châlons, Nicolas, inquiet, dépêcha Rabouine auprès d'un attroupement de paysans hostiles. Sa connivence avec le peuple faciliterait le contact. Il revint au moment où leur voiture allait s'ébranler. Nicolas nota son air consterné.

— Le peuple gronde, dit-il. On cause à nouveau du pacte de famine, comme sous le feu roi. Ces hommes étaient peu enclins à me parler, mais ils ont fini par se débonder et ont tout déballé. Dans un village proche, il y a eu sédition contre un riche meunier…

— C'est curieux, remarqua Semacgus. Je n'ai jamais entendu parler d'un meunier pauvre. C'est un état des plus privilégiés par les temps qui courent !

— Et pour cause ! Celui-ci était accusé d'être le fauteur de l'enchérissement des grains. Informée de cette émeute, la force publique s'est portée sur place. Les menaces sont demeurées sans effet et elle a dû reculer, repoussée par des grêles de pierres. En moins d'une heure, le moulin et ses dépendances ont été détruits et incendiés. Si vive était la fureur du peuple que certains ont commencé à démembrer vivante la volaille [12]. Des carrosses trouvés dans une remise ont été fracassés à coups de barre à mine.

— Fi, les vilains ! s'exclama Nicolas. Et les autorités, aucune réaction ?

— Si fait. Un détachement de canonniers s'est porté sur les lieux. On a arrêté plus de deux cents séditieux. Le lieutenant criminel de Châlons informe et on assure que tout cela aura de grandes suites. Mais il y a plus grave encore. À cette agitation s'ajoutent une peur diffuse, des contes de bonne femme, relayés de village en village et qui affolent nos gens.

— Allons ! dit Semacgus. Ne nous refaites pas le coup de la bête du Gévaudan ! Il y a belle lurette qu'on l'a massacrée.

— Oh ! riez, monsieur, c'est tout comme. On raconte avoir vu apparaître dans les forêts alentour une femme à tête de serpent. Elle hurle à la lune. On prétend que son retour coïncide avec des événements désastreux pour le royaume. Sa première apparition daterait de 1740.

— Tiens ! s'étonna Nicolas. Pourquoi cette date ?

— Remarque de jeune homme, répliqua Semacgus. Ce fut une terrible année, la pire du siècle. L'hiver ne finissait pas, comme celui-ci. En mai, les blés couvraient à peine les champs. On eut recours aux prières publiques et aux processions de châsses. La chaleur et la sécheresse furent atroces. On compta les morts par dizaines de milliers. Ce temps-là est resté dans les mémoires comme celui du malheur.

— Chacun relève, reprit Rabouine, que depuis 1740, toutes les sept années, des drames peuvent survenir.

— Voyons, dit Nicolas en comptant sur ses doigts. 1747 ?

— Début de la guerre de succession d'Autriche, acheva Semacgus.

— 1754 ?

— Au choix : naissance de Louis XVI, exil de l'archevêque de Paris.

— Non, cela ne fonctionne guère pour cette année-là ! 1761 ?

— Choiseul à la guerre et… Le Floch commissaire !

Tous s'esclaffèrent.

— 1768.

— Nouvelle sultane : Mme du Barry !

— 1775, nous y sommes. Si je comprends bien, il conviendra de nous méfier de 1782 et de 1789 !

— Pour ce qui est de votre femme à tête de serpent, remarqua Semacgus, cela me rappelle une vieille histoire. Lusignan, au Poitou, était célèbre pour l'apparition périodique de la fée Mélusine dont le corps se terminait par une queue de dragon. Elle paraissait la nuit et poussait trois cris mystérieux. Cela, tous les sept ans, quand la France était au bord d'un désastre. Nul doute que votre serpentine est la petite-fille de cette fée-là et que, du Poitou à la Champagne, le conte a fait du chemin et s'est transformé au gré des imaginations et des hantises ancestrales.

Au fur et à mesure qu'ils approchaient de Paris, ils croisèrent des groupes de paysans et d'autres qui marchaient en troupe au bord du chemin. Certains baissaient la tête, d'autres jetaient un regard haineux sur leur voiture de maître chargée de bagages. Rabouine, lors d'une halte, apprit que l'émotion populaire faisait tache d'huile. Elle avait atteint Meaux où des désordres et du brigandage s'exerçaient au détriment de laboureurs, de marchands et de meuniers contraints par des bandes déchaînées à livrer leurs réserves au-dessous du prix courant. Tumultes et pillages gagnaient la maréchaussée, laissant le champ libre à l'émeute. La prudence, l'honnêteté et la franchise, tout avait été mis en œuvre sans pouvoir apaiser la fureur du peuple.

Préoccupés par ces nouvelles, Nicolas et ses compagnons pénétrèrent dans Paris l'après-midi du dimanche 30 avril par le faubourg Saint-Martin. Ce quartier marécageux n'était pas le plus aimable pour aborder la capitale du royaume, remarqua Nicolas. Ils furent arrêtés à la barrière pour un contrôle. Il se présenta au préposé et leurs bagages furent aussitôt acquittés. Leur voiture dut se frayer un passage au milieu de la foule d'aubergistes qui se tenaient là en permanence pour engager par de mirifiques promesses les arrivants de l'étranger et des provinces à venir loger dans leurs « palais ». Les représentants des hôtels réputés ne se livraient point à d'aussi vulgaires manœuvres, sûrs de leur réputation et de l'efficacité des guides pour voyageurs. Tous ces enrôleurs-gargotiers, aux mines des plus patibulaires, juraient sur leur conscience qu'on ne trouverait meilleur compte que chez eux et que leurs confrères n'étaient que des gueux, sans honneur ni probité, qui ne cherchaient qu'à dépouiller les clients trop candides qui prêteraient l'oreille à leurs fallacieuses descriptions. Sous le regard impassible de Louis XIV, figuré en Hercule sur la porte monumentale, quelques claquements de fouet dispersèrent la masse vociférant et la voiture s'engagea dans ce quartier sans prestige, sale et bourbeux.

Trois heures sonnaient à Saint-Eustache quand ils atteignirent l'hôtel de Noblecourt, rue Montmartre. On descendit le bagage de Nicolas et Semacgus garda la voiture, impatient de rejoindre Vaugirard et de retrouver Awa. Le commissaire fut saisi par la léthargie dans laquelle baignait la demeure ; il semblait qu'elle fût abandonnée. Le feu n'était pas allumé au potager de l'office. Aucune trace de Marion, de Catherine et de Poitevin. Quel grave événement avait-il pu bouleverser les habitudes ? Il gravit quatre à quatre l'escalier et découvrit au salon M. de Noblecourt en train d'écrire sur son secrétaire en bois de rose, l'air concentré et triste. Cyrus et Mouchette, clapis sous son fauteuil, demeuraient immobiles et silencieux et tournèrent vers Nicolas des regards anxieux sans manifester la joie habituelle des retrouvailles. Le chien remua pourtant lentement la queue tandis que la chatte faisait entendre un faible rauquement. Pour troubler ce silence effrayant, Nicolas s'éclaircit la gorge. M. de Noblecourt leva la tête et d'un geste qui n'échappa nullement à Nicolas replia son écrit et le recouvrit de sa main. Il soupira et un faible sourire détendit son visage ridé.

— Dieu soit loué, vous voilà !

Il posa sa plume.

— Nous nous languissions de vous.

— Qu'est-il advenu ? Je soupçonne quelque triste travers.

— Il serait malaisé de tenter de vous dissimuler quoi que ce soit. Vous devez prendre avec sang-froid ce que je vais vous apprendre.

Nicolas sentit comme une vague glacée s'emparer de tout son corps.

— S'agit-il de mon fils ?

— Ne vous effrayez pas outre mesure, il n'y a rien pour lors d'irrémédiable. Le supérieur de Juilly m'a averti que Louis avait disparu. Le plus probable, c'est qu'il s'est enfui du collège.

— Le plus probable...

Au froid ressenti succédèrent une bouffée brûlante et une espèce de douleur transversale qui le coupait en deux et lui ôtait le souffle. Il haletait. M. de Noblecourt se leva en toute hâte et le fit asseoir dans une bergère. Aussi vite qu'il le put, il marcha vers un buffet et en sortit un verre et un carafon.

— Tenez, buvez cela, vous m'avez souvent parlé du cordial du père Marie au Châtelet. Cette liqueur d'Arquebuse est du même acabit. C'est un contrecoup réputé pour une émotion de cette nature.

Il se rassit et agita le papier sur lequel il travaillait à l'arrivée de Nicolas.

— Ne croyez pas que nous ayons déploré sans agir. Je vais vous préciser tout ce qui a déjà été accompli.

Nicolas se leva.

— Je pars pour Juilly sur-le-champ.

— Il n'en est pas question, trancha fermement M. de Noblecourt. Veuillez m'entendre. Dès que j'ai été averti de l'événement, j'ai informé M. Le Noir.

— M. Le Noir ?

— Oui, M. Le Noir. Il est rétabli de sa maladie et a repris ses fonctions de lieutenant général de police. J'ai également saisi M. de Sartine. Ils se sont concertés et ont décidé de dépêcher Bourdeau qui a été chargé d'enquêter sur place à Juilly. Qui pouvaient-ils mandater de plus sûr que notre ami ? Il doit rentrer aujourd'hui, nul doute qu'il sera en possession d'informations intéressantes. Attendez-le et reposez-vous. Vous envisagerez tous les deux ce qu'il convient de faire. Vous lui faites avec raison pleine confiance et il ne peut avoir agi mieux que vous l'auriez fait vous-même. Inutile jusque-là de gloser sans éléments de réflexion. J'étais en train d'adresser une lettre au lieutenant criminel du lieu pour attirer à tout hasard son attention sur cette disparition. Ce n'est sans doute qu'une fugue, un enfantillage. Vous ne me paraissez pas convaincu ?

— C'est qu'à Noël je l'avais trouvé étrange, comme bouleversé. Il vous faut savoir aussi que durant ma mission à Vienne, il y a eu tentative pour me tuer et qu'il s'en est fallu d'un cheveu que je ne succombe...

— Encore !

— ... et je me demande si la disparition de Louis n'est pas à mettre en relation avec cet événement.

M. de Noblecourt, le menton dans une main, réfléchissait.

— Restez serein. Je sais, c'est aisé à dire à un père. On fait bien des chutes avant d'attraper la raison. Elle se sauve parce qu'elle croit valoir la peine qu'on lui coure après. Elle fait tout pour nous éprouver. Vous rirez un jour de cette épreuve.

Nicolas ne se sentait pas en état d'apprécier la sagesse du propos. Navré jusqu'au fond de l'âme, il éprouvait physiquement son angoisse, le ventre noué et douloureux.

— Inutile d'ajouter que Le Noir a donné toutes instructions pour que la route de Londres soit étroitement surveillée, et l'embarquement sur les paquebots pour l'Angleterre, dans les ports de la Manche. On peut en effet supposer que, sur un coup de tête, Louis ait désiré rejoindre sa mère.

— C'est en effet une utile précaution.

— Disposait-il d'argent en quantité ?

— Nullement. La pension annuelle à Juilly s'élève à neuf cents livres et je l'ai réglée lors de son entrée. Elle couvre presque tout. Je lui avais donné une petite somme pour ses menus achats et le paiement de ses retours sur Paris. Peu de chose en vérité. Pas assez pour solder un départ en Angleterre.

Des pas pressés retentirent dans l'escalier. Bourdeau, en redingote brune et bottes de cavalier, apparut essoufflé et le teint animé par la course. Il porta un regard inquiet sur Nicolas encore assis et se retint de le prendre dans ses bras. Il se tourna vers M. de Noblecourt qui, pressentant sa question, secoua la tête affirmativement.

— Je suis désolé. Qui aurait pu s'attendre à cela ?

— Moi, dit Nicolas, dès Noël. J'avais remarqué des détails et des attitudes qui n'auraient pas dû tromper un père…

— Ce qui est écrit est écrit, remarqua Noblecourt. Il y a d'étranges et imparables fatalités qui poussent un être à agir selon sa nature et l'impérieuse obligation du moment.

— Il sera un jour utile d'éclaircir les raisons et les causes. Bourdeau, je suis heureux de vous retrouver, vous m'avez manqué…

L'inspecteur s'épanouit un moment. Que Nicolas pense à lui dire cela en un pareil moment l'emplissait d'une joie sans pareille. Il se ressaisit.

— J'ai rencontré le principal, les maîtres, le domestique et les camarades. Tous louent l'intelligence, l'éducation et la loyauté de votre fils. Certes ses résultats faiblissaient un peu depuis Noël. Il était hanté par une idée fixe. Il y a eu une sorte de duel, à la pointe de compas, sous les combles de l'école. Un enfantillage à la suite d'une querelle avec un condisciple arrogant. On les a séparés. Le prétexte ? Le silence prévaut. Personne n'en a voulu parler. Louis s'est enfui, laissant ses affaires, sauf son cachet et l'exemplaire des *Métamorphoses* d'Ovide que M. de Noblecourt lui avait offert.

Le vieux magistrat, ému, se détourna pour aller coller son front contre la vitre de la fenêtre. Cyrus gémissait doucement en grattant la jambe de son maître.

— Il avait distribué son cotignac, enfin ce qui en restait, à ses amis proches.

— C'est tout ?

— Aucune trace. Vous savez mieux que moi l'état désastreux des chemins. J'ai interrogé le voisinage, les relais de poste, les paysans du lieu. Rien ! Nul ne l'a remarqué. Plus grave, le principal m'a révélé un fait des plus inquiétants : deux jours avant sa … son départ, un homme s'est présenté, a demandé à voir Louis pour lui remettre un pli de votre part…

— De ma part ? Impossible !

— Le principal n'avait aucune raison de s'y opposer.

— Ni, non plus, d'y consentir !

— Louis a reconnu votre écriture et s'est entretenu ensuite seul à seul avec l'inconnu. Le lendemain, il n'en paraissait que plus sombre.

— Vous a-t-il décrit ce mystérieux personnage ?

— C'était un capucin.

— Encore un capucin ! Je n'aime guère les capucins. Nous en avons jadis rencontré dans de bien sanglantes occasions. Surtout une personne. Une ombre en manteau de nuit ! Souvenez-vous du passé…

— Il est vrai que la bure est la meilleure des protections pour dissimuler une identité.

— Je crains un enlèvement en liaison avec ce qui s'est passé en Autriche. Mon premier mouvement allait dans ce sens.

Bourdeau tressaillit.

— Vous étiez en danger ; j'en étais sûr !

— Je vous conterai cela par le menu. Maintenant…

— Je ne peux croire, interrompit Noblecourt en se retournant les yeux rougis, que Louis n'en vienne pas à signifier à son père les raisons de sa conduite. Je ne le crois pas dissimulé et je lui garde ma confiance.

Nicolas se leva et tendit les mains à son vieil ami.

— Le jour où je suis entré dans cette demeure, j'ai approché la sagesse et la bonté.

— Maintenant, dit Noblecourt, soyons justement sages. Il convient de prendre patience. Nul doute que Bourdeau a mis sur le pied de guerre tout ce que l'Europe nous envie en matière d'usages policiers. Reste à attendre nouvelles et informations qui ne devraient manquer d'affluer.

Bourdeau approuva.

— M. Le Noir, M. de Sartine et M. de Vergennes souhaitaient vous recevoir dès votre retour. La reine, dit-on, s'est enquise de vous à trois reprises.

Noblecourt fourrageait dans son secrétaire. Il en sortit deux lettres qu'il tendit à Nicolas.

— Elles sont arrivées il y a quelques jours. Cette affaire m'a brouillé la tête, j'allais les oublier.

Nicolas reconnut le petit carré vert d'eau habituel et l'écriture désordonnée d'Aimée d'Arranet. Dans son désarroi, sa vue lui fit chaud au cœur. L'autre pli l'intrigua : une enveloppe dont il ne reconnaissait pas l'écriture à grands jambages couchés et le cachet d'un rouge presque noir. Il plaça la lettre d'Aimée dans sa poche. Ayant prié ses amis de l'excuser, il entreprit de rompre le sceau étrange, religieux à ne pas s'y tromper. Ce pli contenait un message cacheté lui aussi. La vue des armes et de l'écriture lui porta au cœur et, pour la seconde fois, il dut s'asseoir sous les regards inquiets de Noblecourt et de Bourdeau qui s'empressaient.

— Une mauvaise nouvelle ?

— Le passé frappe à ma porte et j'ignore encore ce que le destin me réserve.

IV

REMUEMENT DE PEUPLE

« Je viens de lire le chef-d'œuvre de
M. Turgot. Il me semble que voilà de
nouveaux cieux et une nouvelle terre ! »

VOLTAIRE

Les yeux dans le vague, Nicolas soupira.

— C'est une lettre de ma sœur Isabelle de Ranreuil.
Mesurez mon émotion... Je monte me changer. J'irai
ensuite voir M. Le Noir et demain je partirai tôt pour
Versailles. Pierre, j'aimerais que vous m'accompagniez
rue Neuve-Saint-Augustin. Trouvez-nous tout de suite
une voiture.

— Souperez-vous en notre compagnie ? demanda
M. de Noblecourt. Vous également, Bourdeau ? M. de La
Borde est convié. Rien que des amis ! Cela vous fera du
bien. Nos gens sont à vêpres à Saint-Eustache ; ils souhaitaient prier pour... Enfin, tout sera prêt à temps, vous
connaissez Catherine !

— J'aurais mauvaise grâce à m'y soustraire.

Il se retrouva dans sa chambre comme écœuré, le
souffle court. Il s'assit sur son lit, puis ouvrit le pli
d'Isabelle et commença sa lecture.

À Ranreuil, ce 3 avril 1775

Monsieur mon frère,

Il m'est doux pour la première fois de vous donner ce nom qui nous attache à jamais. Quand vous recevrez cette lettre, ma prise de voile sera consommée. C'est en toute sérénité que je prends la décision de me retirer à l'abbaye royale de Fontevrault. L'antiquité de notre maison et l'héritage de ma tante de Guenouel m'autorisent ce dernier mouvement d'orgueil. La mère abbesse, née Pardailhan d'Antin, est une cousine de cette tante. J'apporte aux pieds du divin époux une dot considérable.

C'est pourquoi j'entends que l'héritage de notre père vous revienne entièrement. Des amis que je conserve à la cour m'informent qu'on vous nomme « le petit Ranreuil ». Je n'ignore pas que vous avez jadis refusé à notre roi de prendre la qualité et le titre qui vous revenaient de droit et que vos services ont amplement illustrés. Vous l'accepterez de votre sœur, offrant ainsi à votre fils les chances d'un avenir qui lui ouvrira de grands emplois. Votre charge de commissaire est un office pour lequel vous ne dérogez point. Soyez sans remords le marquis de Ranreuil. Répondez au vœu de notre père qui vous l'aurait marqué s'il avait vécu. Hélas !… Rien ne vous oblige de publier l'éclat d'une action aussi légitime. Quant à notre demeure, elle est à vous. Guillard, notre intendant, vous en rendra désormais compte. Acceptez tout cela avec simplicité, venant de quelqu'un qui descend vivant au tombeau, comme naguère vous avez reçu la bague et l'épée de notre père.

De quelque manière que vous preniez les choses, j'entrerai dans vos sentiments profonds, sauf à me refuser ce que je vous offre humblement. Vous n'avez pas d'amie plus fidèle que moi. Il y a quinze ans que vous m'avez obligée de l'être. Je vous le dirai désormais plus librement que je n'ai fait, sachant que mon propos vous paraîtra de meilleure foi et que vous ne pourrez douter que, de toute mon âme, je demeure, au pied de l'autel et doublement, votre sœur fidèle et aimante.

Isabelle Marie Sophie Angélique de Ranreuil
En religion Sœur Agnès de la Miséricorde.

Cette lettre, qui le ramenait soudain à sa jeunesse, l'émut plus qu'il ne l'aurait cru. Elle le touchait au vif, comme un coup frappé au moment où il devait s'efforcer de ne pas fléchir. Son assise morale se dérobait sous lui. En un instant il se figura cette tête charmante, et les ciseaux taillant dans les cheveux, et cette existence qui ne serait plus que renoncement et poussière. Il tenta de se reprendre et ne put s'empêcher de sourire à la pensée qu'Isabelle ne s'était pas affranchie du style ampoulé que lui inspiraient les ouvrages du dernier siècle. Ses accents les plus sincères ne se départaient jamais de quelques inflexions précieuses et dramatiques. Quant au fond, de plus graves débats l'agitaient ; il ne voyait pas l'occasion d'aggraver davantage son souci. Il ouvrit le billet d'Aimée d'Arranet, assuré d'y trouver du réconfort.

À Versailles, ce 26 avril 1775
Monsieur,
De qui vous moquez-vous ? J'aurais dû me méfier lorsque vous m'avez assurée de votre fidélité. Presque deux mois sont écoulés depuis votre départ. Qui vous retient à Vienne ? Qui me retiendra à Versailles ?

Aimée d'Arranet

Fallait-il, au moment où le passé se rappelait à lui, que son présent l'abandonnât ? D'abord son fils et maintenant sa maîtresse. La colère le saisit : pourquoi le chevalier de Lastire n'avait-il pas transmis sa lettre ? N'y avait-il pas presque un mois d'écoulé depuis qu'il les avait quittés pour gagner la France ?

Il redescendit de sa chambre les bras chargés des présents choisis à Vienne. Noblecourt s'extasia devant la beauté de l'exemplaire de Suétone. Bourdeau pâlit, puis rougit, en recevant l'eau-de-vie et la tabatière. Marie et Catherine, de retour de Saint-Eustache, se mirent à pleurer de concert tant du plaisir de la beauté des dentelles qu'à la pensée de Louis et du souci de son père. Enfin le vieux Poitevin se coiffa aussitôt de sa toque de fourrure et courut allumer le potager.

Bourdeau alla chercher un fiacre, ils s'y installèrent. En quelques phrases, Nicolas résuma à son ami l'essentiel de ce qu'il devait savoir de l'expédition autrichienne et en souligna les détails les plus significatifs et inquiétants. Ce bref tête-à-tête n'empêcha pas le commissaire de noter, çà et là, des attroupements autour des boulangeries. Jusqu'à la rue Neuve-Saint-Augustin, il éprouva le bonheur de se replonger dans cette complicité sans détours ni calculs. Elle lui fit du bien. Dès leur arrivée à l'hôtel de police, le vieux majordome s'empressa de prévenir M. Le Noir qui les appela aussitôt, paraissant lui-même à l'entrée de son cabinet. Il y avait beau temps que l'incompréhension première entre les deux hommes s'était dissipée. La figure bonhomme du lieutenant général de police s'éclaira d'un sourire à la vue du commissaire et de son honorable acolyte.

— Monsieur le marquis, je rends grâce à la reine de Hongrie de nous renvoyer enfin le commissaire Le Floch !

— Je suis heureux, monseigneur, au plus haut point, de vous retrouver en si belle et bonne santé.

— Certes, il n'y paraît presque plus… Juste quelques accès de fatigue que les soucis de ma charge ont vite fait d'écumer. Comme disent les bons esprits des allées des Tuileries, j'ai récupéré la police…

Ils rirent.

— … mais procédons par catégories. En deux mots, votre mission ?

— En quatre ! La partie la plus officielle heureusement menée. J'ai vu l'empereur sans le savoir, l'impératrice en ne le sachant que trop et M. de Kaunitz en l'écoutant.

— Tout s'est-il bien passé avec M. de Breteuil ? Son commerce n'est pas toujours des plus faciles.

— À merveille ! L'ambassadeur du roi a certes ses travers, mais ils sont au service de Sa Majesté. Nous nous sommes accordés au mieux sur l'essentiel.

— Vous m'en voyez ravi, ce n'est pas un homme à négliger par un temps où les bons serviteurs du roi se font rares. Quant à la partie la plus confidentielle ?

— Elle a donné les résultats que M. le chevalier de Lastire a dû vous communiquer. Georgel…

— Lastire ? Que me dites-vous là ? Il n'a point paru. Je le croyais revenu en votre compagnie.

— Comment ! s'exclama Nicolas, surpris. Il y a près d'un mois qu'il a quitté Vienne pour venir transmettre mon rapport. Nous étions retenus sur la demande de l'impératrice qui souhaitait me confier une lettre et un médaillon pour la reine. Qu'a-t-il pu survenir ? Il en aura été empêché… Mon inquiétude est grande, surtout après mes aventures.

Il en développa le détail au lieutenant général de police, et notamment leurs découvertes sur Georgel.

— Sachez bien, ajouta Nicolas, qu'il m'a sauvé la vie avec une audace intrépide.

— Si Lastire a été intercepté, ce qui apparaît le plus vraisemblable, les dépêches de notre ambassadeur sont dans les mains du cabinet de Vienne. Hélas !

— Heureusement non, dit Nicolas en se frappant le front, elles sont ici au secret.

Il expliqua à nouveau son système. Cette découverte ravit Le Noir, qui fut convaincu qu'une part essentielle de la mission était couronnée de succès. Nicolas profita de cette belle humeur pour signaler au magistrat ce qu'il avait été en mesure d'observer tout au long du chemin, les attroupements, les murmures des paysans et les incidents répétés dans les villes et villages traversés, particulièrement aux abords de la capitale. Le Noir, à ce récit, s'assombrit.

— Ce que vous me contez recoupe précisément ce qu'on me rapporte de toutes parts. Le peuple murmure depuis la publication des édits voulus par Turgot sur la liberté du commerce des grains. Les gens sont inquiets qu'on ait déclaré que la police ne se mêle plus de rien et ne contrôle plus les mouvements de cet approvisionnement essentiel. La récolte de 1774 a été plus que médiocre, celle de cette année est incertaine. L'état des chemins et l'impossibilité des charrois compromettent les mouvements nécessaires. Comment franchirons-nous la soudure sans drame ? Une fermentation sourde travaille les cervelles. Dès le 15 avril, de l'avis que le pain de quatre livres se vendrait désormais treize sols, il y a eu émotion autour des boulangeries.

— Il y en a encore, je l'ai observé en venant.

— Même un dimanche ! On insinue que le peuple est menacé de famine et que le gouvernement spécule sur les blés pour acquitter les dettes du feu roi ! Toujours le même lutin pour faire accroire au pacte de famine. Le 26 avril, il y a quatre jours, nouvelle hausse du pain. À la halle, un maître d'hôtel de noble maison ayant payé soixante-douze livres [1] un litron de petits pois nouveaux, il s'est formé une cohue vociférante autour de lui. On lui a jeté son litron au visage en hurlant que si son jean-foutre de maître pouvait dépenser trois louis pour des petits pois, il n'avait qu'à donner du pain au peuple. Cela me fut rapporté sur-le-champ.

— Je crains, observa Nicolas, que ce mouvement ne prenne de l'importance et de la fureur.

— Vous voyez juste. Dans les marchés en province, à Versailles et à Paris, on constate une affluence inusitée de paysans, ou qui se disent tels, venus de quinze à vingt lieues à la ronde. Ces gens, que personne ne connaît, sèment l'inquiétude, tiennent des propos susceptibles d'émouvoir les esprits les moins éclairés. Que doit-on croire ? Tout laisse à penser que les deux mouvements se mélangent et se confortent. L'un spontané, nourri de l'inquiétude du peuple, et l'autre plus concerté, organisé par on ne sait qui… Je crois que nous allons avoir besoin de vous. Mais d'abord, courez à Versailles. Le roi, Vergennes et Sartine vous attendent, même la reine.

— C'était mon intention, mais je souhaitais, monseigneur, vous rendre compte en premier.

Le Noir s'approcha et lui mit la main sur l'épaule.

— J'y suis sensible. Prenez les ordres à la cour, mais sachez que je souhaite, je l'ai dit à qui de droit, vous confier la haute main sur cette affaire. Elle comporte des aspects obscurs qui menacent la sûreté du roi. Nous abordons des rivages difficiles. Seul un homme ayant votre expérience pourra démêler le vrai du faux et suggérer les mesures utiles. Je vous répète que ma confiance en vous est totale. Croyez aussi que je fais mon possible pour l'affaire intime qui vous tient à cœur et pour laquelle je ne ménagerai aucune voie ni aucune autorité.

— Monseigneur, je suis doublement votre serviteur. Hélas, je crains que cette disparition ne soit en relation avec ce qui est advenu à Vienne.

— Mon Dieu ! dit Le Noir. Évitons d'envisager le pire.

— Pour le moment, dit Bourdeau, nous ne pouvons qu'attendre les indications ou les faits qui nous porteront à privilégier telle ou telle piste.

De retour rue Montmartre, Nicolas se sentit réconforté de l'ouverture et de l'appui de M. Le Noir. Il trouvait chez cet homme bienveillant un ensemble de qualités et un bon sens commun qui en faisaient, sur un autre registre, le digne successeur de M. de Sartine. Il les confondait désormais dans une même fidélité, comme méritant l'un et l'autre sa loyauté. Sept heures sonnaient quand ils entrèrent dans l'hôtel de Noblecourt. Quelques chalands de mauvaise mine se tenaient attroupés du côté du passage de la reine de Hongrie. Ils devisaient à voix basse en considérant la boulangerie installée au rez-de-chaussée de l'hôtel.

L'office, redevenu une ruche affairée, retentissait des commentaires de Catherine. Elle les chassa aussitôt en grommelant que les hommes n'avaient rien à faire dans ses jupes à l'orée d'un souper et qu'elle n'aurait jamais toléré, lorsque cantinière elle servait les armées du roi, qu'un soldat s'approchât de sa marmite. Elle ne dissimulait pas, non plus que Marion, le bonheur de retrouver Nicolas. Au premier étage, M. de Noblecourt s'entretenait paisiblement avec M. de La Borde. Les retrouvailles furent émouvantes et chaleureuses avec l'ancien valet de chambre du roi, depuis toujours si lié à Nicolas. Celui-ci s'enquit de la santé de l'épouse du nouveau fermier général. Elle se remettait peu à peu d'une crise de consomption morale qui avait pesé sur les premiers moments du jeune ménage. Marion survint, annonçant qu'il était temps de passer à la bibliothèque où la table était dressée comme à l'accoutumée. Nicolas observa que M. de Noblecourt le surveillait du coin de l'œil. Il se promit de faire bonne figure et de ne pas contrister, en affichant un souci hors de mise, une réunion d'amis dont il pressentait qu'elle était justement destinée à le distraire de ses préoccupations. Il fut aussitôt interrogé sur Vienne et son voyage. Il y répondit avec cette verve descriptive qu'aimait tant le feu roi, dévidant avec humour toutes les péripéties racontables.

— À mon tour, dit-il, de m'enquérir de la chronique de la cour et de la ville en mon absence.

— Ah ! s'exclama La Borde, Le Kain, notre crasseux grand acteur, est tombé fort malade.

— Oui, ajouta Bourdeau, d'une maladie qu'on appelle désormais « cauchoise », vu qu'il l'a prise d'une fille de ce pays-là !

— Le 23 février, votre ami Caron a donné son *Barbier de Séville*. Enfin autorisée, la pièce n'a pas répondu à l'attente du public. Ce n'est qu'une semaine après que ce demi-échec s'est transformé en vrai triomphe, une...

Noblecourt interrompit La Borde.

— ... et les battoirs ont fait merveille ! Le tout est de savoir organiser sa salle...

— ... et sa claque !

— Soyez juste, la pièce est bonne, surtout après les aménagements que l'auteur y a apportés. Réduite à quatre actes, moins longue et, pour certains dont je ne suis pas, moins ennuyeuse.

— Vous en parlez comme si vous y étiez !

— Mais j'y étais ! Au bras de M. de La Borde et dans une loge des mieux placées pour y lorgner les belles de la salle et de la scène.

— Je vois, dit Nicolas en riant. Notre ami a gardé quelques relations à la comédie !

— On a annoncé, poursuivit l'intéressé, le mariage de Madame Clotilde, sœur du roi, avec le prince de Piémont. Vous l'avez rencontrée, épaisse et volumineuse. Du coup, on chantonne dans Paris :

> *Le bon Savoyard qui réclame*
> *Le prix de son double présent*
> *En échange reçoit Madame :*
> *C'est le payer bien grassement.*

Ils furent interrompus par Catherine qui apportait, avec la gravité seyant à cet office, un long plat d'argent contenant ce qu'elle proclama glorieusement être un « turbot à la Sainte-Menehould ». Le tout fut présenté au maître de maison qui huma les effluves et convoita des yeux. Il servit ses hôtes en s'oubliant lui-même, à la surprise générale.

— Eh oui ! messieurs, dit-il avec un air de martyr, je m'abstiens, je me prive, je me torture. Notez à mon bénéfice que je le fais de mon propre mouvement en l'absence du docteur Semacgus. Que ce geste lui soit dûment rapporté. J'espère que cela m'attirera ses indulgences : quelques jours sans sauge ni pruneaux…

Catherine prit un air entendu.

— Ça n'est bas la beine de faire le sage. Vous savez bertinemment que vous avez un blat spezial. Un bigeon aux betits bois nouveaux. Et encore trop délizieux pour vous, si vous voulez mon avis, yo yo !

— C'est là plat de roi ! lança Nicolas. Par les temps qui courent, un de ceux à se faire crier « à la chienlit » dans toute la halle. Madame Catherine, vous me paraissez bien dispendieuse et peu soucieuse des intérêts de cette noble maison.

— Boint du tout, monsieur le moqueur. C'est un envoi de M. de La Borde que voilà.

— Oui, avoua l'intéressé avec modestie, j'ai conservé aussi quelques amitiés au potager du roi, à Versailles. Ils m'offrent les prémices de tout ce qui paraît en sa primeur. Ils voulaient me régaler d'asperges, mais je les crois très néfastes et propres à redoubler les accès de goutte. J'ai préféré, pour la santé de notre ami, lui réserver un hommage de pois.

— Et pourtant si léger ! nota Noblecourt, suscitant l'approbation générale.

Catherine découvrit le volatile sauté au milieu des légumes d'un vert tendre. Elle en ôta avec soin la barde dorée à croustilles, à l'évident regret de Noblecourt.

— Ce turbot a une chair d'une finesse ! remarqua Nicolas. À la fois ferme et fondante.

— Il est nécessaire, dit La Borde, de redoubler, comme il se doit, le plaisir de sa dégustation. Comment le traitâtes-vous, belle Catherine ?

— Remoquez-vous et je le remborte plus vite que vous ne le resbirez ! L'essentiel est de faire cuire la bête moitié lait, moitié eau. Bour que la chair demeure blanche, le court-bouillon doit jaser à bart bendant un gros quart d'heure. Le dos du poisson est ensuite frotté avec un zitron et cuit à boint, mais sans surtout bouillir. Il faut lever les filets une fois le tout refroidi. Faire échauffer une sauce béchamel un peu ébaisse, y blacer les morceaux de boisson et glisser le tout courtement à la salamandre pour gratiner.

— Cela évoque pour moi, commença Noblecourt en applaudissant, une histoire que l'on racontait dans ma jeunesse. Le vieux duc d'Escars grognonnait sans cesse du malheur d'avoir fait servir des émincés de blanc de volaille à la crème durant plus de vingt ans avant que le petit Bechameil ne fût au monde et, déplorait-il, « *Voyez, je n'ai jamais eu le bonheur de donner mon nom à la plus petite sauce !* ».

Il croquait une petite aile, la suçotant avec une telle volupté que c'était plaisir à le voir. Le traditionnel irancy arrosa leurs agapes.

— Le 10 mars, reprit La Borde, la reine a assisté à une course de chevaux à l'anglaise sur la plaine des Sablons, organisée par le comte d'Artois. Les chevaux, fort fringants, étaient montés par les palefreniers des princes. Le duc de Lauzun l'a emporté.

— Il concourait comme cheval ? demanda Nicolas distraitement.

Ce fut une bourrasque de rires.

— Non, comme propriétaire. On dit que le roi a fort peu apprécié cet exercice, la famille royale ayant été légèrement pressée par la foule.

— Suit-il les conseils de son mentor ? interrogea Noblecourt. Il paraît, vous savez comme je suis bien informé, que, lors d'un des derniers bals avant carême, le roi s'est trouvé bousculé et sans fauteuil à Versailles. Maurepas n'a pas hésité à lui représenter que le souverain ne devait pas oublier sa dignité et ne pas surgir sans se faire annoncer et sans son capitaine des gardes. « *Nous ne sommes pas habitués en France* », aurait-il ajouté, « *à voir en public notre roi compter pour si peu de chose.* »

Bourdeau entra à son tour en lice.

— Le 29 mars, on a publié la nouvelle promotion des maréchaux de France. On a comparé les bénéficiaires aux sept péchés capitaux.

— À savoir ? demanda Nicolas.

— Harcourt, la paresse. Noailles, l'avarice. Nicolaï, la gourmandise. Fitz-James, l'envie. L'autre Noailles, le comte, l'orgueil. De Muy, la colère et Duras la luxure.

— Le comte d'Artois, toujours lui, s'est emparé d'autorité de la loge à l'Opéra de ces messieurs de la ville et l'a fait clore de jalousie.

— Pour éviter celle des autres ! persifla Bourdeau.

— Excellent ! s'exclama Noblecourt. Cette équivoque est digne du marquis de Bièvres.

— Le 30, reprit La Borde, le roi, décidément irrité, a ordonné qu'on abatte le pavillon de la plaine des Sablons. Dans le même temps, on a furtivement débité en ville une brochure intempestive de remarques historiques et anecdotiques concernant le château de la Bastille. Le tout composé pour avertir les citoyens « patriotes » que leur zèle pourrait y conduire. Aussitôt cela fut saisi sans qu'on parvienne à découvrir l'imprimerie clandestine.

— Voilà, dit Bourdeau, un utile traité qui devrait donner à penser aux tenants d'un despotisme dépassé.

— Qu'est-ce à dire ? demanda Noblecourt. Saperiez-vous l'ordre que vous servez ?

— Non… Mais je prétends et maintiens que cet ordre doit correspondre aux règles du droit naturel et aux lumières du siècle. À vrai dire, les lettres de cachet sans jugement me paraissent non fondées.

— Chacun évolue, intervint Nicolas, soucieux de tempérer une polémique naissante. Le frère de l'empereur m'a annoncé la suppression prochaine de la question en Autriche.

Catherine vint desservir. La Borde emplit derechef les verres. Un second plat, une « langue de bœuf en paupiettes », apparut, annoncé par Marion qui en était l'auteur. Pendant qu'ils se servaient, elle leur conta sa recette de sa petite voix aiguë. Il fallait laisser dégorger la viande, puis la cuire avec un morceau de bœuf goûteux, cela pour assurer la saveur et éviter que le bouillon ne s'en empare seul. Quand la peau se pouvait enlever, on retirait la langue du pot pour la dépiauter et la faire refroidir. Alors seulement on la débitait en tranches fines avant de les garnir chacune d'un peu de farce de godiveau.

— Qu'en est-il de cette farce-là ? demanda La Borde.

— C'est un secret, monsieur, que je veux bien vous confier pour vous affriander encore davantage. Je prends une livre de noix de veau ou, mieux, de rouelle, dont j'ôte les nerfs et les cartilages. Je pile bien cette viande avec de la graisse de bœuf, une livre aussi, du persil, sel et poivre, et épices selon le goût. Ce faisant, j'ajoute un par un des œufs jusqu'à ce que le mélange prenne la consistance d'une pâte bien lisse. Naguère, je détendais le tout avec un peu d'eau, Catherine m'a conseillé le schnaps.

Cela donne un parfum délicieux. En fait, pour les œufs, on ne devrait pas les mettre pour une farce, seulement quand on utilise le godiveau en garniture dans un ragoût. Sans cela, la farce s'y fondrait totalement. Mais la langue est fragile et cela tient le tout.

— Bon ! dit La Borde, c'est un vrai conte oriental. On quitte un épisode et un autre aussitôt vous saisit. Poursuivez, belle Schéhérazade !

La vieille cuisinière continua son récit. Chaque tranche de langue était emplie de godiveau sur laquelle elle passait un couteau trempé dans l'œuf pour coller le tout. Elle roulait une à une les paupiettes, les enveloppait dans une barde de lard et les embrochait sur un hâtelet. Avant la presque cuisson, elle jetait quelques miettes de pain bien desséché sur les paupiettes pour leur donner belle couleur et les servait avec une sauce piquante.

— Je vais vous précéder et vous donner aussi la recette de ma sauce. Il faut passer au beurre une carotte, deux oignons, un panais émincé, le tout jusqu'à couleur. Une bonne pincée de farine sur le tout et je mouille avec du bouillon et un demi-verre de vinaigre et, bien sûr, assaisonnement, bouquet garni, épices, ail, poivre et muscade râpée. L'ensemble doit mitonner à petit feu jusqu'à bonne consistance, ni trop de liquide, ni trop peu. Sur ce, messieurs, si mon maître le permet, je vais reposer mes vieilles jambes.

Nicolas se leva et embrassa Marion que ce mouvement émut aux larmes. Cyrus aboya joyeusement tandis que Mouchette se roulait sur le dos en poussant de petits gémissements.

— Quel délice, dit Bourdeau, ce plat vaut bien une géline de chez moi !

Il se mit en mesure de découper avec délicatesse une tranche de la paupiette, faisant surgir les strates de langue et de godiveau. Il s'en échappait des vapeurs odorantes.

— Ce pain croustillant dans cette sauce !

— En fait de pain, interrogea Nicolas, avez-vous observé ces attroupements de peuple tout juste face à l'hôtel ?

— Certes, dit Noblecourt, je les examine de mon fauteuil. Que voulez-vous, le prix du pain croît et ces gens grondent. Ce n'est pas la première fois dans le siècle et ce ne sera pas la dernière. Alors que j'étais encore vert, c'était le 14 juillet 1725, tous les boulangers du faubourg Saint-Antoine furent pillés à la suite d'une émeute.

— J'ai eu connaissance, répartit Nicolas, de violents rassemblements tout autour de Paris, principalement contre de riches meuniers.

> *... Meunier larron,*
> *Voleur de son pour son cocher*
> *Voleur de blé*
> *C'est son métier...* chantonna Bourdeau.

— L'air est différent en Bretagne, mais le fond identique :

> *Na pa rafe ar vilin nemet eun dro krenn*
> *Ar miliner'zo sur d'oc'h le grampoez enn.*

Ce qui signifie :

> *Le moulin ne donnât qu'un tour de roue*
> *D'avoir sa crêpe le meunier est certain.*

Chacun s'esclaffa. Seul La Borde, grave, hocha la tête.

— Ce sont là crapoussins et larroneaux animés par on ne sait qui, mais dont les mauvaises intentions sont avérées. Le contrôleur général a oublié qu'il ne faut pas bousculer notre vieille et grinçante machine. Imposer d'autorité le libre commerce du grain conduit à la peur, au désordre et donne libre cours aux excès et aux exploits des monopoleurs.

— Au fait, dit Noblecourt, ce que tente Turgot, l'abbé Terray l'avait fait en abrogeant la ferme des blés au profit d'une régie. Comment mieux procurer l'égale répartition des grains en garantissant aux provinces diminuées le superflu des régions riches. C'était un moyen assuré pour établir l'équitable balance des prix du pain dans tout le royaume.

Il parlait tout en mangeant ses pois un par un et en lorgnant les paupiettes.

La Borde prit un air mystérieux.

— Il se trouve, mes amis, que je possède sur tout cela des lumières particulières. Vous connaissez mon intérêt passionné pour la Chine, ses traditions, ses bibelots...

— Que viennent faire Confucius et les talapoins dans nos histoires de meuniers ?

— Justement, écoutez. Partageant la même passion, je suis devenu très intime avec M. Bertin. L'agriculture dépend de son secrétariat d'État. Le feu roi, mon maître, lui avait confié une correspondance avec les jésuites français établis à Pékin. Cette passion lança la mode. Il accumula objets d'art, étoffes, gravures et dessins[2]. Cela nous rapprocha, de là notre amitié.

— La marquise de Pompadour le goûtait fort... surtout quand il fut lieutenant général de police. Par lui elle savait tout sur tous !

— Il fut aussi contrôleur général et tenta par des mesures nouvelles de financer la guerre. Et le Parlement de s'y opposer, et Choiseul de juger qu'avec Bertin « *on ne pouvait plus tripoter* ». Il y a quelques jours, je l'ai invité à souper. Il m'a ouvert son cœur avec la plus grande sincérité. Douloureuse est son amertume devant l'état de la réforme et la pensée qui l'inspire.

— M. Turgot n'a-t-il point la réputation d'avoir réussi dans son intendance du Limousin ?

— Notre hôte a raison, c'est en tout cas ce que prétendent ceux de sa secte, ces économistes si affirmés dans leur doctrine. Ils chantent ses louanges alors que le grand homme n'avait fait en Limousin que des essais et des expériences…

— Il a supprimé la corvée, ce n'était pas rien pour les intéressés ! Il faudrait étendre cette mesure à l'ensemble du royaume.

— Soit, Bourdeau, mais pour le reste l'homme n'a pas été heureux, compte tenu de la pauvreté du pays. Il s'est bien dressé contre les monopoleurs et les accapareurs. Il a tenté de substituer la pomme de terre au blé et de traverser leurs spéculations par des achats à l'étranger. Mieux, il a sacrifié une partie de sa fortune pour soulager les plus nécessiteux. Son élévation au contrôle général a exalté ses affidés. Jusque-là ceux-ci s'exprimaient en philosophes, en orateurs ou en moralistes, dès lors ils tranchent en législateurs jusques aux pieds mêmes du trône. Ils font paraître une foule de brochures, notamment contre les traitants et les financiers. Et qu'advient-il de tout cela ? Ces puissances stigmatisées, dont l'appui est nécessaire à M. Turgot, se liguent contre lui et tentent de barrer la voie à ses réformes.

— Alors, demanda Noblecourt, que dit Bertin ? Et surtout quel est son sentiment sur l'homme qui nous gouverne, sur son caractère ? Voilà le fondement de tout, une action n'est que le reflet de son auteur. Un législateur n'est jamais aussi impuissant que lorsque son tempérament n'est pas en adéquation avec son ambition. Tous ceux qui possèdent l'esprit conséquent ne l'ont pas forcément juste.

— D'abord le ministre note l'orgueil insensé du contrôleur. Il laisse dire avec complaisance qu'il descendrait d'un roi du Danemark, Thor Gott, se rattachant au dieu Thor ! Qu'ensuite on s'égarerait en oubliant sa formation au séminaire de Saint-Sulpice sous le nom d'abbé de Rancourt. Que, touché par les idées nouvelles, il entra ensuite au Parlement, mais que de sa formation initiale il conserve le goût de la controverse, aggravé d'une élocution pesante qui tourne vite à une sorte de causerie, proche d'une fatigante digression.

— Mon informateur habituel[3] le juge de surcroît de santé médiocre, sujet aux accès d'une goutte héréditaire. On meurt jeune dans sa famille : son frère s'est éteint à quarante-neuf ans et lui en a déjà quarante-huit…

— C'est pourquoi, dit Bourdeau, on murmure à Paris que le contrôleur général s'en va goutte à goutte…

Il déclencha un nouveau rire.

— Je crois, en effet, reprit La Borde, que cette hantise pèse sur son action. Il est souvent alité et demeure lent et musard dans son travail quotidien. La contrepartie de cette situation est qu'il n'a que trop tendance à précipiter les choses en omettant les gradations et ménagements nécessaires. Il ne prend aucune mesure pour préparer l'esprit public qui, tout en réclamant des réformes, n'est pas toujours disposé à en subir les conséquences.

— Il ne faut jamais oublier, ajouta Noblecourt sentencieux, que le temps est le meilleur allié d'un homme d'État et que, sans lui, il n'existe pas de victoire décisive ni durable.

— Bertin est plus qu'inquiet. L'opposition à Turgot s'affirme au sein même du conseil. Faute d'adresse et de tour de main, les qualités et les vertus du contrôleur se retournent souvent contre lui. Ainsi, tenez, à Mme de Brionne qui le saisissait d'une grâce au reste assez insignifiante, il n'a rien trouvé de mieux à répondre « *qu'elle devait comprendre que le règne des femmes était passé* ».

— Et la bonne dame se laissa faire ?

— Que non pas, elle lui rétorqua comme au jeu de paume : « *Oui, je vois, mais non celui des impertinents.* »

La Borde, soudain sérieux, sortit un papier de sa poche.

— Bertin m'a transmis une lettre de l'abbé Galiani [4], adressée le 17 septembre 1774 à Mme d'Épinay. Elle m'a si fort frappé par son contenu qu'il m'a autorisé à la recopier. Tenez :

« *Il restera trop peu de temps en place pour exécuter son système. Il punira quelques coquins, pestera, se fâchera, voudra faire le bien, rencontrera des épines, des difficultés, des oppositions partout. Le crédit diminuera, on le détestera, on dira qu'il n'est pas bon à la besogne, l'enthousiasme se refroidira. On reviendra une bonne fois de l'erreur d'avoir voulu donner une place telle que la sienne, dans une monarchie telle que la nôtre, à un homme très vertueux et très philosophe. La libre exportation des blés lui cassera le cou. Nous en voyons les prémices.* »

— Cet abbé antiquaire [5] n'a-t-il point mis au jour les vestiges romains de Naples ? Il paraît qu'il tire des auspices sur le vol du Turgot ! Il y a péril qu'il dise vrai.

— Messieurs, dit La Borde, je m'incline, oui, c'est le mot, devant le mirandolesque savoir de notre hôte. Galiani est l'un des premiers à avoir découvert les ruines d'Herculanum ensevelies depuis l'éruption du Vésuve rapportée par Pline le Jeune.

— Non seulement il manque de respect à mes cheveux blancs, ou ce qu'il en reste, mais de surcroît me prend pour une bête en s'étonnant de ma pauvre science. Cela vaut bien un verre d'irancy.

Il saisit prestement la bouteille, emplit son verre et le vida d'un trait.

— Cela change de la sauge ! Pour en revenir au ma... à mon correspondant, il me décrit, en cette délicate période, le roi passant son temps à regarder dans son télescope, à clamer, déclamer, balayer, le tout dans un lanternage secondé de faiblesse et d'indécision…

— Il est si jeune ! intervint Nicolas qui songeait que Louis XVI n'avait que quelques années, cinq au mieux, de plus que Louis. Il doit faire ses preuves.

— Certes ! Nous verrons, comme disait son grand aïeul sous le règne duquel, messieurs les godelureaux, j'eus l'honneur de paraître en ce monde ingrat.

Catherine apportait un plat de gâteaux à trois cornes.

— Ce sont là, annonça-t-elle, prévoyant leurs questions, des talmouses faites à partir de fromage frais comme celles que l'on vend à la foire de Saint-Denis.

Le souper s'acheva fort gaiement, chacun s'évertuant à distraire Nicolas qui, en retour, fit bonne figure. Il reconduisit La Borde à sa voiture. Celui-ci proposa ses services au commissaire, décidé qu'il était à employer l'entregent de ses anciennes fonctions auprès du feu roi. Remontant dans sa chambre, Nicolas trouva M. de Noblecourt qui l'attendait en bas de l'escalier.

— Mon ami, laissez-moi vous féliciter de votre courage. Vous avez fait en sorte que rien ne paraisse qui puisse troubler cette amicale réunion. Le courage physique est offert comme un présent de la nature, ce qui tient à l'esprit est beaucoup moins aisé à manifester. Je remercie votre courtoisie de vous y être astreint en révérence à moi-même et à ceux qui vous aiment.

— Vous avez droit, monsieur, à ma reconnaissance pour avoir organisé cette soirée durant laquelle, sans l'oublier, j'ai maîtrisé mon inquiétude.

Regagnant son appartement, Nicolas soupirait d'émotion. Il songeait à la chance que la vie lui avait offerte de rencontrer le vieux magistrat. Il incarnait tout ce qu'avaient représenté avant lui le chanoine Le Floch et son père comme exemples de droiture, de fermeté et de fidélité. Il aurait souhaité que le marquis de Ranreuil le vît agir, mais il espérait que, là où il était, il approuvait sa conduite. Toujours semblable à l'enfant de Guérande, il dit ses prières, demandant à la Vierge et à sainte Anne de protéger son fils. Il s'endormit d'un sommeil lourd bercé par le ronronnement de Mouchette.

Lundi 1er mai 1775

Il s'éveilla en sursaut. Des bruits étouffés et lointains montaient jusqu'à lui. Il crut percevoir des cris. Il attendit un moment, battit le briquet et alluma une chandelle. Mouchette crachait, la queue en écouvillon. Il perçut un pas lourd qui gravissait avec peine l'escalier. On frappa à la porte. Il pria qu'on l'attende un moment, passa des bas et sa culotte, une chemise, sa veste et se chaussa. Après avoir noué sa chevelure d'un ruban, il ouvrit et découvrit la figure retournée de Poitevin, essoufflé et à demi vêtu. Il sentit son cœur se serrer. Sans doute était-il survenu quelque chose à M. de Noblecourt ou de mauvaises nouvelles de Louis étaient-elles parvenues rue Mont-martre. En un éclair, il envisagea tous les malheurs possibles. Il fit entrer Poitevin qui ne pouvait articuler, incapable de reprendre son souffle. Il le fit asseoir et boire un verre d'eau.

— Ah ! Monsieur, finit-il par dire, quel malheur ! Quelle horreur !

Nicolas, par habitude, consulta sa montre. Elle pointait quatre heures et quinze minutes. Il fit effort pour contenir son angoisse.

— Alors, qu'est-il arrivé ?

— Ah ! Monsieur, quelle mort horrible ! Le pauvre homme !

Une marée glacée traversa la poitrine du commissaire.

— Je crois qu'il faut que vous descendiez.

Une nouvelle voix, également hors d'haleine, s'éleva.

— Humf ! Comme cet escalier… est raide. Cessez… mon bon Poitevin… d'apprendre… d'effrayer Nicolas. Tel que je le connais et que… je… l'envisage, pâle et hagard…, il me fait, ouf, l'honneur et l'amitié de me croire mort.

M. de Noblecourt entra en majesté, enveloppé dans une robe de chambre damassée, le chef couvert de son madras préféré. Il marcha vers le lit où il se laissa choir lourdement aux côtés de Poitevin.

— Voilà ! Hein, quelle escalade ! Laissez le souffle me revenir…. Imaginez-vous qu'on a trouvé maître Mourut, mon locataire et boulanger, mort dans son pétrin.

— Une attaque ? demanda Nicolas qui revoyait le visage sanguin de l'intéressé.

Noblecourt fit une grimace de doute.

— Je n'y peux croire. C'est autre chose. On vous éveille pour cela. Je suis descendu considérer le théâtre et vous serez sans doute comme moi étonné du spectacle. Je crains qu'on n'ait besoin d'un commissaire de police expérimenté et peut-être même des lumières d'un vieux procureur, car il y a présomption sur la nature de cette mort.

Nicolas farfouilla dans son bureau et saisit le petit carnet noir sur lequel il notait tout au cours de ses enquêtes.

— Avant que de descendre, je souhaite entendre de votre bouche le récit de ce qui s'est passé.

— Soit. Quelques minutes passé quatre heures… Ma pendule à la Minerve venait de les sonner. Mes nuits sont coupées de lecture, à mon âge… Bref, je lisais le magnifique Suétone dont vous m'avez fait présent. Tibère à Capri… je m'égare. J'ai perçu des cris et une agitation intrigante en pleine nuit. Au moment où j'allais descendre, Poitevin a paru. Vous savez qu'il dort dans la chambre au-dessus de l'écurie. Il m'a dit… mais peut-être pourrait-il vous le répéter ?

— Monsieur, je dormais. Des cris m'ont éveillé. Puis on a frappé fortement à la porte du petit escalier qui monte à mon logis. J'ai enfilé ce que j'ai pu et suis descendu. J'ai trouvé là Parnaux, le garçon mitron, et Friope l'apprenti, affolés. Ils venaient d'entrer au fournil et avaient trouvé maître Mourut sans connaissance. Il était…

— Ne me dites rien. Je veux avoir par moi-même la vision des choses, sans *a priori*. Que s'est-il passé ensuite ?

— Ils étaient effondrés, terrorisés, et renâclaient à redescendre. À ce moment, Catherine a pris les choses en main. Elle les a conduits à l'office en leur intimant d'attendre. Je suis monté chercher Monsieur. Il a, avec moi, constaté le décès du boulanger.

— Je ne vous décris rien, Nicolas, mais je dois vous informer d'un détail important. Les mitrons m'ont confié la clef du fournil. Quant à la porte de communication de cette pièce avec…

— Comment ? s'étonna Nicolas. Quelle porte ? Voilà un arrangement que j'ignorais totalement, comme souvent quand on les a quotidiennement sous les yeux.

— Sachez que louant, il y a vingt ans, mon rez-de-chaussée, je n'entendais pas me séparer des communs de la cour de l'hôtel. Maître Mourut a pris à bail l'entresol de la maison voisine. En accord avec moi et l'autre propriétaire, une autorisation lui a été octroyée de percer à ses frais un passage entre les deux maisons. Sa femme et lui y logent avec un apprenti.

— L'un des deux ?

— Non, ceux-là logent en ville.

— Voilà qui peut tout compliquer.

— Nous avons laissé Catherine dans le fournil veiller à ce que rien ne soit dérangé et que personne n'entre. Le spectacle de la mort ne l'effraye point ; elle en a vu d'autres et de plus cruels sur les champs de bataille.

— Encore une question. Estimez-vous cette mort naturelle ?

— Je ne me prononce pas. Je m'en remets à l'œil du Grand Châtelet.

Ils descendirent tous les trois. Nicolas observa un moment les deux mitrons assis sur des escabeaux. Les bras ballants, ils paraissaient assommés.

Ils le connaissaient et se levèrent pour le saluer. Sous le porche barrant la porte de service de la boulangerie se dressait la solide silhouette de Catherine, telle une sentinelle au port d'armes respectant la consigne. Sans un mot, avec une moue évasive, elle lui tendit une grosse clef. Ils descendirent quelques marches. À la lueur de deux chandelles dont Nicolas nota qu'elles étaient à peine entamées, une scène à la fois étrange et grotesque se présenta. La lumière incertaine, animée par les souffles venus des soupiraux donnant sur la rue, éclairait au centre de la pièce un corps penché dont on n'apercevait, vu de la porte, que les pieds, les jambes et le bas du corps, le reste disparaissant dans le pétrin. Cette silhouette s'apparentait à un pantin effondré ou un frotteur en train de nettoyer du linge dans un lavoir. Nicolas demanda à ses compagnons de ne plus avancer. Lui-même, avec d'extrêmes précautions, entreprit de parcourir le fournil sur la pointe des pieds en observant le sol. Il s'était contraint de ne jeter qu'un regard rapide sur le cadavre, il s'y consacra enfin, le contemplant longuement.

Une première chose le frappa : il n'avait jamais connu maître Mourut vêtu de la sorte. Il portait un habit de gros drap marron, presque grenat, culotte mouchetée grise, bas noirs, chemise à manchettes de dentelle, et des souliers à boucles de cuivre astiquées (il remarqua qu'ils étaient crottés). C'était proprement la tenue d'un bourgeois de

Paris endimanché. Il n'en tira pour le moment aucune conclusion. La raideur cadavérique ne s'était pas encore manifestée. De la tête, on n'apercevait qu'une courte bande de nuque et l'arrière de la perruque de crin. La face entière était plaquée dans la pâte levée de la première fournée du matin. Il nota que les poches étaient à demi retournées, comme si on avait voulu les fouiller sans prendre garde à les arranger. Il s'accroupit et trouva un double louis qui avait sans doute roulé sous le pétrin et un petit tuyau de papier fin qu'il déroula pour y lire « *Eulalie, chez la G rue des Deux-Portes-Saint-Sauveur* », ce qui ne manqua pas de l'étonner, pour diverses raisons. Il plaça sa trouvaille dans les pages de son carnet. Il lui revenait maintenant de porter la main sur le corps du mort. Pourquoi la camarde, sa compagne des bons et des mauvais jours, le poursuivait-elle jusqu'ici, dans ce havre de paix, dans cette demeure si chère à son cœur ? Il dessina la disposition des lieux et une reproduction grossière de la scène. Il savait par expérience combien la mémoire pouvait être trompeuse et fugitive. M. de Noblecourt s'était assis sur un escabeau et présidait, attentif et impavide.

Nicolas demanda à Catherine de venir l'aider. Il fit tout d'abord approcher une chaise, saisit fortement le corps par les épaulettes de l'habit et, lentement, l'attira en arrière. Ce furent les mains qui glissèrent les premières, les bras tombant à la verticale. Le corps ensuite se redressa, la tête versa sur le cou, tirant avec elle des bandes et rubans de pâte collés au visage et à la perruque. Le cadavre était maintenant affaissé, le menton sur la poitrine. Nicolas le releva et constata que les yeux étaient ouverts et à peine troubles. La bouche était serrée. Il dégagea des fragments collés et la farine avec un torchon qui se trouvait pendu à un clou. La face livide ne portait pas, et ce fut la seule observation qu'il se permit, de traces d'asphyxie, ni de blessure, et rien non plus ne plaidait en faveur d'un accident apoplectique. Le souvenir qu'il avait de l'homme vivant pouvait justifier cette supposition : M. Mourut, sanguin, au col court, âgé d'une cinquantaine d'années, pouvait être sujet à une attaque de ce genre. Quelles raisons faisaient qu'il fût tombé le nez dans son pétrin ?

Il réfléchit un instant. Le plus raisonnable consistait à faire conduire le corps au Grand Châtelet, convoquer Sanson et Semacgus, qui seuls avaient sa confiance, pour l'habituel examen à la basse-geôle. Auparavant, il devait fixer le plus précisément possible les conditions exactes entourant ce décès suspect, interroger les témoins, prévenir Mme Mourut, examiner ses réactions, enfin rien ne devait être laissé au hasard. Son office lui avait enseigné que la moindre inattention, le plus mesquin détail négligé et la précipitation se soldaient toujours par des fausses voies et de regrettables erreurs. Il convenait également de prévenir son collègue commissaire du quartier afin de lui faire accepter qu'il prît lui-même en main cette affaire. Cela se ferait d'autant plus aisément que son nom, sa réputation, l'autorité acquise et confortée par la confiance des deux lieutenants généraux de police écarteraient de légitimes préventions et éviteraient les rebèquements[6] attiseurs de querelles. Les choses seraient facilitées : le commissaire Fontaine était une vieille connaissance. Il était déjà en fonction depuis quelques années et avait officié à l'hôtel quand M. de Noblecourt s'était trouvé victime d'une agression sous le porche d'entrée[7]. Catherine, en femme des champs de bataille, avait quitté le fournil, et devançant une demande du commissaire, elle revenait bientôt avec une couverture qu'il supposa provenir de l'écurie à l'odeur forte qu'elle répandait. Elle en couvrit le cadavre après lui avoir d'autorité fermé les yeux. La pièce reprit soudain son aspect anodin. Nicolas fureta encore quelques instants, s'arrêtant parfois pour écrire dans son carnet.

— Bien, je crois n'avoir rien omis. Je vois qu'on peut glisser une barre à la porte de communication. Nous allons bloquer le passage dans le cas où l'on chercherait à entrer depuis la maison voisine.

Poitevin se livra à cette besogne.

— Bien, nous allons sortir et fermer la porte. Poitevin, puis-je vous demander de monter la garde, sur une chaise assurément, pour ne laisser pénétrer personne.

— D'autant plus, intervint M. de Noblecourt, que depuis certaine agression une petite porte a été découpée dans la cochère. Plusieurs clefs ont été distribuées, dans ma maison et chez le boulanger. Il y a risque...

— Bourdeau et moi sommes convenus de nous retrouver à six heures. À ce moment-là, nous aviserons pour les détails. Au fait, nos deux oiseaux effarés sont en tenue de ville. Où se déshabillent-ils ? Nous allons le leur demander.

— C'est tout vu ! dit Catherine. Dans le retrait, à ce que je sais.

— Elle dit vrai, intervint Noblecourt. Quand j'ai loué et donné à bail, il n'y en avait pas. Vous savez combien les architectes, respectueux des obligations de la loi pour le fond, mais gênés pour la forme et par l'étroit emplacement des maisons, jettent à tort et à travers les tuyaux au hasard. Rien n'étonne davantage les visiteurs de notre beau Paris que de voir les amphithéâtres de latrines perchées comme des verrues le long des maisons, les unes sur les autres, contiguës aux escaliers, à côté des portes, des cuisines, répandant l'odeur la plus infecte. Le tout s'engorge, la marée monte et la maison est inondée ! Mais personne ne discute, les nez parisiens sont aguerris !

— Cela est fort malsain, tout autant que la satisfaction des besoins dans la rue. Hors notre ami Tirepot et son chalet de nécessité, on se soulage au hasard. M. de Sartine avait fait établir des barils d'aisance au coin des rues.

— Idée utile et généreuse ! Malheureusement, ce projet d'humanité ne lui a attiré que railleries. Il est aussitôt tombé en désuétude.

En sortant du fournil, ils jetèrent un regard sur l'endroit en question. Il l'emportait en sordide sur tout ce qui pouvait être rencontré dans le genre. Nicolas, homme de son siècle féru d'hygiène, en fut choqué.

Peu à peu le feu de l'action avait apaisé son angoisse, mais elle se rappelait parfois à lui avec une force renouvelée. Un coup de poignard lui coupait alors le souffle un court instant. Qu'était-il arrivé à son fils ? Où était Aimée d'Arranet ? Cinq heures venaient de sonner à Saint-Eustache. Il demanda à M. de Noblecourt l'autorisation d'interroger les mitrons dans l'office, où déjà Catherine s'affairait à allumer le potager. Cette activité matinale le frappa : comment se faisait-il que le feu n'ait pas été allumé dans la boulangerie ? Il fallait un certain temps avant de cuire la première fournée. Ce détail le tracassait. Était-ce normal ? Il faudrait vérifier.

Il s'installa à la table tandis que Noblecourt remontait dans ses appartements. Se présentèrent, se tenant par la main, les deux jeunes gens. Il les connaissait parfaitement, mais il se rendit compte qu'ils faisaient tellement partie du paysage de l'hôtel qu'il ignorait leur nom. Combien de fois pourtant avaient-ils tenu la bride de son cheval ou porté son portemanteau, ou gentiment salué sous la porte cochère ? Au fond, ils demeuraient pour lui de parfaits inconnus.

— Jeunes gens, je ne vous entendrai que l'un après l'autre.

Le plus jeune porta un regard suppliant sur le plus âgé qui lui lâcha la main et fit un pas en avant, l'air un peu bravache.

— Soit, dit Nicolas, commençons par toi. Ton camarade peut attendre dans la cour.

De nouveaux regards furent échangés et l'apprenti sortit comme à regret.

Nicolas remarqua les souliers éculés, le pantalon en coutil léger trop court, la chemise et la veste hors d'usage, le visage blanc avec des yeux qui semblaient le manger.

— Tu te nommes ?

— Parnaux, Hugues, monsieur Nicolas.

— Ton âge ?

— Dix-huit ans.

— Tes parents ?

— Ma mère est morte à ma naissance. Mon père est soldat, retiré. Invalide…

— Tu es apprenti ?

— Oui, depuis trois ans.

— Ton père en paye le montant ?

— Il ne pourrait pas, le pauvre ! Il n'a plus sa tête. Il est aux Invalides.

— Alors, qui paie ton apprentissage ?

— Le marguillier, commissaire aux pauvres de ma paroisse.

— Pourquoi ne loges-tu pas chez ton maître comme c'est l'usage ?

Il se rappelait le temps où il servait comme clerc de notaire à Rennes… En avait-il rédigé de ces contrats d'apprentissage, toujours sur le même modèle ! Les formules revenaient sur ses lèvres : « *Le maître promet et s'oblige à lui montrer et enseigner ladite profession et tout dont il mesle et entremesle en échange, de ne lui rien cacher, de le nourrir, loger, éclairer, chauffer, blanchir son gros et menu linge, lui fournir un lit, des draps, des vêtements et des hardes convenables à son état…* »

— Vous connaissez la maison, monsieur Nicolas. Pas moyen ici. Et en plus, il aurait fallu qu'on loge à trois dans une chambre et de toute façon…

— De toute façon ?

— Oh ! rien. Tout le monde ne peut devenir maître… Je me comprends. Donc, je loge avec Friope quelques maisons plus loin. Au sixième sous le toit. La demeure appartient au maître qui en fait son profit en louant des garnis à la semaine ou au mois.

— Bien, nous verrons cela en détail. Que s'est-il passé ce matin ?

— Hier soir on a sassé[8] la farine avec le bluteau[9]…

— Maître Mourut était-il présent ?

Il sembla hésiter.

— … Oui, au début. Il devait sortir. Il a surveillé de loin le travail, ne voulant pas se salir. La pâte prête à lever, il nous a quittés, disant qu'il ne serait pas long et qu'il allumerait le four à son retour. Il ne restait plus qu'à façonner les pains, emplir le four de bois. Une fois en route, on laisse brûler et chauffer. Enfin on racle le four avec le fourgon[10], pour écarter les braises et les charbons, et il ne reste plus qu'à enfourner le pain.

Nicolas le laissait parler. Il ne fallait jamais interrompre le débit d'un témoin ; la vérité parfois s'y laissait surprendre.

— Bien, que s'est-il donc passé ce matin ?

— On s'est réveillés à cinq heures moins le quart. On avait un reste de café et, pour ne pas le prendre froid, on l'a réchauffé au feu d'une chandelle. On a mangé un quignon. Arrivés devant la boutique, on a ouvert la porte de la cour…

— Vous possédez une clef ?

Nicolas soudain se rendit compte que dans son esprit tout s'ordonnait comme si la mort de maître Mourut n'était pas naturelle. Dans le cas contraire, ces interrogatoires seraient peine perdue. Toutefois, si son hypothèse était avérée, quel temps gagné ! Rien ne valait davantage que le recueil d'informations dans la suite immédiate d'un événement, quand les intervenants n'ont pas encore eu le temps de ressasser leur version et d'en bricoler les détails.

— Oui, la clef de la petite porte découpée dans la grande et une autre ouvrant celle du fournil dans la cour. Celle du fournil, je l'ai donnée à M. de Noblecourt.

Nicolas reçut la clef que Parnaux avait extraite du fond de sa poche.

— Ensuite ?

— Qu'il y ait de la lumière nous a surpris. On veille à tout éteindre... Toujours le risque de l'incendie. Nous arrivons les premiers au travail et le maître nous rejoint un quart d'heure plus tard. Nous sommes entrés dans le fournil sans nous dévêtir et là, on a vu le maître dans le pétrin. On... on a appelé et on s'est approché.

— Vous n'avez pas cherché à lui porter secours ?

— Friope a eu une sorte de crise. Il s'étouffait en roulant des yeux blancs et claquait des dents.

— Mais enfin, vous vous êtes tout de même assurés que M. Mourut était bien décédé ?

— Je me suis approché. J'ai écouté, il ne respirait plus. J'ai touché sa main, elle était déjà froide. J'ai voulu quérir du secours. Mais Friope hurlait. Je l'ai calmé... je l'ai même giflé. Il m'a suivi dans la cour jusqu'aux écuries où nous avons réveillé Poitevin et...

— Un instant. Vous avez refermé la porte à clef ?

— Non, nous ne savions plus ce que nous faisions.

— Êtes-vous sûrs que personne d'autre que vous ne se trouvait dans le fournil ?

Le visage du mitron se crispa dans un effort intense de réflexion.

— À vrai dire non, surtout qu'on n'a pas ouvert la réserve à farine. Mais la porte cochère était fermée.

— Tiens ! Où est-elle située, cette réserve ?

— Il faut entrer dans le retrait et faire tourner le placard où l'on range les tenues de travail.

— C'est un grand réduit ?

— Non, une immense cave très sèche. La farine s'y conserve bien. Le maître ne voulait pas en parler, ou plutôt qu'on en parle.

— Pourquoi ?

— Parce qu'il y en avait trop et il pensait qu'il y aurait disette.

— Tout cela me paraît bien confus. Vous allez devoir me l'expliquer plus clairement.

— Il gardait sa farine, prétendant qu'il en manquerait bientôt dans la ville et qu'ainsi le prix du pain serait augmenté. C'était déjà le cas, même que ça grognait chez les pratiques et qu'on avait reçu des menaces.

— Sous quelle forme ?

— Des inscriptions au charbon sur les murs que Friope n'arrêtait pas de lessiver.

— De quel ordre ?

— Oh ! Des insultes… On viendrait tout casser et piller… nous pendre.

— Quel homme était maître Mourut ?

— Bonhomme en apparence, dur au travail, exigeant. Âpre au gain.

Il eut une moue ironique.

— Et Mme Mourut ?

— Elle vendait à la boutique. On n'était rien pour elle. On n'a jamais mangé à sa table…

— Et le troisième apprenti, où se trouve-il ?

— Faut lui demander. Il peut tout faire, celui-là.

Le ton était vindicatif.

— Y compris être en retard pour le travail de la journée ?

— Même cela.

Nicolas sortit chercher Friope qu'il trouva assis sur une borne, se rongeant les poings.

— Allons, c'est ton tour.

Il le prit par les épaules dont il éprouva sous ses doigts la frêle ossature. Son corps tremblait et il trébucha. Parnaux fut prié de sortir, Nicolas s'interposant entre les deux garçons pour éviter tout propos de connivence. Friope était encore plus mal vêtu que son camarade. L'interrogatoire reprit avec ses passages obligés. Friope, âgé de quinze ans, père laboureur à Meaux. Les réponses aux mêmes questions étaient identiques, sauf sur le troisième larron. Il décela de la colère mêlée de peur. Nicolas feignit alors d'en savoir plus long. Son attitude fit l'effet de l'ouverture d'une vanne contre un flot trop longtemps contenu.

— Il ne travaille pas, ne fait rien, dans le dos du maître… S'il agit mal, une bêtise, il nous en accuse, moi ou Parnaux. Il nous traite de… bêtes. Il ne cesse de nous dénoncer… de… il nous… Alors, ce serait…

Il se mordait les lèvres. Il s'arrêta, les yeux éperdus. Prenait-il conscience d'en avoir trop dit ou plutôt d'être sur le point d'avouer l'inavouable ? Nicolas ne manifesta pas d'intérêt ostensible pour ces paroles confuses et refusa de pousser son avantage.

— D'où provient la farine que vous travaillez ?

Friope soupira, soudain rassuré.

— Le marché aux blés a lieu deux fois par semaine, le mercredi et le samedi. Mais le maître en reçoit davantage. Ça rentre et ça sort…

— Explique-moi cela.

— De la farine arrive en fraude par des carrioles bâchées qui prennent régulièrement les sacs vides. Elle est pleine quand elle arrive. Y a tout un système que la bande de monopoleurs organise. Quand on sait par un espion que les jurés de la corporation envisagent de contrôler un boulanger, le surplus circule de boutique en boutique. Celui qui cache en reçoit une part pour paiement de son aide. Ils sont liés par des serments terribles.

— Et ton maître en fait partie ? demanda Nicolas effaré par le discours débité à toute vitesse qu'il venait d'entendre.

— C'est ce que je vous dis ! Non seulement ça, mais en plus il rogne tant qu'il peut de la pâte de chaque pain, sans pitié pour le pauvre. Il ôte de-ci, de-là, encore et encore. « Coucou », dit-il, « coucou, coucou, bon profit. » Mais le bon Dieu et Madame la Vierge veillent et, parfois, cette petite pâte, oui, monsieur Nicolas, cette petite pâte, ne voilà-t-y pas qu'elle monte et s'élève dans le four et produit les plus beaux pains, les plus dorés et odorants, ce qui rend le maître furieux.

Il paraissait au bord de l'extase, puis, soudain, se mit à pleurer. Nicolas songea qu'il avait l'âge de son fils. Il laissa Friope retrouver ses esprits.

— Es-tu malheureux ? Tu m'as toujours paru un brave garçon.

— Vous avez toujours été bon avec nous, monsieur Nicolas, avoua-t-il en regardant le commissaire avec admiration. M. le Procureur aussi, comme les cuisinières et Poitevin qui nous glisse toujours de friands morceaux.

Il recommença à sangloter.

— Mais notre position n'est guère enviable. Toujours à moitié nus, en caleçon et bonnet pour être toujours en état de travailler, et jamais sortir, sauf les dimanches. On endure cela comme un purgatoire. Mon corps n'est point de fer. La nuit n'apporte aucun repos et, dès qu'elle commence, nous débutons notre journée.

Soudain, il y eut un grand bruit. La porte de l'office s'ouvrit et Bourdeau apparut, suivi d'un exempt et de deux soldats de guet. Il fit un signe à Nicolas.

V

LE FOURNIL

« Lorsque l'on plonge dans les ténèbres un
aveugle, il ne s'en aperçoit pas ; mais celui
qui voit clair frémit. »

MADAME DE PUISIEUX

L'inspecteur tira Nicolas à l'écart.

— L'agitation monte en ville. Un peu partout on
s'assemble. Ce n'est pas violent. Pour le moment, on
discute et on s'échauffe. Venant vous rejoindre, j'ai croisé
un détachement du guet qui enfilait la rue Montmartre où
plusieurs boulangeries paraissent menacées.

— C'est à ce point ?

— Le pire qu'on puisse imaginer. Toute la nuit des
informations ont convergé sur l'hôtel de police, confirmant d'ailleurs vos impressions. La fièvre augmente tout
autour de Paris, à Beauvais, Passy, Saint-Germain,
Meaux, Saint-Denis. Il y aurait eu des pillages. Des
milliers d'hommes sont rassemblés à Villers-Cotterêts.
À Pontoise tout est dessus dessous, on brise et on casse,
tout le cours de l'Oise est en effervescence. À L'Isle-
Adam, des barges de grains ont été dévalisées, les sacs
éventrés et saccagés.

— Mais enfin, sous quels prétextes ?

— On dit que des émissaires mystérieux persuadent le peuple qu'il risque de mourir de faim parce qu'on porte tout le grain à Paris pour le vendre à haut prix à l'étranger. Rappelez-vous le « pacte de famine ». Il refait surface ! Le pire, c'est de constater que l'ordre ne pourra être rétabli qu'au prix de mesures qu'on tergiverse à prendre.

Nicolas se félicitait intérieurement de voir chez Bourdeau resurgir l'homme de police pour qui un désordre est un manquement au cours régulier du monde.

— À la police, à la maréchaussée et à la troupe, personne n'a d'instructions et chacun, qui par sa fonction devrait commander, se refuse à le faire. J'ai appris que même M. Le Noir réclame des ordres écrits et, en attendant, ne prend aucune initiative. Dans le même temps, la situation s'aggrave. Mais que faisiez-vous avec les mitrons ?

Nicolas lui relata par le menu les événements de la nuit et ses premières constatations.

— Seule l'ouverture du corps pourra lever ou confirmer vos suspicions, conclut Bourdeau.

— Vous savez que je dois me rendre à Versailles ce jourd'hui. Je ne peux que m'en remettre à vous pour la suite. Faites transporter le corps à la basse-geôle, convoquez Semacgus et Sanson. Je ne peux me résoudre à abandonner un point si capital aux malencontreux médecins de quartier dont nous avons jadis mesuré l'impéritie. Auparavant, nous interrogerons la veuve et le troisième mitron qui, pour le moment, se trouve on ne sait où. Toute première investigation devra porter sur le voisinage, en particulier celui de la maison où demeurent ces deux larrons. Ces deux-là…

Il les désigna d'un coup de menton. La tête baissée, ils attendaient près de la porte la fin de cette conférence.

— On les croise et on les voit chaque jour, ajouta-t-il se parlant à lui-même. On vit dans la même maison et on ne connaît rien d'eux. Je souhaiterais qu'on les place au secret dans l'attente de la confirmation que vous savez. Trouvez deux cellules privilégiées au Châtelet. Qu'on les nourrisse à mes frais, et bien, et que les guichetiers les aient à l'œil, gentiment. Deux cellules séparées évidemment.

Il choisit de ne pas tout révéler à Bourdeau. Il ne s'agissait point de dissimulation ou de manque de confiance. Seulement il y avait des choses qui ne signifiaient rien et ne prendraient tout leur intérêt qu'au cas où… Il voulait préserver la latitude de l'inspecteur d'en venir avec toute son expérience aux mêmes conclusions que lui. Il y parviendrait sans doute par d'autres voies ; elles recouperaient alors son propre raisonnement. C'était sa méthode habituelle. Jusque-là, elle s'était toujours révélée payante. Il entraîna Bourdeau vers les deux jeunes gens.

— L'un d'entre vous fume-t-il la pipe ?

Ils se regardèrent, surpris de sa question.

— Non, répondit Parnaux approuvé par Friope.

— Et le maître ?

— Non plus. La pâte est délicate et prend les odeurs qui traînent.

Bourdeau hochait la tête sans comprendre. Nicolas le prit par le bras.

— Il y avait une forte odeur de fumée de tabac dans le fournil.

— Quelqu'un a peut-être brûlé quelque chose dans le four ?

— Impossible ! Il n'avait pas été allumé.

— Et qu'en déduisez-vous ?

— Que maître Mourut recevait peut-être un visiteur avant que de plonger le nez dans la pâte. On se doit de poser des questions simples : mort par attaque, mort accidentelle, mort par assassinat. À cela il faut ajouter le problème des clefs. Comment le boulanger serait-il mort naturellement, enfermé dans son fournil sans clefs dans ses poches ?

Nicolas se dirigea vers les mitrons et leur signifia les décisions prises. Friope se mit à pleurer en se tordant les mains. Bourdeau donna les ordres aux exempts et aux hommes du guet de les faire sortir le plus discrètement possible sans provoquer de nouveaux mouvements au-dehors. Tout en estimant sa question inutile, Nicolas ne put s'empêcher de demander à Bourdeau si quelque nouvelle n'était pas parvenue dans la nuit concernant la disparition de Louis. L'inspecteur hocha la tête négativement. Tout montrait qu'il partageait son attente et qu'il désespérait de ne point être en mesure de lui apporter le réconfort ou un signal d'espoir. Ils sortirent dans la rue. Le jour commençait à poindre. Nicolas éprouva dans sa chair le choc du contact avec la foule rassemblée rue Montmartre.

Elle formait une masse compacte et informe avec, çà et là, un flambeau ou une lanterne portée à bout de bras éclairant des visages impassibles ou convulsés, des regards fermés ou des yeux fixes. On sentait bien dans cette troupe une force inconnue, sans fureur pour le moment, mais que le moindre mouvement, la parole la plus anodine, le geste le plus innocent risquaient en un éclair de déchaîner. Leur sortie de l'hôtel de Noblecourt déclencha un sourd murmure. C'était le vent dans les arbres au début d'un orage quand soudain le silence, le calme annonciateur des tempêtes, se déchire, donnant libre cours à la fureur des éléments. Les deux policiers s'attachèrent à ne point prêter la moindre attention à ce fauve encore assoupi. Un homme lança : « *Le pain à deux sous !* » La foule rugit, approuva, applaudit et cria d'un seul cœur, puis tout se calma et elle reprit son anodine et immobile faction. Nicolas souleva le marteau de la maison voisine. Une femme en cheveux, la vieille domestique des Mourut, quelquefois présente dans la boutique, parut, malgracieuse. À sa demande de voir la boulangère, elle répondit aigrement qu'on ne dérangerait pas sa maîtresse avant son éveil habituel. Nicolas changea de ton et, saisissant la mégère par le bras, la dirigea fermement vers l'intérieur du logis.

— J'exige de voir votre maîtresse dans l'instant.

Une voix s'éleva du fond du corridor.

— Allons, Eulalie, conduis ici le commissaire Le Floch. C'est notre voisin, le locataire de M. de Noble-court. Pardonnez son obstination. À cause de son âge, elle n'est plus en état de faire correctement son service ordinaire. Acariâtre, c'est peu dire, allons, laisse-nous.

Le tout fut énoncé sur un ton à la fois méprisant et irrité. La vieille servante s'enfuit dans un sombre couloir en proférant des insultes.

— Elle s'imagine avoir autorité sur tout au logis et à la boutique pour avoir vu naître maître Mourut.

Elle rit un peu aigrement comme si son humeur était forcée.

— Je ne me suis jamais faite à ce nom qui ne cesse de vous engager à faire des choses et à en dire… Mourut, a-t-on idée ?

Nicolas nota l'ambiguïté du propos. Ils avaient pénétré dans une sorte de petit réduit faisant d'évidence office de boudoir. Éclairé par un œil-de-bœuf dépoli, il comportait une cheminée, un paravent, une desserte garnie de verres et une chaise longue ployante, de celles qui se transforment au choix en lit ou en fauteuil. Allongée sur ce meuble, une femme en déshabillé les considérait. Son visage fin et rose, pourtant déjà marqué, ayant dépassé le cap de la trentaine, était surmonté d'un bonnet de nuit ajusté de gaze brochée avec deux rubans qui serpentaient sur des épaules que ne dissimulait guère un mantelet de taffetas blanc [1] garni de soie de jonc s'évasant sur un flot de jupons. Un ruban noir barrait le col et ce mince morceau de soie incongrue apportait à ce laisser-aller matinal un peu de la rigueur d'une tenue de jour. Un pied chaussé d'une mule se balançait, provocant. Le regard de Nicolas s'y attarda avec tellement d'insistance qu'elle s'en aperçut et, gênée, le fit disparaître sous les tissus.

— Madame, reprit Nicolas, ce n'est pas le voisin, mais bien le commissaire qui a le regret de forcer votre porte. Savez-vous où se trouve votre mari ?

— Mon mari est assez grand garçon et j'ai trop d'estime pour lui et pour moi que de m'impatroniser sur ce qu'il doit faire.

Le propos ne laissa pas de le surprendre.

— Certes, nous l'entendons bien ainsi. A-t-il coutume de tant tarder ?

— Mais enfin, monsieur, il est à son fournil.

Voilà ce qu'elle aurait dû répondre dès l'abord.

— L'avez-vous vu cette nuit ?

— La nuit, je repose. Quand il passe à la boutique, il a la courtoisie de ne m'éveiller point et d'ailleurs…

— D'ailleurs ?

— Nous avons des chambres séparées.

— Bref, madame, cernons la chose : quand avez-vous vu votre mari pour la dernière fois ?

Aucune inquiétude ne se lisait sur son visage. Toute autre moins forte, songeait Nicolas, pressentirait quelque chose de funeste et s'affolerait…

— M. Mourut, dit-elle avec une moue dédaigneuse, a mangé sa soupe et son bouilli en ma compagnie, bien sûr.

— Avait-il projet de sortir ?

— Il paraissait au vu de sa tenue. Il me l'a d'ailleurs confirmé.

— Pour quel objet ?

— Un rendez-vous.

— Vous a-t-il précisé avec qui ?

— Vous m'entêtez, monsieur ! J'ai cru comprendre de ses propos jetés un peu en vrac[2]…

Ce vrac sentait sa boutique, et pourtant il observait toujours cette hauteur de ton en décalage.

— … qu'il devait rencontrer quelqu'un…

Elle précéda une autre question en se mordant les lèvres. Ce mouvement révéla un détail que la semi-obscurité qui baignait le boudoir avait dissimulé à Nicolas. Mme Mourut portait deux mouches, une « enjouée » près de la fossette d'une joue et une « discrète » sur la lèvre inférieure. Curieux ornements pour une nuit bourgeoise. Que ces petits morceaux de taffetas noir destinés à relever la blancheur du teint parussent au lever d'une boulangère lui sembla étrange et, à un certain degré, suspect, comme d'ailleurs le ruban noir déjà observé. Elle sembla pressentir cet examen, en fit de l'humeur et c'est sur un ton fort gourmé qu'elle poursuivit.

— Sachez que je ne me mêle pas des activités de mon époux. J'ignore où et avec qui il avait affaire.

— Et vous-même, madame ?

Nicolas usait de ces questions incertaines qui parfois touchaient leur cible.

— Comment, monsieur ? Que vouliez-vous que je fasse ? Je dormais jusqu'au moment où vous m'avez surprise… réveillée, je veux dire.

Là encore, Nicolas n'était pas inattentif dans son travail d'enquêteur aux fausses voies du langage. La plupart du temps, celles-ci traduisaient l'angoisse du témoin, mais parfois l'expression d'involontaires sentiments.

— Oh ! Madame, n'y voyez pas malice. Cependant il y a bien des gens que l'on voit occupés dans leur cabinet où ils attrapent plus de mouches que de vérité.

Il sentit près de lui Bourdeau tressaillir. Cette simple remarque fit s'empourprer Mme Mourut qui, derechef, se mordit les lèvres.

— Possédez-vous la clef de la porte de communication entre votre logis et le fournil ?

— Non. Seulement mon mari et l'apprenti qui loge ici.

— Qui se nomme ?

— Denis.

— Soit, mais son nom, quel est-il ?

— Caminet. Denis Caminet.

— Pourquoi n'habite-t-il pas dehors comme ses camarades ?

Elle soupira.

— C'est le plus âgé. Il est destiné à passer maître. C'est le fils d'un ami de mon mari, disparu. Il le traite comme quelqu'un de la famille.

Il parut à Nicolas qu'elle avançait sur ce point avec une prudence redoublée, parlant à voix basse sans qu'aucune inflexion éloquente ne modifiât le cours de son propos. Il songea à Mouchette s'avançant avec une attention extrême sur le faîte d'une corniche.

— Et où est-il, à l'heure qu'il est ?

— Au fournil, je suppose.

A contrario, cela suggérait qu'il n'était pas au logis.

— Non, madame, il n'y est point encore.

— Mais enfin, monsieur, dit-elle en se rebèquant, que devrais-je entendre ? Vous forcez ma porte dès potron-minet, vous me faites éveiller, vous m'agonisez de questions. Desquelles, sans queue ni tête, je n'ai que faire. Que signifie tout cela ? Je vous somme de me l'expliquer sur-le-champ. A-t-on idée de traiter les gens d'aussi insupportable manière ! N'est-ce point là se moquer bonnement du monde ? Que me vaut, à moi pauvre femme, toute cette violence ? Retirez-vous, cessez de me troubler, ou alors expliquez-vous !

Depuis longtemps il attendait cette sortie. Pourquoi avait-elle tant tardé ? Il fallait maintenant frapper le coup décisif.

— Soit, madame, puisque vous l'exigez, je vais satisfaire tous vos désirs et demandes... Mais auparavant, veuillez m'accompagner à la porte de communication.

— Il faut descendre dans le caveau et il fait froid !

Elle frissonnait et recroisait le pan de son mantelet sur sa chemise.

— Nous n'en aurons que pour un instant. Je souhaite vérifier un point avec vous et, ensuite, je serai tout à vous pour vous fournir les raisons de ma visite. Je vous en prie, nous vous suivons.

Elle lui tendit sans un mot un chandelier que Bourdeau saisit aussitôt et alluma. Dans le corridor, une porte basse donnait sur un petit escalier de pierre. Deux chats lui passèrent entre les jambes en crachant. Nicolas comprit la raison de leur présence en voyant l'amoncellement de sacs qui, au toucher, contenaient, non de la farine, mais bien du grain. Mme Mourut semblait insensible à cet examen. Ils parvinrent jusqu'à la porte de communication. Bourdeau y dirigea la lumière et se retourna l'air surpris.

— La clef est sur la porte.

En un instant, Nicolas mesura la portée de cette observation. Les conséquences s'enchaînaient les unes aux autres dans son esprit. Si l'assassinat du boulanger était avéré, le fait que le fournil soit un lieu fermé de toute part constituerait une preuve supplémentaire du crime. Dans le cas contraire, de moins en moins probable, quel intérêt y avait-il à faire accroire la version d'un crime ? Si Mourut s'était enfermé avant de périr la tête dans son pétrin, on aurait retrouvé des clefs, on ne pouvait sortir de là. Il n'y avait pas d'autre issue. Il songea soudain à la boutique. Se pouvait-il ? Pourquoi n'y avoir pas songé plus tôt ?

Souvent, dans le fatras des détails du début d'une enquête, un point important est omis.

— Madame, comment se ferme la boutique ? Y a-t-il une clef ?

— Toujours des questions. La boutique se clôt de l'intérieur avec des barres de fer transversales.

Ainsi tout rentrait dans l'ordre, deux clefs, deux portes, deux issues. Il faudrait repasser au peigne fin l'ensemble de la boutique, du fournil et de la réserve. Il prit le chandelier et, le nez à terre, se mit à examiner le sol longuement. Il dit quelques mots à Bourdeau qui se retira précipitamment. Volontairement Nicolas ne rompit pas le silence qui s'était installé. Mme Mourut tremblait de froid ou d'autre chose. Au bout d'un moment on perçut des bruits sourds. Elle recula, comme effrayée. La porte de communication trembla, puis s'ouvrit lentement en grinçant et la lourde silhouette de Bourdeau s'inscrivit dans l'encadrement. Il passa le chandelier à Nicolas qui l'éleva au-dessus de sa tête. La flamme vacillante étendit un peu de lueur sur le fournil et découvrit le corps allongé. L'inspecteur avait retiré la couverture qui le dissimulait. La mèche de la chandelle grésillait, jetant par instants le petit groupe dans l'obscurité.

— Mon Dieu, qui est-ce ?

Nicolas trouva la question incongrue.

— Hélas, madame, qui voulez-vous que ce soit ? J'ai le regret de vous annoncer que nous avons retrouvé votre mari mort dans son pétrin.

Il eut l'impression que cette information la soulageait. Elle se mit soudain à éclater d'un rire nerveux qui se prolongea.

— Veuillez me pardonner, monsieur… Ah ! J'étouffe.

Elle s'exprimait la parole entrecoupée de petits gloussements, ses mains plaquées sur son visage. Nicolas décida de pousser son avantage.

— Qui pensiez-vous découvrir ?

Elle se redressa, piquée au vif.

— Personne. Monsieur, vous abusez de ma douleur.

Le ton y était sans la conviction. Elle le regarda en face.

— Monsieur, pourquoi a-t-on tué mon mari ?

— Mais, madame, qui parle d'assassinat ! Nous avons constaté son décès. Il nous faut maintenant, au vu des circonstances, déterminer les causes de cette mort. L'estimiez-vous menacé de quelque manière ?

— La canaille à Paris s'agite beaucoup autour de nos boutiques.

Une nouvelle fois il s'étonna du ton et des propos de la boulangère. Il décelait comme un décalage entre son état et son langage.

— Était-il souffrant ?

— Le labeur est dur. Chaleur, humidité… Il faut sans cesse respirer la poussière de la farine.

Elle avait vite repris son aplomb. Il réfléchissait à la meilleure marche à suivre. Devait-il la mettre également au Grand Châtelet ? Il en avait bien décidé ainsi pour les deux mitrons, parce qu'il avait senti chez eux une faiblesse et une crainte qu'il fallait prendre en compte et dont il devait les protéger. Ce n'était, après tout, qu'une mesure conservatoire, une mise à l'écart provisoire.

Pour elle c'était différent, transportée dans une maison de force, elle serait immédiatement soupçonnée par le quartier. Pourtant il était indispensable qu'elle ne fût pas en mesure de se concerter avec quiconque, en particulier avec le troisième larron, toujours absent du logis. Dans ces conditions, il était préférable de la consigner dans sa chambre sous l'étroite surveillance d'un exempt.

— Madame, je suis au désespoir, mais je me vois dans l'obligation de vous imposer une mise au secret.

Le visage empourpré lui fit craindre une explosion.

— Conservez votre calme, madame, de grâce ! Je ne vous arrête point. Je vous mets au secret à votre domicile. Un de mes exempts veillera au respect de ma consigne et à votre bien-être. Cette décision est, je vous l'assure, destinée à votre protection dans le cas où la mort de votre époux s'avérerait suspecte.

Elle ne dit mot mais son attitude était éloquente et un rien forcée. Il n'en fut guère ému. Sans pouvoir en démêler les raisons, cette posture de martyre lui semblait empreinte de tant de fallace qu'elle ressemblait au chant trompeur dont les oiseleurs se servent à la pipée [3].

Elle fut reconduite à sa chambre pendant que Bourdeau allait chercher un exempt qui veillerait au bon déroulement de cette mise au secret. Dans le corridor, ils retrouvèrent la vieille servante assise sur un escabeau, appuyée sur son balai. Elle surveillait avidement les allées et venues, un sourire mauvais aux lèvres. Nicolas choisit de ne point l'attaquer de front. Bien lui en prit car elle se leva à sa vue, et se précipita, avide de parler.

— Pourquoi ce charivari ! À mon âge, tant de bruit, j'en suis tout émue. Tous ces gens qui m'amènent boue et saletés que je vais devoir m'échiner à nettoyer. Qu'a-t-elle fait ? J'espère que vous l'avez bien salée [4], celle-là ! La chienne mérite l'hôpital [5], je me comprends. Où est le maître alors qu'on fouille sa maison ? Laissez-moi le prévenir.

Son vieux visage ridé aux yeux enfoncés se perdait dans une coiffe de toile jaunie. Son corps flottait dans une informe souquenille grise. Nicolas constatait encore une fois combien la situation du domestique pouvait varier d'un logis à l'autre. Il comparait le sort de cette pauvre femme, fatiguée et aigrie, à celui de Marion et de Catherine, aimées et respectées à l'hôtel de Noblecourt. Était-ce afin de se donner bonne conscience ? Il imagina un instant ce que Bourdeau aurait à dire sur la question.

Pour le moment il fallait calmer toute cette excitation, même si elle avait son intérêt, laissant apparaître dans le flot de la lave quelques intéressantes scories.

— Tout beau ! Comment vous nommez-vous ?

— Comment ? Eulalie, dite la Babine. Je soyons servante ici depuis toute fillette. Oh ! Je vous connais bien. Il y a longtemps… tout godelureau. Et Marion, et Catherine, des heureuses, celles-là ! Je vais sur les soixante-dix et je suis ici depuis cinquante ans. Native du Mans.

— Oh ! Oh ! murmura Bourdeau entre ses dents. Du Mans ! Tout pour lui faire confiance.

— Pourquoi en avez-vous contre votre maîtresse ?

— J'en ai en réserve à tout coup sur elle, pour votre service, monsieur. La pauvre femme ! Comme si j'allais pleurer et la plaindre de ce qui peut lui arriver. Pour tout dire, j'en ai vraiment bien de la joie.

Elle ne dissimulait guère ses sentiments. L'expérience de Nicolas lui avait appris à se méfier des témoins dont la sincérité est le masque le plus subtil de la dissimulation.

— Je ne suis à ses yeux ni plus ni moins que le balai que j'ai à la main. Du temps où le maître était encore garçon, j'ai mangé mon étrille[6]. Et pourtant, vu sa chute, elle ferait mieux de ne pas faire sa glorieuse !

— La chute ?

— Ah ! fit-elle avec un rictus gourmand, je crois que M. le commissaire ignore le tout du tout. Cette altière, c'est une déchue. Son père était écuyer, officier, chassé de son corps pour dettes de jeu, puis tombé dans la crapule. Il avait placé sa fille unique, haute et puissante demoiselle Céleste Julie Émilie Bidard de Granet, en apprentissage rue Tiquetonne chez une couturière…

Elle lâcha son balai et virevolta d'un pied sur l'autre en tenant les coins de son sarrau et en mimant des révérences imaginaires.

— … Le maître s'en est amouraché, l'ayant lorgnée à l'office du dimanche. Il l'a sortie du ruisseau où je gage qu'elle serait tombée : et quand je parle de la rue Tique-tonne, c'était la noyade assurée !

Elle éclata de rire.

— Allez voir la première fois qu'une averse aura fait enfler le ruisseau, qui n'a là ni pente ni cours. La coutu-rière s'en est séparée ; elle débauchait la pratique.

— La pratique ?

— Enfin, les maris de la pratique chez qui elle livrait la tâche faite. Le maître n'y a vu que du feu, elle a menti comme la coquine et la gueuse avérée qu'elle a toujours été. À tant se panader, elle n'est pourtant que ce qu'elle est et je sais ce que je sais. Et malin comme je vous devine, je suis assuré que vous vous entendrez à démêler le vrai. Vous ne me paraissez point béat à baver devant les appa-rences détournées [7] sans prendre gantier pour garguille. Là-dessus, taisons-nous, je ne suis pas de ces gens qui pétardent contre leurs maîtres.

Qu'aurait-ce été dans le cas contraire ? songea Nicolas.

— Voilà qui est tout à votre honneur et je n'insisterai pas. Encore deux petites choses : le troisième mitron qui loge aussi… Au fait, comment se nomme-t-il ?

— Oh ! celui-là. Un petit barbet incrusté à qui le maître tolère tout et encore plus. Quant à la maîtresse… C'est le Denis, le Denis Caminet. Ce n'est pas de farine que ce merlan se poudre !

— Tentons d'y voir clair et prenons les uns après les autres. Au fait où est-il ?

— Qu'est-ce que j'en sais, moi ! Demandez-lui. Il foutinnabule [8] comme à l'accoutumée. De matines jusqu'à ténèbres, il court la ville chez les mères maquerelles où, m'a-t-on dit, il a ses habitudes.

— Qui « on » ?

— Je me comprends. Dans cette ville tout se sait, c'est un village.

— Est-ce la conduite habituelle d'un apprenti boulanger ?

— Je ne me prononcions point, dit-elle d'un air mitonné ; si le maître l'accepte et l'autorise, il faut qu'il ait ses raisons. Pour moi, le Denis est un écornifleur [9] effronté.

Il avait au cours de ses enquêtes croisé bien des jouteuses, mais la Babine s'imposait en maîtresse dans ce jeu. Il y avait apparence qu'elle en savait davantage qu'elle ne consentait à en dire. Cependant, il ne s'autorisa aucun forcement, trop assuré que cette méthode conduisait le témoin à se fermer et à se taire. Elle laissait entrevoir tant de pistes différentes que, dans le cas où l'enquête s'orienterait dans le sens de son intuition, celles-ci fourniraient autant d'éléments utiles pour diriger les éventuelles investigations.

— Vous ne le goûtez guère à ce qu'il paraît. Qui sont ses parents ?

Le regard terne de la servante sembla traversé d'un éclair. Elle plissa ses paupières, grimaça et hésita à répondre.

— On ne sait guère… Il y a soupçon qu'il n'en a point.

— Et pourtant, il faut bien payer son apprentissage.

— Et que sais-je, moi, vous me pressez. Demandez au notaire qui paye sa pension.

Décidément elle en connaissait long sur la maison de maître Mourut, beaucoup plus qu'elle n'en souhaitait dire. Connaissait-elle la mort du boulanger ? Jusque-là rien n'y paraissait, elle ne s'était à aucun moment coupée. Que pensait-elle en vérité de l'incursion de la police et de l'interrogatoire de Mme Mourut ? Mieux valait poursuivre sans insister. On verrait bien, à moins qu'elle n'ait écouté aux portes.

— Et les deux autres, Parnaux et…

— Friope. Ceux-là, des pauvres comme moi, écrasés, taillables à merci, mal logés, mal nourris, mal traités. L'enfariné les brutalise et la maîtresse les méprise du haut de sa grandeur. Et puis, ils prêtent le flanc… Je me comprends.

— Bien, Eulalie, à votre sentiment, pourquoi sommes-nous ici, ce matin ? Vous ne paraissez guère vous en soucier !

Elle les considéra d'une manière indéfinissable.

— Je n'en sais rien. Sûrement par rapport à la maîtresse.

— Il y a une raison qui vous incite à supposer cela ?

Elle se rapprocha d'eux, regarda derrière elle et baissa le ton.

— Elle s'échappe la nuit.

— Sur quoi fondez-vous cette affirmation ?

Elle se mit un doigt sur un œil.

— Eh ! Croyez-vous que je ne veille pas au grain ?

Elle ajouta, mystérieuse :

— Elle court la bonne fortune en manteau fermé et coiffure à calèche [10].

— L'avez-vous vue, ce qui s'appelle vue ?

— Pas cette nuit.

— Et alors ?

— Hier c'était dimanche. Je ne travaille pas. J'ai passé la soirée chez une payse à moi ; portière, rue Tire-Boudin [11]. Ce n'est guère loin…

Nicolas songea à la mauvaise réputation de cette ruelle hantée par des filles. M. de Sartine, qui savait son Paris aussi bien que sa collection de perruques, lui avait un jour rappelé que son appellation précédente, rue Tire-V…, avait tellement offusqué Marie Stuart lors de son entrée solennelle dans la capitale qu'on l'avait débaptisée en 1558.

— Ainsi vous n'avez pas servi le souper à vos maîtres, hier soir.

Indécise, elle le fixa.

— Qui vous a chanté cela ?

— Chanté quoi ?

— Que j'avais servi le souper à mes maîtres, hier soir.

Nicolas estima que ce n'était pas à elle de poser les questions. Il demeura silencieux, moyen le plus simple de contraindre le témoin à poursuivre.

— C'est impossible ! Je ne suis rentrée qu'au petit matin.

— À quelle heure ?

— À la demie de cinq heures. J'ai entendu le carillon de Saint-Eustache.

À ce moment-là, il était déjà dans le fournil.

— Sans doute votre maîtresse était-elle encore endormie ?

— Elle ? Fichtre non ! Je gage qu'elle venait tout juste de rentrer.

— Et maître Mourut ?

— À cette heure-là, il est déjà au travail, sur le dos de ses mitrons.

— Ainsi, vous ne vous êtes inquiétée de rien ?

— Et de quoi aurais-je dû m'inquiéter ? Il y a bon temps que je ne me préoccupe plus de rien dans cette maison. Il n'y a pas d'événements dont je devrais me désoler ou me réjouir. Cette faiblesse-là, qui m'affublait depuis trop longtemps, m'a heureusement quittée avec l'âge et je me soucie d'eux comme d'une souche !

— Eulalie, je dois vous informer qu'un mort a été trouvé dans le fournil de la boulangerie, ce matin.

Pas un muscle de son visage ne bougea. Il s'était approché et scrutait sa face ingrate, émaciée, avec des points noirs qui piquetaient une peau jaunâtre.

— Ainsi, finit-elle par dire à voix basse, ils se sont décidés à le faire… Celui qui a trop peur pour sa peau, le risque… le plus… À trop les menacer, les rats se jettent sur vous… Une fois lâchés. C'était écrit et plus facile…

Elle se parlait à elle-même avec un petit sourire cruel. Elle saisit son bras. Il eut l'impression qu'une serre s'agrippait à lui.

— Elle le sait, hein ! Elle le sait. Dites-moi, par Dieu, elle le sait ?

— Mais quoi ? dit Nicolas en se dégageant. Qui croyez-vous mort ?

— Mais le greluchon, le Caminet, le pourri de cette maison. Ils ont soldé ses menaces. Dieu les protège !

L'intention du commissaire fut confortée par l'attitude et les propos de la Babine. Cette demeure et ses secrets suintaient le crime. Plus il avançait dans les méandres de cette enquête préliminaire, plus la certitude d'être en présence d'un crime se renforçait. La mine de Bourdeau montrait éloquemment qu'il pensait de même. Leur longue connivence les autorisait à se comprendre sans aucune parole échangée.

— Vous vous égarez. Où est Caminet ? Nous l'ignorons toujours. Hélas, c'est de votre maître qu'il s'agit, M. Mourut.

Elle lui jeta un regard terne et se mit à trembler.

— Quoi ?

Ce fut comme un coassement, puis elle se mit à pleurer en silence. Bourdeau s'approcha du commissaire et lui murmura à l'oreille :

— Ou elle dit vrai ou c'est une fieffée comédienne. Dans les deux cas, si ce que nous croyons tous les deux est avéré, à consigner dans sa chambre comme la boulangère.

— Prévenez l'exempt, Pierre, et qu'on l'enferme. Il surveillera la maison, close jusqu'à nouvel ordre. Si le Caminet revient, qu'on le conduise au Grand Châtelet avec les autres. Je vais devoir, hélas, vous quitter, je dois regagner Versailles au plus vite. Je vous confie la suite. Vous m'en rendrez compte dès mon retour. L'essentiel maintenant, c'est l'ouverture. Pour le reste, nos mesures sont conservatoires. Enquêtez, rue Tire-Boudin et au logis des mitrons, comme je vous l'ai, d'ailleurs, déjà prescrit. Et n'oubliez pas d'informer le commissaire Fontaine. À bientôt.

Il rejoignit l'hôtel de Noblecourt, laissant la Babine hébétée aux mains de l'inspecteur. Sa toilette ne prit qu'un moment. Il n'oublia ni le pli de Marie-Thérèse ni son médaillon et, après avoir traversé un petit groupe hostile, il trouva devant Saint-Eustache un fiacre pour le mener rue Neuve-Saint-Augustin où il avait l'intention de prendre un cheval pour se rendre à Versailles. Aucun portemanteau ne l'alourdissait, il disposait maintenant, quand il séjournait à la cour, d'une chambre à l'hôtel d'Arranet où il retrouvait ses tenues de chasse, ses fusils et ses costumes de cour.

Il ne reconnaissait plus la ville. Un peu partout, comme rue Montmartre, des groupes d'hommes et de femmes s'agglutinaient, silencieux, à proximité des boulangeries, mais aussi aux carrefours. Des individus à la mine basse et sombre qui détonnaient dans le tableau habituel haranguaient sourdement des chalands indécis. Pourtant, il ne semblait pas que ces attroupements pussent, pour le moment, conduire à la violence. De toute évidence la ville avait la fièvre, ou plutôt celle-ci montait dans une sorte d'attente anxieuse.

À l'hôtel de police, il trouva son bonheur avec une grande jument pommelée, haute au garrot, qui l'accueillit avec ce frissonnement de peau et ce hennissement joyeux qui préludèrent à leur entente. Cette bonne humeur se manifesta encore par quelques cabrioles et croupades qu'il maîtrisa en douceur. Faits l'un pour l'autre, le cavalier et sa monture franchirent bientôt au petit trot les murs de la ville afin de rejoindre le pont de Sèvres. Une brume légère coulait comme une vapeur à la surface du fleuve. En transparence, des bateaux et des barges semblaient glisser dans l'air. Les premiers rayons du soleil frappaient les pyramides de pierres fraîchement taillées destinées aux constructions nouvelles du Pré-aux-Clercs au Point-du-Jour. Une fumée noire s'élevait de la chaudière à suif de l'Isle des Cygnes. Partout l'œil se rafraîchissait du vert tendre d'un printemps plus que tardif.

Nicolas laissa aller la jument et rentra en lui-même. À nouveau il affrontait le crime et la mort, il en était convaincu. Il s'efforçait de ne point associer à ces pensées sinistres le sort de son fils. Son impuissance dans une situation si personnelle le désespérait. Il devait maîtriser une imagination désordonnée pour en écarter les extravagances et éviter de se représenter des conjectures funestes. Être frappé dans ce qu'il possédait de plus cher lui apparaissait comme une punition imméritée. Il s'interrogeait. Sa passion pour Aimée d'Arranet en était-elle la cause ? Son cœur entravé devenait-il le rival de son esprit et de sa raison ? L'austère et paternelle figure du chanoine Le Floch s'imposa à lui, qui lui rappelait souvent que les créatures de Dieu les plus parfaites n'étaient ni inépuisables ni infinies et qu'on ne les pouvait posséder que par intervalles et pour quelques instants. Sa sœur Isabelle avait, elle, choisi l'amour inépuisable et éternel. Il se demanda quelle faute ou quel remords elle entendait expier en prenant le voile.

Il n'avait pas encore réfléchi à sa requête. Il s'examina, se comparant aux autres, conscient d'avoir possédé une âme roturière au début de son existence. Était-il petit sire quand, pauvre clerc de notaire, il courait les ruelles à Rennes ! Il ne s'estimait pas, alors, d'une essence inférieure à celle du noble qu'il était, par la force des choses, devenu. Chacun procédait d'un même principe et connaîtrait la même fin. Au bout de son existence, noble ou pas, au moment de rendre le dernier soupir, chacun se retrouvait dans une égalité parfaite. Il pouvait en parler. Il avait assisté, édifié, aux derniers moments d'un roi [12]. Le prêtre qui priait au chevet de Louis XV ne l'appelait pas « *Majesté* » mais « *Anima christiana* » comme il l'aurait fait avec le plus humble de ses sujets. À ce souvenir, il fut saisi d'un frisson sacré.

Dans cette affaire, même si son indifférence prévalait, il s'abandonnerait au vœu d'Isabelle. Il le ferait non pour le titre, que chacun lui donnait d'ailleurs libéralement sans savoir pourquoi, mais pour mieux armer son fils dans un monde dangereux, difficile, et lui offrir de prendre sa place dans la longue lignée dont il descendait, quelles que fussent les circonstances. Il en était le dernier représentant. Cette constatation qui réglait la question le soulagea.

Louis saurait-il se préserver à la cour ? Lui avait réussi durant toutes ces années à le faire. Il n'avait pas accepté d'être une pendule perpétuellement remontée [13] selon le caprice de ceux qui donnent le ton, de sonner quand il leur plaît, de suivre en un mot comme une aiguille les mouvements d'une volonté absolue qui tourne et retourne sans cesse. Il aurait fallu se rendre irresponsable en riens, stérile en bonnes œuvres, généreux en promesses, prodigue en compliments et fécond en dissimulation. Il aurait dû paraître ne se mêler de rien, ne savoir rien et aller lourdement à la sape par des voies détournées. Enfin cesser de vivre en soi-même pour ne plus voir qu'au gré des autres. Lui, sa foi et son orgueil étaient de servir son roi. Il comptait s'inscrire dans la tradition des Ranreuil ainsi que lui avait enseigné, trop peu de temps hélas, le marquis son père.

Par comparaison avec la ville, la route de Versailles lui sembla déserte. Traversant les bois de Fausses-Reposes, son cœur se serra. Là, pour la première fois, il avait rencontré Aimée et l'avait serrée contre lui… Quand, au petit trot, il arriva à l'hôtel d'Arranet dans cette grande allée de tilleuls où, quelques mois auparavant, il avait failli perdre la vie, son impatience s'accrut. La séparation, courte en vérité, avec sa maîtresse lui avait fait mesurer la profondeur de son attachement. Il descendit de sa monture, l'attacha à un anneau du mur et gravit les quelques marches du perron, surpris de ne pas être accueilli comme d'habitude par le flot empressé des valets. Il laissa retomber le marteau de la porte. Au bout d'un moment, elle s'ouvrit, laissant apparaître la face couturée de cicatrices de Tribord, le majordome de la maison. Son visage amical grimaça de joie et de surprise. Il ne portait pas sa livrée et sa tête sans perruque était coiffée d'un bonnet de laine.

— Sacredieu, monsieur Nicolas ! Depuis le temps qu'on vous espère.

— Vos maîtres sont-ils là ? demanda le commissaire, de plus en plus inquiet de cet accueil.

— Que non ! Je suis seul à bord. Mademoiselle Aimée a cinglé pour Saumur chez ses cousins et l'amiral louvoie de port en port. Pour l'heure, je le crois à Cherbourg.

Il se rendit compte de la déception que ses propos suscitaient.

— M'a chargé de vous faire les honneurs du carré et de la cambuse si vous séjourniez ici en son absence.

— J'envisageais en effet de passer la nuit ici. Je compte demain assister à la chasse de Sa Majesté. Pour l'heure je me rends au château. Il est probable que je rentrerai fort tard.

— Aurez-vous soupé ?

— À Versailles. Surtout ne dérangez rien pour moi. Juste une question. De Vienne, j'avais adressé une lettre à Mlle d'Arranet. Savez-vous si elle l'a reçue ?

— En tout cas, elle est bien arrivée. Une sorte de Turc enturbanné est passé hier l'apporter. L'avait un bien beau coursier, plein de feu. M'a donné le pli en me demandant de le faire tenir au plus vite à Mademoiselle. De fait je le conserve. Le temps que je l'expédie en Anjou, elle sera sans doute déjà de retour ici.

— Comment êtes-vous assuré que c'était bien la mienne ?

— Pour sûr, monsieur. J'ai bien reconnu le cachet à vos armes. Tout couturés qu'ils sont, mes yeux sont encore vifs et capables de distinguer à l'horizon une corvette d'avec une frégate !

Nicolas lui tendit quelques louis que l'autre empocha en hochant la tête de satisfaction.

— C'est toujours un honneur de servir Monsieur. À ce soir donc.

À son arrivée au château, il confia sa monture aux soins attentifs d'un palefrenier ; elle manifesta avec énergie son déplaisir de voir s'éloigner son cavalier. L'homme, connu de longue main de Nicolas, lui affirma que, même à Versailles, l'exaspération était sensible dans le peuple et que des incidents pouvaient intervenir à tout moment, en particulier lors du marché du lendemain. Il gagna l'hôtel des Affaires étrangères pour rendre compte de sa mission à M. de Vergennes. Il fut aussitôt introduit. Le ministre écouta Nicolas sans cesser d'écrire, manifestant son intérêt par des coups d'œil rapides et de légers murmures. Le nom de Georgel sembla l'irriter et il se mit à frapper la tablette de son bureau du plat de la main.

— L'impudent personnage ! Imaginez qu'il a eu l'audace de demander à me voir. Je ne l'ai point reçu. Nous entendons désormais nous passer de ses services puisqu'il n'accepte pas de reconnaître pour légitime notre autorité, c'est-à-dire celle du roi. Toutefois…

Il considéra le commissaire avec un rien d'amusement dans l'œil.

— ... de là à en faire un comploteur, un conspirateur et traduire de ses attitudes, que d'autres raisons peuvent justifier, une interprétation obscure et soupçonneuse supposant de méchantes menées, il y a là un pas que je ne saurais franchir. Votre imagination s'égare. Ces papiers saisis ne sont que les vestiges de correspondances irréfléchies, de nouvelles à la main échangées par quelques beaux esprits qui se croient importants. Ils satisfont ainsi leur impuissance : de la mousse sur la lie ! Quant à cet attentat dont vous êtes si heureusement sorti grâce au chevalier de Lastire, portez-le au débit des services autrichiens, ce sera plus sûr.

M. de Vergennes se montra beaucoup plus intéressé par le récit de la rencontre avec Marie-Thérèse. Nicolas rapporta ses impressions avec ce bonheur d'expression qui ravissait toujours ses interlocuteurs. Il mêla ses souvenirs propres aux jugements de Breteuil et aux observations glanées pendant son séjour à Vienne.

— L'impératrice-reine mérite sans contredit la belle réputation dont elle jouit en Europe. Personne ne possède mieux l'art de se rendre maître des cœurs et n'y met plus de soins. Elle en sent toute l'utilité, car à cet art elle doit l'amour de ses sujets, si prodigue en preuves signalées dans les traverses critiques où elle s'est trouvée.

— En particulier, quand le roi de Prusse lui a donné du fil à retordre et quelques avanies senties dont elle a su se tirer avec adresse.

— De fait, elle est active et laborieuse au point de travailler et de lire des mémoires à la promenade. Elle donne tous les jours trois ou quatre heures d'audience, où elle admet tout le monde sans aucune exception. Elle y traite toute sorte d'affaires, fait des aumônes de la main à la main, entend des plaintes, des prétentions, des projets et... des espions ; elle y questionne, réplique, conseille, arrange des différends de sorte que la plupart des affaires se concluent à l'audience. J'ajouterai, cependant, pour me renfermer dans l'exacte vérité, qu'un esprit de commérage obscurcit un peu ses belles qualités, que son intention d'attacher les femmes à leur mari produit souvent des effets contraires, car sur un simple indice qu'une femme est disposée à la galanterie, elle donne au mari des avis qui troublent plus de ménages qu'ils n'en arrangent.

— Et qu'en est-il de ses rapports avec son fils ?

— Bons en apparence ; en réalité, elle est jalouse d'une autorité jamais partagée. Elle avait, à la mort de son mari, parlé d'un projet de retraite et de laisser à son fils le soin du gouvernement. Mais son goût naturel pour la domination a bientôt repris le dessus et elle abandonna un dessein conçu dans le mouvement de sa première douleur. Elle se dit fort attachée à l'alliance avec la France et voit dans le mariage de sa fille, dont elle est grandement satisfaite, un nouveau moyen d'en assurer la durée.

— Fort bien ! Mais ce qui m'importe le plus, ce sont les dépêches secrètes de notre ambassadeur. Êtes-vous parvenu à les passer ? Quel moyen avez-vous employé pour ce faire ?

Quand Nicolas lui eut révélé son système, le ministre ne le voulut pas croire. Il se leva, sonna. Peu après, un commis des Affaires étrangères apparut qui, après avoir taillé sa plume, se mit à écrire à toute vitesse sous la dictée monocorde de Nicolas. Au bout de trois quarts d'heure, ce dernier achevait sa récitation.

— « ... *Le public accuse l'empereur d'avoir été trop vite sur le désir d'ôter aux propriétaires des terres l'excès de leurs droits sur le peuple, et tout le monde s'accorde à dire que l'impératrice voudrait laisser les choses sur l'ancien pied de servitude vis-à-vis du seigneur afin de lui fermer les yeux sur le poids de la sienne vis-à-vis de l'autorité royale, et encore plus peut-être par la persuasion qu'il faut aller lentement sur les innovations, quelque indiquées qu'elles soient souvent par l'humanité et la justice. Quoi qu'il en soit, monsieur, on ne saurait se dissimuler que le moins qu'il puisse arriver de la position actuelle des choses en Bohême sera une forte émigration en faveur du roi de Prusse. Un état de guerre continuelle entre les paysans et leurs seigneurs qui pourra rendre cette émigration assez journalière pour causer un grand dommage à la Bohême et un grand avantage pour la Silésie prussienne.* » Voilà, monseigneur.

— Monsieur le marquis, dit Vergennes ravi, je n'aurais jamais cru… Votre système devrait faire école.

Il s'empara prestement des transcriptions, regagna son fauteuil et se mit à les étudier sans autre forme de procès. L'audience était finie et Nicolas se retira.

Cette seconde audience lui laissa un goût de cendres. Le ministre n'avait retenu de son rapport que ce qui touchait au plus près les intérêts propres de son département. Il se gourmanda lui-même. Pourquoi éprouver cette déception alors qu'il savait, pour les avoir observés depuis des années, que mille soucis submergeaient les hommes du gouvernement dont le premier était celui de la conservation ? Passant sans relâche d'un sujet à un autre sans pouvoir en approfondir aucun, le fond des affaires lui échappait souvent. Sans doute aussi réagissait-il avec la méconnaissance d'un homme demeuré, par ses fonctions diplomatiques, si longtemps éloigné de la cour et de la ville. Pour lui, le commissaire Le Floch, tout réputé fût-il, ne devait pas passer outre et raisonner sur des intérêts le dépassant. Son jugement et sa capacité à démêler les écheveaux et arcanes de crimes domestiques ne sauraient se hausser à connaître à un degré éminent des débats du royaume. Il était vrai que l'énormité des suppositions avancées et la mise en cause de grands et d'hommes en cour ne laissaient pas de donner du champ au doute et au scepticisme.

Il rejoignit le château pour gagner l'aile des ministres où il comptait rencontrer M. de Sartine dont l'activité se partageait, le matin à l'hôtel de la Marine et l'après-midi au palais. Il espérait que l'ancien lieutenant général de police, plus au fait des méandres et menées politiques, serait dûment frappé par les nouvelles rapportées et plus apte à en tirer les conclusions nécessaires.

Il allait se faire annoncer quand la porte du cabinet s'entrouvrit pour laisser sortir un personnage au chef couvert d'un invraisemblable turban qui lui tendit les bras. Il eut quelque peine à reconnaître le chevalier de Lastire. Leur effusion achevée, Nicolas constata que le turban en question, cause de l'étonnement de Tribord, était bel et bien un pansement édifié avec tant d'art qu'il trompait tout spectateur inattentif.

— Le remords m'étouffe, dit le chevalier. Je n'ai pas tenu ma promesse de transmettre votre courrier. Ce n'est qu'hier que je l'ai confié à la Poste centrale, sauf la lettre destinée à Mlle d'Arranet que, venant à Versailles, j'ai déposée en passant.

— Mais que vous est-il donc advenu ?

— C'est une trop longue histoire pour la conter dans ce vestibule. Sachez seulement que les Autrichiens ne m'ont pas laissé sortir facilement. Puis-je vous prier à souper, ce soir ? Je connais mal la ville et je vous confie le choix du lieu.

— Le plus simple serait de se retrouver à sept heures de relevée à l'hôtel de la Belle-Image. Je l'ai souvent fréquenté et la table d'hôte y est honorable.

Ils se quittèrent et Nicolas se hâta dans la pièce où Sartine, debout, l'attendait.

— Il est temps que vous manifestiez votre promptitude, monsieur le voyageur ! Tout Versailles bruissait de rumeurs à votre sujet, que vous auriez choisi de prendre du service chez l'impératrice, que, tombée sous votre charme, elle ne se pouvait plus passer du cavalier de Compiègne, que même l'empereur Joseph aurait loué votre don de repartie au cours d'un macabre face-à-face.

Nicolas céda au plaisir de son interlocuteur en feignant d'être étonné. Sartine adorait surprendre et manifester sa diabolique connaissance, fruit d'un service de renseignements hors pair. Enfin, l'humeur était bonne, ce persiflage le prouvait.

— Ah ! Ah ! Vous faites l'étonné ?

— Venant de vous, monseigneur, je m'attends toujours à l'inattendu ! Cependant, s'il n'avait tenu qu'à moi, il y a longtemps que je serais rentré. Il en a été autrement et non de mon fait. Permettez, en témoignage de ma reconnaissance et de ma fidélité, de vous prouver que le temps passé à Vienne n'a pas été totalement perdu.

Il déposa sur le bureau une boîte ovale en carton.

Sartine redevint en un instant l'enfant qui jouait au toton dans les rues de Barcelone. Il avait reconnu aussitôt de quoi il s'agissait. Il prit la boîte, l'éleva à hauteur de ses yeux comme pour une offrande, la reposa, sembla la respirer puis, timidement et comme à regret, souleva le couvercle, écarta le papier de soie et ferma les yeux avec une expression de béate volupté. Nicolas constata qu'il tremblait, le goût de la collection s'apparentait-il à une sorte de maladie ? Le ministre finit par obéir à une voix intérieure à laquelle pourtant une partie de lui-même semblait résister. Ses yeux se fermaient et se mouillaient d'attendrissement, finalement il plongea les mains dans la boîte en laissant échapper un soupir. Il souleva alors un flot de boucles argentées qui s'épandaient comme les souples tentacules de quelque monstre marin. Enfin, n'y tenant plus, il y plongea le visage.

— Nicolas, parvint-il à dire d'une voix mourante. Je remercie le ciel que l'impératrice vous ait laissé le temps de trouver ce trésor. Quel joyau ! Quelle merveille ! Notez ce chatoiement, ce déploiement de formes, cet effondrement de reflets. D'où provient-elle ?

— D'un faiseur de Vienne, jadis recommandé par Georgel du temps où il était l'honnête secrétaire du prince Louis. C'est un modèle unique, la coiffure officielle du *Magistrato Camerale* de la cité de Padoue.

— Oh ! s'exclama Sartine, je la ferai surgir sur un air d'Albinoni [14]. Le chevalier de Lastire m'en a beaucoup conté...

Nicolas demeura impavide devant ce changement de registre si fréquent chez le ministre.

— Je sais que vous avez vu Vergennes et qu'une partie de votre mission a heureusement abouti, même si elle nous confirme notre échec. Voilà bien des complications de prêtres qui se prennent, en se montant le collet, pour des Alberoni [15]. Se produit alors un curieux mélange de prétentions et de petites crises domestiques... L'arrivée de Breteuil a constitué la mèche fusante de cette crise... Chacun s'exaspère. Georgel a cru se rendre indispensable, manœuvré qu'il est par plus matois que lui. Il a oublié que nous servons des intérêts élevés sous lesquels nous devons restreindre nos ambitions, partager nos réussites et témoigner d'une hauteur de vues et d'une simplicité qui nous conduisent à une totale humilité.

Nicolas souriait intérieurement. Pour profond que fût son dévouement pour Sartine, il n'en demeurait pas moins lucide. Il avait éprouvé à maintes reprises son innocente disposition à se parer des plumes d'autrui et à bâtir sa réputation sur les succès de ses subordonnés.

— Le secret appartient désormais à des temps révolus. Il n'avait de sens qu'animé par le feu roi... Il ne faut pas s'accrocher au passé, cela permet de s'épargner une nostalgie impuissante. Il faut rebâtir notre système, le refondre… C'est à quoi je m'emploie dans mon nouvel état. Je vous en ai déjà parlé. M. de Lastire, l'amiral d'Arranet et vous-même êtes ses éléments, mes pièces sur cet échiquier.

— Je conçois, monseigneur, que l'affaire Georgel est à mettre à pertes et profits dans une conjoncture dont vous tenez les aboutissants, mais ce papier dont Lastire a dû vous parler est d'une autre nature et encore plus inquiétant.

Il tendit la reconstitution du papier saisi dans la cheminée de Georgel à Vienne. Sartine l'examina sans paraître y prêter attention. Il le secoua.

— Salmigondis pour le rapport hebdomadaire des inspecteurs, résidu de cabinet noir ! Tout cela n'a pas de sens. Turgot s'est donné des verges pour se faire battre. Il ne se peut désormais plaindre et s'en prendre à tous et à chacun.

— Ainsi, vous n'y décelez aucun indice de troubles ou de dangers ?

— Reprenez-vous, Nicolas. Je crains que vous ne soyez depuis trop longtemps animé de soupçons et de craintes par légitime souci de la sûreté de l'État et du roi. Il n'y a pas de raison de vous en tenir rigueur, c'est ce qu'on attend de vous et ce pourquoi vous êtes sous mon autorité.

S'il avait fallu une preuve pour démontrer que Sartine, comme tout Paris l'affirmait, dirigeait la police sous le couvert de M. Le Noir, son affidé, cette remarque eût suffi à convaincre le moins persuadé de la chose.

— Alors, qu'en est-il de ces tentatives contre moi si clairement liées aux manigances de l'abbé Georgel ?

— Elles se sont poursuivies et achevées par l'agression contre Lastire. Mon ami, réfléchissez ! Provoquées, les autorités autrichiennes se vengent. Pas Kaunitz, notre ami, trop prudent, trop avisé. Peut-être l'empereur et les bureaux de Vienne, peu dupes de la mission avouée du marquis de Ranreuil.

Ainsi le chevalier avait été attaqué, ce qui expliquait le pansement.

— Cependant, monseigneur…

— En aucune façon, Nicolas. Et vous feriez mieux d'éviter que les cadavres ne vous poursuivent jusque chez notre ami Noblecourt…

Il savait tout avant tout le monde. M. de Saint-Florentin, duc de La Vrillière, ministre de la Maison du roi, en disgrâce et malade, Sartine avait repris goût à la chose policière en assurant l'intérim de M. Le Noir pendant sa maladie.

— … Vous persistez à semer les morts sous vos pas avant que de les livrer tout chauds encore aux scabreuses expérimentations de votre chirurgien aidé du bourreau !

C'était là une des ses antiennes. Il était temps de changer de sujet.

— Pour qui, monseigneur, a quitté la France il y a deux mois, l'émotion du peuple et son inquiétude sont palpables. La capitale connaît une mauvaise fièvre. Aucun ordre n'est donné…

— M. Turgot nous assomme de ses innovations. Il y a des moments où bouger serait faiblesse et offrirait à l'adversaire l'occasion du mouvement. Ne cédons pas à l'affolement si propre à déclencher les manœuvres les plus maladroites et les réactions les moins pensées. M. Turgot entend entraîner l'État au bouleversement des habitudes. Eh bien ! Nous verrons qui de la réalité ou de M. Turgot l'emportera à la fin des fins.

— Mais…

— Point de mais, monsieur la forte tête. Allez cueillir chez Leurs Majestés les légitimes lauriers que vous vaudra votre mission. Puis regagnez Paris pour étudier votre mort ancillaire. Espérons qu'il ne s'agisse pas d'un meurtre ! Par le temps qui court, un maître boulanger, a-t-on idée !

— Cependant, la violence en province. J'ai moi-même…

— Cela suffit. Vous m'entêtez. Allez chanter cela à Turgot. Eh ! Que diable nous mène-t-il en cette galère ?

Et M. de Sartine se replongea dans la contemplation de la nouvelle pièce de sa collection.

Derechef, Nicolas sortit désemparé de chez le ministre de la Marine. D'expérience persuadé qu'on ne devait jamais répondre à une question non posée ou soulever un point délicat non évoqué, il s'était abstenu de rappeler que M. Le Noir lui avait donné ordre d'avoir à suivre l'évolution d'une situation marquée par la fermentation du peuple au sujet du prix du pain et de la libre circulation des grains. À cela il devait obéir. Qu'aurait dit naguère M. de Sartine s'il était allé pêcher ses instructions chez le ministre de la Marine ? Au fond le propos de Sartine ne s'éloignait guère de celui de Vergennes. Mais si les raisons de ce dernier, replacées dans ses préoccupations diplomatiques, se comprenaient, celles de Sartine s'enveloppaient de faux-semblants et d'affirmations péremptoires. Cela était confirmé par un ton hargneux à l'égard du contrôleur général, qui ne laissait aucun doute de ses sentiments : l'œuvre amorcée de réformes de M. Turgot méritait la sévérité d'une censure sans indulgence. Nicolas soupçonnait, à regret, sans se prononcer lui-même sur le fond d'une question à laquelle il n'avait pas réfléchi, une attitude de coterie. Comme si Sartine, libéré par la mort du feu roi, retrouvait ses amitiés et inclinations premières. Nul doute également que le ministre de la Marine éprouvât une persistante acrimonie envers un contrôleur général avec qui le conflit était permanent. La matière que Sartine gérait s'avérait, par son objet, avide de moyens et propre à accroître le déficit du trésor. En outre, la décrépitude du duc de La Vrillière le conduisait à espérer obtenir, avec l'appui proclamé de la reine, le poste de ministre de la Maison du roi. Il s'y trouverait, chacun en était persuadé, beaucoup plus à l'aise que dans un département où il avait encore tout à apprendre.

Restait que ce refus de considérer l'urgence de la conjoncture, cette légèreté ironique devant les périls à venir laissaient Nicolas amer, le cœur serré devant le risque des occasions manquées. En avait-il déjà connu, de ces moments où le fléau de la balance s'inclinait pour la gloire ou la déréliction du trône. Il en venait à appeler de ses vœux un pouvoir souverain dégagé des contingences et des entraves particulières et qui exprimerait l'intérêt général. C'est confusément dans le jeune roi qu'il plaçait cet espoir, lui qui avait toujours servi en s'efforçant d'écarter tout ce qui pouvait faire vaciller ses certitudes. Il s'accrochait plus que jamais à cette loyauté apprise dans les romans de chevalerie lus, jadis, à Guérande à la lueur d'une chandelle. Une douleur pourtant le traversait : Sartine qui savait tout ne savait d'évidence rien sur le sort de Louis ; autrement il lui en aurait parlé.

VI

UN ROI DE VINGT ANS

> « L'autorité souveraine n'est jamais
> ébranlée que par les instruments qu'elle
> croyait destinés à l'affermir. »
>
> D'ARGENSON

La chance lui avait souri. Alors qu'il errait, perdu dans ses pensées, dans la galerie des Glaces à la recherche d'un truchement qui lui permît d'avoir accès à la reine, il se heurta à l'ambassadeur de l'impératrice à Versailles. Il n'y avait guère de jour qu'on ne le vît paraître à la cour avec son compère l'abbé de Vermond, lecteur de la princesse, pour être reçus privément. M. de Mercy-Argenteau se répandit aussitôt en compliments suaves sur la réussite d'un voyage dont il paraissait connaître parfaitement les détails. Ayant demandé à Nicolas l'objet de sa présence, il se proposa de le conduire chez la reine, le prit par le bras et l'entraîna vers les appartements royaux. Ce faisant, il poursuivit ses commentaires, car il était dans sa nature d'accabler son interlocuteur de paroles au milieu desquelles surgissait quelque précise et insidieuse question.

— Mon cher marquis, mille bruits ont apporté ici l'écho de vos triomphes viennois. Je gage, mais vous me l'allez confirmer, que M. de Breteuil s'est félicité d'avoir couronné ses débuts par la venue d'un envoyé tel que vous. Voilà qui s'appelle un franc succès. Et Kaunitz, que dit-il ?

Il étourdissait Nicolas par sa verve redondante et son verbe fleuri. Celui-ci ne répondait que par des paroles sans fioritures à ses demandes de plus en plus insistantes. L'ambassadeur se prolongea en propos élogieux jusqu'aux antichambres de la reine où un huissier les remit aux mains d'une des dames d'honneur qui les fit pénétrer dans les cabinets, en arrière de la chambre de la reine. Ces audiences quasi bourgeoises ne laissaient pas d'étonner les moins ferrés sur les usages de cour. On savait la reine excédée du cérémonial de son lever et le ressentant comme une persécution. Elle parvenait peu à peu à en abolir l'esclavage et, une fois coiffée, saluait l'assistance dans sa chambre d'apparat pour disparaître, suivie de ses gens, dans ses cabinets intérieurs. Là, elle retrouvait des intimes ou encore Mlle Bertin, astre montant, marchande de modes que la duchesse de Chartres avait introduite à Marly dans l'entour de la reine, peu après la mort de Louis XV. Pour l'heure, seul l'abbé de Vermond était présent, lisant à haute voix des pages de l'*Histoire de France* d'Anquetil. La reine, songeuse et ennuyée, ne put dissimuler un mouvement de joie en apercevant les visiteurs.

— Mes amis, s'exclama-t-elle enjouée, venez donc me distraire de ce cher abbé qui m'attriste de récits de guerre et de traités ! Monsieur le cavalier de Compiègne, vous avez été bien long pour revenir…

Il aurait donc manqué à beaucoup de monde, sauf à ceux auxquels il était le plus attaché, pensa-t-il avec amertume. Il se reprit aussitôt en exceptant de cette remarque l'hôtel de Noblecourt.

— ... Comment va ma chère maman ?

— Votre Majesté peut se persuader qu'elle se porte à merveille autant que j'ai pu en juger, ayant eu l'honneur de demeurer plus d'une heure en sa présence.

Elle joignit les mains dans un ravissement un peu forcé.

— A-t-elle bien mené ses questions sur sa fille ?

Il nota le français maladroit de cette phrase.

— Les pensées de l'impératrice sont tout entières tournées sur la félicité de la reine.

— J'en suis convaincue. J'espère qu'elle ne s'est pas montrée trop *grandig* [1] ? dit-elle en regardant, avec un peu de provocation, M. de Mercy.

Nicolas était persuadé que l'ambassadeur n'ignorait rien de son entretien avec Marie-Thérèse. En avait-il informé la reine ? Certainement, dans ses grandes lignes. Il observa la coiffure de Marie-Antoinette, si haute qu'elle obligeait le regard à se hausser. Les craintes de la mère étaient fondées à ce sujet. Il avait entendu dire que l'une des raisons de l'abandon de l'habillement en public tenait à ce que, désormais, on devait passer la chemise par le bas, exercice qu'on ne pouvait décemment exécuter en public. Il s'aperçut que la reine attendait une réponse. Il supposa le sens du terme allemand.

— Sa Majesté impériale a manifesté à mon égard la bienveillance la plus soutenue et m'a fait l'honneur d'être son messager auprès de ma reine.

Elle inclina la tête en souriant avec une grâce particulière. À demi penché, il tendit le paquet et le pli. Elle considéra le message de sa mère avec une espèce de circonspection inquiète, offrant l'image de l'indécision comme si elle appréhendait une admonestation attendue et redoutée. Au bout d'un instant, elle jeta le pli sur la tablette d'une cheminée derrière elle et ouvrit le paquet en poussant de petits soupirs d'impatience. Elle contempla le médaillon avant de le porter à ses lèvres dans un mouvement un peu théâtral. Un regard en dessous jeté sur Mercy intrigua Nicolas ; il semblait que cette attitude était beaucoup plus dictée par le souci d'être rapportée que par la spontanéité d'un mouvement de sensibilité filiale.

— Que je vous ai de grâces, monsieur le marquis, d'avoir été le messager de ma bonne maman ! Elle a marqué sa satisfaction de votre visite : l'ambassadeur m'en a conté le détail. Comment avez-vous trouvé Vienne ?

— Votre Majesté sait que c'était là ma première venue dans la ville des Césars. Les splendeurs et les richesses qu'elle prodigue ont émerveillé le voyageur, tout comme les embellissements du règne. J'ai eu aussi le privilège d'entendre la première de l'oratorio de Haydn, *Il Ritorno di Tobia*, au théâtre de la porte de Carinthie… et j'ai soupé au Prater en buvant du nussberger comme un vrai Viennois !

La reine éclata de rire et battit des mains. Sous la jeune femme, l'enfant n'était pas loin.

— Il y a quelques jours, j'ai pensé à vous…

Nicolas s'inclina.

— … Mon beau-frère m'a présenté un mécanicien qui anime des automates. L'un d'eux, fort curieux, a dessiné mon portrait. N'est-ce point là extravagant ? Quel est le subterfuge ? Ceux de M. de Vaucanson[2] qui…

Nicolas mit un doigt sur ses lèvres.

— Oh ! Vous avez raison, c'est un secret entre nous.

Le regard qu'échangèrent Mercy et Vermond n'échappa point à la reine.

— C'est ainsi ! Le marquis et moi, messieurs, avons nos secrets. Ma bonne maman ne vous a pas trop accablé de questions sur ma toilette ?

— J'ai marqué à Son Impériale Majesté que la reine se devait d'être l'arbitre des élégances et le modèle idéal sur lequel le goût français s'allait modeler.

La reine approuva et regarda Mercy avec insistance.

— Voilà ce qu'il convient de dire à ma mère. Sachez qu'il nous déplairait que vous demeuriez trop longtemps loin de notre personne.

Comprenant que l'entretien avait pris fin, Nicolas salua et se retira à reculons. Dans l'antichambre il se félicita d'avoir si habilement mené sa barque en présence de témoins si retors. Sous cape, il se moqua de lui-même, mais au fond, son langage de courtisan était une politesse et ne sacrifiait pas la vérité. Subsistait toujours entre la souveraine et lui ce souvenir d'une première rencontre marquée par la surprise et le rire dans la forêt de Compiègne. C'est l'adolescente timide et espiègle qui reconnaissait toujours le jeune homme d'alors. Descendant les degrés, une main se posa sur son épaule. C'était l'abbé de Vermond.

— Monsieur, je souhaiterais vous assurer de mes services. Je suis un vieil ami de M. de Breteuil. Il m'a écrit sur votre valeur. À nous revoir !

Et sur ces paroles, il remonta. Que la cour était un lieu étrange, un pays aux voies compliquées. Aux strates successives des noms, titres, qualités, fonctions et honneurs correspondait la hiérarchie secrète des pouvoirs occultes, des familles, des amitiés secrètes et des influences parallèles. Les clans et les groupes s'appuyaient sur des liens subtils, organisaient leur ascendant, poussaient leurs affidés et tissaient leurs toiles. De fait, c'était l'affrontement de ces dominations qui établissait la balance des forces, l'équilibre à partir duquel basculaient les volontés et s'affirmaient les crédits. Il se souvint que l'abbé de Vermond demeurait l'ami et l'obligé de Choiseul, tout comme l'étaient, pour des raisons diverses,

Breteuil et Sartine. Ces constatations laissaient à penser que l'ancien ministre, au nez retroussé d'ironie et d'arrogance, ne renonçait nullement à revenir aux affaires et activait des troupes, lesquelles s'agençaient, étendaient leur emprise et recrutaient. On pesait peu dans ce pays-ci, à moins d'appartenir à l'une des factions en présence. Négligeant les risques encourus, Nicolas n'entendait servir que le roi sans s'inféoder à quiconque. Que chacun le crût penchant vers sa cause le laissait de marbre. Dans ce cas particulier, il savait que la reine, par reconnaissance pour l'initiateur de son mariage ou par esprit d'intrigue, n'avait d'autre but que de favoriser le retour de l'ancien ministre. Rien ne prouvait que ce caprice, soutenu avec âpreté, rencontrât l'inclination de l'impératrice et de l'empereur à Vienne. Il se pouvait qu'ils fussent moins portés qu'elle à souhaiter le retour d'un homme considéré comme ayant couru sa carrière et dont les foucades ne convenaient plus à l'évolution des temps.

Il souhaita méditer sur tout cela et entra dans le parc pour finir par s'asseoir au bord de la pièce d'eau des Suisses. De longues heures, il demeura immobile et seul le froid du soir le tira de sa retraite. Le soleil se couchait sur une nature encore engourdie par un trop long et rude hiver. Les eaux glauques et sombres du Grand Canal paraissaient exemptes de toute vie. Il songea soudain qu'un jour Versailles, comme Athènes et Rome, retournerait au néant, transformé en champs de ruines, trace immense et nostalgique d'une grandeur effacée.

Chez lui heureusement, les nécessités de l'action créaient le sursaut salvateur. Il gagna les grandes écuries pour y récupérer une monture reposée, bouchonnée et nourrie. Il récompensa l'homme de l'art de ses soins. En verve, celui-ci, reprenant le cours de leur conversation du matin, lui confia des indications plus fraîches qui assombrissaient encore davantage le tableau dressé. Il paraissait que le château de la duchesse de La Rochefoucauld à La Roche-Guyon avait été forcé. Cette grande famille était réputée posséder la majeure partie des minoteries autour de Paris ; ce monopole sur la force de l'eau l'avait déjà désignée comme complice du pacte de famine. Une troupe sans foi ni loi d'environ deux à trois mille hommes aurait menacé la noble dame, l'abandonnant enfin quasi pâmée de terreur. De là, l'engeance serait allée piller un bateau de blé qu'elle trouva sur son passage. Le projet avait alors été lancé de se rendre à Versailles sous le prétexte que sa masse en imposerait, que le peuple se joindrait à elle et qu'on ferait taxer le pain à deux sols la livre. La rumeur la plus récente rapportait que le marché de Saint-Germain avait été mis à sac dans la journée. À sept heures, il se retrouva attablé avec le chevalier de Lastire devant un agneau rôti et un plat de fèves nouvelles au jus.

— Il me faut, commença celui-ci, vous conter des aventures bien extraordinaires. Après avoir quitté Vienne, la première partie de mon périple à franc étrier se déroulait sans accident...

— Mille pardons de vous interrompre, dit Nicolas. Ai-je bien compris ? Parti un mois avant nous, vous voici à Paris à peu près au même moment.

— Hélas, et pour cause ! Ma partie de plaisir initiale allait vite se transformer en cauchemar. Au début, le froid était vif mais le sol dur, même s'il dissimulait traîtreusement quelques plaques de verglas assassines, favorisa ma course. J'avoue préférer cela aux fondrières de boue rencontrées à l'aller. Je multipliai les précautions, utilisant parfois des chemins détournés et ne me rapprochant des villes que pour le rechange de ma monture. De fait, ma route était des plus sinueuses, persuadé que j'étais que mon départ précipité avait été aussitôt rapporté aux services autrichiens et qu'on tenterait de m'arrêter pour me contrôler, sinon pour me retarder. Bien m'en prit de ces précautions, car pour les premières étapes, tout se déroula selon mon désir. Tout se compliqua à la limite des États héréditaires. Il semblait que je dusse m'engager dans une sorte d'entonnoir où contrôles et patrouilles se multipliaient. À deux reprises, je faillis être arrêté et ne dus mon salut qu'à la vitesse de mon coursier. L'obligation des haltes dans les relais de poste m'obligeait à réemprunter le chemin commun. De surcroît, le temps retournait à la tempête…

— Enfin, vous avez échappé à toutes ces embûches et…

— … Certes non ! Sur la route de Linz à Munich, me voilà accroché par une troupe d'hommes en noir, accompagnée d'un gros de hussards. Leur allure menaçante, leurs armes braquées sur votre serviteur, la solitude du lieu propice aux mauvais coups et la nuit qui tombait me conseillèrent, sur le moment, la prudence. Mais, à l'instant où, penché sur mes fontes, je feignais de chercher mes passeports, je déchargeai mes pistolets et profitai de l'effet de surprise. Je piquai des deux après une superbe ruade qui mit hors de combat deux de ces argousins. Il s'ensuivit une décharge générale. Une balle arracha une oreille à ma monture qui, sous l'effet de la douleur, s'emballa. Dans cette fuite redoublée, une autre balle me laboura le haut du crâne. Inondé de sang, je ne voyais plus rien. Cramponné, les rênes entortillées à mes bras, je m'abandonnai à cette course folle, perdant bientôt conscience de ce qui m'advenait. Des semaines s'écoulèrent…

— Comment cela ?

— À bout de course, mon pauvre cheval finit par rechercher un gîte et entra dans une ferme isolée où un paysan me découvrit évanoui. Sans s'interroger sur les raisons de tout cela, il me soigna avec dévouement.

Quand je me réveillai, je finis par découvrir ce qui s'était passé. Je pris connaissance du temps écoulé et compris que l'homme pensait que des branches d'arbres brisées, qui sont autant de lances dirigées contre les cavaliers, m'avaient blessé. Croyez que je ne le détrompai pas. Il avait religieusement respecté mon bagage. Péniblement, je me remis en route après avoir récompensé mon sauveur. Désormais, je ne supportais que de petites étapes. Dieu soit loué, il n'y eut plus d'alertes si ce n'est, et tout cela me parut le comble, aux alentours de Paris, des regroupements menaçants de peuple. Mais vous-même, pourquoi ce retour si tardif ?

Nicolas lui en donna les raisons et raconta l'interception dont lui et ses compagnons avaient été, eux aussi, l'objet.

— Nous avons pu nous laisser faire, n'ayant rien de compromettant qui pût être découvert.

— Il est vrai, mais n'oubliez pas que moi, j'avais des lettres et une mission urgente à remplir. J'ai failli à mon cœur défendant. Me voilà portant le turban, ce n'est pas la première fois !

Ils trinquèrent et mirent à mal l'agneau dont la peau croustillante dissimulait une chair d'une saveur et d'une tendreté exquises.

— Chevalier, j'ai été heureux de ce voyage commun même si je déplore votre aventure. Votre présence m'a sauvé la mise et je regrette que notre tâche commune s'achève.

Lastire frappa joyeusement sur la table.

— Détrompez-vous et ne vous réjouissez pas trop vite. M. de Sartine souhaite qu'en cette période agitée je demeure à vos côtés ; surtout à un moment où des soucis de famille vous assaillent.

— J'en suis heureux, dit Nicolas. Cependant…

Il ne termina pas sa phrase et un long silence s'installa que chacun meubla en se consacrant au repas avec une attention presque minutieuse. Que signifiait l'agacement que ressentait Nicolas ? Accoutumé aux examens de conscience, il mesura avec lucidité sa joie de poursuivre aux côtés de Lastire, mais également son regret d'une décision de Sartine lui imposant une présence – un témoin – sous le prétexte d'une situation qu'il s'était empressé de minimiser quand son ancien commissaire la lui avait décrite avec les risques de troubles à Paris. Cela participait bien du style contourné de l'ancien lieutenant général de police, habile à mitonner sur plusieurs potagers diverses préparations propres à justifier sa réputation « *d'universelle araigne* ». Ses fils se croisaient et s'entre-croisaient jusqu'à, parfois, se rompre à force d'être emmêlés. Il semblait encore que le pauvre M. Le Noir fût écarté des décisions prises. Il se fit une raison, bien qu'ayant sur le cœur de découvrir un Sartine révélant ses affaires privées à un étranger sans en avoir dit mot à un père angoissé. Il décida de passer outre et renoua le fil de la conversation.

Il évoqua la situation rue Montmartre, inquiétante dans la mesure où le mort était un maître boulanger. Lastire se passionna pour les détails de l'enquête comme s'il découvrait un tableau nouveau pour lui. Ils décidèrent de se retrouver le lendemain soir chez M. de Noblecourt, Nicolas devant participer à la chasse du roi. Le cheva-lier fut si disert et plein d'attentions que Nicolas sentit ses préventions le quitter. Le voyage à Vienne avait créé des liens entre ces deux serviteurs du roi. Il s'inquiétait seulement de la réaction prévisible de Bourdeau devant une telle intrusion dans leurs habitudes. Il renonça à y songer davantage, il aviserait dans le feu de l'action.

Leur échange se poursuivait. Lastire, comme le commissaire, s'interrogeait sur l'agitation constatée. Il en faisait porter la responsabilité sur la brutalité expéditive par laquelle le contrôleur général poussait les réformes et, en particulier, l'instauration de la liberté du commerce des grains. Il accompagna Nicolas quelques pas dans la rue avant de le quitter sur la grande place sans lui indiquer où lui-même était hébergé ; il savait où joindre le commissaire à Paris. À l'hôtel d'Arranet, Tribord et un valet d'écurie l'attendaient. Il leur recommanda la jument, les priant de ne pas la nourrir : en la sanglant, il avait remarqué son volume, fruit des gâteries de l'écurie royale. Il rejoignit sa chambre, refit en pensée le bilan mitigé de sa journée et demeura longtemps éveillé, taraudé par la représentation éprouvante des périls que pouvait courir son fils disparu.

Mardi 2 mai 1775

En vérité, on en prenait toujours à l'aise avec lui. Il détestait ces réveils impromptus. Les coups redoublaient à sa porte. Il se leva, alluma la chandelle, consulta sa montre qui marquait six heures et demanda qu'on entre. Tribord, habillé, le visage grave, se mit à débiter un inquiétant discours.

— Le temps fraîchit, monsieur, et je gage que d'ici peu nous aurons gros temps. Gaspard, un des laquais qui habite du côté de la route de Saint-Germain, a rencontré des groupes de plus en plus nombreux qui appareillent pour le marché. D'autres venant de Paris patrouillent jusque devant chez nous. Je voulais vous en avertir. M'est avis que vous ne gagnerez pas sauf le château en habit de chasse. Il faut aviser.

Nicolas réfléchit un moment. Il ne connaissait que trop les mouvements irréfléchis du peuple. Tout était alors prétexte à excès. La *vox populi* [3] n'avait point d'oreilles, elle vociférait sans écouter. Elle portait son discours mêlé de vrai et de faux, d'un ramas de rumeurs en vrac, qui prenaient vie et se répercutaient en s'amplifiant. Tout contribuait à cette effervescence, contes à dormir debout colportés, placards, inscriptions sur les murs, exordes d'orateurs improvisés dans les jardins et les cafés. Tribord avait raison ; se jeter en habit de chasse royale au milieu de la vague populaire, c'était, à tout coup, risquer l'incident. Ce serait commettre une faute et une provocation. Pourtant, dans ces conditions, sa présence auprès du roi lui apparaissait nécessaire et il enjoignit au majordome de lui dénicher des vêtements qui lui permettraient de se fondre dans la masse. Celui-ci se précipita. Nicolas considéra ses fusils, présents du jeune roi, qu'un jour Louis XV lui avait confiés. Un regret le poignit. Son maître disparu trop tôt, la couronne était revenue à un presque enfant. Les temps étaient rudes et l'histoire vieillissait promptement, mûrie par des intérêts nouveaux et ardents. Déjà il apparaissait que le peuple, avant même le sacre, commençait à soupçonner une mésentente avec le jeune souverain sur lequel se fondaient tant d'espérances. À peine Nicolas achevait-il sa toilette que Tribord reparut, les bras chargés de hardes. Une culotte de ratine râpée, une chemise de grosse toile écrue, une veste de panne brune, des souliers éculés et un vieux tricorne feraient l'affaire. L'homme lui tendit enfin un poignard à la lame étrécie par l'usure qu'il pourrait dissimuler. Il conseilla à Nicolas de plonger ses mains dans les cendres froides de la cheminée et de se frotter le visage afin d'éviter qu'une propreté trop éclatante ne trahisse son déguisement. Tribord, inquiet, lui recommanda de prendre garde au sortir de l'allée menant de l'hôtel à la route. Mieux valait emprunter le petit bois voisin qu'aucune clôture ne séparait de la voie. Il en sortirait en feignant de se rajuster comme s'il venait de donner de l'eau[4]. On sentait chez l'ancien matelot comme une fièvre montante, celle sans doute qui s'emparait de lui quand les tambours des fusiliers et la cloche du bord appelaient l'équipage au branle-bas de combat et que s'abattaient couchettes et cloisons pour dégager les canons.

Nicolas suivit son conseil et rejoignit avec prudence la route de Versailles. Elle était éclairée de loin en loin de lanternes qui laissaient de longs espaces d'une obscurité peu à peu dissipée par le jour qui se levait. Des hommes et des femmes avançaient d'un pas vif autour de lui. Certains portaient des torches. Seuls le martèlement des souliers sur le chemin et parfois un appel rompaient le silence de cette progression. Il avait réglé ses pas à l'unisson, veillant à demeurer isolé dans les intervalles. Plus la troupe approchait du palais, plus elle grossissait, augmentée d'apports adjacents. À deux reprises des cavaliers parurent, s'arrêtant près d'une troupe. Il supposa que des ordres étaient transmis. À aucun moment la force publique ne parut. Si la police était présente, il savait d'expérience que c'était par l'intermédiaire de « mouches » dissimulées dans la foule. Il ne put empêcher deux personnages de le rejoindre, qui s'empressèrent de nouer conversation avec lui.

Ils lui précisèrent qu'ils venaient de Puteaux et de Bougival. Avertis de ce que le peuple marchait sur Versailles, ils avaient décidé de rallier le mouvement. L'un était perruquier et l'autre maçon. Nicolas dut faire route avec eux, en essayant de comprendre ce qui les animait. Ils paraissaient sincères et naïfs dans leur exaspération de la hausse du prix du pain. Cet aliment constituait, ils ne cessaient de le répéter, leur unique subsistance.

— Vois-tu, disait le maçon, solide gaillard d'une trentaine d'années, quand tu n'as plus rien, seul le pain te sauve. Sinon tu meurs, ou c'est le dépôt de mendicité. Faut pas le hausser, deux sous la livre et c'est même encore trop !

— Surtout, renchérit le perruquier, petit jeune homme chétif au nez pointu, que pour ce tarif-là on vous procure du pain brun plein de son. C'est là une distinction odieuse. Le riche et l'aristo croquent du blanc, eux ! Pourtant nous qui travaillons devons nous contenter du moins nourrissant. Est-ce juste ? Hein ! l'ami, qu'en dis-tu ?

Nicolas se revoyait enfant creuser de sa petite main dans une miche de pain noir. Il adorait l'acidité de la pâte. Il jugea que cette réflexion n'était pas de mise. Il approuva sans répondre.

— Faut voir, ajouta le perruquier, que le Parisien ne mange pas à sa faim. Le couvreur de toits perché sur les maisons, le gagne-deniers, et ceux qui voiturent des fardeaux énormes sont abandonnés à la merci des monopoleurs et écrasés comme moucherons dès qu'ils veulent élever la voix. C'est avec sueur, peine et navrement qu'on gagne ce mauvais pain qui ne pourvoit pas à notre subsistance. Alors, si on nous l'arrache du gosier… Il faut que le jeune roi le sache. Et toi, l'ami, que fais-tu là ?

— Je suis garçon imprimeur, dit Nicolas en baissant modestement les paupières. Sans travail, pour l'heure.

L'homme le fixa et, soudain, les yeux mauvais, lui saisit les mains qu'il considéra avec attention. Après un long examen, il parut satisfait. Nicolas pensa un instant être découvert et qu'on le prenne pour ce qu'il était : un policier, heureusement le charbon de bois avait noirci ses ongles à tel point que, dans le jour hésitant, on pouvait s'y tromper et confondre la noirceur avec les traces indélébiles de l'encre grasse d'imprimerie.

— Tu es comme nous, sans travail et sans pain.

La foule, étirée comme un fleuve, s'était grossie de ruisseaux et de rivières ; elle coulait maintenant vers le marché de Versailles. Abandonner ce flot était bien risqué, mieux valait surveiller l'évolution de la situation pour ensuite faire rapport au château. Ses compagnons lui assurèrent que des émissaires s'étaient répandus pour donner le lieu du rassemblement. Jusqu'alors la marche du peuple avait été, sinon ordonnée, du moins calme et pacifique. Tout changea dans la ville royale et un groupe de meneurs entraîna quelques enivrés vers une boulangerie ayant le malheur de se trouver là. En un tournemain, elle fut saccagée et pillée. La marée humaine parvenue au marché, la fureur se déchaîna. Nicolas vit ses deux paisibles compagnons s'animer soudain et prêter la main à de sauvages déprédations. Des femmes échevelées éventraient les sacs de farine des étals et s'en mettaient de pleines poignées dans le creux de leurs tabliers pour s'en retourner, l'air farouche et provocant, prêtes à défendre bec et ongles le peu gagné. Nicolas décela que certaines s'avéraient à l'examen des hommes déguisés et travestis. On entendait des paysans proclamer avec conviction qu'en agissant ainsi, ils remplissaient le vœu du roi, nouvel Henri IV, et que, du reste, ils n'en voulaient qu'aux accapareurs et aux affameurs du peuple. D'autres, de bonne mine, dont les bottes n'appartenaient pas à l'ordre populaire, brandissaient du pain moisi destiné, hurlaient-ils, à empoisonner le peuple. Le grand mot lâché, il se répandait, déclenchant des huées, des cris et des injures.

De faux bruits passés de bouche à oreille alimentaient de nouveaux ressacs de fureur. Une harpie à moitié dépoitraillée exposait le contenu de son tablier plein de farine gâtée et cette harpie, les yeux égarés, proclamait qu'elle la voulait porter à la reine. La tourmente se prolongeait indéfiniment quand la force publique surgit, le prince de Beauvau, capitaine des gardes à sa tête. Suisses, gardes-françaises et cavaliers marchèrent sur la foule. Il y eut un premier remous de panique, fait à la fois d'avancées et de poussées contraires. Cependant quelques manifestants plus hardis que d'autres, confortés par le hourvari d'injures et de hurlements dont on abreuvait le prince, commencèrent à lui jeter de la farine à pleines poignées. Son cheval se cabra dans un nuage blanc. Ces excités avaient à leur tête, Nicolas le reconnut avec surprise, le sieur Carré, chef de gobelet du comte d'Artois, frère du roi, qui aiguillonnait la canaille du geste et de la voix. Excédé, l'un des gardes-françaises le prit à partie et, le ton montant, le perça d'un coup de baïonnette. L'homme s'effondra, ensanglanté. Beauvau finit par dominer la clameur redoublée et demanda au peuple ce qu'il souhaitait. Une clameur unanime lui répondit.

— Eh bien ! hurla-t-il, soit, le pain à deux sols la livre.

Cette annonce, bien accueillie, calma l'émeute et chacun se mit en mesure de courir aux boulangeries pour se faire livrer du pain au tarif convenu. Comme par enchantement l'ordre se rétablissait ; Nicolas profita de cette accalmie pour s'esquiver, désirant rejoindre le château au plus vite. Ce faisant, il croisa de nouvelles troupes d'hommes qu'il jugea être davantage des curieux que des émeutiers. Arrivé place d'Armes, il ne put franchir les grilles qui avaient été précipitamment fermées. Un fonctionnaire lui apprit que le roi était sorti pour la chasse, mais qu'au vu d'une foule fort menaçante qui affluait de la route de Saint-Germain, il avait fait rebrousser chemin à sa voiture et ordonné que les grilles fussent closes. Nicolas dut faire un long détour pour finalement s'introduire dans le palais par une porte connue de lui seul, juste à l'angle de la rue de l'Orangerie et de celle de la Surintendance. De là, il gagna l'aile des ministres, se fit avec peine reconnaître par les huissiers et gagna aussitôt les combles, voulant avoir une vue panoramique de la situation depuis les terrasses.

De là-haut, il voyait au-dessous de lui la patte-d'oie des trois grandes avenues qui convergeaient vers le château, à gauche celle de Saint-Cloud, au centre celle de Paris et, à droite, celle de Sceaux. Aucune agitation particulière n'était notable dans les deux premières. Seule l'avenue de Saint-Cloud montrait encore des concentrations de foules qui, de loin, ressemblaient à des colonnes de chenilles se déroulant, cheminant et changeant lentement de forme. Restaient encore quelques curieux du côté des Réservoirs, rue de l'Abreuvoir, à droite de la grande grille. Aucun signe ne marquait le risque d'une menace particulière contre le château. Nicolas redescendit et gagna « le Louvre [5] ». De là, il rejoignit l'escalier de marbre pour atteindre la salle des gardes et l'antichambre du roi. Il tomba sur M. Thierry, premier valet de chambre, qui s'esclaffa en découvrant sa figure et son accoutrement. Nicolas lui jeta, sans excès de précaution, d'avoir à rendre compte au roi sur-le-champ. L'homme, qui le connaissait et l'appréciait, ne l'interrogea pas outre mesure et le conduisit, par le salon de l'Œil-de-Bœuf, dans la salle du conseil. Le roi, en chemise et en culotte, ayant tombé l'habit de chasse, faisait les cent pas, la tête penchée, entre cette pièce et la chambre voisine où était mort son grand-père, une année auparavant. En l'absence des ministres, tous à Paris, notamment Maurepas et Turgot, il y tenait une sorte de conseil permanent. Grande était l'agitation autour de lui, mais il semblait serein. Il arrêta sa marche hésitante et, surpris, fixa sans le reconnaître Nicolas qui s'approchait. Thierry parla à l'oreille de son maître qui sourit.

— Ranreuil, nous ne vous avions point reconnu. Votre tenue… !

— Sire, je prie Votre Majesté de me pardonner de paraître en sa présence sous ce déguisement. Il était nécessaire pour mesurer les degrés de l'agitation du peuple. J'arrive du marché et…

— Ah ! Enfin quelqu'un pour m'informer. Je ne sais où sont mes ministres. Turgot et Maurepas à Paris. Les autres…

Il n'acheva pas sa phrase et abaissa un regard myope vers Nicolas.

— Sire, le marché a été pillé et quelques boulangeries saccagées. Le capitaine des gardes, le prince de Beauvau, a été insulté et couvert de farine. L'annonce qu'il a faite que le prix du pain était porté à deux sols la livre a calmé la foule.

Il lui parut que le visage du jeune roi s'empourprait soudain.

— Comment, dit-il, le prince a pris cela sur lui ?

— Oui, sire.

À ce moment, un officier entra et remit au souverain un message qu'il lut après avoir chaussé ses bésicles…

— Ranreuil a raison. Beauvau m'informe qu'il a effectivement accompli cette sotte démarche et prétend qu'il n'y avait pas de milieu entre leur laisser le pain au prix qu'ils demandent ou les forcer à coups de baïonnette à le prendre au tarif actuel. Tout cela est contraire à mes ordres : il n'était question que de rétablir la paix civile avec défense absolue de laisser mes soldats se servir de leurs armes.

Nicolas estimait, à part lui, que c'était plus aisé à dire qu'à exécuter.

— J'avais écrit à Turgot ce matin qu'il ait à compter sur ma fermeté. Avec ce faux pas chacun va se croire autorisé d'une décision qui me sera prêtée. Ranreuil, avez-vous une bonne plume ?

— Je crois, sire.

— Alors, prenez sous ma dictée un mot que vous porterez vous-même à M. de Turgot.

Il lui désigna la table du conseil.

— *Nous sommes absolument tranquilles. L'émeute avait commencé à être assez vive. Les troupes qui ont été les ont apaisés. M. de Beauvau les a interrogés : la généralité disait qu'ils n'avaient pas de pain, qu'ils étaient venus pour en avoir et montraient du pain d'orge fort mauvais, qu'ils disaient avoir acheté deux sols et qu'on ne voulait leur donner que celui-là. Je ne sors aujourd'hui non par peur, mais pour tranquilliser le tout. Le marché est fini, mais pour la première fois il faut prendre les plus grandes précautions pour qu'ils ne reviennent pas faire la loi ; mandez-moi quelles pourraient être, car cela est très embarrassant* [6].*

Le roi s'arrêta et considéra pensivement Nicolas. Il courba sa haute taille, prit la lettre, la lut et la signa. S'appuyant sur ses deux poings, il approcha son visage de son serviteur et lui murmura, les larmes aux yeux :

— Nous avons pour nous notre bonne conscience et, avec cela, on est bien fort. Ah ! Si j'avais la bonne grâce et la tenue de mon frère Provence, je parlerais au peuple, ce serait à merveille ! Mais, moi, je bredouille et cela gâcherait tout.

La gorge serrée, Nicolas frissonna. Il se rendit soudain compte que, pour le roi, il était un aîné, un des proches de son grand-père quand lui-même était encore enfant. Il maîtrisa sa propre émotion, secouant la tête comme un cheval qui encense. Il aurait souhaité par un geste faire éclater toute l'ardeur de son dévouement. Il ne pouvait s'y résoudre. Pourtant ce débat intérieur n'échappa point au roi qui sourit. Ce fut entre eux un échange muet qu'il ne pourrait oublier. Le roi se reprit et lui confia à voix basse de lui faire rapport à lui-même et à nul autre sur tout ce qu'il recueillerait de la situation de désordre qui prévalait.

Nicolas quitta en hâte le palais et gagna à pied l'hôtel d'Arranet. Fort inquiet, Tribord l'attendait. Sa vieille face couturée paraissait sous l'emprise d'un tracas qui le faisait grimacer.

— Mademoiselle est revenue de son voyage…

Enfin une bonne nouvelle, songea Nicolas qu'inquiétait pourtant le sérieux qui accompagnait cette annonce.

— … pour repartir aussitôt.

— Que dites-vous là ?

Tribord se dandinait d'un pied sur l'autre.

— Comment vous dire… C'est ainsi ! Affirmant que vous étiez à demeure, elle a aussitôt donné ordre de rebrousser. Bref, fouette cocher et la v'là envolée !

Voyant la mine de Nicolas, il hasarda une explication.

— Ne vous mettez pas martel en tête, m'est avis que lorsqu'elles s'enfuient c'est qu'elles ont trop envie de rester.

Nicolas lui serra la main, monta se changer, reprit sa monture et se lança au galop sur la route de Paris. Il tenta durant ce trajet de fermer son esprit à tout mouvement sensible, persuadé que ce n'était pas l'amour qu'il fallait peindre aveugle, mais bien plutôt l'amour-propre. Il se concentra sur la mission confiée par le roi. La lettre adressée à Turgot marquait sa bonne foi et la bienveillance de son caractère. Il s'interrogea pourtant quant à l'espèce de subordination que cela supposait de la part du souverain vis-à-vis du contrôleur général. Elle témoignait d'une candeur un peu inquiétante même si, pour l'heure, il faisait preuve de sang-froid, seul face à l'épreuve dans un Versailles déserté. De cela on pouvait se féliciter, venant d'un adolescent timide et gauche qui gagnait cependant à être apprivoisé et connu. Une idée le conforta. Chacun affrontait son lot d'épreuves : les rois, les amoureux et les pères n'étaient que les marionnettes d'une providence les animant par les passions et les intérêts. Tout semblait calme à l'approche de la capitale, mais il avait appris à se méfier de ces apaisements trompeurs. Nul doute que les événements de Versailles en viendraient à relancer l'agitation dès qu'ils seraient connus, transformés et déformés par les rumeurs et les ajouts intéressés. Les brelandiers [7] ne manquaient point pour fausser la donne d'une situation dangereuse.

Au début de l'après-midi, il arriva au contrôle général, rue Neuve-des-Petits-Champs. Aussitôt introduit dans le cabinet du ministre déjà croisé à la cour à plusieurs reprises, il le trouva écrivant, la jambe droite enveloppée de bandages posée sur un carreau de tapisserie. Il leva la tête et fixa l'arrivant d'un air peu amène. Nicolas nota la stature, la corpulence, la tête belle aux cheveux abondants, frisés en rouleaux, les yeux bleu clair, le gauche plus petit que le droit. La physionomie, sans être désagréable, marquait une sorte de contention plus morale que physique. Il se présenta et remit le billet du roi. Le teint naturellement blanc du contrôleur général trahissait, au fur et à mesure de sa lecture, les sentiments qui l'animaient. Il se colora par vagues pourprées alors qu'il procédait à une seconde lecture plus attentive. Il leva un regard à la fois doux et lointain et Nicolas se demanda s'il n'était pas myope comme le roi.

— Monsieur, vous étiez à Versailles à quel titre ? Vous êtes à Sartine, n'est-ce pas ?

Le ton était injurieux et inquisiteur.

— Monseigneur, j'étais à Versailles pour remettre un envoi de l'impératrice reine à notre souveraine et pour paraître à la chasse du roi. L'aventure a voulu que, pris dans l'émeute, je n'aie pu rejoindre ce matin le château et qu'ayant assisté aux événements, j'en aie rendu compte à Sa Majesté. Pour le reste, je suis au roi comme j'étais au feu roi, mon regretté maître.

Cette réponse ne radoucit pas Turgot qui continua sur un ton rogue à le questionner avant de le congédier sans autre forme de procès.

La rue Neuve-des-Capucines étant toute proche, il décida d'informer M. Le Noir des événements. Il le trouva accablé de pressentiments sinistres. Dès qu'il vit Nicolas, il éclata en récriminations, s'indignant des fausses nouvelles dont la pire était que la police aurait recommandé de fournir tout le pain que le peuple souhaitait au prix qu'il voudrait bien payer, sauf à dédommager les boulangers par la suite. C'était là, le commissaire l'en avertit, l'inévitable conséquence de la prétendue promesse du roi pour un pain à deux sols la livre. Le bruit depuis Versailles s'en était répandu comme une traînée de poudre. Son chef fut ainsi mis au fait de ses audiences avec le roi, Turgot et, aussi, de l'enquête en cours rue Montmartre dont les conséquences pouvaient être fâcheuses vu la conjoncture générale.

— J'appréhende des jours difficiles, dit Le Noir. On nous entraîne sans prendre garde aux suites. Sans modération, les réformes ne sont que des abus et ceux qui les appliquent avec brutalité sont des destructeurs maladroits. Il n'y a pas de manie plus ridicule que de s'ériger en réformateur du siècle ! La main engagée, le corps tout entier y passera. La France est une vieille machine qui va encore de l'ancien branle qu'on lui a donné, et qui achèvera de se briser au premier choc ! À tout hasard, je fais fortifier la halle aux grains pour demain. Évitons que les désordres de Versailles ne se reproduisent à Paris. J'ai demandé des dragons et des mousquetaires en renfort du guet et des gardes-françaises, mais je donnerai ordre de ne faire feu en aucun cas et de se laisser plutôt insulter et maltraiter par la populace. Comment avez-vous trouvé le roi ?

— À la fois ému et serein, s'en remettant au contrôleur général.

— Voilà bien le hic ! M. de Sartine trouve qu'il faudrait réveiller le roi sur les affaires. Hélas ! Le seul domaine où il n'y a pas de peine à stimuler l'activité de son esprit, c'est son goût pour les ragots, les médisances, les raclures du persiflage recueillis dans les mauvais lieux. Il prend trop de passion et d'agrément à la lecture de la correspondance interceptée que M. d'Oigny lui apporte du cabinet noir. Et de fait, rien n'est évidemment plus aisé que de trier ou de fabriquer. Et il y a tant d'hommes de vile intrigue… Par le canal de la poste il n'y a pas de sécurité ni secret pour les familles et pour les amitiés. Il est triste, mon cher Nicolas, de découvrir chez ce prince ce qu'on avait reconnu chez le feu roi : une mauvaise opinion de tout le monde et une méfiance générale que, pour ce qui concerne notre actuel souverain, favorise son austérité.

Il quitta le lieutenant général de police plus qu'inquiet de son irrésolution et des doutes manifestes qui l'assaillaient. Un tel désarroi dans cette fonction risquait de conduire dans l'action aux fluctuations les plus fâcheuses. Peut-être Le Noir en était-il venu, presque inconsciemment, à appeler de ses vœux les désordres qui révéleraient l'ineptie des tentatives brutales de Turgot. Déjà chez Sartine il avait soupçonné une attitude ambiguë à merveille et plus double que jamais. La différence tenait à ce que ce dernier agrémentait le tout d'un cynisme souriant que ne possédait pas Le Noir. Le ministre de la Marine, campé sur ses amitiés et ses ambitions, se disait sans doute qu'il convenait d'être assez adroit pour paraître honnête homme, mais jamais assez bête pour avoir la sottise de l'être. Il reprochait souvent sa candeur à Nicolas. Plût au ciel qu'il en conservât ! Quinze ans de police et d'enquêtes extraordinaires n'autorisaient aucune illusion, ni sur le cours des choses, ni sur la sincérité des puissants. Cela n'entamait d'ailleurs pas son dévouement à l'égard de son ancien chef. Il suffisait simplement de n'être point dupe. Dans cette vision, M. Le Noir apparaissait comme un honnête homme pris dans une tourmente qui le dépassait et, surtout, hostile aux mesures extrêmes.

Nicolas rendit sa monture aux écuries de l'hôtel de police et rejoignit en fiacre le Grand Châtelet. Il y trouva Bourdeau, Semacgus et Sanson le bourreau, en pleine discussion pour savoir s'ils devaient procéder à l'ouverture du corps de maître Mourut, en son absence ; son apparition régla la question. Il les interrogea sur l'affluence du peuple au pied du grand escalier. La foule se dirigeait vers les lucarnes permettant de lorgner tout à loisir les cadavres exposés à la basse-geôle.

— L'objet de cette curiosité, jeta Semacgus, est le corps d'une belle jeune fille noyée repêchée dans la Seine.

— Cependant, dit Nicolas, il n'y a là rien que de très habituel. C'est chaque jour que l'on dépose ici les restes des noyés.

— Ce n'est pas tant le corps qui attire le peuple, mais le miracle supposé de sa découverte. La famille avait placé sur le fleuve une sébile en bois avec un cierge allumé et du pain consacré à saint Nicolas de Tolentino, au couvent des Grands Augustins. Une antique croyance prétend que la sébile s'arrête là où se trouve le corps, pour le cas en question à hauteur du jardin de l'Infante, au Louvre.

— Je croyais ces superstitions oubliées, grommela Bourdeau. Il n'y a rien de plus périlleux. En 1718, une pauvre vieille recherchant le corps de son fils a failli brûler toute la ville. Le cierge enflamma un bateau de farine, lequel descendit le courant, répandant la terreur et incendiant au passage les maisons du Petit-Pont. Un quartier entier fut détruit.

Tout en parlant, ils s'étaient rendus dans le caveau où ils avaient coutume d'exercer ce que Sartine appelait « leur macabre industrie ». Nicolas prit des nouvelles de

Mme Sanson et des enfants, au ravissement du bourreau que toute attention personnelle du commissaire emplissait de bonheur. Le docteur Semacgus et Sanson se préparaient et disposaient leurs instruments. Contrairement à ses habitudes, Bourdeau n'alluma pas sa pipe, mais sortit ostensiblement la tabatière viennoise offerte par Nicolas à qui il proposa une prise avant de se servir lui-même. Le silence fut aussitôt rompu par une longue et sonore séquence d'éternuements. Les deux praticiens examinèrent le cadavre tandis que Nicolas sortait son petit carnet noir.

— Nous sommes d'accord, mon cher confrère, entama Sanson, cérémonieux comme à l'accoutumée. L'examen superficiel ne laisse apparaître aucune lésion ou traces suspectes.

Semacgus approuva de la tête.

— Toutefois, dit-il, permettez que je modère mon assentiment à votre proposition. Il y a tout de même cette étrange plaie nécrosée à l'intérieur de la main droite.

Sanson se pencha et procéda à un nouvel examen.

— Une écorchure mal soignée, un gonflement avec un peu d'épanchement. Je dirais que le corps a travaillé, le froid nous quitte…

— Vous avez sans doute raison. Notons le fait, c'est tout.

La bouche fut sondée avec attention à l'aide d'un instrument métallique.

— D'évidence il ne s'est pas étouffé avec la pâte levée, remarqua le chirurgien de marine. Quoique…

— Quoique ? demanda Nicolas.

— Je suppose, répondit Sanson, ce que le docteur envisage. Il n'est pas mort étouffé, mais tout laisserait supposer qu'il le fut.

Nicolas trouva cette constatation étrange. Commença alors l'opération de l'ouverture du corps. Son déroulement si souvent vécu par le commissaire lui portait toujours sur les nerfs, non qu'il n'en supportât point l'horreur, mais le crissement des instruments sur et dans les chairs, les craquements des os et les bruits que le cadavre malmené émettait, protestant contre ce traitement barbare, l'emplissaient d'accablement. Pourtant il savait que sans cette tentative dérisoire de percer les secrets d'un corps, de nombreux crimes resteraient impunis. Il ferma les yeux, dévidant en esprit un air de bombarde appris auprès d'un vieux maître de la collégiale de Guérande. C'était un motet joué à l'orgue et que l'instrument breton accompagnait. Les propos tenus à voix basse de Semacgus et de Sanson le tirèrent de sa rêverie. Après avoir restitué au corps un semblant d'apparence et s'être lavé les mains et les bras dans un baquet qu'un aide du bourreau venait d'apporter, ils se tournèrent vers les deux policiers. Contrairement à un usage bien établi entre eux, ils ne disaient mot.

— Messieurs, dit Nicolas, nous écoutons votre rapport.

Sanson soupira, fit un geste d'impuissance en levant les mains.

— À dire vrai, il nous paraît chimérique de déterminer les causes de la mort et par conséquent de confirmer ou d'infirmer s'il s'agit effectivement d'un meurtre. C'est une tentative presque impossible, j'ai le regret de le constater.

Semacgus demeurait silencieux.

— Je vous entends, fit Nicolas, cependant, connaissant votre habituelle précision dans les termes, je note que vous avez utilisé l'expression « presque impossible ». Il y a un minuscule mais bien réel fossé entre « impossible » et « presque impossible ». La justice ne saurait se nourrir d'aliments aussi impalpables. Qu'y a-t-il, je vous le demande instamment, dans ce « presque » ?

Sanson se tourna vers Semacgus imperturbable.

— Il s'avère, reprit-il d'un ton hésitant, que nous avons relevé des désordres internes indiquant qu'une crise grave a arrêté le cours de la vie.

— Une sorte de mort ? soupira Bourdeau avec ironie.

— Un phénomène d'arrêt de vie déterminé par une cause inconnue, ou plutôt par trop de causes inconnues. Tout concourt à considérer les phénomènes observés comme divers, confus, contradictoires et pourtant décisifs dans ce *processus mortis*. Le cœur et les vaisseaux sont dégradés et les poumons offrent le spectacle d'un arrêt ayant causé l'asphyxie ou l'arrêt du muscle noble, ou les deux !

— Vous confirmez cependant que la pâte n'est en rien responsable ?

— Non, elle n'y est pour rien, dit Semacgus sortant de son mutisme. Il est tombé dedans ou on l'y a poussé. Je confirme l'analyse de notre ami. Il y a là un mystère.

Sanson, pressé de retrouver sa famille, les quitta aussitôt en renouvelant son invitation à souper. Semacgus, immobile, réfléchissait et leur fit signe de rester. Au bout d'un moment il alla écouter dans l'escalier si le bourreau était bien remonté. Son attitude surprit les deux policiers.

— Ne prenez pas cet air stupéfait. Il se trouve que je tiens à l'amitié de Sanson. Aussi veux-je éviter de froisser une susceptibilité à fleur de peau que sa nature ne peut qu'exacerber. Il possède toutes les qualités d'un empiriste, mais ses connaissances médicales sont limitées. J'ai sur lui l'avantage de vingt ans de bourlinguage dans les deux hémisphères. Je peux maintenant approfondir mon avis.

La longue face du chirurgien irradiait une sorte d'éclat jubilatoire qui ne laissait pas de les étonner.

— Apprenez, messieurs, continua-t-il magistral, que la blessure relevée à la main n'a pour moi aucune signification particulière, sauf qu'elle évoque des constatations conséquentes à une ouverture dont je ne parviens pas à rétablir les circonstances.

— Et quel est le rapport avec M. Mourut ? Votre propos est bien étrange !

— Je l'ignore ; il n'en demeure pas moins que notre homme manifeste tous les symptômes d'une mort par poison. Et des plus redoutables. Rappelez-vous mon observation sur cette étrange plaie à la main. Je n'ai pas voulu démentir Sanson devant vous, mais la plaie nécrosée ne laisse pas de m'obséder.

— De quoi pourrait-il donc s'agir ?

— J'erre dans l'obscurité de mon esprit.

— Votre histoire de plaie m'intrigue, dit Bourdeau. En viendrait-on à imaginer qu'on a pu introduire le poison par son canal dans l'organisme de M. Mourut ?

— Même extraordinaire, la chose est envisageable. Du temps des Borgia, à Florence, il existait des gants à lames cachées qui permettaient de blesser et d'instiller du poison. Rien n'empêche de penser qu'on se trouve devant un tableau similaire.

— J'en frémis, reprit l'inspecteur.

— Comment parvenir à identifier le poison ? demanda Nicolas.

— Êtes-vous assuré de cela au moins ?

— J'en donnerais ma main droite au bourreau. La curieuse apparence du sang, ajoutée à d'autres phénomènes de corruption interne, est éloquente ; elle a levé mes derniers doutes.

— Comment le prouver ?

— Il faut trouver le coupable et découvrir comment il procède.

— C'est-à-dire, conclut Bourdeau, saisir le serpent par la queue ! Il sera malaisé de convaincre le lieutenant criminel. M. Testard du Lys regimbe devant un moucheron, songez devant le poison des Borgia !

Semacgus regarda l'inspecteur d'étrange manière, faillit dire quelque chose et se mordit les lèvres.

— Conservons pour nous cette énigmatique impression. Le mieux serait, je crois, de considérer l'empoisonnement par une substance inconnue comme une hypothèse de départ. M. Testard du Lys n'en demandera pas davantage. Quant à l'ami Sanson, je répondrai prochainement à son invitation rue Poissonnière. Je lui glisserai en passant que d'autres découvertes nous ont conduits à privilégier la thèse du meurtre.

Ils approuvèrent Nicolas, mais Semacgus demeurait perdu dans ses pensées. Tout en quittant la basse-geôle, Nicolas interrogea Bourdeau.

— La rumeur publique confirme que le couple Mourut battait de l'aile. La dame n'est guère goûtée ; la pratique dénonce son arrogance. Le mari passe pour être dur aux pauvres, malin pour faire grossir les dettes et féroce pour en récupérer les intérêts. Il est réputé porter des cornes sans que, pour autant, des faits précis étayent la chronique. On prétend qu'elle jette sa cotte par-dessus les moulins avec l'apprenti, aimable greluchon qui, lui, jetterait l'argent par les croisées des mauvais lieux.

— Et nos deux mitrons ?

— Les langues populaires balancent à leur sujet, plaints par les uns, vilipendés par les autres. On jase sur leurs mœurs. On clabaude sur leur camaraderie. On trouve le plus âgé trop attentionné au plus jeune. Il suffirait d'un rien, d'un propos excessif, d'une dénonciation et ils risqueraient le bûcher.

— Il y a un monde, s'indigna Semacgus, entre les antiphysiques qui hantent les terrasses des Tuileries et que pourchasse M. Le Noir et de pauvres enfants écrasés par la ville et leur labeur et qui confondent leurs malheurs. Il est vrai qu'ils risquent le bûcher. Dans les années 1720, un apprenti y fut condamné.

— Pour des habitudes qu'on tolère si aimablement à la cour où les bardaches courent les galeries ! reprit Bourdeau. La réputation qui est faite aux mitrons justifie malheureusement des soupçons. La peur est mauvaise conseillère. Imaginons-les menacés par leur maître d'être jetés à la rue…

— De fait c'est l'apprenti qui se moquait d'eux. Où diable est-il, celui-là ? A-t-il réapparu ?

— Aucune trace. Toutes les mouches sont en éveil. Quant au papier trouvé sur Mourut, Rabouine certifie qu'il s'agit de la Gourdan, dite la Comtesse, cette surintendante des plaisirs, dans ses nouveaux locaux de la rue des Deux-Ponts-Saint-Sauveur.

— Auparavant, enchaîna Semacgus l'air égrillard, on y trouvait du mieux et du meilleur pour une pratique distinguée dans son ancien établissement rue Sainte-Anne. Il n'y avait rien à redire, sauf quelques coups de pied de Vénus de-ci, de-là !

— Ne remuez pas des souvenirs qui vous font mal, ironisa Nicolas.

— Point du tout, monsieur. J'ai le tout et le superflu à demeure, une cuisine sans poivre, mais bien pimentée dont je vais à merveille.

— Je pense, Nicolas, reprit Bourdeau, qu'avant d'affronter la Comtesse, une visite préparatoire à notre vieille Paulet s'impose. Elle connaît ce monde et ses secrets sur le bout des doigts.

— Je m'y porterai sans plaisir. Que n'y allez-vous ?

Il ne conservait pas le meilleur souvenir de leur dernière rencontre. Le départ de la Satin pour Londres lui avait été aigrement reproché, remuant l'espèce de remords qui ne cessait de le hanter.

— Je suis persuadé, insista Bourdeau impénétrable, qu'elle babillera d'autant mieux avec vous qui la pratiquez depuis tant d'années. À moi, elle ne crachera rien.

— Soit, j'irai. À contrecœur. En prenant de l'âge, notre vieille amie nous la départit belle, plus piquante et grasseyante que jamais. Enfin, j'espère qu'elle m'offrira du ratafia ! Il est, chez elle, toujours de qualité. Et Mme Mourut ?

— Toujours au secret.

— Qu'elle se persuade que cette claustration durera autant qu'elle retiendra sa sincérité. Pour l'apprenti, lancez un avis de recherche général. Je le veux retrouver coûte que coûte. Messieurs, il se fait tard…

Bourdeau et Semacgus grimacèrent, tous deux en même temps, au grand étonnement du commissaire.

— Il faut vous avouer, cher Nicolas, que nous avons monté un complot, dit Semacgus.

— Oui, on comptait vous apporter un peu d'oubli aux soucis qui vous assaillent.

— M. de La Borde, dont vous savez le goût pour tout ce qui touche les arts et la musique, nous a proposé des billets…

— Je me méfie du goût de notre ami pour les arts et le théâtre. Où me voulez-vous conduire ? Chez la Gourdan ?

— Pierre, reprit Semacgus, ne trouvez-vous pas que son caractère s'aigrit avec le temps ? Il ne voit que le mal. Est-ce décent de douter des intentions d'amis tels que nous ? Quel affront ! Venez, cher, laissons-le à ses noires humeurs.

Et il prit Bourdeau par le bras, riant sous cape.

— Allons, allons, messieurs, je vous écoute. Ne prenez pas à mal l'ironie de quelqu'un qui vous connaît si bien qu'à l'occasion il vous traverse.

— Grand merci, dit Bourdeau. Me voici traité de libertin, moi, père de famille et époux exemplaire.

— Que dire de mon cas ? renchérit Semacgus. Ermite à Vaugirard, frère convers tout entier consacré à la botanique et au soulagement de nos prochains, je me sens transi de dépit et sur le point de ne plus adresser jamais la parole à ce magistrat acerbe et persifleur.

— Assez ! Je rends les armes à l'amitié.

— Voilà enfin une parole de raison. Sachez que nous sommes ce soir conviés à l'Opéra pour la première de *Céphale et Procris* de M. Grétry, livret de M. Marmontel. Pièce qui fut naguère présentée à Versailles pour le mariage du comte d'Artois avec Marie-Thérèse de Savoie.

— Voilà que Guillaume, remarqua Nicolas, parle comme le *Mercure* !

— Ne voilà-t-y pas qu'il réitère, le bougre ! Céphale, Procris et M. de La Borde, la cour et la ville nous attendent.

L'idée traversa Nicolas que le feu était à la maison et que, pourtant, la cour et la ville accouraient à l'Opéra. Pour quel lendemain ? Tous les trois s'engouffrèrent dans le fiacre de Nicolas après un semblant de toilette dans le bureau de permanence où celui-ci conservait un habit de réserve. Il suffisait de reprendre la rue Saint-Honoré. Il n'interrogea pas Bourdeau sur d'éventuelles nouvelles de Louis : c'est la première chose qu'il lui aurait dite à son retour de Versailles. Il convenait pourtant d'aborder une autre délicate question.

— Pierre, nous bénéficierons d'une aide précieuse.

Son ton était des plus piteux, mais il n'avait pas trouvé entrée en matière plus habile.

— De quelle aide parlez-vous ?

— Du chevalier de Lastire que Sartine souhaite nous adjoindre pour cette affaire et aussi en vue de l'agitation populaire qui perdure.

La réaction fusa en mitraille.

— Et de quoi se mêle le ministre de la Marine ? L'aide-t-on à serrer le cabestan et à vider les sentines de ses vaisseaux ?

— Oh ! dit Semacgus fort mal à propos. C'est le plus joyeux compagnon du monde et il possède le grand mérite de nous avoir conservé Nicolas. Sans lui nous serions en train de le pleurer.

— Pierre a, sur ce point, plusieurs coudées d'avance sur le chevalier.

En dépit de ce dernier propos si propre à tempérer l'aigreur possessive de l'inspecteur, le mal était fait et ce dernier se mordait les lèvres sans mot dire. Insister aggraverait son déplaisir. Le reste du bref parcours fut ponctué par les remarques joviales de Semacgus qui n'entendait rien au mutisme de ses compagnons. Comme à l'accoutumée, ils durent fendre la presse et la cohue à l'entrée de l'Opéra. Rien ne changeait, ni la mêlée des laquais ouvrant les portières, ni les flambeaux secoués dégouttant de cire. Ils gravirent en hâte les degrés pour se mettre à l'abri. Dans un angle du foyer, une surprise attendait Nicolas. M. de Noblecourt, appuyé sur le bras de M. de La Borde, leur souriait. Il portait une magnifique perruque Régence à faire pâlir d'envie Sartine lui-même, un habit feuille-morte surbrodé d'argent et une cravate de blonde de Valenciennes. Il y eut comme un tumulte de congratulations.

— Voilà Jupiter appuyé sur Mercure ! s'exclama Semacgus.

— Ai-je des ailes à mes souliers ?

— Ai-je jamais déclenché la foudre ? L'ai-je jamais fait ?

Le vieux magistrat avait pris le ton des pères nobles à l'hôtel de Bourgogne. Un homme en habit noir se jeta dans les bras de La Borde.

— Quel honneur, mon cher confrère, de vous savoir dans la salle ce soir ! Je serai assuré qu'un maître au moins m'écoutera et me comprendra.

— N'en croyez rien, Grétry, répondit Noblecourt. Il en tient pour le Gluck !

Le sourire du compositeur se changea en grimace. Il allait répliquer quand une sorte de furie en lévite surgit, les mains sur les hanches, qui se mit à l'apostropher.

— Ah ! Vous voilà, monstre sans entrailles qui…

— Que veut dire ceci, mademoiselle ? Retournez à votre loge sur-le-champ.

— Que non ! Vous me faites rire avec votre question. Sachez, monsieur, que la rébellion gronde dans votre orchestre !

— Comment, mademoiselle, de la rébellion dans l'orchestre de l'Académie royale de musique ? Qu'est-ce à dire ? Nous sommes tous au service du roi et nous le devons servir avec zèle.

— Monsieur, je voudrais le servir de même, mais votre orchestre m'interloque et m'empêche de chanter.

— Cependant nous allons de mesure.

— De mesure ! De mesure ! Quelle bête est-ce là ? Suivez, monsieur, et comprenez que votre musique se doit d'être l'humble servante de l'actrice qui récite.

— Quand vous récitez, je vous suis, mademoiselle, mais quand vous chantez un air mesuré, très mesuré, c'est à vous de me suivre…

Il tapa du pied.

— Faites silence et disparaissez !

Il sortit de sa poche un vaste foulard dont il s'épongea le visage tandis que l'actrice se retirait, la face embrasée, dans un grand bruissement de voiles.

— Elle m'afflige, me tue et m'épuise. Songez donc, la péronnelle !

Ils rejoignirent la loge de La Borde du côté de la reine. Rompu aux habitudes du lieu, Nicolas jeta un coup d'œil sur l'assistance. Maurepas était là, accompagné de sa femme dont la voix grasseyante s'entendait d'un bout à l'autre de la salle. Le prince de Conti trônait en majesté dans sa loge brillamment illuminée. La Borde avait suivi le regard de son ami.

— Le prince est à son affaire, aimant à jouer les arbitres du goût. C'est très risqué pour les acteurs, car son avis est des plus déterminants. Un mot tombé de sa bouche élève ou abat une œuvre, sans appel, et ensuite le « *la* » est donné lors de ses soupers du lundi, au Temple.

— Pas de risque ce soir, Grétry et Marmontel, c'est ce qu'on appelle un attelage ordonné.

— Ne croyez pas cela. Cet opéra va rouvrir la querelle. Grétry est dans la tradition de Rameau, ouverture à la française, récitatifs et ballets de divertissement et d'entractes.

Souriant, il se tourna vers Noblecourt qui examinait la salle, la lorgnette à la main.

— Voilà qui plaira à notre ami qui s'accroche à l'ancien opéra comme à la vieille cuisine !

— Je ne répondrai pas à vos taquineries… Si la pièce tombe, Marmontel lâchera son associé. Rappelez-vous ce qu'il nous a confié, avant l'arrivée de Nicolas, sur sa première rencontre avec le compositeur : « *On me pria de tendre la main à un jeune homme au désespoir et sur le point de se noyer si je ne le sauvais !* » Il ne la lui tendra pas deux fois.

Le spectacle se déroula sans passion ni rejet du public. Le thème en était des plus convenus : Céphale, époux de Procris, exprime sa passion à Aurore qui le convainc de chasser sa femme. Diane réconcilie les époux, mais Procris est tuée accidentellement à la chasse par son mari. La Borde, en hôte attentionné, avait bien fait les choses : des chauds-froids de volaille furent apportés, ainsi que du champagne, des macarons et des pralines. Semacgus dut intervenir pour modérer l'ardeur de Noblecourt qui puisait à pleine main dans ces douceurs grillées et rocailleuses.

L'opéra prit fin sous les applaudissements polis du public. À la sortie, les langues allaient bon train. La majeure partie des amateurs se déclaraient insatisfaits, affirmant que le pire des opéras-comiques de l'auteur à la Comédie italienne était meilleur que cet essai lyrique. Les plus indulgents louaient les ballets, partie la plus agréable de l'ensemble par leur expression et leur pittoresque. Grétry allait de groupe en groupe, l'air égaré, assurant que « *Gluck l'avait étouffé !* ». Nicolas observait une grande et belle femme qui pérorait. La Borde le poussa du coude.

— C'est Sophie Arnould qui chantait dans *Iphigénie en Aulide*. Elle s'est fâchée avec Gluck. Elle est en passe d'être supplantée par Rosalie Levasseur, laide mais intrigante, maîtresse de l'ambassadeur d'Autriche, Mercy-Argenteau, qui la soutient dans sa carrière.

La chanteuse, belle femme au port de tête altier, salua le prince de Conti et, soudain, haussa le ton pour le dernier mot de la soirée.

— Cette musique faite par un Belge est beaucoup plus française que les paroles de cet opéra !

VII

FIÈVRE

> Monsieur le comte, on vous demande :
> Si vous ne mettez le holà
> Le peuple se révoltera.
> Dites au peuple qu'il attende :
> Il faut que j'aille à l'Opéra.
>
> ANONYME, 3 mai 1774

Mercredi 3 mai 1776

Par extraordinaire, M. de Noblecourt, levé avant Nicolas, sirotait déjà sa sauge du matin avec circonspection. Cyrus et Mouchette se redressèrent à l'arrivée du commissaire, elle signifiait pour eux l'apparition de brioches et quelques morceaux friands à quémander. Les truffes levées et frémissantes traduisaient leur espérance. Pourtant seule la chocolatière arriva, portée par Catherine. Mouchette miaula de dépit, fit le gros dos et s'endormit tandis que le chien soupirait, allongeant son museau chenu sur ses vieilles pattes.

— Quel ennui ! Pour un temps, il nous faudra trouver un autre boulanger et peut-être même un autre locataire.

Il ne paraissait nullement éprouvé par la soirée à l'Opéra et s'empressa de réclamer un compte rendu détaillé du voyage à Versailles. Nicolas s'exécuta avec plaisir.

— Nos maîtres semblent bien légers, à ce que vous me dites. Croyez-moi, Paris n'échappera pas à la tourmente. Tout commence et s'achève ici.

Il réfléchit un moment.

— Et notre affaire ? Je dis notre puisque, maintenant, le crime a l'audace de me poursuivre dans ma retraite et de troubler mon quotidien.

— Vous estimez, vous aussi, qu'il s'agit d'un meurtre ?

— Oh ! Les apparences ne sont que les apparences, ce qui veut dire qu'elles ne sont rien, ou plutôt qu'elles révèlent ce qu'on cherche à vous faire accroire ou ce qu'on attend soi-même. Elles sont contradictoires et pourtant concourent par leur obscurité même à nous éclairer. Il faut aller à contre-courant. Voyez, le désir de trouver des coupables incite à mettre les accusés à la torture de l'isolement. On les macère, on les affaiblit et on obtient le contraire de ce qu'on espérait…

Nicolas s'habituait à ces vaticinations dont il avait, avec surprise, découvert peu à peu qu'elles recelaient souvent un fond de vérité.

— Je n'en suis que plus convaincu que vous devez comme toujours plonger dans le passé. Le passé de qui ? Voilà la question. Rien de moins, rien de plus. Il faut soulever le double voile…

Il sauta du coq à l'âne.

— Quant à Louis. Rassurez-vous, j'ai la certitude que le dénouement est proche. Sachez ne jamais désespérer ; d'une minute à l'autre on passe de l'infortune au bonheur ! Avez-vous revu Aimée ?

Noblecourt lisait en lui à livre ouvert.

— À vrai dire, ma longue absence l'a dépitée. Pour l'heure, elle me fuit.

— Baste ! La belle affaire, elle vous reviendra. On se plaint des femmes qui enchantent par leurs grâces, enchaînent par leurs agréments et ruinent par leurs caprices. Leurs charmes sont connus et c'est l'amant lui-même qui leur prête les armes pour le soumettre. N'insistez pas, elle se piquera et c'est elle qui réapparaîtra ! Voilà une peine passagère dont l'insignifiance fait toute la consistance.

Sur ces propos de philosophe un rien cynique, Nicolas quitta la rue Montmartre. Il comptait surprendre la Paulet au saut du lit, au moment où Le Dauphin Couronné, libéré des turpitudes de la nuit, s'éveillait pour la remise en ordre et le nettoyage d'une maison bien tenue. Il n'avait pas de nouvelles du chevalier de Lastire, sans doute retenu par d'autres objets ; il serait toujours temps de le retrouver quand il se montrerait. Ce n'était pas plus mal ; ainsi Bourdeau, dont la susceptibilité l'inquiétait, n'en prendrait-il pas ombrage. La pluie commençant à tomber, il sauta dans un pot-de-chambre qui passait pour s'y tasser, replié sur lui-même.

La ville manifestait un calme trompeur. S'attendait-on à des troubles ? En homme habitué à relever les moindres détails dans le paysage, il nota, étonné, que la maison galante de la rue du Faubourg-Saint-Honoré était environnée d'un cordon de mouches. Il les reconnaissait sans effort, mais eux feignaient de l'ignorer. Que signifiait cette étroite surveillance ? Quelles raisons la motivaient ? De qui émanaient les ordres qui l'avaient organisée ? Il faudrait voir cela de plus près, en parler à Bourdeau.

Tout enveloppée de cotonnades multicolores, la négresse, qu'il avait connue toute jeune, lui fit fête. Son air espiègle et déluré lui fit supposer que la maîtresse des lieux l'avait lancée dans la carrière galante. Madame, lui dit-elle, était à sa toilette. Elle le conduisit sur les arrières.

La Paulet, entendant entrer dans sa chambre, ne se détourna pas du travail délicat qui la maintenait devant sa psyché et se mit à vitupérer son supposé visiteur.

— Tu tombes bien, la Présidente ! Ah ! que je regrette la Satin. Avec toi, tout va à vau-l'eau. Avec toi une maison périclite. Je ne te la confie pas en sous-main pour apprendre, et pas par toi, que les deux nouvelles, l'Adèle et la Mitonnette, auraient fait les bégueules et les minaudes hier soir, se rebèquant non seulement aux caprices de la société, mais gourmandant la pratique. Or celle-là avait exigé du roué de la meilleure espèce. Si toi, la Présidente, tu n'es plus capable de faire le choix et de juger les filles, alors ! Accepter gentiment les goûts bizarres des hommes, v'là la règle première. Si un client veut agir avec elles d'une manière qu'elles jugent insupportable, elles sont maîtresses de le quitter à condition d'instruire de leurs raisons, et sur-le-champ, ou moi-même ou toi. Si leur jérémiade n'est pas trouvée recevable, à l'amende pour trois jours et au service des vieux pour quinze. Qu'as-tu à me répondre ? hein !

— Ma chère Paulet, j'en serais bien empêché !

Prenant appui sur sa toilette de marbre blanc, elle se retourna avec peine, lui dévoilant un visage mafflu couvert de céruse fraîche sur lequel le carmin n'avait pas encore placé sa touche de vie.

— Ah ! Mais voilà l'autre pendard. Tu peux te montrer, tiens, il y a longtemps que je l'ai préparé, ton paquet. C'est encore tes foutriquets de mouchards qui m'ont dénoncée ; ce porteur de seaux puants qui patrouille la rue Saint-Honoré depuis des jours…

Son énorme corps s'agitait de fureur.

— Tu engrosses une pauvre fille, c'est viande creuse pour toi. Tu la jettes à la rue avec ta graine…

— Mais…

— Il n'y a pas de mais, tu vas entendre ce que j'ai sur le cœur. Cet enfant qui naît et grandit, son souvenir te chuinte-t-il aux oreilles ? Et quand par hasard tu le retrouves, tu chasses sa mère et l'exiles. Tu cantonnes le fils dans une prison de frocards ! Regoulé[1] d'injures, que crois-tu qu'il y trouve ? Des roufles, des coups de pied et des croquignoles. Du coup il s'enfuit et se trouve à cul[2] sur le chemin de Paris, obligé de trucher[3] pour survivre. On le recueille, le réchauffe, le nourrit pendant que son bande-à-l'aise de père court, insoucieux, sur les routes. Hein ? Moi, qu'il nomme sa tante, je te le dis comme je le pense. J'attends les quelques mauvaises raisons que tu me vas servir.

Quels que fussent l'ardeur et le caractère injurieux des propos de la Paulet, Nicolas sentit une bouffée de bonheur l'envahir. Louis était ici, à quelques pas sans doute, vivant, sauf, libre. Un sanglot retenu l'étouffa.

— Vous me faites, madame, un procès d'intention que je veux bien oublier par égard pour celle qui a recueilli mon fils. Le reste est plus compliqué que tout ce que votre irritation pourrait concevoir. Sur ce, allez chercher Louis et laissez-nous. Je vous reverrai ensuite.

Subjuguée, elle se leva lourdement et sortit en traînant les pieds tout en marmonnant des paroles indistinctes. Nicolas songea qu'elle paraissait aussi mal informée que lui des conditions du départ de Louis de son collège. Un instant après, Louis entra, l'air buté et les yeux mi-clos. Il semblait crispé dans une attitude de défense hostile. Rien n'annonçait la joie espérée des retrouvailles.

— Je suis heureux de vous voir, Louis. Je vous écoute.

Il s'était exprimé le plus affectueusement possible, pourtant le silence fit écho à son propos. Il prendrait donc les choses en main.

— Vous vous taisez. Je vous dirai donc le fond de mon cœur. Quels que soient les torts que vous estimez que j'ai à votre égard, leurs raisons ne sont pas de mon fait. Seuls la discrétion et l'honneur de votre mère en sont la cause. Elle n'a que trop tardé à me révéler votre existence. Dans ces conditions, j'attends de vous respect et franchise et fais appel à votre droiture. Ouvrez votre cœur et expliquez-moi les raisons d'une disparition étrange que je ne puis croire qu'inséparable de graves circonstances. Sans quoi je devrai supposer qu'il y a dans votre conduite matière à déshonneur, accusation qui ne saurait peser sur un Ranreuil.

— Ce serait mal me connaître, mon père, de penser cela. Puisqu'il faut vous le dire, je n'ai pas l'heur d'être satisfait de votre conduite à mon égard et j'estime…

Que justifiait ce ton de suffisante hauteur ? D'amers souvenirs agitaient Nicolas. Il revivait l'affrontement avec son propre père au château de Ranreuil. Lui, si circonspect et patient, sentait monter une irritation qu'il s'efforça à temps de contenir.

— Louis, vous vous oubliez et me faites peine. Veuillez m'éclairer sans récriminations inutiles. Nous pèserons ensuite tout cela au trébuchet de nos consciences.

Louis parut se calmer ; il respirait très vite et avalait sa salive.

— Voilà, commença-t-il hésitant. Les choses sont allées trop loin. J'ai été insulté, humilié, traité de fils de…

— Taisez-vous ! Et ne laissez jamais insulter votre mère.

— Comment savez-vous qu'il s'agit de ma mère ?

— Parce qu'enfant trouvé, j'ai éprouvé avant vous ce qu'on peut dire dans un collège.

Le passé ressurgissait en aigres bouffées.

— Il s'agissait bien de ma mère qu'on traitait de…

Nicolas s'avança et mit la main sur la bouche de son fils. Il fut surpris, son visage était brûlant.

— Êtes-vous souffrant ?

— J'ai pris froid sur les chemins…

Il se détendait.

— … je n'ai pas supporté cela. Il y a eu un combat, une sorte de duel.

— Au compas, je sais.

— On nous a séparés. J'ai été mis au cachot. Votre message est arrivé : un père capucin. Il y avait plusieurs jours que je me morfondais.

Nicolas se mordait les lèvres mais décida de ne le point interrompre.

— Il m'a dit que, furieux de ce qui s'était passé, vous m'ordonniez de quitter le collège sur-le-champ pour rejoindre ma mère à Londres et que vous ne me reverriez de votre vie.

— Comment avez-vous pu croire cela ?

— C'était votre écriture et le tout scellé de notre cachet. Comment aurais-je pu douter ? D'ailleurs, voici ce mot. Jugez vous-même.

Nicolas le prit et fut stupéfait de la ressemblance.

— Et vous m'avez imaginé capable d'un tel délaissement ?

— Jamais… enfin, oui, sur le moment… et le désespoir m'a saisi.

— Pourquoi m'a-t-on dit que vous vous étiez enfui ?

— Selon les recommandations de celui, je le vois bien, maintenant, qui n'était pas envoyé par vous, je devais feindre une fugue et le retrouver à un carrefour du chemin. Il n'y était pas. Je ne savais plus que faire pour gagner un port et passer en Angleterre. Je suis revenu à Paris sur des charrois. Dans ces circonstances, je ne pouvais me présenter rue Montmartre, mon seul recours était Le Dauphin Couronné où ma tante m'a accueilli.

— Votre tante ?

— La Paulet, que je nommais ainsi enfant.

Il eut comme un sanglot. Nicolas ouvrit les bras. Louis s'y jeta et ils s'étreignirent longuement.

— Il faut que vous sachiez que les affaires que je traite et les puissants intérêts en cause m'incitent à penser qu'on a voulu m'atteindre en vous utilisant.

— Je le comprends bien. Mon père, je ne souhaite pas retourner à Juilly.

— Il n'en est pas question et d'ailleurs j'ai d'autres vues sur vous. Mais je m'en voudrais de vous les imposer sans savoir où vos vœux vous portent.

— Je veux servir le roi dans le métier des armes.

— Cela rejoint les projets que j'ai conçus et dont je vous entretiendrai à mesure. Sur ce, allez vous préparer. Je vais vous reconduire rue Montmartre où, pour le moins, le bœuf gras sera tué en votre honneur ! Remerciez votre… tante de sa sollicitude et dites-lui que je l'attends pour traiter avec elle d'une autre affaire.

Louis sortit d'un pas léger, se retournant pour jeter un regard radieux sur son père. La Paulet revint en traînant les pieds. Nicolas demeurait silencieux.

— Me voilà femme noyée, dit-elle. Et quinteux comme une mule tu vas m'en vouloir, je le sens. Tu aurais raison. J'ai jasé sans comprendre. Le petit m'a éclairée. Cela m'enfonce vis-à-vis de toi, quoique…

— Quoique ?

— Tu n'aurais pas dû envoyer la Satin à Londres. Sans compter ma maison qui allait si bien de son temps.

Il n'aurait pas su démêler lequel des regrets l'emportait dans le cœur de la Paulet. Les deux, sans doute, à la fois.

— Vous voilà bien sensible ! Sache que c'est elle, et elle seule, qui en a décidé ainsi. Je regrette une chose que je vous veux confier : lui avoir manifesté sans douceur mon désagrément de la voir tenir boutique dans la galerie basse du château. Comprenez que c'est un lieu où je parais en fonction. C'est tout et c'est déjà beaucoup. Mais oublions tout cela, j'ai un service à vous demander.

Il revoyait le regard triste de la Satin et son cœur se serrait de pitié. La Paulet soupirait ; on en revenait à des termes connus et habituels. Elle se laissa choir dans une bergère qui grinça et gémit sous l'outrage et, soutenant d'une main enflée ses multiples mentons, elle attendit les yeux mi-clos.

— Ma bonne Paulet…

— Ne m'attise pas avec des mots doux, je connais ces manières-là !

— Allons, votre conduite avec Louis resserre de vieux liens.

Elle maugréa.

— Comme la corde soutient le pendu ! Enfin, je vois ce qu'il en est. La paix est faite ; tu l'auras, ton ratafia. J'en ai de la nouvelle récolte.

Elle se leva et ouvrit un élégant cabaret en bois de rose, en sortit deux verres gravés, les emplit d'un liquide ambré. Elle vida le premier cul sec, claqua la langue d'un air appréciateur, le remplit à nouveau et tendit l'autre à Nicolas. Il admira qu'elle disposât de verres à embordements d'or sur fond de vernis noir que Glomy, doreur et encadreur, avait mis à la mode sous le feu roi.

— Toujours le même fournisseur ?

— Le fils, maintenant, répondit-elle soudain rêveuse.

Nicolas goûta : c'était le feu et la douceur.

— Hein ! dit-elle. C'est-y-pas du nanan, du haut du panier, du câlin ! Faut que je t'aime. Dieu, depuis si longtemps qu'on fraye ensemble… Nous v'là requinqués sur de nouveaux frais.

— Oui, nous revoilà comme devant. Que savez-vous de la Gourdan ?

Elle grimaça. Ses petits yeux enfoncés dans la graisse du visage s'étrécissaient jusqu'à ne plus apparaître.

— Voilà bien une question de la pousse[4]. Comme si tu ne la connaissais point !

— Ce n'est pas ce que j'en sais que j'attends, mais ce que vous, vous en pensez.

— Elle n'a point de morale, cette femme-là.

Le mot sonnait étrangement aux oreilles du commissaire. Cela n'échappa nullement à la Paulet qui le fixait.

— Ne crois pas que j'ignore ce que tu penses. Au vrai, il y a des bornes que moi je ne franchis pas. Je n'ai jamais fait travailler des filles contre leur gré, ni acheté des pucelles aux familles, comme d'autres.

Elle hocha la tête d'un air entendu.

— Car elle…

— La carogne ! Non contente de tenir dans son sérail des filles de plus en plus jeunes, prostituées par leurs parents, elle joint à son négoce toute une panoplie d'artificieux commerces.

— Par exemple ?

— La Gourdan tient bureau d'usure. Elle prend toute une pacotille de tissus, musulmanes, gros de Tours, taffetas et bas de soie.

— Où est l'usure dans tout cela ? demanda Nicolas qui sentait le ratafia lui chauffer les joues.

— Si tu sais que la personne – qui vend le tout – est pressée d'avoir de l'argent comptant, cela veut dire que la Gourdan aura la marchandise à cent pour cent de perte pour le vendeur. Et je ne te parle pas de sa vaisselle plate en argent ! Moi, je n'use que de faïence…

— Soit, et encore ?

— Encore ? Je vas t'en donner, et du plus poivré ! Elle débauche des femmes mariées à de vieux racornis à qui elle procure de vigoureux étalons propres à étancher leurs fureurs. Elle reçoit des couples clandestins. Elle s'est fait une spécialité pour plumer l'Anglais qui abonde depuis la paix. Elle joue auprès d'une jolie fille les sévères duègnes, les nourrices attentives, et la promène en famille aux Tuileries. Tout cela afin de donner plus de réalité aux abandons qui suivent, moyennant finances. L'orpheline apitoie le chaland. Dieu, combien en a-t-elle plumé !

— Et encore ?

— Elle a partie liée avec les entrepreneurs des lieux de plaisir : le Vauxhall, la foire Saint-Germain, la redoute chinoise. Ils adressent des billets de faveur gratuits à ses filles pour attirer le tout-venant aux fêtes et aux spectacles. Et cela au détriment des maisons honnêtes de la place.

Elle s'échauffait dans sa verve de dénonciation et dans l'exécration de sa rivale. Elle rapprocha sa bergère jusqu'à toucher Nicolas et se pencha, mystérieuse.

— Et puis autre chose que tu ignores, j'en suis sûre.

— Comment savez-vous tout cela ?

— Eh, quoi ! Depuis tant d'années dans le métier et je ne saurais pas tout !

Elle haussa la voix.

— Une fille que j'ai formée et qui est là-bas me lâche tout sur ce qui s'y passe. La Gourdan trempe aussi dans des menées politiques. Ça, il ne faut jamais y céder. Nous sommes tolérés par le magistrat [5]. Un rien, tu le sais, suffirait à nous empêcher. Cela dure depuis bien longtemps. Tout a débuté rue Sainte-Anne et continue rue des Deux-Ponts-Saint-Sauveur. Sa maison est le centre de rencontres…

— Galantes ?

— Point du tout, tête de buse. Des négociants, des commis de finances, des marchands de haut négoce, de ceux, tiens, on en cause aujourd'hui, qui vendent le grain et la farine. Comprends-tu ? Il faut cesser de résonner comme un tambour de carrosse.

— Cheval, raisonner comme un cheval de…

— Quoi, cheval ? Tu m'embrouilles. Oui, de ces gueux revêtus [6] qui monopolent et accaparent. On en jase assez. Tiens, la dernière réunion s'est tenue il y a trois ou quatre jours, de nuit. Tu penses, on peut croire à des parties carrées...

— Sait-on de quoi ils discutent ?

— Repic et capot, il ne comprend rien, cet homme-là ! De leur négoce, pour sûr. La maison de la Gourdan est pleine de secrets. Ils y pénètrent sans se faire voir par la porte réservée aux prêtres paillards. Elle est ménagée dans la maison voisine occupée par un marchand de tableaux. Chez lui le tout-venant peut entrer sans scandale. Il est d'intelligence avec la dame en question. Au fond d'une armoire, le passage donne chez elle.

— Voilà un tableau des plus intrigants.

— Un conseil encore. Demande à l'inspecteur Marais qui tient la feuille des maisons galantes. Il en sait long, lui !

Et sur cette ultime flèche, ils se quittèrent réconciliés. Nicolas retrouva Louis qui l'attendait, le ballot à la main.

— J'avais emporté les livres offerts par M. de Noblecourt.

— Ces ouvrages, vous auriez pu les vendre pour subvenir à vos besoins.

— Mes livres ! Et de M. de Noblecourt encore ! Y songez-vous, mon père ?

— Certes non, je plaisantais. Je vous sais trop attentif à vos devoirs et respectueux de l'affection qu'il vous porte.

Une fois dans la rue, un personnage étrange se présenta à eux. Nicolas reconnut Tirepot dont la toile cirée recouvrait les seaux, offrant à contre-jour l'image de quelque fantasmagorique chauve-souris.

— Heureux de te voir, mon pays, fit Tirepot. Te sachant là, les autres ont décampé. Y avait de la rouscaille dans divers quartiers. Faut comprendre, ce matin le pain était à quatorze sols les quatre livres.

— Toi, tu vas m'apprendre pourquoi ils étaient tous là, autour du Dauphin Couronné ?

— Ben tiens, pour protéger ton petit ! Cela fait plusieurs jours qu'il est là, chez la vieille maquerelle. D'ordre de Bourdeau.

Ainsi l'inspecteur savait et Noblecourt aussi. Ils avaient souhaité sans doute qu'il règle lui-même l'affaire avec Louis, tout en veillant qu'il ne lui arrive rien.

— Dis-leur qu'il y aura une prime, dit-il, en glissant à Tirepot un double louis.

— Toujours le cœur sur la main.

— M'est avis que tes seaux sont vides...

— Et comment ! J'ai lâché le métier, y a plus de clients.

Il se mit à chanter, se dandinant comme un ours de foire.

Avec ce long manteau, j'allais par cette ville.
Et portais deux grands seaux où l'on ch... debout
Mais voyant aujourd'hui que l'on ch... partout.
Je ne m'en mesle plus : l'office est inutile !

— Pourtant tu portes encore tes affûtiaux !

— J'ai toujours été faufilé [7] avec les mouches, par amitié pour toi. J'ai rallié la partie et les seaux justifient ma présence en tout lieu.

— J'aurai sans doute besoin de toi. Où te trouve-t-on ?

— Bourdeau et Rabouine le savent.

Dans le fiacre qui les ramenait rue Montmartre, Louis s'étonnait qu'on tutoyât le commissaire. Il lui expliqua les délicatesses d'un honnête homme ; il convenait de savoir se mettre au diapason de ceux qui vous parlaient, surtout quand ils exprimaient, à leur manière, l'amitié qu'ils vous portaient. Parvenus à destination, le fils quitta le père. Nicolas était assuré que chacun attendait Louis comme l'enfant de la maison. Au coin de l'église Saint-Eustache, il fit arrêter la voiture, ayant aperçu Bourdeau qui marchait à grands pas. Il ouvrit la portière et l'inspecteur se hissa lourdement pour le rejoindre. Le cocher fut prié d'attendre.

— Je craignais de vous manquer.

Nicolas lui pressa la main.

— Jamais, Pierre, je n'oublierai cela et autre chose. Je sais ce que vous avez fait. Louis est rentré au bercail. Je comprends tout. Votre délicatesse ne laisse pas de me toucher à un point inexprimable. Ma dette à votre égard s'allonge.

Bourdeau rougit et ses yeux se mouillèrent. Il s'empressa avec fébrilité de parler d'autre chose.

— J'ignore le pourquoi et le comment des événements, cependant les informations alarmantes affluent au Châtelet. Des groupes menaçants sont entrés dans Paris, dirigés par des gens entendus. On les signale Porte de la Conférence, Porte Saint-Martin et à Vaugirard.

— Tirepot m'a rapporté cela au Dauphin Couronné.

— On a remarqué qu'ils se servaient d'un langage convenu. À Vaugirard l'un d'entre eux a interrogé un cavalier botté sur leur destination. La réponse « *trois points et trente et un* » a été répétée dans la troupe et redite d'une file à l'autre. Il s'avère que personne n'a hésité sur la direction à prendre. La horde la plus fournie a piqué sur la halle aux grains qu'elle devrait atteindre à l'heure qu'il est.

— Le peuple suit la foule ?

— Non ! Il ne prend point parti. Certes, il fait nombre par curiosité et profite du pain pillé, mais sans se mêler vraiment à l'action. Le reste ferme ses portes et ouvre ses fenêtres ; on s'y met comme pour voir passer la procession de Fête-Dieu. Même la masse des artisans, qu'on aurait pu croire rejoindre le mouvement, demeure fort tranquille.

— Et la force publique ?

— Désordre, incertitude et impéritie les plus complets ! Par une fâcheuse rencontre, la cérémonie de bénédiction des drapeaux des troupes de la garnison a été maintenue par le maréchal de Biron. Il a refusé de donner le contre-ordre souhaité par…

— Souhaité ? Est-on dans une conjoncture où l'on doit seulement souhaiter ? On ordonne ! Ceci me passe.

— Par M. de Maurepas, lequel avait d'ailleurs tout juste suggéré la chose. Biron craint que cette mesure n'alarme le peuple et ne mette le feu aux poudres. Seuls des mousquetaires noirs ont pris position à la halle.

— Dieu fasse que leur constance et fermeté en imposent à la foule !

— Pour le reste, aucun ordre. Nous sommes les seuls à courir d'un point à un autre avec toutes nos mouches pour mesurer l'avancée de la marée. Partout la même passivité renforce l'audace des manifestants. Turgot, de retour de Versailles, est attendu devant le contrôle général par une bande d'excités qui brandissent du pain moisi et prétendent qu'on veut empoisonner le peuple. Un des nôtres s'est emparé d'un morceau. Le pain s'est avéré rassis, mais non moisi. Il était enduit d'une sorte de teinture verte. Enfin, la maison du commissaire du quartier Maubert, M. Convers-Désormeaux, a été envahie et mise au pillage. Où allons-nous ?

— À l'hôtel de police, mon cher, en tâchant d'éviter le contrôle général !

Rue Plâtrière, ils durent faire marche arrière en raison d'un attroupement devant une boulangerie. Un petit groupe d'hommes et de femmes vociférait et cherchait à forcer la boutique en frappant la devanture avec des bâtons, des perches et des barres de fer. Pour finir, le boulanger ne dut son salut qu'à la fournée de pain qu'il jeta à la foule de la fenêtre du premier étage. Nicolas nota que certains participants portaient des tabliers de peau, des bonnets qui leur dissimulaient le visage, des sacs et des crochets. L'un d'eux s'approcha de la voiture en hurlant, les yeux injectés de sang.

— À la Bastille, il faut marcher sur la Bastille et puis à Bicêtre. Nous forcerons les cachots et nous lâcherons les prisonniers sur la ville.

— La Bastille, grommela Bourdeau. Qu'ils essayent, elle est imprenable, celle-là !

Des hommes du guet assistaient impuissants à la tourmente. Injuriés et menacés d'être lapidés, ils firent mine, sous les huées, de charger leur fusil. Les officiers ordonnèrent une retraite. En passant près de la voiture, l'un d'eux dit entre ses dents « *qu'on nous l'ordonne et nous ferons feu sur ces bougres-là !* ».

La voiture s'ébranla pour emprunter la rue Jussienne où, en revanche, un calme parfait régnait. Ainsi l'émeute s'étendait par lignes et taches comme une lente inondation, laissant pourtant inviolée la plus grande partie de la ville. Ordre fut donné de rallier au plus court l'hôtel de police. À Bourdeau, qui l'interrogeait du pourquoi de cette destination, il expliqua ses raisons, après un court résumé de sa conversation avec la Paulet.

— Ainsi, conclut-il, nous ne pouvons, à l'heure qu'il est, apporter aucune aide à quiconque. Les ordres radicaux manquent. Dans tout ce que notre vieille amie m'a confié, l'essentiel demeure, vous l'avez noté, les réunions clandestines touchant le commerce des farines. Il nous faut absolument éclaircir et savoir…

Il martelait le velours râpé de la banquette de ses poings serrés.

— … ce que faisait, chez la Gourdan, maître Mourut. Y courait-il la gueuse ou était-il partie prenante à ces réunions, ce que suggèrent les grains et farines accumulés dans ses caves ? Il pouvait y assister en tant que receleur d'une denrée si essentielle à la vie du peuple. Nous sommes, j'en suis persuadé, au cœur d'une affaire d'agiotage et d'accaparement.

— Donc pas de crime domestique selon vous ?

— L'un n'empêche pas l'autre.

— Et pour cela, il faut consulter l'hôtel de police ?

— Qui abrite le bureau de l'inspecteur Marais.

Bourdeau se frappa le front.

— Que n'y ai-je pensé, c'est l'homme de la situation. Le chef du département de la discipline des mœurs qui tient le registre des filles et contrôle les feuilles quotidiennes de renseignements des maquerelles. Il n'est pas facile d'accès, double et triple au besoin, bourrelé de précautions, pris au piège d'intrigues multiples, et au fait de mille secrets touchant les gens en place. Toujours, aussi, au bord du précipice…

— Aurions-nous par hasard quelque moyen de persuasion contre lui. Est-ce un nouveau Lardin [8] ?

Bourdeau sourit finement.

— Il m'est revenu que l'un de ses commis croquait régulièrement la brioche chez la Gourdan.

— Cela rentre dans l'ordinaire du service. On n'échappe pas aux accommodements. Dans ce domaine, les commis mettent les mères et les malheureuses filles à contribution, ajoutant leur désordre aux désordres de la chose, exerçant un empire sourdement tyrannique sur cette partie avilie, qui pense qu'il n'y a plus de loi pour elle.

— Soit, mais dans certaines limites. L'homme, un certain Minaud, abuse et prévient la Gourdan des plaintes contre elle, que le magistrat ne saurait écarter.

— Vous voilà bien informé, Pierre. D'où provient cette science ?

— Vous approchez les sommets, je connais bien la base. D'un seul saut vous avez, à vingt ans, franchi toutes les étapes. Ce fut notre chance, à vous comme à moi. Cependant, vieux cheval de réforme, j'ai des accointances à tous les niveaux. C'est nécessaire dans ce métier pour se conserver. Quand le nom de la Gourdan est apparu dans notre enquête, j'ai ranimé de vieilles amitiés…

Bourdeau était incomparable ; il précédait toujours les souhaits encore non exprimés du commissaire.

— Les ragots ne servent à rien. Par une de ses filles que Rabouine a affolée, nous sommes en possession d'une lettre du Minaud à la Gourdan.

Il sortit un petit papier qu'il entreprit de lire.

— « *Vous avez, madame, bien des ennuis. On vient de donner à la police un nouveau mémoire contre vous. Je l'ai aussitôt distrait du travail avec qui vous savez. Si vous voulez venir chez moi sur les quatre heures, je vous le communiquerai. Cela vous évitera des ennuis conséquents.*

Croyez, madame, que vous n'êtes pas la seule à avoir des chagrins. Il vient de me manquer une rentrée de vingt-cinq louis, ce qui me met dans l'embarras, ayant demain un billet à payer. Personne, madame, ne vous est plus attaché que moi. Je vous attends à quatre heures. Soyez exacte. Un papier retenu est tout aussi vite lâché… »

— Fi, le vilain ! Avec cela, nous tenons Marais, le Minaud et la chère maman ! La chute de ce poulet est impayable, si j'ose dire !

— Aussi la sanction sera-t-elle à la mesure.

— Nous allons pouvoir user d'arguments démonstratifs, dans le cas où Marais s'opiniâtrerait dans sa mauvaise volonté.

— De surcroît, l'arme est à double tranchant, la dame en bénéficiera aussi.

Dans ce rapport de forces, la rencontre avec l'inspecteur des mœurs se déroula sereinement et à fleurets mouchetés. Ce personnage qui, sans cesse, se frottait les mains, ne disposait d'aucune défense à opposer aux arguments du commissaire aux affaires extraordinaires. Après quelques piteuses tentatives de résistance ou de diversion vite réprimées, il consentit enfin à entrouvrir le dossier de la Gourdan.

La dame, de son vrai nom Marguerite Stock, avait épousé un certain Gourdan, receveur des aides en Champagne, puis directeur des fermes à Brest. Vite séparée de son mari, elle avait tenu un débit de tabac. Sous le nom de Darigny, elle s'installa comme *appareilleuse sous le manteau*, rue Sainte-Anne, puis rue de La-Comtesse-d'Artois, d'où son sobriquet de *petite comtesse*. Elle y recevait le plus beau monde, le prince de Conti, les ducs de Chartres et de Lauzun, les marquis de La Tremoille et de Duras. Tout cela recoupait ce que Nicolas savait déjà. Marais ne semblait guère à l'aise sur un sujet plein de chausse-trappes, d'évidence préoccupé qu'on gratte de trop près la nature de ses relations avec la maquerelle la plus connue de Paris.

Nicolas ne dévoila point les capacités de ses batteries ; il estourbit son interlocuteur d'escarmouches à un point tel que celui-ci, égaré, finit par aborder ce qui le tourmentait. Il fallait, estima Nicolas, que la chose fût grave et qu'elle le menaçât dangereusement pour que cet homme ferré à glace en vînt à déraper, à baisser sa garde et à se livrer.

La Gourdan, révéla-t-il, se trouvait sous le coup d'une procédure judiciaire où elle risquait sa réputation et son avenir. Déjà une première plainte sans lendemain avait été déposée contre la maquerelle par un marchand mercier. Elle avait favorisé la débauche et le dérangement de la femme de l'artisan et proféré des menaces, affirmant qu'on l'entendrait en haut lieu et qu'elle ferait enfermer le mari s'il tentait quelque chose pour enlever sa femme. Plus grave, pour Marais, était la perspective d'un arrêt du Parlement menaçant la matrone de prise de corps pour avoir favorisé, dans sa maison galante, la débauche de Mme d'Oppy, épouse du grand bailli d'épée de Douai, provisoirement incarcérée à Sainte-Pélagie pour adultère. Donnant du lest, la Gourdan avait consenti à témoigner devant la police. Il n'en demeurait pas moins qu'un grave péril pesait sur elle, rendant plus qu'instables sa position et sa notoriété. Désormais, les services rendus et sa collusion avec le chef du département des mœurs ne garantissaient plus son immunité. Elle paraissait mûre pour ne pas rester insensible aux requêtes du commissaire Le Floch. Quant aux mystérieuses réunions que la maison de la rue des Deux-Ponts-Saint-Sauveur abritait et que rien ne semblait raccrocher au commerce de la luxure, Marais en avait noté régulièrement le détail, confirmant là aussi ce que connaissait Nicolas. Mais sa curiosité n'avait pas poussé jusqu'à relever les noms des participants, lacune bien surprenante de la part d'un homme si ordonné.

Sur le chemin du retour, Bourdeau remarqua qu'il fallait que Marais fût pressé par la conjoncture pour s'être montré si conciliant. Il reconstituait son raisonnement. Nul doute que l'homme estimait habile et opportun de prendre quelques précautions vis-à-vis d'un commissaire inclassable, marquis de surcroît, dont l'influence renouvelée auprès de M. Le Noir et la position à la cour – il en recevait jour après jour les échos – faisaient un allié de poids en cas de mise en cause. Nicolas acquiesça, impatient de s'en prendre à la Gourdan sans désemparer. Il fallait avancer et il songeait aussi aux prévenus maintenus au secret dont il ne souhaitait pas prolonger l'isolement.

À l'entrée de la rue Montorgueil, qu'ils avaient rejointe après un long détour par les rives du fleuve et la rue Saint-Honoré, des mouvements de foule refluant autour d'eux les obligèrent à s'arrêter. Nicolas discuta avec le cocher. Fallait-il obliquer par la rue Tiquetonne et s'engager dans un dédale de voies étroites pour rejoindre la rue Saint-Denis ? C'était risquer un incident ; il ne pouvait s'y résoudre. Il fut donc décidé de rallier à pied la maison Gourdan. Une giboulée se mit à tomber. À l'angle de la rue Tiquetonne et de la rue Saint-Denis, un large ruis-seau coupait le carrefour. Un décrotteur venait de faire sortir d'une obscure allée un pont à roulettes. Bourdeau et Nicolas, amusés, observaient un brave bourgeois qui s'aventurait sur ce passage chancelant. Il trébucha, chut dans la mare et se releva trempé. S'étant enfui à grandes enjambées, il fut poursuivi par le décrotteur qui réclamait en criant ses trois sols pour le passage.

— Voilà, nota l'inspecteur, un fructueux commerce par temps de pluie ! Encore faut-il que la pratique ne s'enfuie pas.

— Malheur à celui qui glisse, il est bon pour un grand saut, au risque de se crever un œil avec son parasol [9] ou celui d'un passant.

— Gare, aussi, quand deux champions, dit Bourdeau hilare, se retrouvent face à face en équilibre instable.

— L'endroit est périlleux. Tout cela parce que l'averse fait enfler un ruisseau qui n'a là ni pente ni cours ! Prenons garde !

Dans cette rue étroite et bâtie de maisons neuves pour la plupart, celle de la Gourdan offrait une façade respec-table. Elle s'élevait, étroite, sur plusieurs étages, accolée sur la droite à la cour d'un bâtiment en retrait et à sa gauche sur une bâtisse presque identique. Une soubrette en tablier leur ouvrit aimablement en leur demandant s'ils étaient les provinciaux qui avaient réservé deux chambres et leurs « préférées ». Ils la détrompèrent et demandèrent à voir la maîtresse du lieu sans autre forme de procès. Nicolas, alors que la servante se retirait pour prévenir la Gourdan, fit remarquer à l'inspecteur qu'elle n'aurait pas détonné dans une maison honnête. Elle revint aussitôt et les invita à la suivre au premier étage. On les pria d'attendre dans un salon richement meublé. Les murailles étaient tout entières tapissées de damas pourpre encadré de baguettes dorées. Le mobilier comportait des bergères, une ottomane à trois places et six fauteuils en cabriolets recouverts de velours cramoisi. Partout des trumeaux en glace, des dessus-de-porte peints, deux tableaux, une Vénus couchée et un portrait du feu roi. Seul sacrifice à la nature de cette demeure, l'abondance des gravures et estampes légères qui tiraient le regard par leurs provocants sujets.

Une femme d'un certain âge entra qu'on aurait pu prendre pour une dévote allant à complies. Vêtue d'une tenue dont le camaïeu de gris rappela à Nicolas la bonne dame de Choisy [10], elle paraissait élancée, le visage allongé, le teint pâle qui devait assez peu aux artifices des onguents. Une sorte de mantille recouvrait une perruque blonde à chignon dont un léger dérangement laissait entrevoir des cheveux châtain clair. Un nez romain, une bouche aux dents trop régulières pour être honnêtes ne déparaient pas un ensemble pourtant légèrement gâté par de petits yeux et des lèvres si minces que seul le recours d'une ligne de carmin en relevait l'emplacement. En la voyant, on pouvait comprendre comment, en promenade solennelle avec une de ses filles modestement vêtue, elle avait pu tromper tant de jocrisses d'outre-Manche désireux de jeter leur gourme avec une charmante Parisienne.

— Messieurs, à ce que l'on me dit, vous souhaitez m'entretenir. Sans doute recherchez-vous quelque distraction raffinée comme seule sait en procurer cette vaste cité.

Votre choix est le meilleur ; ma maison, la première de la place, est faite à la mode. Le dessus de la cour et de la ville y fréquente et je vous assure pouvoir vous fournir…

Il était temps d'interrompre ce verbiage de camelot.

— Je crains, dit Nicolas, que vous vous mépreniez sur l'objet de cette visite ; elle est d'une nature un peu particulière…

Le sourire de la dame balançait entre la mine d'une bonne marchande et le rictus entendu de qui a tâté et approché de toutes les turpitudes.

— Qu'importe, messieurs, voilà qui est fort bien. Sans pousser plus avant mes questions, je puis deviner aisément les complaisances que vous espérez de ma maison. Vous me voyez déterminée à satisfaire l'entièreté de vos demandes dans l'imagination et la variété : j'ai, en particulier, de jeunes morceaux de roi qui viennent d'arriver, et dont je réservais les prémices à des amateurs de qualité.

— Il semblerait que le quiproquo se prolonge, madame, dit Nicolas décidé à frapper d'estoc. Je suis commissaire de police au Châtelet. Je vous interroge sur ordre de Monseigneur le lieutenant général. Monsieur est inspecteur et m'assiste dans ce transport, pour lequel je dois vous informer que procès-verbal sera dressé.

Il vit les doigts de la Gourdan blanchir en serrant le dossier du fauteuil sur lequel elle s'appuyait. Nicolas n'avait pas révélé leurs noms. Soit elle les connaissait déjà, quoique n'ayant jamais eu maille à partir avec eux, soit elle ferait tout pour qu'ils ne lui demeurent pas inconnus, et elle en avait les moyens.

— Messieurs, messieurs, reprit-elle d'une voix douce et comme repentante. Pardonnez-moi de vous avoir pris pour des provinciaux à la recherche des plaisirs que Paris dispense. Ma maison est honorablement connue. Mes filles sont registrées sur la feuille. Je rends compte à la police du passage des étrangers et des particularités de la nuit. Il vous serait plus utile de consulter l'inspecteur Marais et d'autres qui savent quelle bonne mère, et fidèle sujette de Sa Majesté, je suis...

— Minaud, commis de police, par exemple ?

— Pourquoi le nier ? Lui et d'autres...

— À qui vous procurez des ressources.

— Je ne vois pas le mal dans ce que votre propos suggère ; il y a des services entre amis auxquels, d'ailleurs, d'autres peuvent prétendre.

— Vous ne manquez pas d'aplomb ! Aussi la grande recette consiste à avoir des amis, des obligés même, à la police. Et comment faire ? Avec de l'argent, madame Gourdan.

Son visage s'empreignit de commisération.

— Ce sont là pratiques habituelles dont je m'étonne, monsieur, qu'elles vous choquent, sauf à comprendre que je dois vous en faire bénéficier. Mais, voyez-vous, j'ai mes habitudes avec vos confrères et je ne vois pas pourquoi j'en userais de même avec vous.

Elle ne disait que trop vrai ; la police ne savait pas se passer de ces truchements malhonnêtes recrutés au cœur de la prostitution.

— Je tolérerais aisément certaines routines, sauf si elles interfèrent dans l'ordre criminel en aboutissant à entraver le cours de la justice qui, je vous le rappelle, est aveugle à ce genre de compromissions.

Il l'affirmait, en était-il si convaincu lui-même ?

— Je suis, monsieur, votre humble servante, mais il paraît que vous me méconnaissez. Je pourrais vous dévoiler des affaires... Aussi bien, ne s'attaque-t-on pas à une honnête femme qui depuis si longtemps concourt au bien-être de tant de gens.

— C'est précisément ce que je faisais remarquer à l'inspecteur avant que vous n'entriez. Je lui représentais l'utilité de votre commerce car vous êtes sans contredit la maison la plus réputée, la plus connue, la plus fréquentée et j'en passe...

Elle releva la tête avec un sourire contraint. Elle pensa l'avoir emporté.

— Cependant, poursuivit Nicolas filant son propos comme l'araignée sa toile, ce sont justement toutes ces qualités qui vous en imposent et vous engagent vis-à-vis du magistrat, et vous obligent même à demeurer l'exemple de ce qui est licite et toléré.

— Qu'ai-je à craindre en vérité ? Ce sont là propos en l'air, vous me menacez, vous laissez entendre et sur quel ton papelard ! Prenez garde, votre projet est malencontreux et vous aurez la honte de l'avoir conçu sans avoir le succès de l'exécution. Fi ! Sornettes que tout cela.

— Madame, déclara Bourdeau, le vice est bien dangereux quand il est sans scrupules. Vous vous conduisez mal. On ne parle pas sur ce ton au commissaire. À quoi servent vos entregents ? Vous comptez par trop sur eux. Ils vous feront, le cas échéant, sortir un jour de l'hôpital, mais peste, ne vous empêcheront pas d'y entrer !

— À la fin des fins, s'écria-t-elle, perdant d'un coup sa superbe, que me reproche-t-on ?

— Soyez tranquille, nous avons de la matière et l'embarras du choix, de quoi ne point vous manquer. Je vous conseille sur ce sujet de ne point jouer les sottes.

— Monsieur, vous parlez à une dame !

— Oui, dit Nicolas, à la Gourdan, maquerelle d'un bordel toléré. Votre ton, madame, passe la mesure et ma patience ne s'en abusera pas longtemps. Je vais vous mettre en état de satisfaire votre curiosité. En attendant, cessez vos insolences et gouvernez-vous avec sagesse.

Il ouvrit son petit carnet noir.

— Primo, plaintes renouvelées et circonstanciées ont été déposées contre vous pour avoir livré des enfants au commerce qui est le vôtre, payé le prix aux parents dénaturés et livré à la débauche nombre de femmes mariées [11].

— Serais-je l'unique coupable ? Et d'ailleurs ces plaintes ont été retirées.

— Y compris celle, pendante, concernant une haute et puissante dame, épouse d'un officier de la couronne ?

— J'ai témoigné contre elle.

— Oui, à votre corps défendant. Nous verrons bien ce qu'en décidera la chambre du Parlement. Et pour ragaillardir votre mémoire, vous risquez, selon l'ordonnance du roi de 1734, d'être marquée, fouettée et promenée sur un âne, le visage tourné vers la queue, avec un chapeau de paille et des écriteaux portant les mots *maquerelle publique*.

— Rien ne se peut comparer à votre obstination, monsieur. Quel chantage ! Si on ne peut plus se fier à la police !

Il admira au passage l'outrecuidance de la drôlesse. Il déplia un petit papier et commença à lire.

« *Vous avez, madame, bien des ennuis. On vient de donner à la police...* »

Quand il acheva, elle était tremblante de peur ou de rage, il n'aurait su le dire.

— Et qu'ai-je à voir avec ce monsieur que je ne connais point ?

— Comment savez-vous que vous ne le connaissez point ? Ai-je mentionné son nom ? Vous le payez pour distraire des documents.

— Je vous assure que non. Personne ne fait plus honneur à ma profession que je ne m'en acquitte. Je pourrais vous nommer...

— Cela suffit. Inspecteur, dressez procès-verbal de prise de corps. Vous conduirez madame.

— À l'hôpital ?

— Non, mieux, à Bicêtre. Cela lui déliera la langue.

Il avait parié gros sur l'effet produit. Il ne se trompait pas ; le vernis craqua soudain.

— Ah ! Monsieur, ne me perdez point ! Quelle rage est la vôtre de me vouloir contraindre et expédier en ce lieu d'horreur, ajoutant ainsi l'infamie à l'incertitude de mon état ? Hélas ! Ne poussez pas la cruauté plus loin.

Il admira la comédienne. Qu'importait la sincérité, le but était atteint ; elle paraissait à point pour se livrer.

— Madame, je veux bien encore vous entendre, mais sachez qu'à la moindre tentative de me tromper, vous quitterez sur-le-champ la rue des Deux-Ponts-Saint-Sauveur pour une destination funeste. Je vous conseille de ne point divaguer et d'aller droit à la vérité. Alors, et alors seulement, nous verrons ce que nous pourrons faire.

— Reconnaissez-vous, dit Bourdeau sur un ton monocorde, avoir été l'objet d'une requête de Minaud, commis de police, qui vous a proposé contre vingt-cinq louis, la pièce vous a été lue, l'égarement d'une plainte contre vous ?

— Monsieur, c'est contraire à… Enfin… Oui, je confirme.

— Bon ! Voilà un premier pas. Vous avez noté, inspecteur ?

Bourdeau, qui feignait d'être appuyé sur la tablette de la cheminée, acheva de gribouiller et continua.

— Secundo, reconnaissez-vous avoir favorisé la débauche de femmes mariées dans votre établissement ?

— Certainement pas !

— La voilà relapse, dit Nicolas. La belle affaire, nous avons des armes cachées contre vous. Je lis.

« *Je suis, madame, la plus malheureuse de toutes les femmes. J'ai pour mari un vieux hibou qui ne me procure aucun plaisir.* » Dois-je poursuivre et vous rappeler les peines encourues pour ce crime ?

— Je reconnais, je reconnais, avoua la Gourdan épouvantée.

— Bien, nous progressons. Maintenant, passons à une affaire toute fraîche sur laquelle je vous préviens devoir me montrer encore plus intraitable. Vos réponses seront les gages de votre sincérité et décideront de mon ultime arrêt.

— Je vous écoute, monsieur, murmura la Gourdan d'une voix mourante.

Elle s'était assise et torturait le ruché de ses manchettes.

— Madame, dans la nuit du dimanche 30 avril au lundi 1er mai, un couple, dont vous favorisez les rencontres clandestines, a passé quelques heures chez vous. Pouvez-vous m'en dire plus ?

Il pêchait à l'aveuglette, comme naguère les étrilles dans les rochers du Croisic. Un jour il s'était fait vilainement mordre par un congre qui ne voulait pas lâcher prise ; il en portait encore les traces. La Gourdan paraissait s'apaiser, il lisait en elle. Ce n'était donc que cela, pensait-elle, elle pouvait sur ce point se laisser aller.

— Oh ! Chez moi, cela ne manque pas, ce genre de rencontres.

— Tiens, vous n'en sembliez pas si convaincue, il y a tout juste un instant.

Elle se mordit derechef les lèvres.

— Nous offrons un abri à l'amour. Notre discrétion est telle que…

— … que vous n'allez pas plus loin… Je vois. Et donc, ce soir-là ?

— Peu de monde, un dimanche soir ! Un couple, le vôtre sans doute. Une femme voilée. Je dirais trente-cinq ans. Un jeune homme, tricorne et loup sur le visage.

— Allons, madame, nous ne sommes pas au bal de l'Opéra. Ne me faites point accroire que vous ouvrez vos portes à n'importe qui. Les noms ?

— Un couvreur m'avait apporté un mot au nom de Mme Marte.

Marte, songea Nicolas. Marte, Montmartre, rue Montmartre. La dame Mourut n'était pas allée chercher loin un patronyme caché.

— Et donc sur ce seul nom, une chambre a été retenue ?

— Comme d'habitude, le feu dans la cheminée et le médianoche.

— Comme ça, répéta Bourdeau, comme d'habitude.

— Oui.

Elle paraissait interloquée. En avait-elle trop dit ?

— Ce qui signifie que ces rencontres étaient régulières ?

— Depuis six mois environ, avança-t-elle dans un soupir.

— À quelle heure sont-ils arrivés ? reprit Nicolas.

— Sur les coups de neuf heures.

— Et partis ?

— Ça, je l'ignore. Nous ne régnons pas sur leur nuit.

— Reprenons par le menu. Ils sont arrivés ensemble – vous m'arrêtez si je m'égare – et ils sont entrés par la porte de derrière, celle du secret et des ecclésiastiques. Sont-ils montés au second ?

— Au troisième.

— Aucun des deux n'est ressorti ?

— … Non.

Il avait noté une hésitation et poussa sa botte.

— En fait, je crois bien que lui est sorti.

Elle le considérait les yeux égarés, proche de l'affolement. Bourdeau fixa Nicolas, intrigué.

— Comment le savez-vous ? dit la Gourdan.

— Le commissaire, avertit l'inspecteur sentencieux, a les moyens de tout savoir, partout et à n'importe quel moment. On voit que vous ne le connaissez pas. Ce qui est sûr, c'est que vous n'êtes pas sincère et que vous violez notre accord.

— Non, non. Excusez-moi, ce fut par innocence.

Ils commençaient l'un et l'autre à prendre plaisir à cette partie de paume où l'avantage leur revenait toujours.

— Eh bien ! Vers onze heures, le couple a sonné, désirant une autre bouteille. La servante n'est pas venue, soit que le cordon soit rompu ou qu'elle n'ait rien entendu. Bref, le jeune homme est descendu jusqu'au rez-de-chaussée.

— A-t-il rencontré quelque autre que la domestique ?

— Je ne le saurais affirmer. Tout est possible. Il y a du va-et-vient chez moi…

— … continuel, dit Bourdeau pince-sans-rire.

— Aurait-il pu croiser vos clients ?

— Sans doute, sans doute, des habitués…

— Pourtant vous avez dit que le dimanche soir, il n'y a point presse.

— Certes, certes. Mais il y a toujours des officiers de province, des couples, des…

— … réunions ?

— À quatre ou trois, fort souvent.

— Ce n'est point de ces réunions-là que je vous parle. Je sens, madame, que ma bonne volonté se dissout face à votre mauvais vouloir. Qu'en pensez-vous, inspecteur ?

— Qu'un cachot, à tout prendre …

— Messieurs, n'abusez pas d'une pauvre femme.

— Allons, finissons-en, lâcha Nicolas. Vous devriez, finaude comme vous êtes, vous persuader que nous en savons assez long et que ce que nous attendons de vous, ce sont la confirmation et les détails. Y avait-il, oui ou non, assemblée chez vous dimanche soir ? Quelle était sa nature et connaissez-vous les noms de ceux qui y participaient ?

L'attitude de la Gourdan traduisait sa surprise de constater à quel point les deux policiers avaient percé les activités de sa maison.

— Monsieur le commissaire, cet endroit sert quelquefois de rendez-vous pour certains qui s'y veulent assembler en toute discrétion. Ce fut le cas, je l'avoue, dimanche soir. Un laquais sans livrée me prévient une semaine auparavant. Il y a une douzaine de convoqués très mêlés : des hommes de cour, un abbé, des négociants et des marchands.

— Marchands de quoi ?

— De grains, à ce que j'ai cru comprendre.

— L'un d'entre eux a-t-il pu apercevoir le jeune homme en question ?

— Certes, je ne sais… tout est possible.

— Connaissez-vous les noms de ceux qui se réunissent ?

— Non, aucunement.

— Ils sont supposés paraître sur le rapport de nuit que vous remettez à l'inspecteur Marais. Quelle conséquence pensez-vous que nous devrions tirer de ce manquement ?

— À vrai dire, j'ai trouvé dans la pièce où se tient leur assemblée un papier sans doute tombé d'une poche, jauni, une espèce de vieux prospectus. L'adresse portait M. Hénéfiance, marchand grainetier, Aux Armes de Cérès, rue du Poirier.

— Voilà qui est mieux ! L'avez-vous conservé ? Non. C'est dommage. Voyons un peu l'horaire de la soirée. À quelle heure a-t-elle débuté ?

— Vers dix heures, passée la demie.

— Et s'est achevée ?

— Peu après minuit.

— Faites venir votre servante.

— Messieurs, ne mêlez pas…

Un regard glacé du commissaire fit rentrer dans l'œuf cette velléité de résistance. La Gourdan sonna et la fille qui les avait introduits entra.

— Dimanche soir, dit Bourdeau patelin, tu as bien fait monter un couple dans la chambre du troisième ?

Elle regarda la maquerelle qui leva les yeux au ciel et lui fit signe de répondre.

— C'est la vérité. Une dame en mante fermée avec une coiffure en calèche et un jeune homme avec un masque. Oh ! celui-là, pâle comme un merlan, je veux dire un perruquier.

— Comment as-tu pu t'en rendre compte ?

— Eh ! C'est que je l'ai vu en culotte quand il est descendu à peine vêtu chercher une bouteille. Faut croire que la dame l'avait asséché.

Elle fut surprise du peu de succès de sa plaisanterie.

— À quelle heure ?

— Ah ! J' peux pas vous le dire sans craindre de me tromper. Il était minuit passé. Je peux pas oublier la scène. Ces messieurs sortaient. Le blanc-bec a sursauté en voyant l'un d'entre eux. Sans demander son reste, il est remonté comme s'il avait vu le diable.

Elle se signa.

— Tu pourrais le reconnaître, le monsieur qui sortait ?

— Oui, oui, il était près d'un flambeau. Il portait un bel habit rouge foncé. Lui, la lumière dans les yeux, n'a rien grinché à la chose.

— Puisqu'il en est ainsi, madame, nous allons vous priver de... de... ?

— Colette, dit la servante.

— ... de Colette, pour une couple d'heures. C'est un témoin capital dans une affaire criminelle.

— Monsieur !

— Nous vous remercions de votre aide si spontanée. Il va de soi que nous n'oublierons pas ce service. Vous non plus, songez à M. Minaud, nul doute que le magistrat apprécierait votre ingérence dans ses bureaux !

Ils retrouvèrent leur voiture qui, ayant fait un grand détour, patrouillait dans la rue, le cocher ne sachant devant quelle maison les attendre. Ils gagnèrent sans encombre le Grand Châtelet où, dans la basse-geôle, Colette reconnut, dans le cadavre présenté, l'homme de l'assemblée, avant de s'évanouir en poussant un grand cri. Une nouvelle fois, le cordial du Père Jean prouva son efficacité.

VIII

APPARENCES

Dans le bureau des inspecteurs, Nicolas feuilletait
distraitement le registre de permanence sur lequel étaient
recueillis les événements quotidiens rapportés par les
commissaires, les mouches et les postes de garde de la
capitale. Son visage se fronçait quand un détail ou un nom
retenait son attention. Soudain, il referma violemment le
volume, faisant sursauter Bourdeau qui fumait placide-
ment sa pipe.

— Rien ne sert d'attendre, cela suffit ! Rabouine vient
de nous dire que le chaud de l'affaire est passé. De fait,
la marée recule toujours quand enfin on décide de la
contenir !

— C'est que Turgot, de retour de Versailles, paraît
avoir repris les choses en main. Nos gens sont relancés
pour arrêter les séditieux.

— Sans doute avec la prudence accoutumée : s'abstenir du flagrant délit pour éviter les réactions brutales.

— Comme c'est l'usage, à la sourdine ! Les mouches repèrent les suspects pour les arrêter quand ils se scindent ou rentrent chez eux ! Le dernier bruit rapporte que les mousquetaires à cheval donneront pour nettoyer les rues et disperser ce qui reste de foule. Le contrôleur général n'a pas eu la tâche aisée ; le maréchal duc de Biron, capitaine des gardes, ne voulait pas s'en laisser conter. Il a même fallu produire les ordres autographes du roi pour l'amener à résipiscence !

Nicolas n'écoutait déjà plus, la tête ailleurs. Il se demandait, sans en faire part à l'inspecteur, où pouvait bien se trouver le chevalier de Lastire que Sartine lui avait si cavalièrement imposé. Les mouvements du peuple l'avaient-ils éloigné ou les suivait-il, ayant pour mission peut-être d'en rendre compte. Il avait pourtant paru bien sceptique sur l'éventualité de troubles. Cette courte réflexion lui en imposa une plus intrigante. Le supposé assassinat qu'il tentait d'élucider semblait relié par des raisons mystérieuses aux événements du royaume dont tout laissait à penser qu'ils relevaient d'une trame souterraine conduite de longue main. Il se leva.

— Pierre, je vole sur-le-champ rue du Poirier enquêter sur cet Hénéfiance. Je veux en avoir le cœur net. Notre affaire, j'en suis convaincu, touche de près, d'une manière ou d'une autre, les assemblées chez la Gourdan. Je vais pousser cet Henéfiance dans ses retranchements avant que tout ce beau monde se rembuche [1]. Cela permettra de mieux comprendre ce que nous recherchons. Pendant ce temps, renseignez-vous sur le notaire de Mourut. Souvenez-vous de ce que la Babine a suggéré. On se retrouvera ici, le premier revenu attendra l'autre.

La voiture du commissaire suivit un itinéraire tortueux pour rejoindre la rue du Poirier. Au sortir du Grand

Châtelet, elle enfila les rues Saint-Jacques-la-Boucherie et des Arcis pour gagner la rue du cloître Saint-Merry. Ce trajet lui permit de constater que des foyers d'agitation subsistaient ici ou là, mais que l'incendie était désormais sporadique. La police reparaissait ouvertement avec, en renfort, les mousquetaires. La ville portait cependant les cicatrices du coup de sang populaire ; nombre de boutiques, en sus des boulangeries, présentaient des vitrines et des portes enfoncées. D'évidence le pillage s'était donné libre cours, favorisé par la carence du pouvoir.

Il emprunta la rue Taillepain pour suivre la rue Brisemiche et aboutir enfin rue du Poirier. Celle-ci, étroite, puante et boueuse, avait conservé son aspect ancien. Sartine, grand connaisseur de Paris, lui avait un jour expliqué les raisons des noms en relation avec le pain : c'était une allusion à l'ancienne boulangerie du cloître Saint-Merry et des miches qu'on y taillait pour les chanoines. Elle était aussi réputée comme un mauvais lieu : de toute éternité, on pouvait y croiser les classes les plus basses de la prostitution, marcheuses décrépites échappées de l'hôpital et raccrocheuses des rues et des barrières. Descendu de sa voiture, il fit quelques pas, considérant avec curiosité de vieilles bâtisses à colombages qui lui rappelèrent les maisons d'Auray, chez lui en Bretagne. On y voyait encore un crochet pour la chaîne de fer qui fermait la rue plusieurs siècles auparavant.

Un remugle âcre et désagréable le saisit à la gorge. Il aperçut, à quelques pas de lui, une étrange construction, une sorte de boîte, une petite maison en vieilles planches mal équarries avec un toit cloué en pente douce. Le tout s'adossait à un mur aveugle et se trouvait soutenu à droite par le tronc noueux d'une vigne vierge qui élevait ses branches encore dénudées vers le ciel. Sur le toit de cet intrigant appareil on pouvait distinguer un vieux chien pelé dormant, la tête sur une grosse pierre plate qui confortait la solidité de l'ensemble. Un auvent articulé s'ouvrait comme un piège. Installé sur une vieille peau de mouton, un cul-de-jatte âgé se penchait sur sa tâche. Derrière lui, des guirlandes de vieux souliers suspendus indiquaient son état de savetier. Nicolas l'aborda poliment.

— Bonsoir, l'ami ! Dans le grand désordre d'aujourd'hui votre rue est bien calme.

L'artisan le toisa, évaluant ce qu'il pouvait attendre de ce beau cavalier. L'examen fut sans doute concluant car après avoir craché les semences qu'il avait en bouche, il décocha à Nicolas un sourire édenté.

— C'est qu'il n'y a rien à grigner dans cette pauvre rue. Faudrait que ces braillards, que j'ai vus passer ce matin, apprennent la patience. Je jurerais bien, mais sur mon alèse et mon trépied, que tout ça c'est millet pour les jocrisses et qu'ils n'auraient pas une bonne remonture pour autant. V'là-t-y pas que je m'intéresse de jaser, c'qui n'avance point mes semelles, aussi vrai que je m'appelle Jacques Nivernais, pour vous servir. Si vos souliers sont déchus, ce qui ne paraît point, v'là l'ouvrier pour y remédier.

Il saisit un escarpin et se mit en mesure d'en polir le talon avec un morceau de bois.

— Cela sert à quoi ? reprit Nicolas.

— Ma foué, c'est en bois, un bon morceau de buis très dur et très lisse que je frotte et refrotte sur le cuir du talon pour le rendre brillant. Croyez qu'il y faut aller, un escarpin ne se tourne pas tout seul !

— Voyez-vous, je suis curieux des vieilles rues gothiques. Depuis quand êtes-vous installé ici ?

— Depuis mon retour du siège de Prague avec M. Chevert.

Nicolas ôta son tricorne et salua.

— Un grand soldat, mon ami.

— Savait parler à la troupe. C'était un petit devenu grand… C'est à lui que je dois une queue de pécule qui m'a permis d'ouvrir cette échoppe. Aussi, je ne manque jamais de me faire rouler…

Il désigna, en soulevant la peau de mouton, une caisse avec quatre roulettes et une sorte de timon. Il remarqua l'air intrigué du commissaire.

— C'est Fritz, mon chien, qui la tire. Oui, je me fais rouler à Saint-Eustache pour saluer sa tombe et la belle inscription que j'me suis fait lire.

— Mon ami, dit Nicolas ému, rue Montmartre, la troisième maison après l'impasse, demandez Catherine Gauss de la part de Nicolas. Il y aura toujours un bol de soupe, du pain et du bouilli pour vous.

L'homme, touché, grommela en tirant sur sa moustache.

— C'est pas toujours qu'on cause comme cela à un vieux soldat. Si je savais ce que vous cherchez, j'soyons votre homme pour vous aider.

— Oh ! répondit Nicolas distraitement, j'ai quelques curiosités à satisfaire. Il me faudrait quelqu'un qui connaisse la rue depuis longtemps.

— Vous l'avez trouvé ! Longtemps malade en Bohême, c'est en 1747 que j'ai posé mon sac ici. Depuis j'en ai pas bougé. J'y loge, j'y travaille. Monsieur, tendez vos bottes, je vais les faire reluire un peu tout en causant.

Il claqua la langue.

— Elles en valent la peine.

Nicolas se laissa faire et tendit une jambe. L'homme déposa une pâte brune et visqueuse.

— Connaîtriez-vous par hasard un marchand de grains appelé Hénéfiance, par ici ?

— Hénéfiance… Hénéfiance ? Attendez, ce nom me dit quelque chose. Mais oui ! Un peu plus bas, après le

retrait du vieux mur, vous trouverez une maison abandonnée depuis longtemps. Oh ! Une vilaine histoire dont
on n'a su que des bribes. Le Hénéfiance père était fort
riche, une de ces sangsues qui sucent le sang du peuple et
trafiquent des grains avec des gens sans aveu. Lui mort, le
fils a repris le négoce. Peu après il a été arrêté sans qu'on
sache ni pourquoi, ni comment. Un jour, les exempts sont
venus et on a tout saisi. Il aurait été condamné aux galères.
Le bruit a couru qu'il s'en serait ensauvé. Pourquoi qu'ça
vous intéresse ?

Nicolas négligea la question.

— Et depuis, la demeure est abandonnée ?

— À vrai dire je n'en sais rien, j'n'avions point l'œil
dessus, mais s'il y avait eu mouvement, sûr que je l'aurais
remarqué aussitôt. Je suis une sorte de portier immobile
et, vu d'ici, rien ne m'échappe.

Les deux bottes ayant retrouvé un éclat inégalé, Nicolas
se leva du petit trépied où il se tenait. Il récompensa géné-
reusement le savetier qui lui promit de passer rue Montmartre. Il eut l'impression d'avoir gagné un ami, mais
aussi un observateur rue du Poirier qui ne manquerait pas
de lui signaler tout événement inhabituel. Un bienfait
n'était jamais perdu et l'on récoltait dans ce domaine
encore davantage lorsqu'on n'avait pas semé volontairement. Il avança dans la rue déserte à cette heure de la
journée. La maison Hénéfiance n'avait en vis-à-vis qu'un
vieil hôtel, lui aussi abandonné, à la façade aveugle et
lépreuse. Peu à peu les plus anciennes demeures du quartier étaient abattues en vue d'élever des maisons de
rapport de six ou huit étages parfois. Il y avait toujours
un entre-deux après le moment de la vente et avant
l'ouverture du chantier. La maison Hénéfiance présentait un mur de pierre ouvert en son milieu par une porte
cochère en bois, surmontée d'un chapiteau couvert de
mousse. Le mur rejoignait la muraille de l'habitation

proprement dite, à deux étages et aux fenêtres condamnées. Nicolas poussa la lourde porte sans succès ; une forte serrure en condamnait le mouvement. Il fouilla dans sa poche et en tira un crochet et une petite boîte contenant du suif. Il graissa le rossignol avant de l'introduire. Au bout de quelques secondes le pêne avait joué mais la porte ne s'ouvrait pas pour autant. Il décida d'en venir à un moyen plus violent et donna un puissant coup d'épaule. Il dut le redoubler pour qu'enfin elle cède et lui livre passage en grinçant sur ses gonds. Il entra, la repoussa et la referma soigneusement.

Devant lui s'étendait une cour mal empierrée ; l'herbe commençait à croître dans les interstices. À sa gauche, la maison avec son petit escalier conduisait à une entrée. À droite, et face à lui, des bâtiments, granges ou hangars. Il décida de procéder à une visite dans le détail. Son crochet lui permit d'entrer aisément dans la demeure. Il fit quelques pas prudents dans l'ombre d'une grande pièce qui lui parut constituer une sorte d'office. Il avança à nouveau et soudain le plancher céda sous son poids dans un craquement sec et une explosion de sciure et de poussière. Il avait jeté les deux mains en avant et put rattraper la partie solide. Ses jambes battaient le vide. Il finit par se rétablir de côté. Debout, il battit son briquet, arracha une feuille de son carnet noir et parvint à l'enflammer. Le vide créé donnait sur un caveau, puits d'ombre et d'objets indistincts. Il alluma derechef d'autres pages et finit par trouver des bouts de chandelles près d'un passage éventré. Il rejoignit l'antre béant pour examiner avec attention les planches qui venaient de céder. S'agenouillant, il vérifia les points de rupture. Il y passa le doigt, se pencha encore davantage et éprouva les fibres du bois. Il constata un mystère : le plancher, constitué de solides et épaisses planches de chêne nullement malandre [2] ni même piqueté par des vrillettes qu'on nommait à Guérande « *horlogères de la mort* » pour le bruit régulier qu'elles produisaient, n'aurait pas dû céder. D'ailleurs, à y bien regarder, les lattes avaient été bellement sciées, et fraîchement encore.

Son esprit se mit à travailler à toute vitesse. Si ce méfait était récent comme tout le laissait accroire, la maison, loin d'être délaissée depuis des années, recevait encore des visiteurs. Si un piège avait été tendu ? De nouveau les interrogations se bousculaient. Soit il s'agissait d'une précaution pour protéger le lieu des rôdeurs – mais qu'y avait-il à préserver dans ce théâtre de ruines ? –, soit quelqu'un avait pressenti sa visite, l'avait précédé et avait scié le plancher. Dans le premier cas, une objection se présenta aussitôt : le piège n'avait pas été préparé de longue main, mais tout récemment, il connaissait suffisamment le bois pour en être assuré sans risque de méprise. Dans la seconde hypothèse, voulait-on faire périr le visiteur qui viendrait à y poser le pied ? Il se pencha vers le trou ; le sol n'était pas très lointain. Il y avait chances égales d'en sortir, sauf à s'estropier ou même à se tuer si la tête portait en avant et donnait sur le pavé. Il se pouvait qu'on fût devant le moyen le meilleur de ne pas attirer l'attention sur la cave. Y faire choir le visiteur non désiré dans la maison Hénéfiance, c'était lui signifier qu'elle ne renfermait aucun indice intrigant. Il tenta de calmer l'excitation de son raisonnement, convaincu de n'aboutir à rien de dûment argumenté lorsque la presse et l'émotion précipitaient les idées.

Quel qu'ait été le dessein caché de l'instigateur de ce piège, il en serait pour sa peine. Nicolas était indemne et il ne manquerait pas de visiter la cave. Il poursuivit prudemment sa visite, ne rencontrant que pièces décrépies et vides. Le mobilier avait sans doute été saisi lors de la condamnation aux galères d'Hénéfiance. La partie d'habitation ne lui apportait rien d'utilisable, il fallait passer aux communs. Il commença par le hangar qui faisait face à la maison. Au fur et à mesure qu'il s'en approchait, parvenaient à ses oreilles des bruits furtifs, précipités, suivis de silences prolongés. Aux aguets, il s'immobilisa, comme à la chasse. D'évidence des mouvements proches se multipliaient. Il passa la main sur l'aile de son tricorne où se trouvait logé un pistolet miniature, présent de Bourdeau, qui constituait l'ultime argument des situations difficiles. Il l'arma et, le doigt sur la détente, poussa le vantail du hangar, le cœur battant et la respiration bloquée. Un spectacle inattendu le pétrifia. Des dizaines de lapins, éblouis par le jour qui pénétrait soudain, le fixaient, oreilles dressées. Il se rendit compte que le sol était bouleversé de trous et de terriers comme dans une garenne. Un geste involontaire de son bras déclencha une panique générale. En un éclair les bestioles s'engouffrèrent dans leurs refuges souterrains. Il remarqua un tas de choux à moitié dévorés. Il sourit. Décidément l'énigme se compliquait. Une porte fermée et bloquée de longue date, et pourtant une présence humaine qui tendait des pièges et élevait des lapins ! Était-ce le même esprit malin derrière ces deux mystères ou se trouvait-on devant deux actions aux responsables distincts ? Il penchait pour la première proposition. Si un habitant du quartier Saint-Merry avait organisé un élevage, nul doute qu'au lieu de cette garenne improvisée il eût disposé des clapiers. Il se résuma : la maison était hantée par un ou des inconnus, qui souhaitaient laisser penser qu'elle était bel et bien à l'abandon, tendaient des chausse-trapes, élevaient des lapins à la diable, les nourrissaient de choux. Ce dernier détail le frappa. Après l'hiver que le royaume avait subi, acheter des choux relevait du luxe le plus effronté. Pourquoi dépensait-on tant d'écus pour une aussi banale industrie ? Il observa la terre retournée, espérant déceler sur le sol meuble quelques traces humaines. Il n'y releva que de curieuses traces qu'il ne s'expliquait pas. Il obliqua à main gauche où se trouvait un accès donnant sur une autre grange où rien ne retint son attention. Elle donnait, par une sorte de couloir entre deux murs de soutènement, dans une pièce faisant suite à la maison d'habitation.

La porte se révéla pleine et lourde. Il la crocheta et entra. Elle claqua en se refermant derrière lui. Il l'ouvrit à nouveau et constata qu'elle était légèrement déportée sur son axe et que ce déséquilibre était accentué par des morceaux de plomb cloués sur son pourtour. Il se perdit en conjectures sur le pourquoi de ce mystère. Peut-être afin d'éviter que la gent lapine ne se répande dans la pièce. Pourtant elle ne possédait aucune issue. En comparaison avec les autres chambres, l'endroit paraissait moins dégradé. Lambrissée de planches de pin, elle était pourvue d'une cheminée avec un brasero qui avait servi peu de temps auparavant. Une émanation pénétrante lui chatouilla les narines. Il éleva son bout de chandelle pour examiner de plus près les murs de la pièce. Face à la porte, il trouva l'explication de cette odeur étrange : sur le lambris apparaissait, brillante à la lumière, une grande lettre majuscule représentant un K noir charbon sur lequel était tiré un trait et un I de couleur verte. Il tendit un doigt ; la peinture était encore fraîche ! Quelqu'un était passé très récemment, le même sans doute qu'évoqué précédemment, pour tracer ces signes énigmatiques. Il fallait élucider la manière de s'introduire dans la maison et, pour cela, il devait revisiter le tout. Il allait se retourner quand il observa sur le sol des pelotes qui le ramenèrent vingt-cinq ans en arrière.

Parfois, enfant, il demeurait coucher au château de Ranreuil chez son parrain, dans une chambre perdue en haut d'une des tours. Plusieurs fois, terrorisé, au petit matin, il avait entendu un pas lourd marteler le plancher du grenier au-dessus de lui. Ce bruit irrégulier faisait croire à la présence d'un être chancelant et piétinant, puis le silence s'installait, encore plus accablant que les précédentes manifestations. Fine, sa nourrice, à laquelle il avait eu la mauvaise idée de confier sa terreur, l'avait persuadé qu'un revenant errait sous les combles du château.

— *Doue da bardon an Kraon !* s'était-elle écriée. Dieu pardonne au défunt !

Puis, après avoir vérifié que le chanoine Le Floch n'était pas dans les parages, elle suggéra à l'enfant, dans le cas où la chose se reproduirait, de prononcer neuf fois sans reprendre souffle une formule de sauvegarde, « *Mar bez Satan, ra'z i pell en an Doue* ». « Va-t'en au nom de Dieu si tu es le diable. » Le marquis, informé on ne savait trop par qui, s'était fâché et, un matin, avait pris par la main son filleul. Ils étaient montés au grenier et, alors que l'aube pointait, une forme sombre avait surgi à l'une des meurtrières, elle avait sauté sur le sol. Empêché de crier, Nicolas avait ouvert les yeux et reconnut un grand-duc qui déambulait gravement avant de remettre de l'ordre dans une accumulation de branchages, d'ossements et de pelotes de poils. La leçon n'avait pas été oubliée. À compter de ce jour, l'enfant se persuada de ne point juger sur les seules apparences. Son père appartenait à cette classe d'heureux sceptiques pour lesquels s'imposait une seule critique ; elle résultait de l'examen individuel fondé sur la raison. Il redoutait plus que tout les esprits faux prêts à recevoir sans l'analyser n'importe quoi. Citant l'ermite de Ferney[3], il n'entendait pas que « *pour faire sa cour à l'être suprême* » il faille en venir à chanter, se fouetter, se macérer, courir tout nu, jeûner et mille autres extravagances. La raison, pour lui, se devait de repousser les préjugés, obstacles au progrès. Lui seul détenait le vrai, expliquait-il à Nicolas, avec un air de hauteur amusée. Cet ensemble de qualités faisait l'honnête homme. Il respectait les dogmes habituels de la religion pour autant qu'ils rejoignissent les croyances les plus universelles. Il subsistait de cette influence que Nicolas, dont la foi simple était inébranlable et participait de la fidélité à lui-même, n'en demeurait pas moins un esprit de son siècle, sachant dépasser les apparences. Que cela pût engendrer des contradictions, il le savait et en tenait compte.

Le problème était que si les pelotes étaient celles d'un oiseau de nuit, d'ailleurs nombreux dans la ville, pourquoi les trouvait-on dans cette pièce fermée ? Il examina le tuyau de la cheminée. Peut-être le volatile nichait-il sur le toit et les pelotes tombaient-elles par le conduit. Peu satisfait, il s'en tint à cette piètre explication. Ainsi des indices isolés se multipliaient qui posaient des questions malaisées à résoudre. Il eut beau refaire le tour de la maison de la cave au grenier, il n'aboutit à rien. Une exhalaison persistante, presque sucrée, planait çà et là, qu'il ne réussissait pas à définir, mais qui lui était cependant familière. Où pouvait-il bien l'avoir rencontrée ? Il finit par abandonner, referma la maison et décida de la placer au plus vite sous la surveillance d'un réseau de mouches.

Il reprit sa voiture et rallia le Grand Châtelet. Sur le chemin, il croisa quelques détachements de mousquetaires à cheval. Tout rentrait dans l'ordre et des arrestations étaient opérées. Le jour s'effaçait dans une ville silencieuse, comme frappée de stupeur après les événements de la journée. Il gravit quatre à quatre les degrés du grand escalier et soupira d'aise en constatant que Bourdeau était déjà là. Il lui décrivit aussitôt sa visite rue du Poirier. Son récit laissa l'inspecteur perplexe.

— On se paye notre tête, dit-il. M'est avis que quelqu'un cherche à égarer l'enquête.

— Voire ! Il se pourrait que cette mise en scène tellement hors de sens serve de trompe-l'œil et joue sur notre incompréhension. Elle vise soit à nous attirer, soit à nous repousser de la maison Hénéfiance. J'ai déjà un œil, malheureusement sans jambe, sur place…

Bourdeau s'esclaffa.

— Vous entassez l'énigme sur le mystère !

— Ce n'est rien d'autre qu'un vieux soldat cul-de-jatte qui tient l'échoppe de savetier à quelques toises de ladite maison.

— Et que vous avez séduit et enrôlé ?

— Cher Pierre, il suffit de savoir écouter. Il faut dès maintenant envoyer deux mouches qui se relayeront nuit et jour jusqu'à nouvel ordre.

Il crayonna sur un bout de papier le plan de la rue et la situation du logis Hénéfiance.

— Et vous, *quid novi* ?

— La Babine m'a donné le nom du notaire de Mourut. Elle a bien fait quelques difficultés, arguant de sa fidélité et de sa discrétion, mais le mouvement vindicatif qui l'anime contre sa maîtresse et le Caminet l'ont emporté.

— Et donc ?

— Je me suis transporté chez maître Delamanche, rue des Prouvaires, au coin de la rue des Deux-Écus. Il m'a découvert sans barguigner des dessous qui devraient vous satisfaire. Imaginez que le boulanger soldait l'apprentissage de Caminet. En fait, il se payait lui-même. Mais cela n'est rien. Il pouvait faire cela pour le fils d'un ami sans se découvrir. Le testament qu'il a laissé institue héritier le seul Caminet, par ailleurs reconnu *de jure* dans ce document fils naturel de Mourut.

Nicolas demeura un moment silencieux comme pour mesurer toute l'étendue de cette révélation.

— Caminet le savait-il ?

— Nul n'en saurait jurer. Le notaire ne peut l'affirmer.

— Ne nous hâtons pas sur cette découverte. La révélation implique plusieurs enchaînements dont certains conduiraient à des contradictions. Si l'apprenti connaissait son origine, encore aurait-il fallu qu'il fût informé du contenu du testament, à savoir qu'il était l'unique hoir [4]. Si j'en juge par la mésalliance de Mme Mourut, elle est arrivée nue au mariage, sans dot ni *donatio propter nuptias*.

— Pitié ! s'écria Bourdeau. Moi, je n'ai pas été, comme certains, clerc de notaire à Rennes.

— Pardonnez-moi, Pierre. Je veux dire qu'il n'y a pas eu constitution de *préciput*, c'est-à-dire avantage stipulé dans le contrat de mariage à récupérer sur le partage de la succession.

— Et par conséquent ?

— Que la dame n'a rien à attendre et se trouvera à la rue, nue comme devant. Perspective dont je vous laisse à penser qu'elle devrait être insupportable à une personne aussi imbue de sa naissance.

— Mais le savait-elle ?

— C'est bien le hic ! On pourrait supposer que les deux avaient préparé de concert la mort du mari pour jouir en toute quiétude de son bien. Au fait, est-il de quelque importance ?

— Plus que cela ! Vous n'en avez pas idée, et en rien ajusté aux moyens supposés d'un maître artisan à Paris. Décidément, les énigmes s'accumulent autour de cette affaire et la maison Hénéfiance qui...

— Pas si vite ! Je vous arrête. Même s'il n'y a pas présomption, rien ne nous garantit le lien entre les deux affaires. Il y a seulement motif à interrogations, d'autant plus que si cet argent revient au godelureau, la dame est sauvée.

— Il y a une autre voie, reprit Bourdeau, matois. Peut-être qu'il a voulu tuer le mari dans l'espérance qu'elle hériterait. Si j'en crois ce qu'on raconte sur lui, il n'était pas d'un bois à demeurer longtemps au fournil. Il aurait

259

vite dilapidé la fortune. Ce sigisbée est bien jeune et la dame déjà sur le retour…

— C'est dire l'urgence d'interroger à nouveau la dame Mourut. J'en avais l'intention. J'y cours de ce pas. On se retrouve ici pour organiser la tranchée.

Bourdeau sourit de ce vocabulaire belliqueux. Ce n'était point celui des études poussiéreuses des notaires de Rennes, mais celui du marquis de Ranreuil, homme de guerre, père du commissaire.

Dans sa voiture, Nicolas s'interrogeait sur cette lutte ininterrompue contre le crime qui le tenait en haleine depuis tant d'années. Le service du roi l'entraînait dans des missions qui s'enchaînaient les unes aux autres quand elles ne s'engendraient pas de cette succession d'événements. Une fragile coque de noix se laissant porter. Jamais de routine, nul repos et bien d'autres conséquences. Il songea à Louis, heureusement retrouvé, mais dont les années d'enfance lui échappaient. Il ferma les yeux pour voir le visage d'Aimée d'Arranet. Où se trouvait-elle ? Devait-il lui écrire ? Le message la toucherait-elle ? Un « à quoi bon » moral retentit. En lui le sentiment prévalait soudain d'un abandon au destin. Il n'en maîtrisait pas les détours, le choix ne dépendait pas de lui. Il fallait charger le bonheur ou le malheur de chaque jour. Il se replongea dans le souci du moment, réfléchissant à la meilleure manière de s'y prendre avec Mme Mourut. À son entrée elle leva vers lui un regard courroucé. Il la trouva pâle, vêtue de percale noire, non fardée, accusant son âge.

— Monsieur, devrai-je encore longtemps me tenir confinée dans ma propre demeure ?

— Cela ne dépend que de vous. Si j'augure bien de votre sincérité, cette contrainte sera aussitôt levée. Dans le cas contraire… Je vous conseille donc de vous y soumettre et de répondre aux questions que je vais vous poser.

Elle le fixait, cherchant d'évidence à discerner quelque sens caché dans ses paroles.

— Madame, je déploie jeu ouvert sur la table et vous montre mes atouts. Jugez de ma force. Je sais avec qui et où vous avez passé la nuit de dimanche à lundi. Je n'ignore même pas l'identité du jeune homme en question. Vous aviseriez-vous de me démentir et de nier l'évidence que j'appellerais aussitôt un témoin qui attend dans ma voiture, enveloppé dans son fichu.

Il avait maintes fois observé que l'abondance dans le menu détail renforçait toujours l'impact d'un message orienté.

Elle haussa les épaules.

— Et quand cela serait ?

— Je vous arrête sur-le-champ, vous conduis au Châtelet et vous présente au lieutenant criminel.

— Et pour quels motifs, monsieur ?

— Présomption d'assassinat de maître Mourut, votre époux.

— Monsieur, la dernière fois que je l'ai vu, il était vivant et marchait d'un bon pas.

— En mangeant son bouilli, sans doute ?

Le coup porta, elle croisa les bras et se vanta.

— Quelqu'un m'a dit l'avoir vu sur ses deux pieds.

— Qui cela, madame ? M'est avis que vous changez de mensonge.

— Je ne le dirai pas, je le sais. C'est tout.

— C'est insuffisant. Ne serait-ce point Denis, Denis Caminet, votre jeune amant qui descendit quérir une bouteille et tomba sur un groupe d'hommes parmi lesquels il reconnut son patron ?

Elle eut un petit rire aigu.

— Vous ne pouvez pas comprendre.

— Détrompez-vous, je reconstitue très bien ce qui est advenu. Vous n'étiez pas née pour être boulangère. Vous avez dû vous y faire. Un jeune homme a paru, il vous a souri, vous a plu. Vous avez résisté, puis cédé. Il n'y a rien là que de très banal, même si la morale n'y trouve pas son compte. Seulement il faut éviter de tuer le mari, c'est un geste de trop. Sans compter que fréquenter la maison d'une Gourdan ! Enfin, madame, la pudeur... la...

— De qui me parlez-vous donc ? Je ne connais pas cette femme.

Il eut le sentiment qu'elle disait la vérité.

— Pour vous, qu'était-ce que le lieu où vous retrouviez Caminet ?

— Une auberge, monsieur. Assez bien tenue, d'ailleurs.

— Il faut donc vous éclairer. Il s'agit d'une maison galante et la Gourdan en est la maîtresse, la première maquerelle de Paris, pour tout vous dire.

Elle se mit à sangloter.

— Monsieur le commissaire, Denis n'a pas tué mon mari. Je vais tout vous dire. Quand il est descendu, il a pensé que M. Mourut avait pu le reconnaître. Il est remonté affolé. Comme rien ne se passait, il s'est un peu rassuré. Il a décidé de quitter la rue Montmartre où la tâche ne lui convenait pas, il trouverait bien un moyen de s'en sortir à Paris et dès que les choses iraient mieux, il me ferait signe. Je lui ai donné les bijoux que je portais ce jour-là pour voir venir. Nous avons attendu...

Il lui tendit un mouchoir.

— ... Il a décidé de sortir par la porte de la rue des Deux-Ponts-Saint-Sauveur tandis que je disparaîtrais par les arrières. J'ai couru, trouvé un fiacre et suis rentrée à Montmartre.

— Et depuis, pas de nouvelles ?

— Comment voulez-vous ? Enfermée et empêchée que je suis, avec vos sbires à ma porte !

— Il importe au plus haut point que nous le retrouvions. Son absence ne peut que nourrir le soupçon.

Il réfléchit un moment et prolongea volontairement le temps de ce répit.

— Madame, je vais vous rendre votre liberté. À une condition : que vous me teniez informé du moindre signe de Caminet. S'il se manifeste, faites-moi avertir. Sommes-nous d'accord ?

— Je le ferai, monsieur le commissaire.

Il la quitta pour aller rejoindre la Babine. Elle se révéla incapable de lui préciser l'heure exacte du retour de sa maîtresse, n'étant elle-même rentrée au logis qu'au petit matin. Il se dit qu'elle devait être sincère, compte tenu de son animosité contre la boulangère. Il lui annonça qu'elle était libre de ses mouvements, sauf de quitter la ville. Il se retrouva dans la rue, soudain submergé de fatigue. Faire une pause à l'hôtel de Noblecourt s'imposait comme une tentation si forte qu'il dut se reprendre ; il s'engouffra dans sa voiture pour ne s'y point abandonner.

Au Grand Châtelet, une surprise l'attendait. Semacgus, qui avait passé la journée au Jardin du Roi afin de comparer ses croquis de Vienne avec les collections d'herbiers de l'institution, était arrivé avide d'informations après les événements de la journée. Il avait trouvé Bourdeau et ils devisaient sur la conjoncture en attendant Nicolas. Il leur fit un compte rendu rapide de sa visite à Montmartre.

— Comment était la dame ? demanda l'inspecteur.

— Mme Mourut parle bien, se tait encore mieux, dispute volontiers et quelquefois ne manque pas d'aller à la botte [5].

— Quel beau résumé de femme, nota Semacgus en riant.

— Le croyez-vous véridique ? dit Bourdeau perplexe.

— À tout prendre, cet interrogatoire me paraît dans ses conclusions approcher la vérité. Subsiste sans doute une part d'ombre. C'est un ouvrage brut sans les ornements. J'ignore si elle sait réellement ce qui s'est passé après que son coquin l'a laissée. Je note que sortant par la porte donnant sur la rue des Deux-Ponts, il ne pouvait ignorer le risque de tomber sur Mourut… Et ce dernier, s'il avait reconnu son apprenti – en réalité son fils naturel –, aurait sans doute voulu l'attendre. Beaucoup de « si » et de doute…

— Maître Mourut, dit Bourdeau, a péri dans son fournil. Peut-on imaginer une longue conversation, un retour rue Montmartre et un empoisonnement, puisque telle est la thèse des sommités de la faculté ?

Semacgus intervint.

— L'empoisonnement tel que nous le concevons a pu être perpétré dans la rue. Est-ce pensable ? Tout cela, en raison, ne me paraît pas tenir la route. Cela signifierait beaucoup de préparation, une véritable préméditation ; or tout suggère que Caminet a été surpris par la présence de son maître chez la Gourdan. Ainsi, rien ne nous permet d'affirmer quoi que ce soit en l'état.

— Guillaume parle d'or, rebondit Nicolas. Il y aurait dans le cas contraire un ordre de logique peu courant dans ce type de drame et ses confusions. Fixons pour le moment notre épure. Caminet sort de chez la Gourdan. Il tombe sur Mourut. De fait, ce dernier n'est pas censé savoir que le jeune homme sort des bras de sa femme. Nous présumons une rencontre. Si elle a eu lieu, que se passe-t-il ? Sinon…

— Sinon, scène trois de l'acte cinq, observa Semacgus. Nous n'en connaissons pas le déroulement.

Nicolas se taisait et réfléchissait. Il manquait en effet des pièces à ce carton découpé. Les éléments s'emboîtaient trop aisément les uns dans les autres quel que soit le terme de l'alternative choisi… Certes, on pouvait forcer la démonstration, mais sa force de conviction échappait et pâlissait l'éclat de l'évidence.

Semacgus s'était penché vers les jambes de Nicolas, les deux mains aux genoux.

— De vieilles douleurs, Guillaume ? J'ignorais que le temps du bâton arrivait.

— Point du tout, railleur. Quoi qu'il m'en coûte parfois de me tenir debout trop longtemps. J'admirais le brillant de vos bottes et…

— Quelle étrange admiration ! J'ai la fierté de vous dévoiler que c'est un glorieux soldat de Chevert qui, par amitié pour votre serviteur, les fit reluire et briller de cet incomparable éclat à un point tel qu'il suscite votre éblouissement.

Semacgus, en soufflant un peu, s'était agenouillé et saisissait le cou-de-pied de la botte droite du commissaire. Il chaussa ses bésicles dont, par coquetterie, il usait avec parcimonie.

— La chose est grave, goguenarda Bourdeau, notre homme sort ses lentilles !

— Riez, dit Semacgus. C'est affaire de botaniste. Vous verrez, à mon âge, ou plutôt vous ne verrez plus. En fait je distingue bien de loin.

Il se tut et recueillit une petite particule qui ressemblait à un morceau d'ongle.

— Le travail n'est pas parfait ? De la boue subsiste ?

Semacgus ne répondait pas et examinait sa trouvaille avec la plus extrême attention.

— Parlera-t-il ? hurla Bourdeau en joie, ou lui faudra-t-il arracher les mots de la bouche. Allons quérir Sanson !

— Je m'enfonce dans la circonstance sans réussir à sortir de l'embarras où je suis.

— Ciel, poursuivit l'inspecteur, M. de Noblecourt fait école décidément et Semacgus sur son trépied vaticine !

— Moquez-vous, nous en reparlerons, avertit l'intéressé en déposant précautionneusement le petit vestige au creux d'un immense mouchoir dont il noua les quatre coins avant de l'enfouir au plus profond d'une poche de son habit.

— Juste une question, Nicolas, avant de me laisser les coudées franches pour éclaircir ce point. Votre soldat a-t-il vraiment décrotté vos bottes ?

— Avec le soin et l'amour du travail bien fait les plus extrêmes. Il a brossé, raclé, graissé, fourbi et fait reluire et rebrossé pour finir. Je dis fourbi pour les éperons.

— Ensuite, ainsi que me l'a conté Bourdeau, vous avez fouillé la maison Hénéfiance.

— En effet, après quelques pas dans la rue.

— Merci, c'est tout ce que je voulais savoir. Je ne vous en conterai pas plus aujourd'hui.

— Le voilà bien ménager de sa parole !

— Bon, reprit Nicolas. Messieurs, un peu de sérieux. Je crois qu'il convient d'interroger nos deux mitrons. J'espère que leur mise au secret aura mortifié leur résistance. Je demeure persuadé qu'ils en savent plus long qu'ils ne veulent l'avouer.

Bourdeau consulta sa montre.

— Allons les visiter et ensuite vous serez mes hôtes dans notre taverne habituelle.

Semacgus le premier acquiesça avec empressement. Nicolas songea que son fils l'attendait. Cependant la soirée avançait et il rentrerait fort tard même en refusant la proposition de l'inspecteur. En outre il lui faudrait faire le point après l'interrogatoire. Louis devait être épuisé et s'endormirait de bonne heure. Ils descendirent pour passer dans la partie de la vieille forteresse qui faisait office de prison.

— Commençons par le plus tendre, proposa Bourdeau.

Il ordonna au geôlier de lui donner une lanterne et de les faire mener aux cellules par l'un de ses guichetiers. La nuit était tombée et la prison plongée dans l'obscurité la plus totale. Le guichetier les précéda, faisant sonner son trousseau contre la muraille. Il ricanait à haute voix, s'étonnant que ces deux faquins bénéficient du régime *à la pistole*. Il fallait être fou pour jeter ainsi l'argent par les fenêtres, au moment même où le prix du pain ne faisait que croître. Le commissaire lui intima sèchement de se taire et de les mener sans commentaires aux cellules. L'homme n'en eut cure et commença à faire les comptes.

— Oh ! Je sais, c'est facile quand on a des protecteurs... Deux jours déjà qu'ils sont là. Une chambre avec lit, cela fait déjà cinq sols par jour, soit dix sols. Et croiriez-vous cela, les draps sont changés toutes les trois semaines ? Pour la pension en nourriture, faudra bien compter une livre et quatre sols par jour. C'est malheureux de penser qu'un manœuvre gagne à peine une livre par jour ouvrable. Il y a des chanceux, on voudrait être à leur place.

— Si tu ne te tais pas, cria Bourdeau, c'est ta place que tu vas perdre. Et ne t'avise pas de les maltraiter, nous le saurions sur-le-champ.

L'homme grommela et se tut. Ils étaient parvenus devant la porte massive d'une cellule du rez-de-chaussée. La clef tourna en raclant dans la serrure. Le guichetier la poussa d'un coup de pied. Il fit un pas en avant et éleva sa lanterne. Un rayon de lumière dansante éclaira le vide et finit par se fixer sur le lit. Tout d'abord, ils ne virent rien, sinon une forme indistincte, clapie immobile sous des draps. Les narines de Nicolas étaient intriguées par une odeur désagréable qu'il connaissait bien, à la fois fade et métallique. Une sueur froide le saisit par tout le corps ; il se passait quelque chose de terrible, il le pressentait. C'était dans un cachot proche qu'un vieux soldat s'était pendu. Quel que soit l'horrible crime dont il fût coupable, l'homme demeurait comme un remords dans la mémoire de Nicolas. Un silence inquiet dominait le groupe attentif. On entendait seulement les respirations.

— Le petit bougre dort déjà, dit le guichetier hésitant.

Semacgus jeta un regard vers Nicolas qui comprit aussitôt que son inquiétude était partagée.

— Que chacun recule, ordonna-t-il. Le docteur Semacgus réveillera le témoin.

Le chirurgien s'approcha de l'étroite couchette. Avec des gestes délicats il tira la couverture qui glissa sans résistance entre sa main. Nicolas approcha la lanterne. Le drap tomba et découvrit un pitoyable spectacle. Replié en boule et apparemment sans vie, le corps de Friope gisait sur la couche pleine de sang. Semacgus s'empara d'un poignet fragile et sortit un petit miroir de sa poche, le présentant devant la bouche du jeune homme. Cet instant sembla un siècle à Nicolas qui ne voyait que le vaste dos du chirurgien qui, maintenant, s'affairait. Il jeta derrière lui d'étroites bandes de tissus ensanglantés. Sa voix grave s'éleva.

— Guichetier, allez à l'instant quérir le médecin de quartier.

Ensuite, se retournant vers le commissaire, il hocha la tête, son large visage empreint d'une espèce de compassion.

— Nicolas, votre témoin est sauf, encore que très affaibli…

— Il a tenté de se…

— Non, aucunement. Apprenez une étonnante nouvelle : votre mitron… Comment s'appelle-t-il au fait, celui-là ?

— Friope, Anne Friope.

— Anne ! Tout s'explique.

— Guillaume, vos propos sont de plus en plus confus.

— Je tiens que votre mitron n'est pas un garçon, mais bien une fille, oui, une fille !

— Une fille ?

— Et fort bien constituée ! Si bien qu'elle était grosse de deux ou trois mois. Elle a fait une fausse couche dont j'espère qu'elle reviendra en dépit de tant de sang perdu. Bourdeau, pouvez-vous quérir de l'eau chaude, des bandages et de la charpie, un drap propre, une couverture plus chaude que ce méchant droguet élimé ?

— Cela explique bien des choses, constata Nicolas, et les complique derechef.

Un bruit se fit entendre. Un homme entra dans la cellule, conduit par le guichetier qui, émoustillé par l'événement, tenta d'approcher pour se repaître du spectacle ; il fut repoussé par le commissaire. Levant les yeux sur le nouveau venu, il reconnut le fin visage aux yeux noirs tendres et ironiques du docteur de Gévigland [6].

— Monsieur, quelle surprise de vous revoir ici !

— Eh ! cher ami, s'exclama le docteur, vous connaissez l'objet de mes recherches. J'ai obtenu d'être médecin du roi au Châtelet en surnuméraire de MM. de La Rivière et Le Clerc, titulaires. Ils me laissent volontiers en prendre plus qu'à mon tour, ce pourquoi vous me voyez ici ce soir.

— Vous connaissez déjà l'inspecteur Bourdeau. Je vous présente un ami, le docteur Guillaume Semacgus, chirurgien de marine. Nous abusons de sa grande expérience lors de nos enquêtes.

— Docteur est de trop, dit Semacgus. Je ne voudrais pas justifier un mauvais jugement sur le corps auquel j'ai appartenu.

— J'ai pour lui la plus grande estime. Seriez-vous par hasard le connaisseur des plantes des terres chaudes, botaniste réputé dont M. de Jussieu chante les mérites ?

— Serviteur, monsieur, c'est bien moi. Mais le temps nous presse. Il s'agit d'une fausse couche. En un mot, cette jeune femme se faisait passer pour un homme. Les seins comprimés étaient bandés et le reste à l'avenant.

Il ramassa les tissus qui avaient intrigué Nicolas. Un faible gémissement s'éleva. Nicolas et Bourdeau s'écartèrent pour laisser la prisonnière aux mains des praticiens. L'eau et les langes furent apportés par le geôlier, lui-même effaré de la nouvelle. Après un long moment, Semacgus et Gévigland reparurent.

— De nos observations mutuelles, il appert, dit Gévigland, que le prisonnier est de sexe féminin. Sa faible constitution, son jeune âge, et sans doute aussi la peur et le chagrin éprouvés du fait de son incarcération, ont conduit à cet accident. Pour garder son fruit, il eût fallu qu'elle ne se livrât à aucun exercice de force. Son travail à la boulangerie lui a été fatal. On doit maintenant la tenir en quiétude et tranquillité.

— Oui, poursuivit Semacgus. Aliments légers et liquides, gruau, panade et boissons délayantes. Ensuite, quelques verres de bon vin.

Nicolas allait parler, mais son ami prévint sa question.

— Hors de question pour l'instant de l'interroger. M. de Gévigland se propose de veiller la malade cette nuit pour éviter tout accès de fièvre concomitante qui mettrait sa vie en péril.

Restait à entendre Parnaux. Sa cellule se trouvait au détour de la galerie. Ils le surprirent assis sur sa couchette, la tête dans les mains. Il sursauta, effrayé de l'intrusion soudaine des trois hommes et leur jeta un regard angoissé. De fait, il tremblait, à coup sûr de froid, et peut-être d'appréhension de ce qui allait suivre.

— Mon ami, commença doucement Nicolas, je dois annoncer que l'enquête progresse, que nous sommes au fait d'informations qui laissent planer des doutes sérieux sur la sincérité de ton premier témoignage. Il en ressort que Friope et toi êtes soupçonnés de...

Le jeune homme se redressa comme affolé.

— Friope n'est pour rien dans tout cela. Moi, je n'ai rien sur la conscience. Je ne suis coupable de rien. J'ai juste suivi Caminet l'autre soir. Il faut me croire, monsieur Nicolas.

Il s'arrêta, accablé.

— Allons, voilà un bon mouvement dont il te sera tenu compte ! Essayons d'approfondir ton propos. Tu dis avoir suivi Caminet, à quelle heure ?

— Aux environs de la demie de huit heures de relevée. Il est sorti à pied. Je l'ai filé jusqu'à la rue des Deux-Ponts-Saint-Sauveur. Là il est entré dans une cour et a disparu. J'ai attendu. Une demi-heure après, un fiacre s'est arrêté au bout de la rue. Mme Mourut en est descendue et elle a suivi le même chemin que Caminet.

— Bien. As-tu remarqué d'autres visiteurs ?

— Plusieurs, isolés. Des officiers en goguette, puis un groupe d'hommes ont rejoint la maison en trois voitures. Ils sont entrés par la porte donnant sur la rue.

— As-tu reconnu quelqu'un parmi eux ?

— Non, les caisses me bouchaient la vue.

— Et tu as patienté davantage ?

— Oui, jusqu'à la demie d'après minuit.

— Comment peux-tu être aussi précis ? demanda Bourdeau.

— J'ai la vieille montre de mon père qu'on m'a retirée au greffe.

— Rassure-toi, on te la rendra, poursuivons.

— Le groupe d'hommes est ressorti. J'ai reconnu le maître parmi eux. Il n'est point monté dans une voiture. Il semblait hésiter.

— Maître Mourut ?

— Oui, lui-même. Il est demeuré un long moment seul, immobile. Oui, bien un quart d'heure avant la pluie... Enfin, quand elle a commencé à tomber, tout était achevé. Et alors, juste au moment où l'autre est apparu...

— Qui donc ?

— Le Caminet ! Une violente dispute s'est élevée entre eux. Le maître a voulu l'entraîner, mais l'autre s'est défendu bec et ongles. À la fin de ce chamaillis, Caminet a chu et sa tête a porté sur une borne. Il ne bougeait plus et le maître se tenait la tête en gémissant. Il l'agitait de droite à gauche et de gauche à droite, comme s'il disait non. Alors un troisième homme est intervenu. Il paraissait connaître le maître. Il s'est penché sur le corps, s'est relevé et a pris Mourut par le bras. En dépit de sa résistance, ils sont partis ensemble. En voiture, j'ai entendu le roulement d'un fiacre. Moi, je suis rentré au logis. Friope n'en a rien su, il dormait, le pauvre. Je le lui ai caché.

— À quelle heure, tout cela ?

— Avant une heure, je crois.

— Voilà un récit bien circonstancié. Reste le principal. Tu n'as pas songé à porter secours à Caminet. Tu ne l'as pas approché ?

Il se mit à pleurer comme un enfant pris en faute.

— J'avais bien trop peur. Je craignais qu'on me mette tout ça sur le dos. Il y avait beaucoup de bonnes raisons de le faire. La preuve, c'est que je vois bien que vous êtes persuadé que j'y suis pour quelque chose.

— Admets qu'il y a quelques motifs dans ton histoire susceptibles de nous intriguer. Que signifiait ta conduite ? Dans quel but espionnais-tu Caminet ? Quel était ton dessein ?

Il les regarda les uns après les autres, se serrant entre ses propres bras comme s'il voulait préserver un secret enfermé.

— Il nous menaçait, Friope et moi…

Nicolas jugea qu'il devait l'aider.

— Tu nous dissimules toujours quelque chose, la cause première de tout cela. Il est de ton intérêt et de celui de Friope de nous faire confiance. Alors, toujours rien ? Dans ce cas, je vais te dire ce que la police du roi, celle qui n'écrase pas l'innocent, mais traque les coupables, serait en droit de penser.

Parnaux releva la tête et écoutait le commissaire avec une attention fiévreuse. Le piège tendu ne visait qu'à éprouver sa sincérité.

— Voilà ce que nous supposons : Friope et toi en vouliez à Caminet qui vous poursuivait de ses moqueries. Et pourquoi ces nasardes [7] jour après jour ? Soupçonnait-il dans la paire que vous formiez un de ces attachements honteux dont la notoriété vous eût menacés l'un et l'autre ? Alors, acculé et ne sachant plus à quel saint te vouer, tu as décidé d'agir. Tu savais que sa conduite excédait le maître. Tu as recueilli des rumeurs, des ragots. Tu as voulu en avoir le cœur net, réunir des preuves, opposer le chantage au chantage. N'est-ce point cela ?

— Oui, monsieur Nicolas, répondit Parnaux avec un empressement qui aurait trompé le plus endurci des records [8], mais dans lequel son interlocuteur ne discerna que du soulagement. J'avoue tout cela, j'avoue.

— Hélas, la valeur de tes chevaleresques aveux ne saurait, dans la présente situation, te valoir aucun privilège ni indulgence. Tu ne cesses de tromper la justice en cherchant à l'égarer sur l'essentiel. Qui est Friope ?

— Que voulez-vous dire ? C'est mon camarade.

— Que non pas ! Nous savons tous, ici, qu'Anne Friope est une fille et, qui plus est, grosse. Elle vient de perdre son fruit. Le vôtre, je présume ? Rassure-toi, ses jours ne sont pas en danger. Je suis navré de t'annoncer la nouvelle si brutalement, mais ton manque d'ouverture m'y contraint. Les trompeurs comme toi ont coutume de faire fonds sur la crédulité de ceux qu'ils abusent. C'est faire bon marché et tenir pour nulle la marche de la vérité.

Tête baissée, Parnaux pleurait, derechef.

— J'écoute tes explications.

— C'est vrai. Nous prenions beaucoup de précautions. Restait le moment où l'on passait les nippes de travail. Caminet, toujours en retard, est arrivé sans crier gare. Il a découvert ce que Friope était vraiment. Il nous a menacés, soit il la dénonçait, soit… soit…

— Soit ?

— … elle devait lui céder. Nous avons résisté aussi longtemps que faire se peut. Samedi dernier, il nous a donné un terme à respecter. C'est alors que, désespéré, j'ai décidé de le suivre. Tout cela, c'est la vérité vraie !

— Mais n'explique en rien pourquoi il avait fallu que Friope se déguisât en garçon.

— Nous nous étions rencontrés par hasard et nous n'avons trouvé que ce moyen pour rester ensemble. Le prénom a facilité les choses d'autant qu'Anne n'avait pas de contrat… Maître Mourut l'acceptait, cela lui faisait des frais en moins.

— Et des risques en plus ! dit Bourdeau. Il fallait qu'il fût bien en cour dans sa corporation pour se permettre de telles libertés !

— Nous ne faisions de mal à personne. Anne abattait sa tâche tout comme un autre et, par exemple, mieux que Caminet. Je peux la voir ?

— Plus tard. Sache qu'elle est entre de bonnes mains et qu'on veille sur elle. C'est tout ce que tu as à nous dire ?

— Aidez-nous, monsieur Nicolas !

— Je le voudrais. Que ne m'as-tu pas demandé conseil au préalable ! Enfin, nous verrons.

Après que le guichetier eut refermé la porte de la cellule, ils sortirent en silence de la prison. Bourdeau et Semacgus respectaient la réflexion de Nicolas qui s'arrêta un moment pour écrire dans son carnet noir. Ils gagnèrent aussitôt dans la nuit pluvieuse la taverne de la rue du Pied-de-Bœuf, toute proche. L'hôte les accueillit joyeusement et, sans les consulter, apporta un pichet de leur vin favori.

— *Pays*, demanda Bourdeau, que nous proposes-tu ce soir ?

— Hélas, avec la journée que nous avons eue, point de pratique, point de plats. Reste que je prépare une épaule de veau à l'étouffade pour la servir froide demain en sa gelée. Je consens à l'entamer pour vous bien chaude. Elle a cuit avec ses os, des bandes de lard, un peu de bouillon, du vinaigre à l'estragon, des carottes, des oignons piqués, épices en veux-tu, en voilà. Le poêlon luté a grésillé benoîtement dans le four du potager durant trois heures. Je réduis la sauce et je vous sers.

— Voilà un récit qui m'appète, dit Semacgus. Et en attendant ta réduction, qu'allons-nous suçailler ?

— Un plat que je me réservais et dont je vais me départir en votre honneur et en celui de mon *pays*, ce joyeux compagnon de « *la cave peincte* » de notre beau Chinon.

— Et ce plat, quel est-il ?

— Des laitances et des œufs de hareng, à ma manière.

— Bon, dit Nicolas, cette importante négociation conclue, j'attends votre conseil, comme le roi Arthur assis à sa table.

— Cela est singulier, remarqua Semacgus. Tout cuirassé par les ans que je suis, je vois dans la déposition de

Parnaux un plaidoyer soutenu avec simplicité par beaucoup d'arguments convaincants.

— Encore a-t-il fallu que Nicolas le pousse dans ses retranchements. Pour moi, sa sincérité était un peu trop par degrés.

— Bourdeau a raison, mais la peur est mauvaise conseillère. Nous le ressentons peut-être ainsi parce que nous connaissions, nous, les réponses aux questions posées. En fait, il lui importait surtout de préserver Friope. Pour le reste, ne nous coiffons pas tout de suite de l'idée qu'il a tenté de nous insinuer. De tous ces détails accumulés, la part essentielle demeure inconnue…

— Et, poursuivit Bourdeau, sur sa seule affirmation et sans qu'aucun autre témoin ne les recoupe, il nous faut avaler une querelle, une rixe, un troisième homme, une fuite, un corps sans vie. Et pour couronner le tout, un Caminet ou son prétendu cadavre introuvable. À cela s'ajoute un boulanger mort dans des conditions si étranges que rien n'assure qu'il a été assassiné, ni, le cas échéant, de quelle manière ! Pour ne pas parler d'un faux mitron, d'un couple clandestin, d'une fausse couche, agrémentés de quelques chantages croisés et de ce qui s'ensuivit !

Un long silence ponctua cette prosopopée[9].

— Nos doutes sont des siècles, nos incertitudes sont des éclairs, murmura Semacgus.

— L'enquête est une échelle, le sage se tient au milieu, conclut Nicolas.

Bourdeau les regardait interloqué.

— C'est l'hommage de vos pairs à une si belle envolée !

Le fou rire qui les réunit alors fut interrompu par l'arrivée glorieuse des œufs et des laitances disposés sur des rôties de pain grillé à la braise et nappés d'une sauce fumante et odorante. Ils s'y consacrèrent aussitôt avec gourmandise. L'hôte leur expliqua que, souhaitant éviter de faire éclater les poches, surtout pour les œufs, il les baignait dans un beurre abondant et à chaleur calculée. Tout résidait dans la rapidité souple du savoir-faire sans saisir, ni cuire à l'insensible. On jetait des échalotes émincées pour leur faire prendre couleur et parfum. Ensuite il importait de délayer dans une jatte une cuillerée de bonne moutarde, une pincée de cassonade et une giclée de vin blanc sec. De cet ensemble bien mêlé, il restait à inonder la poêle en un tour de main, en ne pleurant pas, à la fin, le poivre et le persil.

— Et pourquoi ne pas pocher au préalable ? demanda Semacgus.

— C'est affaire d'assaisonnement. Il prend mieux et la différence entre la surface et l'intérieur double le plaisir.

— Nous aussi, dit Nicolas reprenant la réflexion interrompue ; il nous faut faire cohérer, comme j'ai coutume de le dire, les parties disparates...

Il remplit leurs verres.

— Nous disposons de certitudes. La réunion chez la Gourdan de presque tous les acteurs de l'affaire, sauf Friope...

— Là non plus rien ne le prouve, interrompit Bourdeau.

— C'est vrai ! Pour Caminet, s'il a été tué en sortant de la maison galante, il ne peut être, en bonne logique, impliqué dans l'éventuel assassinat de son maître. En revanche, Mme Mourut disposait de la plus grande liberté pour agir sans contrôle. Depuis son retour de la rue des Deux-Ponts jusqu'à la découverte du corps de son mari. Et je ne parle pas de la Babine... Il n'y a aucune raison qu'elle en veuille à son maître et, de plus, elle dispose d'un alibi. La chronologie des événements se mélange dans mon esprit. Pierre, vous qui y excellez, préparez-moi donc un tableau récapitulatif des activités des suspects, heure par heure, depuis la soirée de dimanche jusqu'à la découverte du cadavre du sieur Mourut, lundi matin.

— Je le ferai et cela sera fort utile pour déterminer les liens existant entre le crime ou les crimes et les intrigantes menées chez la Gourdan autour de la question des farines. Il n'y a pas à brandiller [10] et nous serions coupables de biaiser. Le Mourut, tout l'indique, appartenait à cette race de monopoleurs. Tout conspire à faire de lui un membre actif d'une société organisée afin d'assurer et de protéger l'accaparement. Quelles conclusions devons-nous en tirer ?

Le tavernier leur apportait des assiettes remplies à ras bord. Le veau s'avéra si moelleux et tendrelet que la viande tremblait comme une gelée. Une nouvelle pause intervint.

— Et si, reprit Semacgus, l'évidence et le poids des drames intérieurs de la maison Mourut nous aveuglaient ? Votre enquête s'emballe sur ces questions ancillaires et environne de nuées le vrai motif de cette tragédie. On dispose à foison des pots à feu trompeurs afin de mieux égarer. M'est avis, braves chevaliers, et vous Messire Lancelot, que si nous étions davantage informés de la manière dont maître Mourut a péri, et croyez que je m'y consacre en permanence, il y aurait sans doute matière à de nouvelles hypothèses.

— Si ce que vous avancez est exact, Guillaume, cela signifie que nous ne pouvons dissocier les deux affaires. Il y a peut-être une relation qui nous échappe entre tout cela et les aventures inexpliquées de notre périple à Vienne.

— Sans compter, dit Bourdeau, l'étrange machination dont Louis a été l'innocente victime.

Semacgus les raccompagna dans sa voiture qui avait rallié à heure dite l'étroite rue du Pied-de-Bœuf. Nicolas trouva la maison silencieuse. Il monta au troisième. Il découvrit son fils endormi, avec Mouchette à ses pieds. Il s'assit sur un fauteuil, réfléchit un moment sur la marche du temps avant d'être terrassé par la fatigue. Au matin, Louis trouva son père à son chevet.

IX

VINCENNES

« Qui peut être innocent s'il suffit d'être
accusé ? »

JULIEN L'APOSTAT

Jeudi 4 mai 1775

Reposé, quoique les membres douloureux d'une nuit
dans un fauteuil, Nicolas, lavé, rasé et coiffé, descendit
chez M. de Noblecourt où il découvrit un charmant
tableau. Son hôte, dans sa tenue habituelle du matin, toute
de madras et de foulards, s'adressait à Louis, assis en face
de lui à la place qu'occupait habituellement son père au
cours des conversations de l'aube. Le commissaire
s'appuya au chambranle de la porte et s'autorisa un
moment de répit à écouter leurs propos.

— Comprenez-moi bien, mon enfant, l'apparence est
essentielle. Si celle que vous offrez à ceux qui vous obser-
vent ne relève pas du bon usage, ils ne manqueront jamais
d'en dénoncer les failles. L'attitude qui sera vôtre pour
écarter les embûches et paraître harmonieux et poli ne
devra pas sembler étudiée ou apprise. Elle découlera de

votre tempérament, du *génie secret* résultant de votre union avec vous-même. Entendez-vous cela ?

— Certes, monsieur. Encore faudrait-il que je susse ce qu'il convient d'éviter et les règles pratiques qui fondent la réputation d'un honnête homme.

— Votre père et moi, et aussi tous nos amis, sont là pour vous indiquer la voie. Je pense en particulier à M. de La Borde, si ferré en usages de la cour. Prenons par le commencement. Vous devez, avec votre corps, entretenir une connivence d'accord qui engagera le reste. Tout comme un visage est plus agréable quand l'égalité des traits y domine, recherchez toujours l'équilibre et, d'abord, dans la manière de vous exprimer. Visez non l'effet, mais la prononciation la plus naturelle, celle que ne dépare aucune ostentation, ni élévation de voix importune à l'ouïe et destructrice de l'effet des paroles. De ce ton, rassurez-vous, vous bénéficiez de naissance. Il conviendra donc de ne pas l'exagérer, ce qui vous ferait choir dans l'affectation et la pédanterie.

— Je veillerai, monsieur, à le bien conserver.

— Fuyez surtout, tout autant, la cuistrerie et la fadeur ! Ne tombez pas dans le travers du persiflage, cette maladie à la mode. Ne croyez jamais qu'il faille dans le monde user en raillant d'un méchant mot ou d'un ambigu offensant. Certains vous insinueront que c'est ainsi qu'on acquiert l'esprit et le langage de ce milieu. Mesurez que les louanges que vous vous attireriez en prenant cette voie seraient à contresens et ne viseraient qu'à vous détruire et à vous ridiculiser. Ne faites jamais tort à quiconque de cette manière. C'est là conduite de lâche. Votre victime ne comprend pas toujours votre propos et si, plus fin, il le traverse, vous aurez sur les bras une affaire d'honneur. Il y a dans la vie suffisamment d'occasions d'en risquer sur des questions sérieuses. Mais vous savez, je crois, ce que ces mots signifient ? Certaine affaire de compas…

Louis baissa la tête en souriant.

— Serait-ce du persiflage, monsieur ?

— Non, répondit Noblecourt s'étouffant de rire, tout juste une affectueuse ironie ! Cette harmonie que je préconise, appliquez-la également à votre apparence. Considérez votre père. Il tient du marquis de Ranreuil cette prestance que chacun lui envie. Gardez la tête droite, veillez à la symétrie de vos membres. L'aisance est aussi la marque d'une âme honnête et bien tempérée. Il n'est pas, non plus, bienséant de mettre vos deux mains dans les poches, ni dans le dos : ce serait grossièreté qui tient du portefaix.

— Voilà des principes qu'il vous faudra méditer, dit Nicolas, apparaissant soudain.

Louis se leva et lui laissa la place. Son père rapporta à Noblecourt les événements et découvertes de la veille. Il feuilletait d'un air si pensif son carnet noir que le vieux magistrat s'enquit de son souci.

— Ne dirait-on pas à vous voir que vous sortez de l'antre de Trophonios ?

— Monsieur, demanda Louis, qui est ce Trophonios ?

— Eh bien ! expliqua Noblecourt ravi de la question, l'oracle du Béotien Trophonios était situé dans une grotte sépulcrale. Le curieux qui se risquait à le consulter en sortait le front chargé de soucis, de tristes pensées, l'œil assombri et le pas chancelant.

Nicolas décrivit les étranges inscriptions portées sur les murs de la maison Hénéfiance.

Sous l'œil critique de Noblecourt, Louis trépignait d'impatience.

— Si je puis me permettre, mon père, c'est jeu d'enfant de comprendre ce qu'on a voulu dire. À Juilly, chacun était très ferré en cette matière !

— Peste ! Je ne pensais pas que l'éducation que dispensent nos bons oratoriens allât jusque-là ! Je vous écoute.

— Ne le prenez pas en mauvaise part, mais votre lecture n'est pas la bonne. Il ne s'agit pas de dire *un trait tiré sur le K et un I peint en vert*, mais… Au fait, avez-vous relevé le dessin de ces lettres ?

Nicolas lui présenta son petit carnet noir ouvert, avec les croquis en question.

— C'est bien ce que je pensais, murmura Louis après un moment d'examen. Il faut prendre la chose de l'autre bout et lire *le K barré, le grand I vert*.

— Le *cabaret le Grand Hiver* ! s'exclama Nicolas surpris. Je ne connais point d'endroit ainsi nommé.

— Il tient du grand-père et du père, dit Noblecourt à Cyrus qui frétillait sous la table

— Puis-je savoir ce que signifient ces trois points que vous avez fait figurer au-dessus ?

Nicolas avait quelque peu oublié ce détail.

— Je pense qu'ils font allusion à un mot d'ordre que j'ai déjà entendu dans la foule des émeutiers sur la route de Versailles à Paris.

Il réfléchit un instant.

— Non, en fait, on m'a rapporté la chose… Bourdeau, sans doute. D'un cavalier s'adressant à la foule, à Vaugirard. J'ignore encore ce que tout cela signifie. Un mot d'ordre là-bas, mais là ? Peut-être une signature, un moyen de reconnaissance ou d'authentification du message, que sais-je ?

— Se peut-il, demanda Noblecourt, que ces indices aient été ménagés à votre seule et unique intention ? Ou à celle d'autres, qui nous sont inconnus ?

— L'une et l'autre hypothèses se conçoivent avec tout autant d'incertitude.

— Louis, dit Noblecourt, à la surprise de Nicolas. Laissez-nous, je vous prie, je dois parler à votre père.

Noblecourt parut se recueillir, prit une longue inspiration et regarda Nicolas dans les yeux en soupirant.

— Il me revient de vous parler de l'avenir de Louis. Oh ! Je sais que je n'ai aucun droit à…

Nicolas protestait de la main.

— … Non, aucun ! Sauf le privilège de l'âge et l'amitié. Hier soir j'ai longuement parlé avec Louis. Quels qu'aient été les rivages tutoyés par son enfance, il faut reconnaître que sa mère et sa propre nature l'ont préservé du pire. Le vice a glissé sur lui comme l'eau sur le plumage d'un canard. Bon sang ne saurait mentir, le voilà aspirant à servir le roi sous les armes. Vous le pressentiez, je ne vous apprends rien. J'imagine que cela ne vous messied point ?

— En effet.

— Reste à déterminer comment satisfaire ce vœu dans les conditions les plus honorables. Fort tard hier soir, j'ai reçu la visite inopinée du maréchal de Richelieu. Vous savez comme il aime ainsi paraître à l'improviste. Ce n'est pas le vieil homme qu'il venait voir. Il avait reçu une lettre de votre sœur Isabelle…

— De ma sœur !

Il était stupéfait.

— Oui, de Sœur Agnès de la Miséricorde, religieuse à Fontevrault. Richelieu affectionnait le marquis votre père, mais qui ne connaît-il pas ! J'admire la capacité d'entregent de Mlle de Ranreuil. Dans sa missive elle informe le duc de ses renoncements et que Nicolas, dit Le Floch, est désormais marquis de Ranreuil et chef d'armes et de nom de votre maison. Elle sollicite pour son neveu Louis une place chez les pages de la Grande écurie qui, vous le savez, sont placés sous l'autorité du Premier gentilhomme de la chambre et du Grand écuyer. Richelieu en cette première qualité est venu m'interroger. Imaginez ce que j'ai cru pouvoir lui dire.

— Mais ma naissance et celle de mon fils…

— La peste soit de votre modestie ! Certes l'école des pages est réservée à la plus haute naissance, car il faut faire ses preuves depuis 1550 sans anoblissement connu, mais enfin ! Votre sœur, qui heureusement songe à tout, avait accompagné sa lettre d'un volumineux mémoire empli de copies extraites du chartrier des Ranreuil. Votre ancêtre Arnaud, sachez-le, accompagnait le connétable Du Guesclin lors de son expédition contre Pierre le Cruel, roi d'Aragon. Enfin, et j'hésitais à évoquer ce point, il semble que Richelieu possède de mystérieuses lumières sur votre mère, issue, elle aussi, d'une antique lignée !

Une étrange émotion saisit Nicolas et pourtant le visage qui s'imposa fut celui du chanoine Le Floch. Celui-là l'avait aimé, protégé, nourri et soigné. Sentant son trouble, Noblecourt s'empressa de poursuivre.

— Le maréchal, mal en cour et craignant de se faire rebuter, a fait approcher, par son vieux complice Maurepas, le dispensateur de toutes grâces qui, d'abord réticent, a tout accepté quand votre nom a été avancé et qu'il a appris que vous n'étiez pour rien dans cette démarche. J'ajoute que le service des pages auprès du roi et des grands met les bénéficiaires en selle pour les plus belles carrières.

— On dit pourtant que, sous la direction de M. le Grand et de M. le Premier, leur éducation est assez négligée. L'équitation, les armes et la science du monde en tiennent souvent lieu.

— À nous d'y remédier. Vous constatez que je m'y emploie.

— Et vous multipliez, s'il était possible, les motifs à ma reconnaissance.

— N'en parlons plus ! Quant à la pension, elle vous sera plus légère que celle du collège de Juilly. Il est vrai qu'il faudra équiper et vêtir le jouvenceau. Les pages de la Grande écurie non seulement entourent le roi au retour de la chasse et le conduisent à la chapelle, mais lui tiennent l'étrier droit quand il monte à cheval. Ils précèdent les princesses ou portent la queue des robes et caracolent autour de leurs voitures. À la chasse, vous l'avez maintes fois expérimenté, présents au rendez-vous, ils changent et chargent les fusils, font ramasser les pièces abattues et en tiennent le compte. On les utilise comme *vas-y-dire* et, à la guerre, ils assistent les aides de camp du roi. Enfin, tout page sortant au bout de trois ou quatre années a le droit et privilège de choisir une sous-lieutenance dans un corps.

— Pensez-vous que Louis se pliera à la discipline que cet emploi exige ? Le noviciat des pages est des plus rudes et le nouveau est sous l'impérieuse férule de l'ancien. L'obéissance la plus entière constitue la première des qualités exigées.

— Tout choix comporte un risque. Rassurez-vous, Richelieu souligne que cette sévérité n'a plus rien à voir avec celle d'antan et jamais page n'est entré dans un régiment sans y être bien vu et chéri de tous. Et comme chacun connaîtra assez vite que le maréchal a l'œil sur l'impétrant, qu'il logera d'ailleurs à Versailles [1], nul ne s'avisera de chercher noise à votre fils.

— Pas de passe-droit, surtout !

— Pour l'équipement, ce sera la livrée du roi avec l'habit bleu et les galons en soie cramoisi et blanc, pour celle à cheval veste et culottes rouges avec galons or, et à la chasse petite veste en coutil bleu et guêtres de peau. Louis sera superbe !

Noblecourt nota l'espèce d'incertitude que traduisait l'expression de Nicolas.

— Je sais ce qui vous trouble. Rentrez en vous-même. Rappelez-vous par quelles tribulations et avanies vous êtes passé arrivant à Paris. La perspective plus qu'honorable qui s'ouvre à Louis constitue une entrée en matière infiniment plus favorable et facile que ne le fut la vôtre. Pour parler net, il s'imposera ou échouera. Rien n'assure que sa naissance ne lui sera pas reprochée, mais, hissé sur le pavois par un nom glorieux et descendant d'une famille vouée au service du roi, les chances sont de son côté. Pour le reste, Nicolas, vous n'y serez pour rien, le caractère parlera. Réfléchissez et donnez-moi votre réponse, Richelieu attend. Parlez-en à Louis une fois que votre tribunal intérieur aura statué !

Il remercia Noblecourt et quitta la rue Montmartre à pied. Tout se bousculait dans sa tête, il s'imposa d'y faire le vide. Paris qu'il aimait tant s'agitait autour de lui, offrant mille distractions à l'observateur avisé. Cependant, assombri par ses soucis, il ne relevait dans ce spectacle que ce qui était triste, et inquiétant. Là, devant Saint-Eustache, il plaignait de malheureuses femmes qui, de pesantes hottes sur le dos, le visage rougi, presque sanglant de leur effort, émettaient la respiration haletante d'un soufflet de forge. Était-ce son humeur morose ? Il lui semblait qu'il ne croisait que des êtres sales et presque nus, abâtardis par la misère et ayant perdu tout sentiment de leur état. Il fallait voir les portefaix ahanant sous des charges énormes. Pour la première fois il les regardait autrement, frappé par leur dénuement. Il notait les varices ressorties que le mouvement du sang vers les parties supérieures, retardé par les muscles des extrémités trop distendus, développait. Tous, il le savait, devenaient, avec le temps, bossus d'une trop fréquente torsion des vertèbres qui déformait le dos par le poids du corps en avant. La ville retrouvait un calme garanti par de nombreuses patrouilles à cheval. Des factionnaires montaient la garde devant chaque boulangerie.

À l'hôtel de police le vieux majordome paraissait suffoqué de chagrin. Il ne put rien en tirer tant l'émotion le terrassait. Il découvrit le lieutenant général en culotte et chemise, qui emplissait des malles de dossiers, au milieu d'un nuage de poussière. Il esquissa un pauvre sourire en reconnaissant Nicolas.

— Cela vous ressemble de venir faire votre cour à un malheureux en disgrâce. Oh ! Mais je vois à votre mine que j'ai anticipé sur votre connaissance. Ce matin, un paquet de M. de La Vrillière contenant deux lettres, l'une du roi, l'autre du contrôleur général, toutes deux m'annonçant mon congé !

— Votre congé, monseigneur !

— Et sur-le-champ ! La police par son inaction aurait fortifié le cours des événements. J'ai été trop mal servi… Il n'y a pas d'analogie de caractère avec ce qu'exigeait la conjoncture… Turgot ne sait pas tout.

Nicolas s'interrogeait. Était-ce la police qui avait mal servi ou bien Le Noir qui avait été décrié à la cour ?

— Le billet du roi est suffisamment sec pour que toute illusion m'abandonne. J'en éprouve un vrai chagrin.

Il sortit de sa manchette un petit papier qu'il se mit à lire, navré.

— « *Monsieur Le Noir, comme votre façon de penser ne s'accorde point avec le parti que j'ai pris, je vous prie de m'envoyer votre démission*[2]… » C'est ainsi. Pour la suite deux armées seront créées, l'une à l'intérieur de Paris sous le commandement du maréchal de Biron, et l'autre à l'extérieur, avec le marquis de Poyanne. La troupe a désormais ordre de faire feu… Une juridiction prévôtale traitera sans désemparer ceux qui ont été arrêtés. Mais je continue à prétendre que Paris avait peu connu d'insurrections populaires tant qu'on avait tenu la main à l'observation des anciennes ordonnances.

Il s'était laissé lourdement tomber dans un fauteuil.

— Voyez la leçon que le destin nous donne. Naguère à la mort du roi vous fûtes écarté du service par un injuste préjugé. Ce fut ma faute d'alors et mon remords d'aujourd'hui.

— Monseigneur, croyez que…

— Non, non, il faut le reconnaître, quelle que soit votre indulgence. Elle vous fait honneur et me réconforte. Me voici réduit à quia. Comment se cuirasser contre ces retours du sort ? L'âme peut trembler, se laisser ébranler, mais elle doit se persuader que jamais rien n'est définitivement écrit. En attendant, prendre la chose comme une sorte de soulas [3], le harnais enfin déposé. Béni soit celui qui vous décharge et vous rend à vous-même, à votre famille, à vos amis, dont vous êtes…

— Je n'osais, monseigneur, vous en assurer.

— Votre loyauté est des plus rares par les temps que nous vivons. Les débâcles offrent aussi d'heureux constats. L'homme est une machine à multiples mobiles : intérêt, vanité et mille autres choses. Les philosophies divines et humaines les peuvent seules harmonier [4]. Le malheur trouble cet accord et submerge notre être tout entier, insultant sa misère. Oh ! Il faut demeurer de marbre contre tout cela.

Des formules sans suite se succédaient, puis il releva la tête avec une sorte de défi.

— Je n'ai rien à me reprocher et je ne suis même pas exilé. D'ailleurs, être envoyé dans quelque obscure campagne n'est rien quand vous emportez la vérité dans vos fontes. Dans cette occurrence, je n'ai reçu aucune instruction. Il fallait surtout éviter l'explosion et ne point tirer sur le peuple. J'ai toujours pensé qu'avec une modération absolue, le souci de la mansuétude et une impassibilité bien raisonnée, la chaleur du peuple s'évaporait d'elle-même. Le chef-d'œuvre, c'est bien de lui laisser cette portion d'angoisse et d'audace qui satisfait son caractère sans qu'il se puisse porter à des excès attentatoires à l'autorité. Je constate qu'à quelques exceptions près qui, je le crains, paieront d'exemple pour les autres, la plupart de ceux qui ont été arrêtés hier soir tenaient de la couche supérieure. De vieux bourgeois et des jeunes retapés, frisés et poudrés, ils ne paraissaient en rien se ressentir de la misère. Qui donc les avait lancés dans l'aventure ?

— Vous pensez que...

— Je crains qu'on ne vous ait pas suffisamment entendu et que l'ombre d'un complot transpire des événements. Mon départ est figure de billard : on me frappe comme une boule inutile pour mieux toucher Sartine qui n'a jamais dissimulé ses réserves étayées sur le libre commerce des grains. Vous allez assister à la curée. Turgot et ses coreligionnaires physiocrates vont tenter de pousser leurs pions et de passer en force. Je ne prétends pas que les réformes soient impossibles, mais qu'on les impose de la plus mauvaise manière. On prend le détail pour le tout. Baste ! Le contrôleur fera son temps et nous reparaîtrons. Le peuple méprisera vite. Il a d'ailleurs commencé ces jours-ci, le trophée de victoire qu'une petite troupe dogmatique se dresse à elle-même.

— Monseigneur, je me dois de vous rendre compte. Vous saisirez aussitôt l'intérêt de la chose. Ce faisant, je souhaiterais profiter de vos instructions et de vos conseils.

— Mon conseil vous est acquis. Pour les instructions, il faudra voir avec Albert, mon successeur désigné.

— Albert ?

— Oui, encore un économiste très outré de la secte ! Pensez, l'intendant du commerce ayant sous sa coupe le département des grains ! C'est une maladresse de première main. Comment peut-on nommer à la police, au lendemain d'une émeute rameutée contre l'accaparement des grains et la cherté du pain, le préposé officiel à la garde et à la circulation de ces denrées essentielles ? De surcroît, un grincheux, d'esprit contrariant. L'étude du droit canon l'a rendu tout aussi vétilleux que peu modeste. Dans ce poste, que je sais si délicat, vous aurez affaire avec un tuteur sans doigté, lent, lourd et hargneux. Votre position à la cour devrait vous préserver de ses avanies. Craignez en tout cas les captieuses arguties d'un ergoteur exercé ! Alors, où en êtes-vous ?

Le commissaire s'engagea dans un récit par le menu des aléas de son enquête. Il essaya de montrer de quelle manière la recherche criminelle sur le meurtre supposé de la rue Montmartre ne cessait de recroiser la question du commerce des grains. Si rien n'était encore fondé en certitude, tout engageait à estimer que la mort du boulanger avait, quelque part, un lien avec l'existence du mystérieux conseil tenu chez la Gourdan, auquel la victime avait d'ailleurs participé. Outre cela, l'entourage de Mourut était plus que suspect et rien n'écartait que le coupable s'y trouvât.

La tête enfoncée dans le col, Le Noir semblait assoupi, mais sa main droite, tambourinant sur la tablette du bureau, décelait une intense réflexion. Il allait parler, se ravisa puis finalement fit signe à Nicolas d'approcher. Il se mit à lui parler à voix basse.

— Sans doute vous souvenez-vous du scandale de l'almanach royal de l'an dernier ? Pour la première fois apparaissait la mention d'un certain Mirlavaud [5], trésorier du roi pour les grains.

— Cette incongruité persuada la crédulité publique de l'existence d'un pacte de famine au profit du feu roi en vue d'alimenter les dépenses de Madame du Barry.

— De la dame et de beaucoup d'autres, disait-on alors. On en fit même des chansons. Une vile calomnie et, en cela, d'autant plus crédible. La rumeur prit naissance en 1765 quand Laverdy, contrôleur général, passa un contrat avec un riche meunier du nom de Malisset. La manœuvre était simple : il convenait de réserver en permanence une certaine quantité de grains pour équilibrer le marché et éviter les disettes. Quand le prix du grain dépassait un certain niveau, c'est l'État qui vendait et reconstituait la provision. Dans ce cas-là, Malisset touchait deux pour cent de commission. Germa alors dans l'esprit exalté d'un certain Le Prévôt de Beaumont, secrétaire du clergé de France, l'idée que le roi participait à une opération d'accaparement. Il se répandait tant en venin et mauvais propos sur les bons serviteurs du roi, en particulier Choiseul, Sartine et moi, qu'en novembre 1768, il fut embastillé. Il est au secret et, malgré cela, parvient à faire passer des plis à l'extérieur.

— Comment, s'écria Nicolas horrifié, se peut-il que depuis sept ans il soit encore à la Bastille, et sans jugement encore ?

— C'est ainsi. Sa folie, dangereuse pour l'État, ne l'a pas quitté. Il est aujourd'hui à Vincennes où il ne se lasse pas de clamer son innocence. Il n'est pas de mois que je ne reçoive une de ses suppliques. Je veux vous aider ; ce sera, en quelque sorte, un acte testamentaire en votre faveur, le dernier de ma fonction alors que mon autorité perdure dans l'attente du passage du service au sieur Albert.

La chute de cette phrase fut prononcée les lèvres en avant sur un ton d'indicible mépris. Il saisit une grande feuille de papier, une plume qu'il trempa dans l'encrier que lui tendait un amour joufflu en vermeil, et se mit à écrire. Il s'arrêtait, par instants, pour chercher le mot ou la formule exacts. Il sécha l'encre d'une jetée de poudre, fit chauffer la cire, en laissa tomber une goutte épaisse qu'il écrasa rageusement de son cachet.

— Voilà, nul ne s'y pourra opposer. Je vous la lis. Elle est adressée à M. de Rougemont, gouverneur du château royal de Vincennes.

« Monsieur,

Vous voudrez bien vous mettre à la disposition de mon enquêteur extraordinaire et lui donner sans délai accès auprès du prisonnier d'État que vous savez. Il est autorisé à s'entretenir avec iceluy, sans témoin, le temps qu'il lui plaira et ce pour le service de Sa Majesté. Après l'avoir contresigné, vous remettrez ce billet à mon envoyé.

Fait à Paris, en notre hôtel de police,

Ce 4 mai 1775,

Le Noir. »

« Je ne vous conseille pas le secret sur cette démarche, je vous le prescris. Rougemont ne s'avisera pas de la répandre sans preuves pour l'étoffer. Quant à vous, je le répète, discrétion absolue, et je n'excepte personne de cet interdit. C'est une affaire entre vous et moi dont, vous le comprenez, la divulgation menacerait plus que nos positions, si tant est qu'il nous en reste.

— Cependant, monseigneur, ne craignez-vous pas qu'un prisonnier qui paraît entretenir des intelligences à l'extérieur ne soit enclin à la communiquer ?

— Je me livre en aveugle à votre habileté pour faire en sorte que l'homme trouve plus d'inconvénients à parler qu'à se taire. Il convient qu'il soit persuadé que son intérêt réside dans un silence absolu sur la conversation qu'il aura avec vous.

Il se leva. Nicolas découvrit avec peine que des larmes brillaient dans le regard du lieutenant général de police qui lui tendit la main.

— Ne m'oubliez pas ! Allez.

Nicolas, plus qu'ému, sortit sans se retourner. Dehors, une voix familière le héla. C'était le chevalier de Lastire.

— Je suis allé aux nouvelles rue Montmartre, dit-il, on a supposé que vous étiez au Châtelet d'où je viens. J'y ai fait chou blanc. J'ai tenté ma chance chez Le Noir, pardonnez la couleur ! Dieu soit loué, vous voilà !

— Comment va votre blessure ?

Il avait remarqué que le chevalier portait encore son turban de pansements.

— Elle se ferme. Ma tête en a vu d'autres ! Croyez que je suis au désespoir de n'avoir pas davantage participé à l'enquête que vous poursuivez. J'ai, pour ma part, sillonné la ville après un aller et retour à Versailles… Point n'est besoin d'en dire plus long. Cette affaire tient à une fièvre de mécontentement populaire sans lendemain. Ne parlons pas de la maladresse des autorités de la ville. Reste qu'il y aura des conséquences : le bruit court que Sartine, et par conséquent Le Noir, auraient mis la main à cet embrasement par haine envers Turgot. Maintenant il faut pendre, et rapidement, pour l'exemple, ainsi tout rentrera dans l'ordre. C'est déjà le cas, à constater le calme qui règne dans la ville. Je vais poursuivre mes recherches pour décharger le ministre de la Marine des accusations qui seront portées à coup sûr contre lui. Je ne serais en effet d'aucune utilité pour vous dans l'affaire de la rue Montmartre. Où en êtes-vous ?

Nicolas n'entendait pas trahir le secret imposé par Le Noir, même au profit de son ami. Il demeura vague tout en constatant, à part lui, que la conjoncture le favorisait. Il songeait toujours aux réticences de Bourdeau à l'égard de Lastire. Qu'il ne participât plus à l'enquête ne pouvait que satisfaire l'inspecteur dont l'humeur et le bonheur lui importaient.

— Les présomptions se resserrent autour des proches, épouse et apprentis. Nous finirons par aboutir.

Lastire lui proposa de profiter de sa voiture, offre qu'il déclina sous le prétexte de rejoindre le Châtelet à pied pour mieux éprouver l'ambiance de la ville. Le chevalier, jovial, le quitta en l'invitant à un prochain souper en retour de celui de Versailles. Le commissaire gagna le Châtelet par la place des Victoires, les rues des Petits-Champs et Saint-Honoré. Il marchait oppressé des tristes conclusions de son entretien avec Le Noir. Il n'était pas dupe de la douce ironie de son chef ; elle dissimulait souffrance et marasme. Cela le renvoyait à lui-même et à certaines périodes de sa propre existence, à ces moments obscurs où tout semble s'effondrer sans possibilité de salut, où le cœur et l'âme écrasés sous le fardeau paraissent impuissants à résister et à relever les défenses. Voilà, pensait-il, un magistrat dont on pouvait croire qu'il travaillait au bien public. Sèchement remercié, il concentrait désormais sa volonté à réprimer un désespoir profond au lieu d'employer ses soins et sa constance, et peut-être davantage, au service du roi.

Il fallait dominer son malheur, en tirer l'argument d'un détachement obligé. De tout cela il nourrissait sa propre aptitude à faire face à ce que la vie ne cessait d'apporter d'irrémédiable comme le fleuve abandonne sur ses rives les débris arrachés au long de son cours. Il marchait en somnambule, rêvant à ce que les hommes devaient sans cesse affronter et à leurs tentatives pour trouver la voie moyenne, celle de l'équilibre. Ne pas s'affaisser dans l'humiliation était aussi essentiel que de ne point se réfugier dans l'orgueil, ultime désordre que l'épreuve suscitait. La manière de résister aux conséquences d'une débâcle révélait la vérité d'un être. Le marquis de Ranreuil remarquait souvent qu'il y avait moins de courage à monter à la tranchée[6] qu'à dominer certains aléas où seuls l'âme et le cœur jouaient leur partie à tout-va. Jadis Semacgus, sous le coup d'une grave accusation,

Sartine appréhendant une disgrâce, Madame de Pompadour hantée par les menées de ses rivales et le feu roi, si grand dans son agonie, lui avaient appris, chacun à sa façon, la qualité suprême : la grandeur d'âme. Le Noir tombé, et frappé plus qu'il ne le voulait paraître, faisait aussi front à sa manière. Tous ces exemples, et le sien propre, lui confirmaient qu'il valait mieux souffrir d'une injustice que d'un remords. Sa réflexion fit renaître le casuiste en herbe du collège des jésuites de Vannes. Le cas d'école venait de surgir d'une vertu chevauchant l'amour-propre et substituant à l'humilité un satanique orgueil, péché capital.

Il fit retour au présent et décida de demander à Bourdeau de s'informer de l'existence d'un cabaret à l'enseigne du Grand Hiver et de forlonger[7] les recherches concernant Caminet, dont le cadavre demeurait introuvable. Pourquoi cette disparition ? Le corps avait-il été dépouillé par quelque fripier errant ? Cela était fréquent, mais dans ce cas on dissimulait le corps. Il fallait pousser l'enquête dans ce sens. Tout se compliquait par l'ignorance du *modus operandi* de l'assassinat de maître Mourut. Il chercha ensuite un prétexte lui permettant de ne point mentir à Bourdeau sur son emploi du temps. Il annoncerait une visite à Anne Friope sans préciser qu'ensuite il gagnerait Vincennes.

Satisfait d'avoir trouvé cet honnête stratagème, il parcourut le reste du chemin d'un pas allègre, évitant les voitures et leurs éclaboussures et sautant au-dessus des mares souillées, vestiges des pluies des jours précédents. Alors qu'il arrivait devant le Grand Châtelet, il tomba sur Rabouine, l'air affairé, dont le visage s'éclaira à la vue de son chef.

— Quel bon vent t'amène ?

— Il y a eu du mouvement rue du Poirier. Une femme s'est introduite dans l'hôtel en ruine qui fait face à la maison Hénéfiance. Je tenais Tirepot sous la main et je l'ai laissé en faction.

— Et alors ?

— Alors, quelque temps après, la cheminée Hénéfiance s'est mise à fumer.

— À fumer ? Tiens, la bonne aventure ! Continuez la surveillance. L'information est d'importance.

Il trouva Bourdeau piaffant et, d'évidence, irrité. Nicolas, qui connaissait son homme, supposa que le passage de Lastire y était pour beaucoup, qu'il avait ranimé une prévention née du voyage à Vienne et de l'appréhension d'une connivence dont il se sentait exclu. Ayant évoqué la voie divergente du chevalier, il le vit à nouveau s'épanouir et se passionner pour la nouvelle rapportée par Rabouine. Nicolas le chargea de retrouver le cabaret à l'enseigne du Grand Hiver, dont la découverte revenait à l'ingéniosité de Louis. Bourdeau irait consulter les listes du bureau de sûreté où ce type de commerce était répertorié et, le cas échéant, ferait une descente sur les lieux. Il devrait se consacrer d'urgence à cette tâche pendant que lui prendrait des nouvelles d'Anne Friope et l'interrogerait si son état le permettait. Surgit alors Catherine, essoufflée. Elle venait prévenir Bourdeau qu'un cul-de-jatte, ancien soldat du roi, s'était présenté rue Montmartre sur une plate-forme à roulettes tirée par un mâtin, excipant du nom du commissaire. Après s'être copieusement repu d'une soupe au lard mouillée de vin, il avait laissé un message indiquant « *qu'une femme avait pénétré dans la maison* », etc.

— Bien la beine de gourir pour annoncer ce g'on sait déjà ! dit Catherine dépitée.

L'information de Rabouine confirmée relança les suppositions et permit à Nicolas de gazer son projet de visite à Vincennes. Après sa visite à Anne Friope, il irait rue du Poirier pour examiner la situation. Il lui suffisait d'inverser les termes de sa proposition : de fait il s'y rendrait à son retour de la prison d'État.

Il trouva le docteur de Gévigland au chevet de la prisonnière. Elle se portait le mieux possible, ayant dormi le reste de la nuit. Le médecin demanda l'autorisation de rentrer chez lui prendre un repos bien mérité. Il repasserait le soir même examiner sa patiente. Nicolas découvrit la jeune femme vêtue d'une sorte de robe de bure, la tête sur un oreiller constitué de ses habits d'homme. Elle parut effrayée et gênée de le voir.

— Mademoiselle, dit-il, je constate avec satisfaction le mieux de votre état. Il me faut cependant vous poser quelques questions. Votre ami m'a avoué avoir suivi Caminet dimanche soir. Je sais le chantage odieux qui s'exerçait sur vous.

Elle parut soulagée.

— Il demeure l'un des suspects – et vous avec lui – pour la mort de maître Mourut, mais également dans le cas de la disparition de Caminet. Celui-ci vous menaçait et on a vu Parnaux près du corps de l'apprenti.

C'était jouer un peu avec la vérité. Il avançait à tâtons, usant de certitudes floues. La réaction de la jeune femme fut immédiate.

— Ce sont là mensonges, il ne l'a pas approché.

Il s'interdit toute réaction, ne souhaitant pas interrompre le caractère spontané du propos.

— Non, il ne l'a pas approché, répéta-t-elle sur un ton plus bas, je puis en témoigner.

— Il vous l'a précisément rapporté ?

Son visage exsangue s'empourpra et elle se mit à pleurer. Il éprouvait une immense pitié pour cette enfant perdue plongée dans le malheur.

— Oui.

— Dans ce cas, vous ne rapportez là qu'un propos sans preuve ni conséquence dans une enquête criminelle et les dires de Parnaux n'engageant que lui-même, il demeure l'un des suspects.

Elle suffoquait.

— J'étais… moi… j'étais là… J'ai suivi Parnaux quand il est sorti… Je craignais le pire. J'ai feint de dormir et je l'ai suivi !

— Il ne vous a pas découverte ?

— Non. Au retour je n'ai pu le rejoindre et le dépasser. Il pleuvait. Si bien que je suis rentrée après lui. Il était fou d'inquiétude. J'ai dû tout lui avouer.

— Êtes-vous allée voir Mourut ?

Elle le considéra, effarée.

— Jamais, monsieur Nicolas. Nous nous sommes couchés. Puis, comme tous les matins, au fournil à l'heure dite.

— Sachez, mademoiselle, que tout cela sera dûment vérifié. Je veux bien vous croire jusqu'à preuve obtenue.

— Comment va mon ami ?

— Il s'inquiète pour vous ; rassurez-vous, je l'ai informé de votre état.

Il la quitta perplexe. Chaque témoignage reposait sur le précédent comme les éléments d'un château de cartes. Il suffisait que l'un d'entre eux fût mensonger pour que toute l'architecture s'écroulât, remettant en cause une logique péniblement construite. Il prit un fiacre et pour tromper toute filature se fit conduire place Royale. Il descendit et donna rendez-vous au cocher à l'angle de la rue de l'Égout et de la rue Saint-Antoine. En flânant il fit deux fois le tour de la place, gagna la rue de l'Écharpe, entra dans l'église Sainte-Catherine pour en ressortir par une porte latérale et rejoignit sa voiture sans que rien ait attiré son attention. Arrivé à Vincennes, il demanda au cocher de l'attendre à quelque distance de la forteresse. Il ne se dirigea pas immédiatement vers la prison, mais la rejoignit par un trajet compliqué durant lequel il finit par se persuader de la sécurité de son déplacement.

Il se présenta devant les deux ponts-levis qui défendaient l'entrée du château, un petit pour les visiteurs à pied et un autre plus large pour les voitures. Il dut franchir trois portes, celle qui communiquait en dernier avec l'intérieur ne pouvant s'ouvrir ni du dedans sans le secours du dehors ni du dehors sans le secours du dedans. Ayant montré patte blanche à un guichetier méfiant secondé par un factionnaire, il se retrouva au milieu de la cour où se dressait le donjon. Il lui rappela la tour d'Elven, vieille forteresse bretonne dont la prodigieuse masse l'avait étonné un jour qu'il chassait le loup avec le marquis son père dans la forêt avoisinante. Un fossé de quarante pieds entourait le château et le rendait inaccessible. Le donjon comptait cinq étages avec quatre tours d'angle. Trois portes à nouveau en clôturaient l'accès. Dans la grande salle du rez-de-chaussée qu'un geôlier lui désigna comme celle de la question et qu'on n'utilisait plus guère, on le fit attendre. Surgit bientôt le gouverneur, furieux et grommelant d'avoir été dérangé dans le début de son dîner. Il considéra la lettre de Le Noir, en examina le cachet et toisa l'envoyé. Il finit par céder à la nécessité, tout en exigeant d'être présent et témoin à l'entretien, comme il convenait pour un prisonnier d'État au secret. Il fit tant que Nicolas le prit de haut et menaça de faire sanctionner son obstruction. L'autre céda de mauvais gré.

On le conduisit par des escaliers et de sombres boyaux jusqu'au cachot du prisonnier. Une odeur de moisi et de salpêtre le saisit à la gorge, qui lui rappela ce qu'on disait d'un séjour dans la prison d'État, « *qu'elle valait son pesant d'arsenic* ». Trois portes, là aussi, fermaient le cachot du prisonnier, bardées de fer et munies de deux serrures et de trois verrous. Décidément, songea Nicolas, les précautions à Vincennes étaient infiniment plus resserrées qu'à la Bastille. Ces portes, disposées en sens contraire, s'ouvraient en travers l'une de l'autre. La première barrait la seconde et la seconde la troisième. Raclements, grincements et plaintes hurlantes des gonds accompagnèrent la cérémonie de l'ouverture.

Il pénétra dans la cellule et au début ne vit rien. Le faible jour qui tombait de trois grilles de fer disposées de manière à ce que les barreaux de l'une masquent les vides de l'autre l'éblouissait au sortir de l'obscurité des galeries. Ses yeux, peu à peu, s'habituaient et il finit par mieux distinguer les détails. Il se trouvait dans une pièce ogivale, trois fois plus haute que large. Contre la muraille du fond, assis sur une couchette en bois comportant un méchant tiroir, un homme le regardait, frileusement enveloppé dans un manteau effiloché. Du col relevé sortaient les vestiges d'une cravate déchirée. Il en surgissait un visage pâle, émacié, aux yeux hagards et inquisiteurs. Il portait le cheveu long et la barbe. Il n'avait plus d'âge. Ses mains étaient enserrées dans des anneaux reliés aux murs par des chaînes. Le pied droit était retenu au sol de la même manière à un bloc de pierre carré. Ce système ne permettait au prisonnier qu'un déplacement alourdi dans un rayon limité.

Les deux hommes demeurèrent silencieux tandis que le guichetier refermait à grand bruit les portes du cachot. Nicolas réfléchissait en hâte à son entrée en matière. Il se gourmanda de n'y avoir pas songé plus tôt au lieu de laisser, comme trop souvent, son esprit battre la campagne. Il entendait ne pas mentir et agir sous le couvert d'une impérieuse sécurité et sans donner de fausses espérances.

— Monsieur, commença Nicolas, je comprendrais que vous vous étonniez de ma présence. Je suis le baron d'Herbignac…

Il ne mentait pas, c'était en effet un des titres parmi d'autres dépendances de la terre et seigneurie de Ranreuil.

— ... chargé par le roi de visiter les prisons et les prisonniers maintenus en détention sans jugement.

L'homme le toisa, l'air sceptique.

— Il fait beau voir que le roi s'intéresse à ses prisons après soixante ans de règne ! Monsieur, je n'attends plus rien de personne. Je ne peux que vous écouter.

Nicolas se rendit compte que le prisonnier avait été laissé dans l'ignorance de la mort de Louis XV et de l'avènement de Louis XVI.

— Depuis quand résidez-vous dans cette prison ?

— Résider est un bien grand mot pour la chose ! Depuis sept ans, monsieur, après onze mois à la Bastille sans qu'on ait jamais découvert le motif que vous devez connaître, mais que je soupçonne, et qui, loin de m'inculper, m'honore.

— Ce motif, quel est-il ? Je vous saurais gré de me le bien vouloir exposer.

— Sans l'avoir cherché, j'ai découvert en 1768 le pacte abominable d'une ligue infernale dans son objet ou, pour mieux dire, d'une conspiration contre le roi et la France entière.

Il s'échauffait peu à peu, levant les bras autant que ses chaînes l'autorisaient en les faisant tinter d'horrible manière.

— Une ligue ! Une conspiration ! Que prétendez-vous là ? En êtes-vous assuré ?

— Plût à Dieu qu'elle n'existât point ! C'est pour m'empêcher de la dénoncer que je croupis en prison.

— Et qui en sont les instigateurs ?

Le Prévôt de Beaumont [8] le regarda et lui fit signe d'approcher en tapotant de la main le bois de sa couchette. Il s'assit à côté de lui. Une puanteur de bête confinée lui monta aux narines.

— Il me faut prendre des précautions, on m'écoute, murmura le prisonnier en jetant un regard inquiet tout autour de lui. Parlons bas. Je ne sais pourquoi je me confie à vous qui m'êtes inconnu. Sans doute m'inspirez-vous confiance. Les auteurs de cette conspiration sont MM. de Laverdy, Sartine, Boutin, Langlois, Choiseul, Le Noir, M. Cranat du Bourg, Trudaine de Martigny et tant d'autres et des plus grands. Pourquoi me maintient-on en prison, moi qui dénonce le pacte de famine, s'il n'existe pas et qu'on ne peut me charger d'aucune autre accusation ?

Nicolas trouvait l'argumentation assez logique pour un homme qu'on disait fou.

— Considérez, monsieur, le monstrueux abus d'autorité d'une arrestation sans motif déclaré. Mon emploi perdu, mes biens saisis, l'abandon de mes affaires, l'anéantissement de mon existence, quelle tragédie ! S'ajoutent un enlèvement nocturne, la dictature de despotes constitués en juges, des oppresseurs et des inquisiteurs qui m'ont fait subir leur exécrable tyrannie. Ah ! Monsieur, que de griefs qui m'autoriseraient à présenter une plainte légitime fondée sur tant de motifs. J'en appelle à Sa Majesté. Notre roi ne peut rester insensible à tant d'iniquités.

Nicolas, habitué maintenant au demi-jour du cachot, remarqua, à hauteur d'homme, des inscriptions comme imprimées sur les murailles. Le Prévôt surprit son coup d'œil.

— En dépit des tourments incessants que me fait supporter mon geôlier, je travaille, je compose. Je fais des extraits de mes lectures. M. le comte de Laleu, qui habite au château et dispose d'une bibliothèque de quatre mille volumes, veut bien m'en communiquer certains à l'insu du gouverneur par l'intermédiaire du porte-clefs. Mon

Dieu, la prudence m'abandonne. Que fais-tu, insensé ? Cette imprudente confidence, vous l'allez répéter !

— Monsieur, je puis vous donner ma parole d'honneur que M. de Rougemont n'entendra mot de ce que voudrez bien me confier au cours de notre conversation. Faites-moi, en retour, la grâce de ne révéler à quiconque la matière de notre entretien. Son rendu intéresse le roi seul.

— Comme il vous plaira, je m'y engage. Vous regardez mes murs. Dans tous mes cachots, je laisse des témoignages de ma dénonciation malgré les couches successives de blanc disposées pour les effacer. J'use de grosses lettres d'impression.

— Mais où trouvez-vous l'encre ?

— C'est, monsieur, du suif noirci sur une planche présentée à la flamme d'une chandelle. Ma plume, je la constitue de brins de bouleau recourbés pour faire couler le suif chaud sur la muraille. Croyez que c'est fort long ; en une heure, je ne fais guère plus qu'une cinquantaine de lettres. Mais revenons plutôt à la question qui nous intéresse.

— Le pacte de famine ?

— Oui, monsieur. Il s'agissait, je le répéterai jusqu'à ma mort, de donner à bail l'approvisionnement en grains pour douze ans renouvelables à quatre million-naires. À eux d'établir méthodiquement les disettes, la cherté continuelle et, dans les années de médiocre récolte, les famines générales de toutes les provinces du royaume, par l'exercice de l'accaparement dans un exclusif mono-pole des blés et des farines. Le généralissime agent de cette opération se nommait Malisset, ancien boulanger près l'église Saint-Paul, meunier, banqueroutier, protégé par la police et faisant face à tout. Il donnait ses ordres à une armée d'ouvriers incendiaires, commissaires, ache-teurs, entreposeurs, gardes des magasins, inspecteurs ambulants, blatiers, batteurs, vanneurs et cribleurs en grange, contrôleurs, vérificateurs, receveurs, buralistes, commis, emmagasineurs, gardes des greniers domaniaux, boulangers et j'en passe de toute leur séquelle ! Voilà ce que je dénonçai au Parlement de Rouen, ce qui me fit aussitôt retirer du monde des vivants.

— Et depuis, aucun mouvement ?

— Oubli, violence et silence ! Il n'est point, monsieur, dans le martyrologe de la vie des saints, de tourments si longs, de tribulations si insupportables à la nature que celles qu'on m'a fait endurer en six ans dans ce donjon d'enfer. Vous me voyez tel qu'en mon malheur, sur un grabat en forme d'échafaud, dans un cachot, les chaînes aux pieds et aux mains, souvent nu, toujours réduit à la famine, privé de toutes choses, quoique ma pension, je l'ai découvert, monte à trois mille livres prises sur le trésor royal. Elle passe au profit de Rougemont qui n'a cessé de s'appliquer à aggraver, en les surpassant, les ordres qu'il reçoit et qu'il provoque dans de faux rapports sur ma conduite. Au-dessus, le cruel Sartine, mon ravisseur, dont la haine et la rage croissent à proportion de ma résistance, m'apparaît résolu à me faire périr d'une manière ou d'une autre.

Soudain, sans qu'aucun plan préliminaire n'ait préparé son acte, Nicolas regarda le prisonnier dans les yeux.

— *Trois points et trente et un*, murmura-t-il.

L'homme s'écarta en poussant une sorte de cri.

— Traître, qui me veut faire parler ! Appartiens-tu aussi à l'infernale engeance ?

— Monsieur, je vous assure qu'il n'en est rien. Il se trouve que cette formule a frappé mon oreille, dans un rassemblement de peuple, dans la bouche d'hommes suspects qui organisaient le désordre. Si vous êtes, comme vous l'assurez, soucieux des intérêts du roi, de l'État et du peuple, expliquez-moi ce que cette formule signifie pour vous.

Le Prévôt de Beaumont hésitait et scrutait, comme s'il cherchait à lire quelque chose dans le visage ouvert du commissaire.

— Monsieur, je ne sais pourquoi, mais tout m'incite à vous croire sur parole. Par des voies et moyens dont je ne peux vous donner le détail car ils ont tenu au hasard, souvent l'outil aveugle du destin, j'ai eu connaissance de ce mot de ralliement. Je sens que le monde ne s'est pas arrêté et que tout se poursuit... Il y avait à l'époque des concertations secrètes, cette phrase en était le sésame. Soyez assuré que le *nihil obstat* a dû changer et, peut-être, sert à d'autres fins !

— Mais que signifiait-il ? Ou alors... une formule creuse ?

— Je crois que ces réunions regroupaient le conseil des affidés. En fait il se tenait à Paris, dans trois endroits différents, de là les trois points, et comptait trente et un participants. C'était la première clef, une seconde, que j'ignore, permettait sans doute de préciser le lieu choisi parmi les trois... C'est ce que j'ai toujours pensé.

— Je vous remercie. Prisez-vous, monsieur ?

Il lui tendit sa tabatière ouverte. Ils se livrèrent à un exercice sternutatoire qui, il l'avait maintes fois expérimenté, créait et renforçait le sentiment de confiance.

— Monsieur, reprit Nicolas, je risquerai encore quelques questions. Le nom d'Hénéfiance évoque-t-il un souvenir dans votre mémoire ?

De nouveau le prisonnier sursauta des précisions de Nicolas résumant ce qu'il savait déjà.

— Monsieur, répondit Le Prévôt, je réitère, vos connaissances sur la question portent plus loin et plus profond que vous ne le croyez certainement vous-même. Néanmoins, je ne risque rien de pire à vous éclairer. À vrai dire, je n'en sais qu'à peine plus. La seule chose que vous ignorez est que les tentatives d'Hénéfiance fils de tromper la confrérie avaient été dénoncées par un boulanger de la rue Montmartre, dont j'ignore le nom. Il souhaitait accroître, non son négoce, mais la part dissimulée de l'accaparement, en détruisant un rival et un concurrent. La foudre écrasa l'impur, et Hénéfiance, sans qu'il ait jamais rencontré son dénonciateur, fut anéanti sans savoir d'où provenait le coup qui lui était porté.

— Une seule chose. À quel moment précis avez-vous appris le détail de cette affaire ?

— Peu avant mon enlèvement par les suppôts de Sartine.

— Monsieur, conclut Nicolas, je veux croire à votre sincérité.

— *Je sais que du mensonge implacable ennemi,*
Le Prévost [9] *livrerait même sa propre vie*
S'il fallait que sa vie et sa sincérité
Coûtât le moindre mot contre la vérité.

« Voyez, monsieur, que la bibliothèque de M. de Laleu n'est pas pillée en vain par un pauvre prisonnier. J'espère pouvoir compter sur votre bienveillance.

Nicolas, que toujours le passé hantait, revit dans une autre cellule un prisonnier désespéré la veille de son exécution, qui, lui aussi, avait sollicité son recours [10]. Il ne pouvait guère s'avancer.

— Monsieur, soyez persuadé que si l'occasion s'en présente, je ne manquerai pas de plaider votre cause.

— Merci, encore une fois, je vous crois homme de parole.

Nicolas heurta la lourde porte. On vint lui ouvrir. Dans la salle du rez-de-chaussée, il retrouva le gouverneur qui lui signa sans excès de courtoisie le billet de Le Noir. Il lui rappela la consigne du secret qui devait entourer sa visite. L'expression butée et malveillante de M. de Rougemont augurait mal des suites de cette recommandation.

Dans sa voiture, Nicolas méditait. L'homme, en dépit d'une certaine exaltation, lui paraissait tenir un discours marqué du sceau de la raison. Que lui reprochait-on, à la fin des fins ? Il ne semblait pas qu'il voulût s'en prendre au roi. Restait que les termes de son discours conduisaient trop aisément à suspecter la complicité de l'État. Nicolas entrevoyait la révolte d'une âme honnête et candide mise en présence d'une situation intolérable. Malheur à celui par qui le scandale éclatait ! De fait, ce qui créait le soupçon entrouvrant les voies à toutes les débauches de l'imagination, c'était bien le secret, jalousement dissimulé par le pouvoir, sur les mécanismes nécessaires au commerce des grains. Dans cette activité, hommes du roi, ministres, intendants, fermiers généraux, grands traitants et munitionnaires intervenaient sans que rien en transparût. Le mystère et l'obscurité ménagés si longtemps sur ces matières ne faisaient qu'accentuer un sentiment général : ce secret avait pour but de dissimuler corruption et prévarication. Qu'un homme, confronté à l'évidence, eût traversé le fin d'une affaire [11] et se fût échappé en dénonciations véhémentes, qui pouvait s'en étonner ? Qui, dans ces conditions, était en mesure de se mettre sur le pied de le condamner sans l'entendre ou du moins sans l'écouter ? Ajoutez à cela le diffus et l'embrouillé du discours d'un pauvre hère assommé par tant d'années de souffrance. Honnête et buté, Le Prévôt de Beaumont ne s'était jamais départi d'une obsession qu'il tenait pour parole d'évangile, ressassant sans fin l'antienne de ses imputations. Dans cette rumination permanente d'horreurs et d'injustices, sa solitude furibonde faisait naître des liaisons inattendues entre les faits et des collusions imaginaires mettant en scène les personnages de ce théâtre d'État. Son esprit, tourmenté de cette contention sans espoir, tournait et retournait de la marchandise fort mêlée en tout genre.

D'un autre côté, Nicolas, homme du roi, pouvait se représenter les motifs de maintenir Le Prévôt au secret. L'existence d'un pacte de famine, certitude avérée pour tant de sujets du royaume, ne pouvait qu'en être ranimée par la remise en liberté d'un homme qui en soutenait si fermement l'idée et paraissait fort peu enclin à mettre en sourdine sa frénésie de dénonciation. Lui-même, commissaire du roi, avait été informé en 1774 par maître Vachon, son tailleur [12], des rumeurs désastreuses répandues contre le roi accusé d'agiotage sur les blés. Bourdeau en paraissait à l'époque lui aussi convaincu, trouvant son chef bien candide devant l'évidence.

Sa propre conviction le portait à placer la vérité dans l'entre-deux. Un système de régulation du commerce des grains, clair dans son principe, avait sans doute ouvert un champ libre à trop d'acteurs propres à user des facilités offertes en les transformant en dérives. Alors les occasions se multipliaient sans contrôle, compromettant la réputation de la vieille machine monarchique. C'est au niveau des traitants et de tout ce monde obscur grouillant autour de la denrée capitale que le mal prenait naissance, grossissait et s'extravasait à tous les niveaux du royaume. Ainsi, le bien avait engendré le mal et ce désordre avait créé l'injustice. De cela, l'ancien secrétaire du clergé de France faisait les frais pour raison d'État.

Il se perdit dans sa méditation, bien loin des urgentes préoccupations du moment. Même si la tristesse l'emportait devant le désastre humain d'un destin écrasé, une fièvre qu'il connaissait bien, celle du chasseur recoupant la voie du gibier, le reprit bien vite. Sans effort, il avait découvert le lien entre la famille Hénéfiance et le maître boulanger assassiné rue Montmartre. Cela entravait les perspectives, sans pour autant charger ou décharger les suspects existants, car les deux contextes, jusqu'alors éloignés, pouvaient désormais se mêler étroitement. Il convenait en tout cas de vérifier au plus près les conditions exactes de la disparition du fils Hénéfiance. C'est l'esprit tout entier dominé par ces nouveaux objectifs que Nicolas se fit déposer à l'entrée de la paisible rue du Poirier.

X

PAS REDOUBLÉ

« La vérité comme le soleil ne peut pas
rétrograder. »

BARON D'HOLBACH

D'un pied léger, Nicolas sauta à terre. À coup sûr,
Rabouine, de retour du Châtelet, était à nouveau à l'œuvre
aux côtés de Tirepot. Quant au savetier, son échoppe
soigneusement close témoignait de son absence. Il
s'avança dans la rue toujours aussi déserte en cette fin
d'après-midi ; il ne voyait personne. Sans doute ses
mouches s'étaient-elles dissimulées dans quelque recoin
indécelable à première vue. Il revint sur ses pas, indécis
de ce qu'il devait faire et soucieux de ne pas manquer le
signal toujours incongru par lequel Rabouine manifestait
sa présence. Ce pouvait être un cri d'oiseau, un sifflement ou une pierre qui soudain roulait sur le sol. Rien
ne venait et l'inquiétude s'installa, entraînant les suppositions les plus hasardeuses. Celles, d'abord, qui étaient
censées le rassurer : l'inconnue était ressortie et la filature
s'était organisée pour ne la point perdre de vue. Pour cela,
il aurait fallu que Rabouine et Tirepot s'y engageassent
tous les deux, abandonnant toute surveillance. Ou alors,

Rabouine absent et retenu par on ne savait quel aléa, Tirepot s'était lancé à la poursuite de la femme.

Les minutes s'écoulaient trop lentement et, n'y tenant plus, il s'approcha de l'hôtel en ruine qui faisait face à la maison Hénéfiance. Il nota la présence de paille épandue à l'entrée du porche dont la porte céda à la première pression. Le bâtiment et ses dépendances répétaient en symétrie la disposition de l'autre côté de la rue. Le corps du logis était délabré avec des planchers qui s'effondraient au fur et à mesure de ses prudentes avancées. Soudain il s'arrêta, frappé par l'attirail de Tirepot gisant à terre, les deux seaux, la toile cirée et le bois de traverse. Le désordre entourant ces objets témoignait d'un acte violent. Son angoisse s'accrut à la vue du tricorne de Rabouine, cabossé et souillé, si reconnaissable par sa couleur beige. Que s'était-il donc passé ? Et ses deux amis ? Il se mit à arpenter les pièces et à fureter avec fièvre dans les moindres recoins. Le bois craquait sous ses pieds. Tout paraissait désespérément désert et ses recherches n'aboutissaient à rien.

Alors qu'il cherchait l'entrée de la cave, il perçut des cris étouffés. Cela provenait d'un amoncellement de bûches pourries et moisies qui, dégagées, démasquèrent l'ouverture d'un étroit escalier. Les cris lui semblèrent plus proches et plus distincts. Il usa à nouveau d'une feuille de carnet incendiée pour éclairer un boyau voûté ; un courant d'air l'éteignit presque aussitôt. Il avançait désormais à tâtons vers les appels de plus en plus proches. Il finit par heurter quelque chose du pied et, se baissant, reconnut un corps allongé. Sa main parcourut un visage bâillonné. Il se releva, fouilla dans sa poche, en retira un mince canif et entreprit de tailler dans le tissu qui emprisonnait la tête. Celui-ci finit par céder en se déchirant. Un long soupir s'exhala.

— Qui que vous soyez, merci ! dit une voix connue.

Il aida Rabouine à se redresser, coupa les liens qui entravaient ses mains et ralluma une page, se promettant d'avoir désormais un bout de chandelle en permanence dans sa poche. Rabouine se tenait la tête à deux mains, vacillant à un point tel que Nicolas dut le soutenir à pleins bras.

— Étais-tu seul ? Où se trouve Tirepot ?

— Dehors, là où je l'ai laissé en consigne.

Les feuilles du carnet noir se consumaient les unes après les autres. Ils avançaient dans la cave, sorte de galerie voûtée coupée çà et là de degrés descendants. Ils découvrirent le corps inanimé et ligoté de Tirepot. Enfin, après beaucoup d'efforts, il fut en état de parler.

— Une fois Rabouine entré dans la maison…

— Et toi, demanda Nicolas à la mouche, pourquoi as-tu quitté la rue ?

— La porte cochère s'était entrouverte et on m'a appelé par mon nom.

— Par ton nom ?

— J'ai cru que c'était vous. Qui d'autre ? Je me suis empressé. À peine à l'intérieur, je ne trouve personne. J'avance, j'entre dans le corps du logis et là, je reçois un magistral coup sur la tête qui m'assomme sur-le-champ.

— Pour moi, de même, reprit Tirepot. J'ai vu le tricorne de Rabouine s'agiter à la porte comme s'il me faisait signe d'entrer. Bon bougre, je n'ai pas réfléchi et, sans reluquer [1] plus avant, j'ai couru le rejoindre. Bien mal m'en a pris, personne dans la cour et, dans la maison, vlan sur la caboche ! Ma doué, cela ne suffisant pas, coup de torgnole dans la gueule et par terre !

L'obscurité les enveloppa à nouveau. Tirepot sortit un bout de chandelle de sa veste. En silence ils examinèrent les lieux. Le sol était jonché de brins de paille. Quelques toises plus loin, un lambris fermait la galerie. Il suffit de le pousser pour qu'il pivote sur lui-même. Ébahi, Nicolas reconnut la pièce close de la maison Hénéfiance. La paroi mobile n'était rien d'autre que le support des inscriptions à la peinture qui l'avaient tant intrigué. Dans la cheminée un feu s'éteignait, étouffé par un amoncellement de cendres sur lequel il se jeta. Il le dispersa sur le sol à coups de botte, aidé par Rabouine qui avait tout de suite compris la manœuvre. Le résultat fut décevant, aucun papier n'avait échappé à la destruction ; leur seule moisson, un petit morceau de tissu d'étrange texture et aux couleurs bigarrées, ne laissa pas de les intriguer. Pourquoi d'ailleurs avait-on souhaité le faire disparaître ? Nicolas le recueillit, conscient que le moindre indice pouvait permettre d'identifier le mystérieux occupant. Il en référerait à maître Vachon, son tailleur, expert émérite en modes, tissus et étoffes. La visite attentive du reste de la maison n'offrit rien de nouveau. Seuls les lapins avaient disparu, transportés sans doute ailleurs, ce qui expliquait la présence de paille un peu partout sur le chemin conduisant par le caveau à l'autre maison. Cela signifiait aussi qu'une voiture ou une charrette avait été utilisée pour déménager.

— Je crois que nous n'avons rien laissé au hasard, ayant fait le tour de ce qui pouvait être découvert. Je parierais que l'endroit ne sera plus utilisé.

— Devons-nous poursuivre la surveillance ? demanda Rabouine.

— Inutile. Bête découverte et traquée ne rejoint pas son gîte !

Par prudence, il décida cependant d'apposer des scellés de pain à cacheter à l'intérieur de la porte cochère de la maison Hénéfiance. Il ferait de même à l'entrée de l'autre maison. Ainsi un contrôle ultérieur permettrait de vérifier qu'aucune visite nouvelle ne s'était produite. Tirepot récupéra son attirail, affirmant que sans être affusté [2] il ne se sentait plus qu'un demi-homme, et s'en fut à pied vers

313

d'autres traques. Nicolas et Rabouine saluèrent le savetier qui retournait à son échoppe. Il débordait de gratitude pour l'accueil rue Montmartre, réjoui d'avoir de surcroît retrouvé en la personne de Catherine une ancienne cantinière. Le commissaire lui demanda de garder un œil sur les deux maisons et de le faire avertir au premier mouvement suspect. Cette recommandation accompagnée d'un louis lui assura, si besoin en était encore, le dévouement et la gratitude de l'intéressé.

Il reconduisit en voiture Rabouine à l'angle de la rue Saint-Honoré, puis ordonna qu'on le mène rue Vieille-du-Temple. Sans désemparer, il souhaitait consulter maître Vachon sur la nature du morceau de tissu sauvé du feu. Qu'on ait voulu le détruire ne laissait pas d'attiser sa curiosité. Il retrouva avec plaisir la digne boutique fréquentée si souvent depuis son arrivée à Paris, quinze ans auparavant. Toujours rien ne distinguait un endroit si couru et fréquenté par les plus grands noms. Situé au fond d'une cour obscure, le temple du goût apparut aussi illuminé qu'un sanctuaire un jour de fête carillonnée. Mince et redressé, maître Vachon discourait à perdre haleine, l'œil attentif fixé sur une pléiade d'apprentis assis en tailleur sur le comptoir de chêne clair.

— Messieurs, que je n'aie point à vous le répéter. Les ciseaux ne se passent jamais, je dis jamais, de la main à la main. L'un les pose et l'autre les prend. Sinon, qu'advient-il ?

— C'est le malheur sur la maison et la ruine sur son négoce, brailla la foule d'un ton criard.

Vachon pirouetta, aperçut Nicolas et inclina son long corps.

— Monsieur le marquis, c'est de notoriété pour l'heure ! Je vous salue.

Nicolas pensa qu'une fois de plus les nouvelles parvenaient avec une incroyable rapidité aux oreilles du tailleur, l'un des hommes les mieux informé de Paris.

— Comment vont les affaires ?

— Pour le mieux, si la poussière de la farine retombe… L'approche du sacre alimente les commandes. Encore que nombre de costumes prévus pour cette cérémonie seront exécutés par Bocquet et Delaistre, respectivement peintre et tailleur des Menus Plaisirs de Sa Majesté. Enfin, ils ne feront pas tout. Je ne me plains pas, même si le travail change de manières. Nouveau règne, nouvelles modes. L'élégance, le bien tourné, l'allure en un mot, cèdent irrésistiblement la place à l'aisance, pour ne pas dire au laisser-aller. Tout n'est plus que licence et fantaisie. Allons, allons ! On se tait.

Il avait saisi sa canne et frappait le sol à coups répétés. Les têtes de ses aides replongèrent avec un bel ensemble sur les tâches, subjuguées par le froncement de sourcils de l'irascible maître.

— Oui, de licence, reprit-il. Voilà venu le temps du veston [3], du gilet, des vestes croisées à double rang de boutons. Comment voulez-vous que cela convienne à un homme digne de ce nom ? C'est une mode ajustée pour godelureaux de ruelles ! Pensez ! Les culottes sont à pont ou à la bavaroise. Déjetée, cette belle pièce bouclée sous les genoux par des pattes jarretières ! Voici le pantalon, monsieur, le frac en ratine ou en coutil, la cravate de taffetas noir et le cheveu natté rehaussé par un peigne. Velours l'hiver et l'été, bouracan, bougran et nankin. Foin des broderies et des surbroderies ! Au nom de la simplicité tout se découd. C'est Londres qui donne le « *la* » depuis la paix !

Il baissait la tête, l'air accablé tandis que sa piétaille riait sous cape. Puis il la releva, l'air moqueur.

— Quant aux dames, heureusement, ce n'est pas mon affaire. Une de mes nobles pratiques me confiait l'autre jour que sa femme portait à l'Opéra « *une robe souple étouffée, ornée de regrets superflus, avec un point de milieu de candeur parfaite, une attention marquée. Des souliers cheveux de la reine brodés en diamants en coups perfides et les venez-y-voir en émeraude, frisée en sentiments soutenus, avec un bonnet de conquête assurée garni de plumes volages. Ayant un chat sur les épaules couleur de gueux nouvellement arrivé, derrière un médicis monté en bienséance, avec un désespoir d'opale et un manchon d'agitation momentanée !* ». Ne croirait-on pas la Carte du Tendre ? Et la folie gagne. Le luxe cesse d'être le vice des grands. Ce n'est plus à eux seuls qu'il faut donner des leçons de modestie, c'est au peuple lui-même !

Nicolas trouvait que Vachon exagérait. N'engraissait-il pas son pécule sur ce goût effréné ? Il ne se souvenait pas que le montant de ses mémoires eût jamais cessé d'augmenter.

— Et cette mode, vous la suivez ?

— Que faire d'autre ? Je la suis et je la modère. J'en prends et j'en laisse. Je conserve le seyant ; ainsi de l'habit, que je pourvois d'un petit col droit et dont j'aplatis les plis pour les faire passer sur les reins. Ainsi des manches qui ne s'évasent plus et dont les parements débordent à peine.

— Enfin, quoi qu'on dise, le peuple reste bien éloigné de ces superbes fatuités. Regardez comme il s'agite.

Maître Vachon le considérait, impénétrable. Non sans avoir au préalable jeté un regard courroucé et dissuasif sur sa basse-cour brodante et surjetante, il tira Nicolas par le bras jusqu'à un petit salon orné de deux psychés, dont il ferma la porte d'un mouvement brusque.

— Monsieur le marquis, savez-vous la clef de tout ce chamaillis, de ce désordre qui bat nos murs et de ce charivari qui, de la province à Versailles, et de Versailles à Paris, agite les esprits ?

— Je vous ai toujours connu bien informé et précieux à écouter. Chez vous le talent – que dis-je ? – le génie, ne se borne pas à la coupe et à l'ourlet. Vous appartenez à ces esprits curieux qui savent, au-delà des apparences, démêler avec sagesse la raison profonde des événements.

Béat, maître Vachon buvait ces paroles, appuyé sur sa canne comme un souverain prend la pose, multiplié à l'infini par les deux miroirs se faisant face.

— Hé, hé ! Il y a du vrai dans ce que vous dites, même si votre propos surpasse son objet, commenta-t-il d'un air cagot et assez peu modeste. Si j'osais vous confier…

Le silence de Nicolas valait encouragement, mais il hésitait encore.

— Vous connaissez, dit le commissaire, ma discrétion et ce qui la fonde. Je ne fais qu'une exception…

Le tailleur se rembrunit. Sa face austère se figea dans une expression de gravité scandalisée. La face d'un inquisiteur devant un hérétique obstiné qui retombe dans l'erreur.

— Monsieur ! Une exception ?

— Oui, je faisais observer l'autre jour à Sa Majesté : ce bon monsieur Vachon…

— *Ce bon monsieur Vachon.* À Sa Majesté ?

— Certes oui. Vous savez en quelle haute estime et reconnaissance je vous tiens depuis un certain habit vert qui participa de ma faveur naissante auprès du feu roi et de Madame de Pompadour.

Maître Vachon, ému, essuyait une larme.

— Quel bonheur ! gémit-il, la parole précipitée. Ce que je vais vous confier pourrait intéresser le roi. Vous savez que la plus grande noblesse fréquente ma boutique ?

— Certes, et pour cause.

— Pourtant certains de ces puissants seigneurs… Oh ! fort peu, je ne me prête qu'aux grands… Ceux qui sollicitent ma présence en leurs hôtels.

— Bien sûr.

— Qu'il me faut prier et supplier pour que, néanmoins, j'y consente ?

— Cela va de soi.

— Que seul un prince du sang est en droit de bénéficier du privilège de mon déplacement ?

— C'est évident.

— Vous m'avez toujours compris. Bref, j'étais au Temple chez monseigneur le prince de Conti. Nous procédions et l'essayage montrait l'*adaequatio* du sujet à mon chef-d'œuvre. Une splendeur !

Nicolas, que le fou rire tenaillait, faillit éclater à cette dernière proposition.

— Et donc ?

— Vous avez raison, je m'égare dans ma création. Et donc je repliais la pièce bâtie en veillant à ce que les épingles ne tombassent pas. Le prince était passé dans la chambre à côté, la porte demeurant ouverte. Sans le vouloir, vous l'imaginez, les propos échangés frappèrent mes oreilles ingénues… Vous savez l'inconséquence des grands qui n'hésitent pas à parler de matières secrètes sans souci de qui les peut entendre.

— Cet essayage de haut vol s'est tenu quel jour ?

— Mais hier, en fin d'après-midi ! Ma voiture a failli être prise dans les remous de la rue. Quelle aventure !

— Donc, le prince de Conti parle. À qui ?

— Cela demeure un peu désordre dans ma tête. J'étais fort ému et ma boîte d'épingles s'était renversée. Pour les grands elles sont en or, et fort onéreuses. Donc je les ramassais agenouillé sur le tapis. À ce qu'il m'a semblé, Monseigneur s'adressait à un abbé qui évoquait son maître. Les noms de Rohan, Choiseul et d'autres ont été cités à plusieurs reprises, celui de Sartine avancé également. Le prince a grondé, déclarant que ce ministre, haut piaffeur qu'il fût, se dérobait aux avances malgré la haine qu'il vouait au contrôleur général. Rien n'allait dans le sens voulu. Il s'est derechef emporté. Il ne s'intéressait plus à cette affaire de famine dont, lui, n'avait jamais rien attendu de bon. Il en supportait d'ailleurs les déboires, ses domaines ayant été frappés par les troubles paysans. Son vœu était de voir partir le Turgot. L'émotion populaire présente, mal montée et préparée, tombait en quenouille. Ce qu'il voulait, lui, c'était préserver son revenu de cinquante mille livres de rente sur les franchises de l'enclos du Temple. Si le goutteux poursuivait ses réformes, c'en était fait de ce fructueux privilège. Comme de bien entendu, je n'y comprenais rien !

— Affaire de grands, dit Nicolas qui avait tout saisi et que le propos passionnait sans qu'il y parût. C'est tout ?

— Un troisième homme est arrivé. Il apportait de fâcheuses nouvelles. L'affaire avait échoué à Versailles, il en était de même à Paris et de surcroît... Là, je n'ai vraiment plus rien compris.

— De quoi s'agissait-il ?

— L'autre parlait d'un chien courant qui avait halèné et empaumé[4] la voie depuis trop longtemps, qu'il y faudrait veiller... Monseigneur a refusé d'en entendre davantage, jetant simplement qu'il revenait à d'autres qu'à lui d'en anéantir l'inconvénient et que ces bas détails l'entêtaient et l'importunaient au plus haut point. Ensuite, il a été question de Choiseul qui verrait la reine à Reims et s'efforcerait de parler au roi. L'occasion du sacre était la dernière chance à saisir. Le prince de Conti estimait pourtant que l'avenir de l'ancien ministre était des plus incertains ; le temps s'écoulait, étouffant ses dernières espérances, et la détestation du roi à son encontre ne faiblissait pas.

— Et encore ?

— Ensuite ? Rien. Ayant ramassé mes épingles, j'ai discrètement quitté l'appartement du prince. Je tenais essentiellement à me faire oublier. J'espère que vous rendrez compte à Sa Majesté. *Ce bon monsieur Vachon*, qui aurait cru cela ?

Il esquissa un entrechat en s'appuyant sur sa canne.

— Vous pouvez y compter. Sa Majesté appréciera et attachera le plus grand intérêt à vos informations. Puis-je maintenant faire appel à votre science sur un autre sujet qui m'embarrasse ?

— Monsieur le marquis, je suis tout à vous.

Nicolas sortit de sa poche le petit fragment de tissu sauvé des flammes de la cheminée de la maison Hénéfiance. Il le tendit à maître Vachon.

— D'où peut bien provenir ce tissu ? Je n'en ai jamais observé de semblable.

Le tailleur le saisit, le sentit, le froissa entre ses paumes, le renifla à nouveau, en tira prestement un fil qu'il fit se consumer au-dessus de la flamme d'une chandelle. Il le reconsidéra et, tel un augure, se prononça.

— Hum ! tissu étrange… venant d'Orient… trame de coton et chaîne de soie avec insertion de fil d'or… hum ! J'en ai déjà rencontré, chez un envoyé du grand Sérail. Cela provient des Indes orientales, du sud de l'Inde, sans doute. Peut-être même de plus loin, des comptoirs hollandais de Java. Je suis formel.

— Je vous en suis reconnaissant.

— Allez-vous à Reims pour le sacre ?

— Je l'ignore encore.

— Je vais vous préparer un habit blanc, vous en serez émerveillé ! Un souvenir de ma part. *Ce bon monsieur Vachon* ! Mon nom cité par le roi. Le roi !

Contrairement aux règles de son métier, il fournissait les tissus à ses clients, assuré que sa réputation et son entregent lui épargneraient les ennuis que tout autre aurait subis pour ce grave manquement. Nicolas eut du mal à se défaire des assauts de civilité du vieux tailleur qui, à la stupéfaction de ses aides, le raccompagna, avec force courbettes, jusqu'à sa voiture.

Se rencognant comme à son habitude contre la peluche de la banquette, Nicolas, le regard vide sur l'agitation de la rue, tâchait de renouer le fil des événements des derniers jours. Une unique pensée ne cessait de l'obséder : d'évidence un mystérieux adversaire, informé que la maison de la rue du Poirier serait soumise à investigation, se complaisait à jouer avec lui au chat et à la souris. Comment connaissait-il à l'avance les mouvements du commissaire ? Sans illusions, Nicolas n'accordait qu'une confiance limitée à la Gourdan. Femme retorse et dangereuse trahissant à fronts renversés, elle était fort capable d'avoir divulgué à qui de droit la teneur de son interrogatoire par la police. Devant la menace, l'inconnu s'évertuait à distraire l'intérêt du commissaire par ces inscriptions à la peinture suffisamment obscures pour intriguer et assez faciles à démêler pour engager sur des voies de diversion. Nicolas se reprochait d'avoir facilité la manœuvre en ne gagnant pas immédiatement la maison Hénéfiance. La reconnaissance du cadavre de maître Mourut par la servante de la Gourdan avait fait perdre un temps précieux à l'enquête et permis la préparation d'une mise en scène et, sans doute, d'un premier déménagement. Il fallait attirer pour mieux détruire et libérer la voie. Pour le coup, il ne donnait pas cher de la recherche de Bourdeau Au Grand Hiver.

Harceler la maquerelle ne servirait à rien et relevait de l'impossible : elle ne parlerait pas deux fois. Elle avait dû peiner suffisamment pour justifier de quelle manière elle avait mangé le morceau au commissaire. Quels indices lui restait-il pour recouper la piste ? Un misérable morceau de tissu des Indes orientales, l'énigme des lapins et le passé de la famille Hénéfiance, sans compter les suspects de la boulangerie Mourut. Son intuition le conduisait, suivant en cela les conseils de Noblecourt, à interroger le passé. Déjà il savait le lien entre le boulanger assassiné et le fils Hénéfiance. Les existences dans leur déroulement recelaient très souvent des clefs pour comprendre le présent. Il n'était pas d'affaire, sans exception, qu'une plongée en arrière n'éclairât. Persuadé également que la solution jaillissait souvent après qu'on se fut désintéressé du problème, Nicolas décida de n'y plus penser.

Restait que le propos de maître Vachon jetait un trouble intrigant. Depuis des années, le peuple agitait la question du pacte de famine. Le complot actuel, si tant est qu'il fût réel, s'appuyait sur le mécontentement général. Certains l'utilisaient, jouant sur les circonstances au profit de leurs menées occultes. Nicolas traversait avec précision les propos du prince de Conti. La liberté du commerce du grain le laissait indifférent, elle constituait cependant un bon prétexte pour se débarrasser du contrôleur général. Ce que craignait le prince, c'était, en fait, la poursuite des réformes et, surtout, la suppression des jurandes et des corporations. Cette mesure ruinerait l'enclos du Temple, lieu privilégié où métiers et négoces s'exerçaient en franchise, à son plus grand profit. À bien y réfléchir, il ne fallait pas confondre ceux qui attisaient un incendie avec ceux qui l'allumaient par des combinaisons concertées.

Quant à ce chien courant, quelque désagréable que résonnât l'épithète, Nicolas ne pouvait s'empêcher de penser que c'était à lui que faisait allusion le mystérieux interlocuteur du prince. Qui d'autre, en effet, que le commissaire du roi avait, depuis Vienne, entravé des menées dangereuses pour le royaume ? Quant à l'abbé évoqué par Vachon, il y avait gros à parier qu'il s'agissait de Georgel. Son nom rapproché de celui de Rohan, avancé dans la conversation, renouait les fils autrichiens avec ceux de Versailles et de Paris. S'il n'y avait pas complot, toutes les conditions en étaient réunies. La coalition composite dressée contre Turgot pouvait susciter un puissant parti d'importants soutenu par les Parlements. Le rassurant de tout cela, il l'espérait, ressortait des différents motifs qui animaient chacun des acteurs, si divers qu'ils n'autoriseraient jamais un accord général.

Quelque chose le confortait dans sa mission jusqu'à la jubilation. Que le nom de Sartine eût été cité l'avait, sur le coup, consterné. Il connaissait l'éloignement du ministre à l'égard du contrôleur général. Les propos désabusés de Conti prouvaient que Sartine, quoi qu'il en eût, restait égal à lui-même et fidèle à son roi.

Devant le Grand Châtelet un carrosse barra la route à sa voiture. Un laquais en livrée reçut des ordres à la portière et se dirigea vers Nicolas qui observait, glace baissée, les raisons de cet embarras. Était-il bien M. Le Floch ? Si oui, qu'il voulût bien le suivre jusqu'au carrosse, son maître souhaitant l'entretenir. Nicolas s'enquit du demandeur ; un désespérant mutisme lui répondit. Il plaça dans sa poche le pistolet miniature de Bourdeau. On ne savait jamais et, depuis Vienne, il se méfiait de tous, même si un enlèvement aux portes d'un édifice de justice lui parut inconcevable. La porte du carrosse s'ouvrit, poussée par une main nerveuse. Le commissaire monta et découvrit M. de Sartine en habit gorge-de-pigeon, l'air fort crêté. Le fouet claqua et la caisse s'ébranla.

— Ainsi, monsieur, m'obligez-vous à courir tout Paris pour vous trouver. Jamais là où il conviendrait d'être. Jamais disponible quand on a besoin de vous. Je cours et vous êtes ailleurs !

— Jamais las de vous servir, monseigneur, rétorqua Nicolas qui en avait vu d'autres, venant de son ancien chef.

— Et brochant sur le tout, il fait le bel esprit ! Pour l'heure, c'est une explication que je vous somme de me donner.

Nicolas ne parvenait pas à démêler si cet exorde aigrelet participait du jeu habituel du personnage ou était la manifestation d'une vraie irritation.

— Je suis votre très humble et obéissant serviteur.

Sartine se frappa les cuisses des deux mains.

— Et de surcroît, il se moque ! Humble, c'est à voir, obéissant peut-être, à condition d'en faire toujours à votre tête. Sans hésiter à pénétrer des affaires d'État en réveillant des échos éteints depuis longtemps.

Nous y voilà, songea Nicolas. C'est de Vincennes qu'il est question.

— Vous voulez sans doute évoquer ma descente chez la Gourdan ? avança-t-il innocemment.

— La Gourdan ! Qu'a-t-elle à faire dans tout cela ? Quelle mouche vous pique d'en appeler aux maquerelles de la place ? Je parle, monsieur le commissaire, d'une visite sans rime ni raison à la prison royale de Vincennes. Usant de je ne sais quel subterfuge, vous avez réussi à circonvenir Rougemont. Qu'imaginiez-vous donc ? Qu'il se tairait et couvrirait vos turpitudes ?

Nicolas comprit que le gouverneur de Vincennes avait parlé, mais, prudent, s'était gardé de dénoncer l'ordre signé Le Noir.

— J'imaginais, monseigneur, qu'en bon serviteur, M. de Rougemont rendrait compte à ses autorités et que, sachant tout comme toujours, vous souhaiteriez avoir avec moi cette conversation. Si les événements des derniers jours l'avaient permis, nul doute que moi-même je vous aurais tenu informé des détours de ma recherche.

— Et de qui se moque-t-on ici ? Il n'a pas le temps de me voir ! Et d'ailleurs d'où vous vient cette soudaine connaissance d'une affaire d'État enfouie depuis des années dans le tréfonds des mémoires ? J'ai interrogé Le Noir qui affirme n'en rien savoir. Alors, qu'en est-il ? Répondez.

Ainsi, songea Nicolas, chacun, à ce niveau d'autorité, conduit sa barque au mieux de ses intérêts. Que ceux-ci entrent en conflit avec la loyauté, ils l'emportaient dans un débat confus de hasard, de risque et de bonne foi.

— Vous bayez aux corneilles, monsieur ! J'attends votre réponse.

— Que vous dire, sinon qu'un nom ayant frappé mon oreille au cours d'une enquête criminelle, j'ai été conduit à consulter les archives de la police, les mieux tenues d'Europe. On y trouve ce qu'on y cherche. La quête est fastidieuse, mais toujours fructueuse. Sur ce on s'acharne à comprendre le pourquoi des événements. On entend, çà et là, que des personnages, pour lesquels notre fidélité et reconnaissance sont sans mesure, sont cités à voix basse, qu'on les accuse et que leur éloignement d'une certaine politique justifie le doute. On pousse l'enquête liée par mille canaux à un crime domestique et à un complot d'État. On cherche aussi à aider ces personnages estimables en leur apportant le tribut de nos modestes découvertes, celui qu'ils sont en droit d'attendre de bons serviteurs du roi.

Sur le visage aux méplats sévères du ministre se succédaient des sentiments divers, étonnement, colère, incrédulité, amusement et… attendrissement.

— Il est vrai que nos archives… Enfin, je me garderai de vérifier le fait. Lorsque vous aurez substitué des principes à votre turbulence, vous vaudrez tout votre prix qui n'est pas bas… Mais enfin, qu'avez-vous tiré de l'insensé de Vincennes ?

— Oh ! peu de chose. Un détail sur une question adjacente qui me permet de relier certains faits inexpliqués. Et j'ai constaté, monseigneur, qu'un homme ou fou ou bavard peut sans jugement être injustement incarcéré et que cela me semble contraire à ce que jadis m'inculqua un certain lieutenant général de police.

— Ah ! Voilà bien cette mauvaise tête de Breton ! Vous possédez plus que d'autres le sentiment inné du juste et de l'injuste. Il faut pourtant peser les conséquences. Imaginez qu'on libère cet individu, il parlera et vous êtes mieux à même de savoir ce qu'il avancera. Les officines de publicistes de Londres, La Haye et Berlin en nourriraient aussitôt leurs gazettes ; pamphlets, libelles et chansons le répercuteraient. Les beaux esprits se repaîtraient de *nouvelles à la main* distillées par les salons. Quelle répercussion pour le royaume ! Y avez-vous seulement songé ? Les choix de ceux qui gouvernent balancent toujours entre deux inconvénients dont l'un est une injustice !

Il semblait hésiter, comme préoccupé par un doute qu'il n'exprimait pas.

— Quels propos particuliers s'attachent à ma réputation ?

— Une âme forte comme la vôtre se désintéresse du qu'en-dira-t-on, monseigneur.

— Mais encore ! J'insiste.

— Pour Vincennes, vous imaginez la rancune du prisonnier à votre égard… Pour le présent, on affirme que vous tenez toujours la police, que Le Noir agit en sous-ordre…

— Ah, on dit cela !

— Que les désordres de la ville n'ont point été réprimés, et cela selon un plan préconçu destiné à faire choir Turgot dont vous souhaitez le départ.

— Je ne le souhaite pas, je l'espère. C'est tout ?

— Et d'autres prétendent que, malgré cette détestation, vous n'avez manqué à aucun de vos devoirs, demeurant dans l'expectative et affaiblissant ainsi le mouvement destiné à chasser l'intrus.

— Ah ! On dit cela. Et qui le dit ?

— Mon informateur annonce le nom d'un prince du sang.

— Orléans ou Conti, cela va de soi. Plutôt Conti… Et comment savez-vous ce qu'affirme ce prince ?

— Je suis depuis quinze ans dans la police, et l'élève de Monseigneur.

— Par la male mort, je vous ai trop bien éduqué à ce qu'il paraît ! Quelle impertinence !

— Et inculqué, monseigneur, que la règle première demeure de savoir préserver le secret de votre informateur.

— Et vous n'appliquez les règles qu'autant qu'elles vous conviennent.

— Il reste que je souhaiterais que vous m'aidiez.

— Tiens donc ! Il souhaite mon aide ; c'est le monde à la renverse ! Enfin, soit…

— Dans l'affaire touchant la personne incarcérée à Vincennes, avez-vous entendu citer le nom d'un certain Hénéfiance, marchand de grains et agioteur, rue du Poirier ? Vous étiez lieutenant criminel à l'époque.

— Certes. Et je n'ai suivi tout cela que de très loin. L'affaire était si délicate qu'elle remontait jusqu'au contrôle général. Cet Hénéfiance, me semble-t-il, avait été dénoncé. On avait jugé qu'un procès public, vu la conjoncture, susciterait des troubles graves. Nous étions encore en guerre… Les galères ont paru l'issue la meilleure pour les intérêts de l'État. J'ai ensuite appris que l'homme, après un an ou deux à Brest, se serait enfui sans qu'on ait plus jamais entendu parler de lui. On pense qu'il se serait noyé ; une barque avait été retrouvée à la dérive.

— Pourquoi par mer, cette fuite ?

— Sachez qu'il est impossible de s'échapper de Brest par voie de terre. Tout le pays est surveillé et sillonné de patrouilles. Toute évasion est immédiatement signalée. Chaque clocher sonne le tocsin. De surcroît, quiconque ne parlerait pas breton ne pourrait survivre.

Il parut à Nicolas que pour quelqu'un se prétendant fort étranger à l'affaire, Sartine débordait de détails. Il se garda d'en tirer commentaire, trop satisfait de ce qu'il avait obtenu du ministre. Le carrosse revenait sous la voûte du Grand Châtelet.

— Et comment vous entendez-vous avec le chevalier de Lastire ?

— Du mieux possible quand nos chemins se croisent. Cependant les événements en ont décidé autrement. J'ai bien compris qu'il suivait avec l'attention la plus extrême les troubles des derniers jours et que l'affaire de la rue Montmartre ne l'intéressait guère. Cela dit, nous nous croisons et nous nous informons.

Sartine paraissait réfléchir et se parla à lui-même. Il se reprit.

— Il est vrai qu'il me fait rapport. Ainsi, dans la nuit de dimanche à lundi, il m'a prédit ce qui se passerait à Versailles. Il a du nez. Prenez ses conseils. Je vous laisse. Auriez-vous, par hasard, un de ces rendez-vous macabres qui vous passionnent tant ? Un mort de plus semé sous vos pas, peut-être ?

— Du tout, monseigneur, dit Nicolas se jetant sous le porche, rien que des lapins évanouis.

Il vit disparaître l'attelage enlevé sous le fouet du cocher et le visage stupéfait de Sartine à la portière. Dans le bureau de permanence, il trouva Bourdeau et Semacgus qui devisaient d'abondance.

— Que je suis aise de vous trouver là tous les deux. J'ai tant de choses à vous raconter.

À leur mine il devina qu'ils n'étaient pas, eux non plus, en peine de confidences.

Bourdeau, sans un mot, lui présenta un papier plié en deux. Nicolas l'ouvrit. Un point d'interrogation grossièrement dessiné au charbon marquait le billet.

— Que signifie ?

— Cela veut dire qu'après de longues recherches, j'apprends que le cabaret Au Grand Hiver est situé rue du faubourg du Temple, presque à la Courtille. Après m'être promené pour n'avoir pas pris la voie dans le bon sens, je découvre un pan de mur calciné et un bout d'enseigne, seuls vestiges d'un établissement ruiné depuis quinze ans. Mais le pire était à venir. Rageur, j'admire la ruine quand un vas-y-dire me tend ce papier. À peine ai-je le temps de relever les yeux que le friponneau s'était déjà prestement enfui. Du coup, je n'ai pu lui demander qui l'avait chargé de cette mission.

— Il y a apparence, dit Nicolas, qu'on cherche à nous détourner d'autre chose. Notre adversaire comptait sans doute m'attirer par là afin de m'empêcher d'être ailleurs.

Il considérait le papier. Semacgus remarqua l'attention qu'il y portait.

— Il vous rappelle quelque chose ?

— En fait, je crois avoir vu son semblable, la découpe est si particulière… Il faudra que j'y réfléchisse.

Il leur raconta son équipée rue du Poirier et les mésaventures de Rabouine et Tirepot.

— Malheur ! C'est le jour, s'exclama Bourdeau. Comment remettre la main sur notre homme maintenant ? Le fil est rompu et l'oiseau envolé !

— Peut-être le retrouverons-nous. Il nous cherche autant que nous le poursuivons. Pourquoi voulez-vous qu'il nous laisse en paix ? J'ai la curieuse impression que c'est à moi qu'il en veut.

— Messieurs, annonça Semacgus épanoui et avec une emphase gourmande, j'ai d'importantes nouvelles à votre service. Et des plus surprenantes. Nicolas, veuillez me montrer vos bottes.

Surpris, le commissaire s'appuya des deux mains sur la table et leva le pied droit. Semacgus s'accroupit, chaussa ses bésicles et, le souffle coupé par sa bedaine, le visage cramoisi, recueillit délicatement de petits débris collés sous la semelle. Ayant repris sa respiration, il les considéra avec la plus grande attention.

— C'est exactement ce que je pressentais : vous revenez du même endroit que l'autre jour et il n'y a donc pas à s'étonner. Les mêmes causes produisent les mêmes effets. Cela confirme amplement toutes mes hypothèses.

— Nous direz-vous enfin, Guillaume, ce qui peut autoriser des propos aussi étranges de votre part ?

— Je vais au préalable vous conter une histoire qui, vous le verrez, nous ramènera à la mort de maître Mourut et à la rue du Poirier. Il y a un quart de siècle, lors d'une escale à Pondichéry à bord du *Villeflix*, un important négociant de l'Isle de France[5] fut retrouvé mort dans la chambre qu'il occupait au palais du gouverneur. Dans l'affolement qui s'ensuivit, nous nous perdions en conjectures sur les causes du décès. On soupçonna un empoisonnement, si fréquent aux Indes orientales. Comme un navire marchand se proposait de ramener le corps à Port-Louis, le gouverneur me demanda d'embaumer le cadavre. Pour en avoir le cœur net, je procédai à une ouverture en règle. Je relevai des désordres identiques à ceux observés chez maître Mourut. Peu de temps après, un domestique du gouverneur périt dans de semblables conditions.

— Et vous n'avez rien décelé non plus ? demanda Bourdeau.

— Bien sûr que si ! Il y avait un témoin qui affirma que l'homme avait été mordu par une hamadryade.

— Comment ! se récria Nicolas que sa culture jésuite n'abandonnait jamais. Mordu par une nymphe des bois ?

Semacgus éclata d'un grand rire.

— Au cours d'un violent déduit amoureux ? Apprenez qu'il s'agit du nom savant du cobra royal d'Asie, encore connu sous celui de serpent à lunettes.

Il sortit de sa poche une mine de plomb et un bout de papier et dessina avec adresse la tête du reptile que Nicolas considéra avec attention.

— Et quel est le rapport avec M. Mourut ? Ce genre de reptile ne fréquente pas la rue Montmartre, que je sache.

— Vous dites vrai, il n'en demeure pas moins que notre homme manifestait tous les symptômes d'une mort par venin.

— Il aurait donc été mordu ou piqué ?

— Rappelez-vous mon observation sur cette étrange plaie à la main. Je n'ai pas voulu démentir Sanson devant vous, mais la plaie nécrosée ne laissait pas de me faire souvenir de celle que j'ai naguère examinée. Reste qu'il s'agit d'une coupure et non des piqûres caractéristiques des crochets de cobra.

— Il ne s'agit peut-être pas d'un cobra. Que diriez-vous d'une vipère ?

— J'y ai songé sans me persuader. La morsure de vipère n'est pas forcément mortelle pour l'homme, aussi profonde soit-elle. Certes elle tue un moineau, un lapin, un poulet, un chien même, encore faut-il qu'il soit très jeune. Je sais par M. de Jussieu qu'un certain Fontana, physicien du grand duc de Toscane, a procédé à ce sujet à plus de six mille expériences.

— Votre histoire de plaie m'intrigue, dit Bourdeau. En viendrait-on à imaginer qu'on a pu introduire le venin par son canal dans l'organisme de M. Mourut ?

— C'est l'hypothèse, souvenez-vous, que je vous ai déjà présentée. Rien n'empêche de penser qu'on est en présence d'un tableau similaire où le venin remplace le poison !

— J'en frémis, reprit l'inspecteur. Cependant, pour cela, il faudrait disposer de l'animal en question.

— Et le pouvoir conserver au chaud, car c'est un reptile des contrées tropicales qui ne supporte pas le froid.

— Y en a-t-il au Jardin du Roi ?

— Naturalisés, je le crois.

— Et chez des particuliers ?

— Pas à ma connaissance. Mais la chose n'est pas impossible. À condition de le conserver à bonne température.

— Cependant, observa Nicolas, votre ingénieuse intuition suggère qu'on puisse recueillir le venin et je n'en vois pas la manière.

— Rien de plus facile, dit Semacgus. Je l'ai vu faire vingt fois aux Indes. Les fakirs et autres derviches qui manipulent les serpents leur font mordre un tissu tendu sur une calebasse.

— Une calebasse ?

— Une sorte de soupière ronde. C'est en fait le fruit vidé et séché de la courge.

— Et il n'y a point de risques ?

— Une fois que vous tenez fermement la tête, le serpent n'a plus aucun moyen de se défendre. On la coince avec des bâtons fourchus. Ainsi, peut-on recueillir les sécrétions de sa glande à venin. Gare cependant quand on le lâche !

— Alors… dit Nicolas qui poursuivait son idée tout en parlant. Rue du Poirier, ces lapins, ces boules de poil, ce feu dans la pièce close…

— Et, annonça Semacgus triomphant agitant les débris recueillis sur les bottes de Nicolas, ces écailles beiges et jaunes qu'à deux reprises vous avez récoltées sur vos bottes. Oui, cher Nicolas, rue du Poirier un criminel élève un cobra dont le venin a tué maître Mourut !

Cette annonce fut suivie d'un long silence.

— À bien considérer la conjoncture, dit Bourdeau, cela restreint le champ des recherches. Il n'existe point, que je sache, commerce de cette espèce de serpent sur la place.

— Peut-être des *gittani*[6] qui montrent quelquefois des reptiles dans les foires ?

— Fort peu probable. Réputés voleurs d'enfants, ils sont étroitement surveillés. Cela se saurait.

Nicolas hocha la tête.

— Alors, un particulier ? Nous retombons par la force des choses sur notre inconnu. Nous savons qu'il y avait un serpent rue du Poirier. Pourquoi et comment ?

— Si je peux me hasarder à vous offrir mon avis, reprit Semacgus, vous battez la campagne. Je m'explique. Voilà deux retors policiers qui ont constaté l'existence de la bête et les conséquences de sa nocivité, disposent d'un tissu en provenance directe des Indes orientales. Moi, simple et candide, je dis que le quidam qui use d'un tel moyen a dû servir comme marin, soldat, religieux ou négociant, ce qui explique qu'une arme vivante aussi périlleuse soit en sa possession. Vos recherches n'en sont pas, pour autant, simplifiées, mais réorientées, si j'ose dire, rationnellement. Ainsi moi, je ferais un bon suspect. J'ai fréquenté ces parages, je connais les cobras et ma perfidie se déploie jusqu'à vous dévoiler le stratagème, m'exonérant ainsi de tout soupçon.

— Allons, dit Nicolas riant, je crains que Guillaume ne veuille à nouveau tâter de la Bastille[7]. Au vrai, il a raison et l'offensive doit être préparée. C'est une bataille en forme. Les lignes s'ordonnent et se défont. Revoyons nos plans pour les jours qui viennent.

Il leur fit un récit ordonné de toutes les phases de l'enquête.

— Un fait continue à m'intriguer, remarqua Bourdeau. Hénéfiance fils a été condamné aux galères et donc ses biens ont dû être saisis au profit de la couronne…

— Je vous arrête, Pierre, interrompit Nicolas. Sans procédure ni sentence, point de conséquences patrimoniales.

— Cela expliquerait donc que la maison soit restée à l'abandon ?

— Sans doute, mais ne justifie pas que les meubles aient disparu. Nombre d'objets ont sans doute été déménagés. Pourquoi et par qui ? La question se pose. À cela s'ajoute le mystère de l'hôtel d'en face. Pierre, je vous invite à agir dans cette direction. À qui appartient-il ? Voyez et interrogez le voisinage ainsi que les notaires de la place. Il y a là, j'en ai le pressentiment, un élément manquant qui devrait nous éclairer.

— Vous feriez bien, intervint Semacgus, d'enquêter aussi auprès de la Marine. Nul doute que Sartine vous ouvrira les portes des archives de son département dont dépend le bagne de Brest.

— Pourquoi, demanda Bourdeau, parle-t-on encore de condamnation aux galères alors que celles-ci n'existent plus ?

— Sachez, expliqua doctement Semacgus, que les galères du roi ont été supprimées en 1749, après la mort de leur dernier général. Des milliers de prisonniers demeuraient à la disposition de la Marine à Toulon, Brest et Rochefort…

— Mais s'il n'y a plus de galères, il n'y a que des prisonniers oisifs.

— Que non pas ! Vous pensez bien qu'on ne souhaitait pas se priver d'une main-d'œuvre taillable et corvéable à merci. Je me souviens d'un passage à Brest en 1755 [8]. Les bagnards se consacraient à des travaux d'exécution en vue de l'aménagement du port. On détruisait au pic et à la pioche des verrous rocheux de part et d'autre de la Penfeld. Ils creusaient, évacuaient la roche et la vase, pompaient, enfonçaient des pieux, édifiaient des fortifications et des poudrières, un perpétuel et terrible terrassement !

— Donc enquêtons de ce côté-là.

— Reste, dit Bourdeau, qu'on peut s'évertuer à rassembler des informations, l'homme de la rue du Poirier continuera à nous glisser des doigts. Autant chercher une aiguille dans une botte de foin !

— Il faut compter avec l'inattendu. Rappelez-vous, il y a peu, les conséquences de la découverte de débris d'ananas dans l'estomac d'une victime [9]. Je crois au hasard, manifestation obscure d'une volonté qui nous dépasse.

Bourdeau ricana sans que Nicolas relevât la moquerie de son ami.

— Donc je me charge de la Marine et de la Compagnie des Indes. Bourdeau va hanter les notaires.

— Et votre Caminet ? interrogea soudain Semacgus. Toujours rien ? Point de cadavre éloquent à ouvrir ?

— Son signalement a été fourni. Les corps retirés de la rivière sont très soigneusement examinés, tout comme ceux trouvés dans et hors la ville.

— Bien. Je poursuivrai donc mes recherches sur notre assassin sinueux et venimeux auprès de mes confrères du Jardin du Roi.

La nuit tombait quand ils se quittèrent. Dans sa voiture, Nicolas pressa le déclencheur de sa montre à répétition. Elle sonna sept coups. Il la consulta, l'heure était passée de quinze minutes. Une grande lassitude le submergeait, faite de fatigue et de faim. Pourtant il éprouvait une joie sans mélange à l'idée de pouvoir souper en famille avec Louis et Noblecourt. La pensée d'Aimée d'Arranet lui serra le cœur. Elle s'obstinait, semblait-il, à ne pas donner de ses nouvelles. Il s'efforçait d'éviter de ranimer les sentiments d'inquiétude et, sans se l'avouer, de crainte jalouse, que son silence et cet éloignement suscitaient en lui. Le fantôme de Mme de Lastérieux s'interposait avec une douloureuse insistance entre lui et le charmant visage de sa maîtresse, le plongeant dans une sinistre contention.

Devant l'hôtel de Noblecourt stationnait un brillant équipage. Il reconnut les armes frappées sur la portière : le maréchal de Richelieu visitait son vieil ami. Sur le coup il en ressentit une certaine contrariété ; la perspective d'une tranquille soirée s'éloignait. Franchissant la porte cochère, il éprouva un vrai chagrin à constater le morne silence qui environnait désormais la boulangerie de maître Mourut. Quand reviendrait l'odeur chaude du fournil qui, d'habitude, l'accueillait ? La vie offrait et reprenait. D'infimes instants quotidiens constituaient autant de moments précieux de bonheur, mais ils n'apparaissaient tels qu'une fois disparus. Seul le vide portait témoignage de la place qu'ils occupaient auparavant. De l'office fusaient de grands éclats de rire parmi lesquels il reconnut ceux de Louis. Il entra et s'approcha pour observer la scène. Catherine, brandissant une cuillère à pot, s'adressait à un auditoire attentif et hilare. Poitevin, la brosse à la main, avait interrompu le décrottage d'un soulier. Marion riait à perdre haleine, au point d'en pleurer. Elle s'essuyait les yeux avec un coin de son tablier. Louis, à califourchon sur une chaise, était secoué de spasmes. Cyrus à l'unisson agitait la queue en poussant de petits aboiements joyeux. Seule Mouchette, juchée sur le rebord de la fenêtre, considérait avec une sorte de mépris impassible l'incompréhensible agitation des humains.

— Alors, poursuivait Catherine, ce dindon, je lui zonnais l'aubade chaque matin pour le mieux inviter à gloutonner. Puis le jour terrible arrive et pour donner à sa chair une barticulière déligatesse, je lui zupprime za bâtée ; au moins une bonne journée. Ensuite le lâcher dans la basse-cour pour qu'il cherche à s'enfuir et on lui court ardemment abrès !

Elle s'accroupit et feignit de poursuivre un imaginaire volatile tout autour de la table, redoublant la joie de l'assistance.

— Mais pourquoi tout cela, mon Dieu ? bafouilla Marion étranglée de rire.

— C'est une fazon de le réduire au dernier degré d'exaspération et d'épouvante. Dans cet état d'exaltation douloureuse, on le saisit, on le garrotte comme un criminel, puis on lui fait ingurgiter un demi-verre de vinaigre saturé de sel et de gingembre. Taïaut ! C'est l'agonie ! Couic ! On l'étrangle. On le laisse à la botence deux ou trois jours. Abrès on le plume, on le vide, on le basse à l'eau bouillante puis à l'eau froide. On le frotte de zel, de boivre et de gingembre, on le pique au lard. Cannelle, clous de girofle et yo, yo, à la broche la bête [10].

Au milieu de l'hilarité renouvelée, il arriva un incident étonnant qui confirma, s'il en était besoin, Nicolas dans ses présomptions. La première à envisager son maître, Mouchette, qui lui vouait une adoration sans condition depuis qu'il l'avait recueillie au palais de Cluny, sauta à terre et, comme à l'accoutumée, vint pour frotter sa petite tête contre les jambes de Nicolas. Elle se mettait en mesure de les renifler quand soudain, saisie d'épouvante, elle poussa un gémissement rauque, un frisson lui parcourut l'échine, sa queue se gonfla en écouvillon, elle cracha et répandit une odeur musquée en considérant les bottes comme si elles constituaient de redoutables adversaires. Cette manifestation inhabituelle médusa l'auditoire, enfin averti de l'arrivée du commissaire qui, lui, ne s'en étonna pas.

— Qu'a donc Mouchette, mon père, elle crache comme un diable !

— N'y prêtez pas attention, elle a reniflé sur mes bottes l'odeur d'une espèce ennemie.

— Et elle fleure le butois comme le maréchal.

— Nicolas, Monsieur vous attend, dit Marion, il a demandé que vous montiez dès votre arrivée. Monsieur le maréchal le visite.

Il se débarrassa de son tricorne. Il demanda à Poitevin de veiller à nettoyer le pistolet et de le lui rendre discrètement. Il ne voulait pas que Louis manipulât une arme que sa taille réduite rendait d'autant plus dangereuse. Il monta chez Noblecourt. À mi-escalier, on entendait déjà une voix haut perchée qui pérorait d'importance.

— Songez, mon ami, qu'à Bordeaux ces chats fourrés du Parlement ont tenté sans vergogne de s'opposer à moi ! Or je suis accoutumé à être obéi sans conditions et que tout plie sous ma seule volonté. Comment ose-t-on s'attaquer à un gouverneur de province, maréchal et pair de France ? Ils sont allés jusqu'à vouloir censurer le jeu, oui le jeu, chez moi ! Apprenez que, naguère, rendu à Bordeaux pour enregistrer la suppression du Parlement, j'ai dispensé mon mépris et les ai traités sans ménagement.

— Plaignez-vous, monseigneur, qu'à Paris le Parlement réinstallé vous cherche noise dans le malheureux procès de Mme de Saint-Vincent !

Rentre en toi-même Octave et cesse de te plaindre
Quoi ! Tu veux qu'on t'épargne et n'as rien épargné.

Le maréchal sourit.

— *Au lieu de vous cacher mes ennuis, je cherche à m'épancher et trouve une douceur secrète à vous découvrir mon âme.*

— Voilà une belle parole, déclara Nicolas, paraissant. Monseigneur, c'est le sage qui, par votre bouche, s'exprime ! Vous n'êtes pas pour rien l'un des quarante de l'Académie.

— Ah pardieu ! Il a joué le mot d'excellente manière et je le replacerai. Il fallait bien un Breton pour reconnaître une citation de l'auteur de *Gil Blas*, du *Diable Boiteux* et de *Turcaret* !

— Le Sage, né à Sarzeau !

— Que vous disais-je ? Ah, oui ! Il faut convenir, toute rancœur mise à part, que la destruction des Parlements était la chose la plus avantageuse pour le royaume. Autrement, la magistrature, j'excepte un certain procureur…

Noblecourt se souleva de son fauteuil et salua.

— … envahirait nécessairement toutes les autorités et il n'y aurait pas jusqu'au plus petit huissier, pourvu qu'il fût adroit et fripon, qui ne se rendît roi de son village ou dans sa sphère. Le roi doit régner sans contradictions et sans remontrances. Mais qui désormais nous écoute ? Alors, monsieur le marquis, quelle réponse pour votre fils, le ferons-nous page ?

— Monsieur le maréchal, ma gratitude est immense, mais nous le lui devons demander.

— Comment cela, lui demander ? Voilà qui est des plus étranges ! Quelle réponse peut-il faire à une proposition aussi inouïe ? Qu'il prenne place sans broncher dans la lignée des Ranreuil et nous le mènerons loin. Peuh ! Depuis quand consulte-t-on les enfants sur leur avenir ? Ont-ils même un avenir ? Non, rien d'autre que la suite de la grandeur de leur maison ! Faites-le quérir, je m'en vas lui parler, q'je craignions qu'eul poupard ergote et qu'on va lui clamer son paquet.

Nicolas avait remarqué qu'à l'instar de sa commère Mme de Maurepas, Richelieu, piqué, retrouvait très vite le parler peuple d'usage chez les roués à l'époque du régent d'Orléans.

Que restait-il d'autre à faire qu'à s'exécuter ? Le maréchal connaissait la présence de Louis dans la maison. Cette situation contraria Nicolas qui eût préféré sonder son fils au préalable sur cette proposition. Il en éprouvait une surprenante tristesse. On le privait d'un privilège qui lui revenait de nature. Il tenta d'approfondir ce qu'il ressentait. Il distinguait clairement qu'un destin était sur le point de se nouer. Tout se mettait en marche comme l'inexorable roue du temps. En un instant, il revit l'horloge astronomique de la cathédrale de Strasbourg admirée naguère lors du voyage à Vienne. Il crut percevoir le bruit mécanique de ses engrenages et, avec lui, se profilait soudain la chaîne fatale des conséquences. Un jour, lui-même avait été jeté hors de la voie commune par une brutale décision du marquis de Ranreuil, son père. Qu'avait-il pu alors opposer au destin sinon sa peine et sa crainte ? Paris l'avait happé, et Sartine et Lardin l'avaient poussé dans une voie à l'origine ni voulue ni choisie. Restait que celle qui s'ouvrait à Louis correspondait sans doute à ses attentes profondes. Allant chercher son fils, il soupira ; son enfance lui avait été volée et maintenant il assistait, en témoin impuissant, à une prise de décision essentielle pour l'intéressé.

Il en arriva comme il avait prévu. Le duc de Richelieu orna son offre des prestiges les plus séduisants. Son ton caressant et les compliments outrés qu'il prodigua au jeune Ranreuil, ajoutés à ce que pouvait représenter aux yeux d'un enfant le vainqueur de Mahon, en auraient séduit de moins candides. Sans s'efforcer, il emporta l'imagination et l'assentiment de Louis en vue d'un avenir qui allait précipiter celui-ci dans le milieu le plus dangereux et le plus brillant, le théâtre de la cour et des grands. Dans tout cela, rien ne prévalait, d'évidence, aux yeux de l'enfant que deux perspectives : approcher le roi et se préparer à la carrière des armes pour laquelle son sang parlait.

— Allez, dit Richelieu congédiant l'impétrant d'un air gracieux, et faites honneur à votre aïeul et à votre père…

Il le laissa se retirer.

— … j'augure bien de lui. Il a bonne mine, beau visage, l'air éveillé. Il le faudra bien marier, à une fille de grand nom.

Il prit un air égrillard qui plissa sa vieille face momifiée.

— Sur ce, messieurs, j'me voyons dans l'obligation de décamper. On m'attend en ville.

Il agita juste sa main d'un geste évasif et n'acheva point son propos, l'air faraud qu'on le devine à demi-mot. Noblecourt se leva pour reconduire son hôte. Nicolas le précéda avec un flambeau pour éclairer leur descente. Le cortège gagna ainsi la rue en cérémonie.

— Nicolas, vous paraissez bien sombre, soupira Noblecourt, remontant dans son appartement, appuyé au bras du commissaire.

— Non… Mais tout cela a été si précipité. Je crains que Louis ne se soit engagé sans trop bien comprendre à quoi cela l'obligeait.

— Je vous devine, vous connaissant depuis longtemps. Vous auriez préféré en parler à Louis au préalable. Prenez-en votre parti. Le résultat s'en serait-il trouvé modifié ? Pour autant, il est plus mûr que vous ne pouvez l'imaginer. Vous-même, lorsque je vous donnais des leçons de droit à la demande de Lardin, vous paraissiez sans expérience, et pourtant déjà quelle force de caractère ! Laissez-le bâtir et renforcer la sienne. Le trop de sérieux des parents, et des pères en particulier, ôte aux

341

enfants leur aimable candeur pour y substituer un petit air cafard qui les rend odieux. Considérez sa soif d'être un bon serviteur du roi. Où croyez-vous que ce penchant méritoire le puisse mener ? Cela lui vient des Ranreuil et de vous, et je dirais de sa mère, femme estimable bousculée par le destin. Reprenez votre sérénité. Ne donnez pas à votre fils l'impression que vous doutez de son choix. Confortez-le au contraire en l'entourant de conseils indispensables au nouvel état qui s'offre à lui. Je suis persuadé qu'il est bon de suivre sa pente pourvu que le but soit élevé.

— Que dit-on, demanda Nicolas, rasséréné par la sereine philosophie du vieux magistrat, du prince de Conti ? Vous, pour qui la ville et la cour ne recèlent aucun secret.

— C'est étrange que vous m'en parliez justement aujourd'hui. Richelieu, vieux renard, me dénonçait, peu avant votre venue, la collusion du prince avec le Parlement. De là cette diatribe furibonde et de haut col contre les chats fourrés que vous avez surprise.

— On dit l'homme populaire ?

— Peuh ! Il prétend l'être, et beaucoup d'autres choses aussi. Il croit mener le Parlement et devenir un nouveau duc de Beaufort [11] pour le peuple. Du reste peu considéré de l'un et peu connu de l'autre. Prompt à tout et bon à rien. Le plus beau et le plus majestueux des hommes, l'idole et l'exemple de la bonne – ou mauvaise – compagnie libertine. Une manière et un style à lui, citant Rabelais et ayant quelquefois son langage. Un mot le décrit, et il est de sa mère : *Mon fils a bien de l'esprit. Oh ! Il en a beaucoup, on en voit d'abord une grande étendue, mais il est un obélisque ; il va toujours en diminuant à mesure qu'il s'élève, et finit par une pointe, comme un clocher* [12] !

— Le maréchal ne détellera donc jamais ?

Noblecourt hocha la tête avec mélancolie.

— Il y a deux manières d'être vieux. L'une consiste à se draper dans les inconforts de cet âge comme dans un manteau de sacre. L'autre, et Richelieu l'a choisie, se mesure à croire et à faire croire par toutes sortes d'expédients qu'il n'en est rien.

Sa course n'est au fond qu'une longue jeunesse,
Qu'il a déjà poussée à deux fois quarante ans.

— Et la vôtre ?

Il sourit.

— Par hasard, serais-je vieux, à vos yeux ? Il ne tiendrait qu'à moi de l'être. Pour être sincère, je mélange les deux recettes. Je proclame que je ne le suis pas et parfois cela me réussit. On peut s'empêcher au moins de paraître en vieillard ; il convient de ne se point abandonner à la paresse du corps et de l'esprit. Tant pis pour ceux qui renoncent. Je me dis aussi que je ne veux pas mourir. J'ai encore trop de curiosité… Je ne sais comment cela réussira.

On entendait dans la bibliothèque Marion et Catherine dressant le couvert, le murmure de leurs voix et le tintement des cristaux et des porcelaines. Louis passa la tête timidement. Nicolas l'observa avec fierté ; c'est vrai qu'il avait déjà de l'allure, bien davantage que lui-même à son âge, et le même port de tête que son grand-père. Catherine les houspilla et les poussa dans la bibliothèque. Le potage fut pris en silence.

— Est-il possible, mon père, que ce petit homme maniéré ait été un grand général ? hasarda Louis.

— Voilà bien le sévère jugement de la jeunesse !

— Louis, dit Nicolas, ne vous fiez jamais aux apparences. Vous connaissez la bataille de Fontenoy où parut mon père. Eh bien ! Savez-vous qu'il a tenu à un rien que cette fameuse journée s'achève en un affreux désastre ? Ce rien était ce petit homme. Nos troupes étaient durement bousculées, l'effroi gagnait les officiers généraux. Il y eut conseil de guerre improvisé à cheval devant le feu roi, hésitant sur des décisions à prendre. Richelieu parla et signala une ressource : une batterie mal orientée pouvait foudroyer l'infanterie ennemie et y produire d'affreux ravages. Or le maréchal de Saxe avait interdit qu'on y touchât. « *Le roi est bien au-dessus du maréchal, il n'a qu'à ordonner* », jeta Richelieu avec force.

— Et alors ?

— Alors ? Le roi suivit le conseil et s'en trouva bien. Après deux ou trois décharges à mitraille, l'ennemi fut ébranlé et c'est à ce moment que Richelieu chargea avec la Maison du roi et votre grand-père et que l'ennemi fut mis en pièces. Ainsi s'écrit l'Histoire. Conservez en mémoire ce haut fait, et sachez que le maréchal m'a toujours accordé sa protection. On vous dira, car la cour est ainsi faite, beaucoup de mal de lui. Tenez-vous-en à cela : c'est un grand soldat et un ami de notre maison et de M. de Noblecourt.

Ce dernier salua avec gravité.

— Ah, mon père, que je voudrais vivre de tels moments !

Nicolas songea que l'enthousiasme des fils nourrissait l'angoisse des pères. Sans doute avait-il été lui-même la cause de soucis pour le marquis de Ranreuil… Dieu savait que dans sa carrière les visions affreuses n'avaient pas manqué. Pourtant rien dans sa mémoire n'égalait les récits des soirs de bataille que son père décrivait avec cette froide distance qui masquait, il le comprenait aujourd'hui, la hantise de tant d'horreurs contemplées. Des images de corps dépouillés et entassés lui traversaient l'esprit ; il tenta de les chasser. Ensuite, Louis interrogea inlassablement son père sur le détail des fonctions de page. Les réponses étaient complétées par les conseils de M. de

Noblecourt, toujours avisé pour tirer des faits les considérations utiles. Marion et Catherine s'étaient comme toujours surpassées. Un des gros lapins que Poitevin élevait dans un clapier au fond du jardin, pratique qui l'obligeait à faire le tour de certains lieux connus de lui seul pour y récolter leur pitance, avait été sacrifié et minutieusement désossé. Roulé autour de son foie et de morceaux de gorge de porc, il avait été assaisonné d'un hachis d'herbes, puis enveloppé dans une fine crépine semblable à une dentelle ajourée. La pièce ainsi parée couchée sur un lit de bardes dans une terrine, mouillée de bouillon de veau et d'un verre de vin blanc, avait cuit à l'étouffée dans le four du potager. Les tranches de ce délice étaient disposées sur un lit d'oseille.

— C'est Noël, après Juilly ! s'exclama Louis qui ne s'en laissait pas conter à table.

— Et tu n'as pas vu la suite, dit Catherine.

Bientôt apparut un régal, prodigieux empilement d'omelettes entre lesquelles s'étalaient de la confiture d'abricot, de la gelée de groseille et de la marmelade de mirabelle. Le tout, couvert de sucre, avait été glacé à la pelle rouge. Il fallut tempérer Noblecourt qui, après avoir longuement tâté du lapin, son locataire, disait-il, se voulut servir d'une part de dessert si considérable qu'elle déclencha aussitôt la censure sourcilleuse des deux servantes qui se liguèrent pour, à son grand désespoir, lui retirer son assiette.

La soirée s'acheva paisiblement par l'évocation du sacre proche. Louis, les pommettes rouges d'exaltation, s'interrogeait, sans qu'on pût lui répondre, pour savoir s'il y paraîtrait. Nicolas lui promit de le conduire, dès qu'il en aurait le loisir, admirer les équipages et le carrosse du roi qui étaient exposés. Chacun y courait et l'affluence était grandissante jour après jour pour lorgner les ornements et les peintures de la voiture que la rumeur décrivait d'une richesse, d'un fini et d'une beauté à enchanter les plus connaisseurs. On se précipitait aussi chez le joaillier Aubert où brillait de tous ses feux la couronne ornée de diamants, dont le Régent et le Sancy, évalués à plus de dix-huit millions de livres. On venait de publier l'ordre de marche du roi et des cérémonies. Sa Majesté partirait de Versailles en grand appareil, avec la reine, les princes, la cour et les ministres. Ses tantes resteraient au palais avec la comtesse d'Artois, enceinte. Le souverain serait reçu dans toutes les villes où il passerait au son des cloches, au bruit du canon et aux acclamations des peuples. Ces futurs vivats faisaient sourire Noblecourt ; il les considérait comme fort singuliers, comme s'ils étaient de commande ainsi que le reste. Louis annonça avec extase que la gazette prévoyait vingt mille chevaux de poste continuellement en course entre Paris et Reims. Sur ce détail chacun rejoignit sa chacunière.

— Il est fort tard, dit Nicolas, consultant la pendule de la cheminée.

— Peuh ! dit Noblecourt, elle est arrêtée, on a oublié de la remonter. Qu'importe, elle n'en marque pas moins l'heure exacte deux fois par jour avec une régularité méritoire !

La nuit était déjà fort avancée quand Nicolas, plongé dans un profond sommeil, fut réveillé par un cri déchirant. Il semblait venir de la chambre de Louis. Il s'y précipita. Dressé sur sa couche, son fils paraissait hagard, le visage ruisselant de sueur. Nicolas le prit dans ses bras, il tremblait de tout son corps.

— Allons, ce n'est rien qu'un cauchemar. Calmez-vous, le souper a été trop plantureux. Voilà la conséquence obligée d'une mauvaise digestion.

— Mon père, j'ai revu le capucin.

— Comment cela, le capucin ? Celui de Juilly ?

— Oui, il voulait m'entraîner… je résistais… j'allais… Et je me suis réveillé.

Il semblait réfléchir, presque calmé.

— Le revoir en rêve m'a remémoré un détail qui pourrait vous être utile, mon père.

— Je vous écoute, Louis.

— Connaissez-vous la tenue de ces moines ?

— Certes, un capuchon pointu, une pénitence et les pieds nus…

— … dans des sandales de cuir.

— Et alors ?

— Une image m'est revenue. Le capucin avait les chevilles comme brûlées.

— Brûlées ?

— Une cicatrice rosâtre à chaque jambe.

— N'avez-vous toujours aucune idée de son visage ? Votre rêve ne l'a-t-il point éclairé ?

— Non… À Juilly, il baissait la tête, le capuchon bas. Je n'ai vu qu'un haut de barbe. Le tout indistinct, comme dans le rêve.

Pour la seconde nuit consécutive, Nicolas veilla sur le sommeil de son fils. Après une longue réflexion, il s'assoupit à son tour, ressassant dans son repos agité les étranges détails que Louis venait de lui révéler.

XI

PAS DE CHARGE

> « Je ne sais où on prend la confiance qu'on
> arrêtera la fermentation des têtes, mais, si je
> ne me trompe pas, de pareilles émeutes ont
> toujours précédé les révolutions. »
>
> Lettre du bailli DE MIRABEAU
> au duc de La Vrillière, 1775

Vendredi 5 mai 1775

Le lendemain, à l'aube, M. de La Borde surgit rue
Montmartre. Il venait, d'ordre du duc de La Vrillière,
quérir Nicolas. L'ancien serviteur de Louis XV ignorait
les raisons de cette convocation. Il avait reçu dans la nuit
un pli du ministre de la Maison du roi d'avoir à prendre le
commissaire au saut du lit. Ainsi la vieille cour s'agitait,
forte de cette connivence secrète de ceux qui avaient
assisté Louis XV dans son agonie. Dans la voiture la
conversation s'éteignit vite entre les deux amis. Pensif,
Nicolas s'interrogeait. Que pouvait lui vouloir l'homme
de pouvoir avec lequel il partageait un lourd secret privé [1]
et qui, depuis, paraissait le tenir à distance ?

348

Parvenue à destination, la voiture s'arrêta dans la cour de l'hôtel Saint-Florentin. La Borde ne descendit pas et Nicolas monta seul dans les appartements du ministre, non sans un serrement au cœur de retrouver un lieu marqué par des événements atroces. Provence, le valet de chambre, le reçut sans morgue comme une vieille connaissance. Introduit dans le bureau dont les volets intérieurs étaient encore fermés, il reconnut, dans une ombre tempérée par la lueur d'un feu mourant, la silhouette du duc de La Vrillière, tassé dans un fauteuil et enveloppé dans une robe de chambre dont il n'avait pas enfilé les manches. Nicolas fut frappé de son changement : amaigri, les traits tirés, les mains tremblantes, les yeux enfoncés dans les orbites. Il jeta un regard vide sur le visiteur, l'invita d'un geste las à s'asseoir et soupira.

— Vraiment, vraiment, vous n'y échapperez pas ! Sa Majesté a parlé du marquis de Ranreuil hier à son lever devant les grandes entrées. C'est une présentation ! Même si, depuis longtemps, vous chassez avec le bouton du roi. Il a ajouté qu'il lui plairait que Louis de Ranreuil, votre fils, soit reçu chez les pages, c'est une reconnaissance !

Nicolas comprit soudain l'insistance de Richelieu. Il ne pouvait y avoir refus, la décision était déjà prise.

— Monseigneur, pour cela je n'ai, à aucun moment...

— Comment, comment ? Croyez-vous que j'ai oublié votre sentiment à l'égard de ce titre, si ouvertement exprimé jadis devant le feu roi ? Madame de Pompadour m'en parlait encore quelques jours avant son trépas. Cependant il faut faire comme si, monsieur. Ne serait-ce que pour votre fils. Surtout pour votre fils.

Sa voix se déchira.

— ... que vous pouvez montrer, vous !

Nicolas demeura silencieux, respectueux de la douleur du ministre.

— Oh ! Je connais votre discrétion. J'aurais dû naguère m'en persuader tout de suite. Vous êtes fidèle et brave, le feu roi le savait, Sa Majesté en est convaincue. C'est pourquoi je souhaitais vous voir. Ne m'interrompez pas. J'ai deux ou trois considérations à vous confier.

Il se redressa pour avancer avec peine son siège vers Nicolas.

— Mon temps de ministre est compté. Non, non, c'est ainsi ! Je ne suis plus en cour, même si les événements récents m'ont un peu rapproché du roi. Qu'ai-je d'ailleurs à me plaindre ? Tant d'années au pouvoir [2] étonneront toujours. Ne puis-je aspirer au repos ? Maurepas, mon parent, me soutiendra autant que cela ne lui nuira point. Ce que nous venons de voir est grave, il n'a tenu qu'à des riens que cela ne dégénère. D'infâmes placards sont chaque nuit apposés sur les murs, jusqu'à la porte du cabinet du roi à Versailles ! Tenez, voilà la moisson de la nuit.

Il prit des papiers froissés sur un guéridon.

— Tenez, tenez ! « *Louis XVI sera sacré le 11 juin et massacré le 12.* » Et encore celui-là : « *Si pain ne diminue pas, nous exterminerons le roi et toute la race des Bourbons et mettrons le feu aux quatre coins du château* [3]. » Au moins, jadis, c'était la favorite qui excitait la canaille.

Il oublie les rumeurs si longtemps répandues sur le pacte de famine, songea Nicolas, pourtant affecté par la véhémence du ministre.

— Tout cela glace d'horreur les bons citoyens !

— Entendez-vous quelque chose à cela ? Une vague générale, des mouvements concertés en apparence par des chefs demeurés dans l'ombre, et toute cette machine paraît avancer vers un dessein mystérieux pour menacer le trône. Qui oserait-on soupçonner ? Des insoupçonnables !

Sa voix se fit presque inaudible.

— Oui, oui, des insoupçonnables. Accusés par les raclures de libelles, par ces pamphlets tout droit sortis des sentines anglaises truffés de coquecigrues et qui citent, pêle-mêle, Madame Adélaïde, Sartine, Le Noir et l'abbé Terray. Curieusement, on ne nomme point ceux qui pouvaient tirer avantage de ces troubles. Ceux qui, au cœur de toutes les oppositions à l'autorité royale... Un de ceux-là... Sa Majesté s'en est inquiétée. « *J'espère*, m'a-t-elle dit, *pour mon nom que ce ne sont que des calomnies*. » Car c'est bien ce coquard-là qu'on soupçonne.

Le ministre, réputé fort en quolibets, redevenait lui-même sous le coup de la colère. Derrière les circonvolutions du propos, c'était la personne du prince de Conti qui surgissait. La confidence du roi s'expliquait : il n'aimait pas La Vrillière, mais dans le feu des circonstances, celui-ci n'en demeurait pas moins le dernier confident du défunt roi, son grand-père, et il savait qu'il pouvait s'ouvrir à lui de ses pensées les plus secrètes.

— On avait pourtant vu, poursuivait le ministre, le pain plus cher et plus verdâtre qu'aujourd'hui sans que, pour autant, éclatât la colère du peuple. Le grief n'est pas très sérieux. Ni famine ni disette, et que voit-on ? Des gens qui, pour avoir de quoi manger, jettent à la rivière tout ce qu'ils trouvent de blé et de farine [4] ! Et sans compter l'or répandu à profusion et découvert dans les poches de ceux qui sont arrêtés !

— C'est en effet l'avis du lieutenant général de police. Enfin de M. Le Noir...

— Comment, comment ! Hélas, ne parlons pas de celui-là ! Je n'ai que trop déploré votre disgrâce à la mort du roi, notre regretté maître. J'en ai imposé à son successeur Albert à votre sujet. Il ne s'avisera pas, pour le moment et tant que ma main, et celle du roi, seront sur vous, de chercher noise et querelle. Sachez cependant qu'il vous tient pour une créature de Sartine et qu'il n'hésitera pas, le moment venu, à se jeter par le travers de vos entreprises. Hors cela, qui a tué le boulanger Mourut ?

La question prit Nicolas au dépourvu. Ainsi le ministre se tenait-il toujours bien informé, Sartine n'y étant sans doute pas étranger.

— La réponse est plus compliquée que la question et, pour tout dire, prématurée.

— C'est bien ce que je pensais. Allez, monsieur le marquis, ne fléchissez pas. Vous m'avez naguère appris à ne jamais désespérer. Si c'est le cas, rappelez-vous qu'il faut aider notre jeune roi.

Nicolas se retira, ému. L'homme valait mieux que sa réputation. Son visage défait s'était à plusieurs reprises empreint d'une douce bienveillance et tant qu'il serait en charge il le protégerait. Au trébuchet des comptes ultimes, cet homme de vices et de fidélité serait peut-être sauvé.

Quand il retrouva La Borde, celui-ci, que rien ne pressait, se proposa de l'accompagner là où il devait se rendre. La prochaine étape était le siège de la Compagnie des Indes, installée dans une ancienne dépendance du Palais Mazarin à l'angle de la rue Vivienne et de la rue Neuve-des-Petits-Champs. La Borde, lancé depuis peu dans les affaires, lui fit observer qu'il y avait plus d'argent dans ce quartier que dans le reste de la ville. On y voyait trotter des banquiers, des agents de change et des courtiers courant à la Bourse, enfin tous ceux qui font marchandise de l'argent monnayé. Il ajouta, en riant, que les catins y étaient plus financières que dans tout autre endroit et qu'elles savaient distinguer un suppôt de finance à ne pas s'y tromper. Nicolas le crut sur parole.

Les activités de la Compagnie, vaste empire commercial, étaient en suspens depuis la perte de la plupart des possessions aux Indes en 1763. Il ne fut guère aisé au commissaire de se faire admettre dans les bureaux, d'autant plus qu'ignorant ce qu'il cherchait, ses demandes paraissaient bien vagues. On le renvoyait de commis arrogants en directeurs suspicieux. Pour finir, un huissier, la canne à la main, le guida jusqu'aux combles où il fut invité à fouiller à loisir dans des montagnes de liasses. Alors qu'il hésitait, ne sachant par quel bout entamer ses recherches, il perçut un bruit étrange, de plus en plus distinct, qui se rapprochait. Il frissonna et se tint sur ses gardes. Cela ressemblait à une sorte de raclement suivi de frottements, le tout accompagné par un halètement irrégulier. Dans cette grande pièce à peine éclairée par des fenêtres mansardées, un jour glauque tombait des vitres grises de poussière. Nicolas posa la main sur la crosse du pistolet miniature logé dans une aile de son tricorne et arma doucement le chien. Il se déplaça pour se mettre en contre-jour, à l'aplomb d'une croisée protégée sur ses côtés par deux grands placards. Le silence était revenu, mais il distingua alors un souffle proche. Lentement son regard se porta à l'angle d'une colonne de dossiers jaunis. Une masse sombre se profilait sur le plancher, qui se révéla être un énorme soulier poussé par une courte jambe. Un être difforme suivit cette étrange apparition, vêtu de noir, bossu, la tête énorme portée par un torse court aux bras démesurés. Deux grands yeux noirs et doux qui offraient un peu d'humanité à un visage boursouflé, comme replié sur lui-même. L'être balança sa jambe d'un coup de reins et projeta son pied bot en avant pour se redresser et se présenter, en dodelinant de la tête. Une voix grave s'éleva.

— Je crains, monsieur, de vous avoir effrayé. Veuillez me pardonner, ce n'était pas mon intention. Dieu m'a ainsi fait que mon apparition joue toujours en ma défaveur.

Il acheva son compliment par une sorte de révérence lente et compliquée. La main de Nicolas quitta la crosse de son pistolet dont il détendit le chien avant de replacer le tout dans l'aile protectrice de son tricorne.

— Je suis au regret, monsieur, de vous avoir paru être sur mes gardes. Je suis Nicolas Le Floch, commissaire de police au Châtelet. L'expérience m'a enseigné à prudence garder.

— Justin Belhome, oui, monsieur, c'est mon nom, dit-il avec un sourire qui détendit sa bouche d'horrible manière. Je suis l'archiviste de la Compagnie, le seigneur des combles. Si vous êtes parvenu jusqu'ici, c'est que vous y êtes autorisé, et donc je suis votre serviteur.

— Hélas, je cherche une aiguille dans une botte de foin ! Un passager de retour des Indes orientales. J'ignore la date de son arrivée en France. Depuis deux ou trois ans sans doute… Tout cela un peu au hasard.

Soudain Belhome escalada un placard sans portes. Il balançait son pied comme pour s'équilibrer et, s'accrochant à des piles de dossiers qui oscillaient dangereusement, il en rejoignit le sommet. Il saisit d'une main trois liasses, virevolta, glissa et dans un grand bruit se retrouva face à Nicolas.

— Voyons, commença-t-il, Toulon 1772, 1773 et 1774. Vous devez savoir au préalable que vous ne trouverez ici que la liste des bâtiments ayant touché terre ainsi que les fortunes de mer.

Le commissaire réfléchit un court instant.

— Avec cette liste de bâtiments, que puis-je espérer ?

— Si vous en avez l'autorité et les moyens, vous pouvez obtenir la liste des passagers de chaque transport. Mais pour cela il faut interroger les bureaux de Lorient ou de Port-Louis.

— Combien de temps faut-il pour consulter vos listes ?

— Des heures… tout est mêlé, l'Afrique et l'Amérique. Je peux m'y consacrer, mes autres tâches ne sont pas rudes ni prenantes.

— Monsieur, je serais confus de vous fournir ce surcroît. À charge de revanche, si je puis vous être utile…

— De rien, monsieur. Si vous voulez venir demain matin, j'en aurai achevé.

Nicolas quitta donc l'aimable archiviste déjà plongé dans ses registres dont il suivait, une règle à la main, les minutieuses annotations. Il retrouva La Borde lisant et en rien morfondu de cette attente. Il lui rapporta le résultat de sa démarche. Il lui annonça devoir se rendre à Versailles au département de la Marine. La Borde se proposa de l'y mener. Il paraissait si heureux de demeurer avec Nicolas que celui-ci accepta. Leur conversation les conduisit aux confidences. L'un parla d'Aimée d'Arranet, l'autre avança être fort épris de sa jeune femme. Cependant la différence d'âge et d'expérience, et peut-être ses propres exigences, indisposaient une épouse que la maladie harcelait. Sa mélancolie nerveuse ne cédait en rien aux potions et aux cures. La Borde en venait à penser qu'une charge à la cour dans la Maison de la reine ou dans celles des princesses constituerait l'exutoire nécessaire pour apaiser et, peu à peu, dissiper cette irritation morale prolongée. Il pria Nicolas de l'excuser de le tyranniser avec ses soucis et l'interrogea sur Louis.

Apprenant son entrée chez les pages de la Petite Écurie, il conseilla à son ami de veiller de loin sur son fils. De brillantes carrières s'y préparaient mais le dérangement y dominait. Les belles manières s'y enseignaient tout autant que le plus mauvais ton. On n'y répondait guère de la conduite, de la bienséance et de la morale. La jeune noblesse était abandonnée à elle-même. Certains pages ne résistaient pas aux exemples de leurs aînés et pouvaient devenir de vrais mauvais sujets.

Passé la Seine, leur propos porta sur les récents événements.

— Vous connaissez nos Français, dit La Borde. Les rentiers et les bourgeois ont été effrayés mais, comme toujours, le calme rétabli, ils recommencent à frauder le gouvernement et à excuser les factieux. On considère que fort mal à propos M. Turgot a engagé des dépenses pour approvisionner les troupes rassemblées autour de Paris. Tout cela coûtera de trente à quarante millions. Quant à ses élégantes, elles viennent d'imaginer des *bonnets à la révolte*. Tout finira par des chansons ! Triste anniversaire pour déjà un an de règne.

À Versailles, les bureaux de la Marine occupaient le même hôtel que les Affaires étrangères. Nicolas allait tenter d'être reçu par Sartine quand il vit l'amiral d'Arranet s'avancer vers lui. Il revenait d'une mission d'inspection et s'enquit des raisons qui conduisaient Nicolas au ministère. Il parut à Nicolas qu'une gêne nouvelle s'installait entre eux. Ni l'un ni l'autre n'évoquèrent Aimée. Elle planait pourtant sur leurs propos. L'amiral fit ainsi tous les bureaux et le remit entre les mains d'un commis qui traitait du bagne de Brest. Il saluait M. d'Arranet quant celui-ci le saisit par les mains.

— Ne désespérez pas, vous me l'avez ramenée un jour, j'en ferai autant. C'est une capricieuse.

Il grommela encore quelques mots indistincts avec un bon sourire et laissa le commissaire heureux et perplexe à la fois. Le commis l'entraîna dans son bureau et se mit en quatre pour contenter un personnage si bien recommandé. Il expliqua doctement ce que signifiait une condamnation au bagne et combien malaisée se présentait toute évasion.

— Les galériens ont des chaînes au pied et sont maintenus deux par deux le jour. La nuit au taulas.

— Le taulas ?

— Oui, monsieur. La table de bois où ils dorment et à laquelle ils sont attachés. Songez, en outre, à la difficulté principale de masquer son état. Ils sont flétris à l'épaule…

Nicolas se disait que Hénéfiance, n'ayant pas été condamné, ne portait peut-être pas la marque infâme sur l'épaule. En revanche, il songea au rêve de Louis et au capucin avec ses cicatrices aux chevilles.

— Il faut à un évadé trouver un autre costume, moins voyant que sa tenue. Il a les cheveux rasés. Quitter Brest s'avère très difficile. Les pertuisaniers et les argousiers patrouillent en permanence. L'arsenal est entouré d'un mur d'enceinte et la ville de murailles. Les portes sont sévèrement gardées. Dès que le canon tonne, les soldats sont lancés à leurs trousses. Des primes sont alors promises à ceux qui aideraient à retrouver le fugitif et la maréchaussée sillonne le bocage. Songez, monsieur, qu'il n'y a pas beaucoup de chemins pour quitter la péninsule. La seule grande route est celle de Morlaix à Rennes. Le port de Landerneau est un verrou constamment surveillé. Par mer il faut rejoindre Crozon et, de là, la route de Quimper. Impossible de circuler, sauf à parler breton.

Pour le reste, le commis avait consulté un fichier qui rivalisait avec ceux de la lieutenance générale de police. Hénéfiance, arrivé à Brest par une des chaînes de 1768, avait disparu en 1769. Réputé intelligent et forte tête, il travaillait, comme beaucoup de galériens, à l'extérieur de la prison. Une notule précisait qu'il avait appris le breton à cette occasion. Il n'avait pas été possible de déterminer s'il avait péri dans sa tentative d'évasion par voie de mer. Rien ne prouvait en fait qu'il avait emprunté la chaloupe retrouvée à la dérive.

Rejoignant La Borde, Nicolas se demanda si le fugitif avait pu gagner un port. De fait Lorient et Port-Louis n'étaient guère loin, portes naturelles vers l'Orient et les Indes. Parler le breton facilitait un passage par la voie de terre, le paysan étant par nature peu ouvert à l'égard des gardes-chiourme et d'autant plus enclin à aider un malheureux susceptible de gagner leur confiance en se faisant comprendre. Restait que l'ancien bagnard était bien le passager supposé d'un des bâtiments de la Compagnie des Indes. Il espérait donc beaucoup des précisions fournies par Justin Belhome et de celles qui seraient susceptibles d'être recueillies à Lorient. Toutes ces recherches risquaient cependant d'être vaines car si Hénéfiance avait réapparu dans le royaume, ce ne pouvait être que sous un autre nom.

Il convenait désormais de se mettre en pied de produire des recoupements et décrampiller l'essentiel de l'accessoire. Cela ne suffirait pas à retrouver Hénéfiance. Une découverte ou un événement inattendu s'avéraient indispensables pour que la figure du bagnard coïncidât soudain avec un personnage jusqu'à présent inconnu. Nicolas ne désespérait pas, confiant dans une sorte de grâce efficace qui souvent intervenait pour l'assister dans ses enquêtes.

Il se faisait tard et La Borde proposa à Nicolas de souper en sa compagnie et de coucher à Versailles dans un petit logis qu'il y avait conservé, après la mort du roi, dans une rue discrète. Nicolas comprit que l'ancien champion des fêtes galantes, sans abdiquer dans la carrière du plaisir, la maladie de sa femme persistant, concluait avec le ciel des accommodements acceptables. La soirée fut exquise, égayée par une soubrette jolie à cœur. On y parla opéra, voyages, cartographie, édition et on y communia dans le souvenir ému de Louis XV jusqu'à une heure avancée de la nuit.

Samedi 6 mai 1775

Au petit matin, La Borde ramena Nicolas au Grand Châtelet. Une mauvaise nouvelle l'y attendait. Un envoyé de la Compagnie des Indes avait tenté de joindre le commissaire à l'aube. Justin Belhome venait d'être découvert, le crâne fracassé, au milieu d'un amoncellement d'archives effondrées. D'emblée l'hypothèse de l'accident avait été écartée. Le mort serrait dans ses doigts des fragments d'un registre qu'on avait vraisemblablement arraché de ses mains. L'objet avait disparu, sans doute à l'issue d'une lutte violente comme en témoignait le désordre environnant. Bourdeau s'était aussitôt précipité sur place et n'allait pas tarder à revenir. Il avait demandé qu'on retînt le commissaire au Châtelet s'il devait reparaître avant son retour.

Cette attente offrit à Nicolas l'occasion d'une amère méditation. Ainsi, songeait-il, un innocent venait de périr par sa faute. De vieilles hantises ressurgissaient, Mauval tué dans un duel à l'aveuglette, un vieux soldat pendu dans sa prison, Truche de la Chaux exécuté sur la place publique… Il revoyait le bon regard de Belhome se mettant sans discuter à son service. Pourquoi fallait-il qu'il fût l'instrument funeste du destin ? Quel démon l'avait conduit sous les combles de la Compagnie ? Il éprouvait une souffrance que la raison ne suffisait pas à combattre. Il ne parvenait pas à se convaincre d'être étranger à cette mort. Le chanoine Le Floch, comme Noblecourt mais pour d'autres raisons, affirmait toujours que les coïncidences n'étaient pas fortuites.

L'unique enseignement de ce drame le conduisait à penser que son enquête s'orientait dans la bonne direction. Justin Belhome avait péri parce qu'il avait découvert quelque chose qui menaçait son assassin. Et quoi d'autre que le nom du navire et, à partir de là, la liste des passagers embarqués ?

Il était urgent de dépêcher un émissaire à Lorient avec instruction de plonger dans les archives. Heureusement que la recherche se restreignait. Il était pourtant à craindre de devoir disposer d'une longue liste dans laquelle rien ne distinguerait l'adversaire. Que pouvait-il faire d'autre ? Si les documents détenus par la Compagnie des Indes à Paris avaient été anodins, ils n'auraient pas conduit à leur destruction et à la mort d'un innocent. Sur-le-champ il rédigea un ordre de mission sur l'un des blancs-seings signés par le duc de La Vrillière, qu'il détenait en permanence et dont il usait avec parcimonie dans les cas urgents. Pour le coup l'affaire était gravissime. Rabouine verrait toutes les portes et les réticences les plus ancrées céder devant ce sésame et rien ne s'opposerait à ce qu'il découvrît ce qu'il était censé trouver. À peine le cachet était-il apposé que Bourdeau apparut.

— On vous cherchait partout. Nous avons appris par les directeurs que vous aviez rencontré la victime hier.

— S'agit-il bien de Justin Belhome ?

— C'est lui. Il est demeuré travailler la nuit dernière, des chandelles brûlées en nombre l'attestent. Le meurtre est patent. Écorchures, coups, vêtements déchirés, crâne fracassé. Le pauvre s'est défendu bec et ongles. Il n'en avait guère les moyens pourtant…

Bourdeau sortit de sa poche des petits triangles de papier froissés et tachés de sang. Il les tendit à Nicolas qui les examina avec soin.

— Voyez, Pierre, dit-il, ce sont des coins de pages marqués du sceau de la Compagnie, un écu couronné, des fleurs de lys avec un Neptune en majesté, le tout soutenu par deux sauvages, l'un portant un arc et l'autre appuyé sur une ancre. Voilà donc des vestiges d'un registre qu'il devait consulter quand on le lui a arraché des mains. Savez-vous pourquoi ?

— Je ne vois pas où vous voulez en venir.

— À ceci. Pourquoi a-t-il défendu ce registre ?

— Je l'ignore.

— Parce qu'il y avait sans doute relevé des indications concernant les questions que je me pose sur Hénéfiance.

Il leur montra les petits morceaux de papier.

— Voyez, il y a des numéros de pagination, 134, 135 et 136 et la moitié du millésime 74, l'année 1774. Cependant, il n'y pouvait colliger que la liste des navires et celle-ci ne suffisait pas à éclairer notre recherche…

— Je comprends, mais pourquoi avoir précisément défendu ce registre ?

— Sans doute d'autres mentions y apparaissaient-elles, plus éclairantes peut-être ?

— J'envoie Rabouine à Lorient. Sans doute y a-t-il là-bas un double du registre.

Il lui donna le blanc-seing.

— Qu'il parte sur-le-champ. Bourse ouverte pour sa dépense. Quant à moi, je cours à l'hôtel de police me montrer au nouveau lieutenant général. Il se pourrait que cela soit utile dans l'avenir… Pour ce pauvre mort, l'ouverture est-elle nécessaire ?

— Non. Il n'y a aucun doute sur les conditions du décès. L'accident est exclu. La porte de l'hôtel de la Compagnie était fermée, mais le portier a été réveillé au milieu de la nuit. Quelqu'un avait frappé à l'huis, il a ouvert et n'a vu personne. Il est probable que, mal réveillé, il n'ait rien remarqué, c'est ce qu'il prétend. Dans l'obscurité le meurtrier aurait pu s'introduire. Pour sortir, c'était un jeu d'enfant, il suffisait de tirer la porte de l'intérieur : elle n'était pas fermée à clef pour permettre à Belhome de ressortir.

— Tout cela n'est rien moins que vraisemblable !

— M'est avis que le meurtrier avait un complice ou, plutôt, une complice.

— Sur quoi fondez-vous cette supposition ? Vous en avez la preuve ?

— Presque. Le « *hibou* » aurait assisté à la scène.

— Comment ! Restif ? Comme par hasard, il est toujours là où on ne l'attend pas. Ma foi, sa présence pourrait nous être utile.

— Il se trouve dans nos locaux, si vous souhaitez l'entendre.

Quand, réticent, il se présenta dans le bureau, sa démarche oblique rappela à Nicolas celle des crabes des grèves de sa Bretagne natale. L'homme et tout ce qu'il traînait de rumeurs lui déplaisaient, le plongeant toujours dans le malaise. Il était vêtu d'une houppelande verdâtre, le chef couvert d'un chapeau allongé aux bords parallèles roulés.

— Alors, monsieur Restif, toujours à l'affût ?

— J'aime errer au milieu des ténèbres de la capitale immense. Que de choses à voir quand tous les yeux sont fermés ! J'entre dans tous les secrets, mais je suis un traître pour le vice et pour le crime.

— Bien, bien. Contez-moi donc ce que vous avez observé cette nuit ? Et d'abord, la raison de votre présence ?

— Vous en allez juger. La chose était si étrange que, bon citoyen, j'ai souhaité me confier à quelqu'un. Au petit matin, je suis donc retourné au corps de garde de la rue Vivienne et, là, j'ai reconnu l'inspecteur Bourdeau.

— Rien n'est moins clair que votre propos. Reprenez au début.

— Pour tout vous dire, j'errais près de la bibliothèque du roi, quand soudain…

— Soyons précis. Quelle heure était-il ?

— Oh ! Cela ne me préoccupe jamais, mais à vue de lune, cela se passait entre onze heures et minuit. Soudain, alors que je gagnais la rue Sainte-Anne à peu près à hauteur de l'hôtel de Louvois, je croise une jolie personne troussée fort haut, avec une jambe parfaite et, par conséquent, un pied charmant d'une exquise petitesse, un de ceux qu'à la fureur j'idolâtre. Les deux vont souvent de pair !... Bref, transporté, je rebroussai chemin et me mis à la suivre. Je m'apprêtais à lui confier le plaisir que j'avais à la contempler quand une ombre, surgissant d'une porte cochère en demi-lune, l'aborda et lui parla à l'oreille. L'or ayant sonné et resplendi, elle l'accompagna. Curieux comme toujours de ce qui allait advenir, je me maintenais à quelques pas, longeant en silence la muraille. Ils me menèrent jusqu'à la rue Neuve-des-Petits-Champs. Là, il y eut une nouvelle explication qui me semblait la répétition de la première. J'en compris bientôt la raison. Le moine...

— Le moine ? Vous n'aviez pas précisé la chose jusqu'alors.

— Pardonnez-moi, dans le flux de mon récit, j'omets des détails. Oui, un moine capucin. Une fois ses recommandations ressassées à la mignonne, il se tasse dans un recoin de la muraille éloigné de la lumière des lanternes. J'en comprends bientôt la raison : la fille soulève le marteau de la porte de la Compagnie des Indes. Après un long moment, le portier paraît. Mal réveillé ou ivre, il oscillait sur lui-même. La fille l'entraîne à quelques pas, multipliant les agaceries les plus délurées.

— Longtemps ?

— Autant qu'il le fallait pour permettre au moine de s'introduire dans la place. La fille repousse alors le portier qui choit dans le ruisseau et rentre en maugréant. Quant à elle, n'attendant pas son complice et prenant ses jupons à deux mains, elle s'enfuit dans la nuit, révélant au passage deux chevilles délicieuses. Je me jetai à sa poursuite et finis à bout de souffle par la rattraper, cette coquine, place des Victoires.

— L'avez-vous interrogée sur son étrange conduite ?

— À ma manière, benoîte et paternelle...

Il se frottait les mains d'un air papelard.

— … Je lui ai dit : « *Mignonne, où courez-vous si vite ?* » Rassurée par mon aspect de bon papa, elle se confie sans réticence. Elle n'était pas ancienne dans la carrière, à ce que je vis tout de suite. Arrivée à pied de sa campagne à la grand'ville et, aussitôt, prise en main par un joli cœur de garde-française, elle arrondissait depuis la solde du militaire. Abordée par le capucin, elle avait entendu le conte à sornettes d'un jeune homme déguisé, amoureux d'une belle qu'il voulait nuitamment rejoindre. Son travail, à elle, consistait à distraire quelques instants l'attention du portier. Je laissai Colette, car ainsi se nommait-elle, et rejoignis l'hôtel de la Compagnie des Indes d'où j'eus la chance de voir sortir l'amoureux en question.

— Portait-il quelque chose ?

— Maintenant que vous le dites, j'eus en effet l'impression qu'il dissimulait un objet sous sa robe. Je l'ai suivi de loin jusqu'au passage de Valois, le long du Palais-Royal. Ô surprise ! Une voiture l'attendait…

— Et ?

— Hélas ! Elle a disparu. Mais j'ai relevé une indication qui, j'en suis sûr, vous intriguera au plus haut point.

— Dites vite !

— La voiture était celle d'une grande maison, d'une très grande maison…

Il cligna d'un œil, ce qui fit penser Nicolas à l'oiseau de nuit dont l'auteur se prévalait.

— … Pour tout vous dire, de celle du prince de Conti.

— En êtes-vous sûr ? demanda Nicolas sursautant à cette annonce qui soudain reliait entre elles d'autres constatations de son enquête.

— Aussi sûr que d'avoir repéré l'écusson frappé à la portière « *d'or à la croix de gueules contournée de seize alérions d'azur, quatre dans chaque canton* » ! Ajoutons que je les ai devinées, toutes gazées qu'elles fussent sous un papier collé rendu transparent par l'humidité !

— Bon. Et cette fille, la pourriez-vous retrouver ?

— Sans doute, avec quelque délai. Mais ne vous imaginez pas qu'elle vous en dévoilera plus qu'à moi. Elle a été l'instrument passager et innocent d'une trame odieuse.

— Croyez-vous qu'elle reconnaîtrait le visage de ce moine ?

— Impossible, il avait le capuchon baissé et s'est toujours tenu en précaution de la lumière des réverbères.

— Il importe que vous la dénichiez. Je souhaite pouvoir la confronter le jour où j'aurai mis la main sur l'inconnu.

— J'y veillerai, vous savez combien j'entends vous satisfaire.

— Nous apprécions votre aide, répondit Nicolas dont la bienveillante nature renâclait devant un personnage sur lequel il connaissait tant de choses peu ragoûtantes.

— Je demeure votre obéissant serviteur.

Restif sorti, Nicolas, après un long moment de silence, renouvela ses instructions à Bourdeau.

— N'oubliez pas d'approfondir la situation des maisons de la rue du Poirier. Qu'on surveille désormais toute voiture aux armes du prince de Conti. Je veux voir l'enclos du Temple environné de mouches sur tout son pourtour. Ne laissons pas échapper nos chances de débusquer l'inconnu s'il a trouvé refuge dans cet abri de hors-la-loi !

Au moment où il se mettait en route pour rejoindre l'hôtel de police, Rabouine apparut suivi de Tirepot. Rouges et essoufflés, à la limite de la jubilation, ils brûlaient, d'évidence, de faire partager une importante nouvelle.

— Du neuf ? demanda le commissaire imperturbable.

— Rien de moins que cela, et du plus relevé !

— Je vous écoute.

— Tirepot d'abord, car c'est grâce à lui que tout s'enchaîne.

L'intéressé prit son air le plus matois. On le sentait heureux et à son affaire.

— Nicolas, mon fils, tu es espionné et suivi !

— Comment cela ?

— Comme je te le dis, et pas par un seul homme ; plusieurs se relaient à tes trousses.

— Et comment sais-tu cela, toi ?

Tirepot grimaça de contentement.

— Vois-tu, à la demande de Rabouine, très attentif et soucieux de ta sûreté, j'ai tramé tout un filet tendu par des gagne-deniers de mes amis, hommes de confiance, pour te protéger. Tu sais d'expérience que celui qui est l'objet d'une surveillance distingue rarement son espion. Sinon ce serait la mort des mouches et de la haute police.

— Et donc ?

— Donc tu es filé dans tous tes déplacements.

— La preuve de cela ?

— Hier tu t'es rendu chez M. de Saint-Florentin, enfin le duc de La Vrillière, dans la voiture de M. de La Borde. Eh oui ! Un fiacre vous suivait à distance. Et de là, à la Compagnie des Indes. Ensuite ce n'était plus de mon ressort, car hors les murs.

— En effet, j'étais à Versailles. Mais aujourd'hui ?

— Tout comme hier. Quand tu es arrivé au Grand Châtelet, le carrosse de M. de La Borde traînait derrière lui son homologue.

— Homologue, homologue, répéta Bourdeau en riant. Tirepot, te voilà bien géomètre !

— Eh ! Mon confrère, cela remet tout d'aplomb !

— Il est donc des leurs, dit Nicolas. Qu'attendons-nous pour nous saisir de lui ?

— Hé ! Hé !

— Je ne t'entends pas.

— C'est que nous avons choisi de le prendre à son propre piège, si j'ose dire !

— Allez, cessons de jouer à cligne-musette[5]. Vous savez, et moi, aveugle, je ne puis deviner ! Un détail d'importance m'échappe. Comment avez-vous retrouvé mon suiveur ?

— Tiens ! Nous savions que, tôt ou tard, tu repasserais au Châtelet. Il suffisait d'attendre. Et de fait, un fiacre te filait le train.

— Mais alors, il est donc encore là ? Il m'attend ?

— Nous prendrais-tu pour des pousse-culs[6] ? On est plus délibéré que cela. On s'est approché un peu trop du fiacre en question qui, intrigué par nos manigances, a aussitôt pris la poudre d'escampette.

— Ainsi, vous l'avez perdu.

— Non, dit Rabouine reprenant la parole, nous l'avons juste forcé à décamper pour le mieux faire suivre. La bande à Tirepot s'y emploie à c't'heure, et devrait nous rendre compte par émissaires au fur et à mesure de son déplacement.

— Bien, conclut Nicolas, je vous libère. Bourdeau demeurera ici pendant que je cours à l'hôtel de police. Rabouine, tu tires cela au clair avant de partir en mission. Pierre te donnera les détails.

La visite du commissaire rue Neuve-Saint-Augustin le laissa perplexe. Le nouveau lieutenant général de police, petit homme sans tenue à perruque roussâtre, le reçut entre deux portes, se contentant de lui ordonner de poursuivre les dossiers en cours et de lui en rendre compte dans quelques jours. Les propos, prononcés dans la presse, ne manifestaient pourtant ni méfiance ni ouverture. Nicolas comprit que ce traitement assez bénin de la part d'un

personnage réputé malgracieux tenait à la recommandation du duc de La Vrillière. Il devina soudain les raisons
de la convocation par M. de La Borde à se rendre à l'hôtel
Saint-Florentin : le ministre de la Maison du roi ne souhaitait pas que cette audience particulière fût portée à la
connaissance du sieur Albert. Il perdit dans ce déplacement un temps précieux, le nouvel entourage peu amène
l'ayant lanterné un bon moment. De retour au Grand
Châtelet, il trouva Bourdeau d'humeur grinçante. Le
chevalier de Lastire venait de passer, apportant une
nouvelle inattendue. Il avait retrouvé Caminet.

— Où se trouvait le corps ? s'enquit aussitôt Nicolas.
Il faut convoquer Sanson et Semacgus.

— Tout beau ! Point de mort, point de corps. Le jeune
homme, au dire de votre ami, demeurait caché dans une
maison de jeu clandestine, rue des Moineaux, dans le
quartier Saint-Roch…

— Comment le chevalier l'a-t-il découvert ?

— Il fréquente ce tripot dans le cadre de ce qu'il
nomme ses missions. Au cours d'une partie de jeu – il
s'agissait du piquet, et vous savez combien il prête à la
cocange[7] –, il y a eu accusation de tentative et rixe. Les
hautes cartes étaient, semble-t-il, augmentées sur la
longueur. Caminet avait soin de couper en long de telle
sorte qu'il avait forcément dessous une haute carte.

— Et que même si l'avantage n'est que d'une carte,
c'est beaucoup au jeu de piquet !

— Surtout qu'il ajoutait à cela des signes de l'œil à son
partenaire qui l'ont perdu.

> *Console-toi, marquis, d'une étrange partie*
> *Qu'au piquet je perdis…*

— *Les Fâcheux* ! Pierre, toujours amoureux de
Molière ?

— Toujours ! Ainsi, contestation, querelle, insultes et couteaux brandis. Le tenancier a dû appeler le guet pour calmer le hourvari. Bref, le jeune homme serait au poste de garde de Saint-Roch. Je compte y courir, car je suppose que vous souhaitez attendre ici des nouvelles de ce fiacre mystérieux.

Resté seul, la lassitude le submergea. Il cédait parfois à ce mouvement, harassé de l'agitation qui le conduisait, depuis tant d'années, d'un lieu à un autre comme un animal enfermé. Tout, et la ville en particulier qu'il aimait tant, lui apparaissait alors triste, morne et sale. Un peuple de visages bas l'environnait, sur lesquels il décelait les stigmates du vice et du crime. Montait en lui le dégoût écœurant devant le spectacle offert par cette Babylone des Écritures. Surgissait bien vite la tentation du retrait. Il songea au château de Ranreuil qui désormais lui appartenait. Les images heureuses de son enfance se rattachaient à ce lieu. L'évoquer faisait gronder à ses oreilles le bruit du libre océan. N'y trouverait-il pas une paix plus distrayante que son propre affairement ? Et puis soudain un rayon de soleil illumina le sombre bureau et ranima son énergie. C'était toujours ainsi. Parfois, dehors, la belle façade d'un hôtel neuf lui souriait de ses mascarons grimaçants et la ville reprenait son emprise. Elle offrait à nouveau sa splendeur, sa vie, son excès. Elle ne cessait de croître, engoncée dans ses anciennes limites, gagnant toujours plus sur ses faubourgs et leurs terrains vagues. Des visages aimés et amis le ramenèrent doucement à la réalité, si dure fût-elle. Celui du jeune roi qu'il souhaitait tant aider par fidélité à son grand-père et attachement à un principe ; son marasme disparaissait. Il se laissa entraîner par une vague heureuse de certitudes, s'abandonnant à son destin, porté par lui.

Le père Marie le tira de sa réflexion. Un petit vas-y-dire venait d'apporter un message de Tirepot. Le fiacre qui avait suivi Nicolas était entré dans une maison située rue de Vendôme, près les boulevards, à côté de l'Intendance, face au couvent des Filles du Sauveur. Nicolas fourragea dans le tiroir du bureau et en sortit la feuille du plan de Lattré. Il observa avec intérêt que la maison en question était voisine des dépendances de l'enclos du Temple. Il décida de s'y rendre sur-le-champ et chargea le père Marie, qui ne dissimula pas sa jubilation à l'énoncé de ses nouvelles responsabilités, de recueillir toutes les informations et de lui faire porter sans délai les messages urgents.

Midi sonnait à la chapelle du couvent des Filles du Sauveur quand il se fit déposer discrètement à l'entrée de la rue de Vendôme. Il repéra Rabouine et Tirepot, confondus avec la muraille. Il s'approcha d'eux, leur enjoignant d'aller quérir le guet. Un rassemblement de charrois barrait la voie. L'odeur le saisit à la gorge. Il comprit aussitôt de quoi il s'agissait, se félicitant d'une occurrence qui procurerait une diversion à son approche. La corporation des vidangeurs était à l'œuvre. Il reconnut la veuve La Marche, maîtresse vidangeuse. Ce n'était pas la première fois qu'il la rencontrait. Quelque temps auparavant, Le Noir l'avait envoyé démêler une sordide affaire. Une odeur fétide s'exhalait d'une maison appartenant à M. de Chaugny, colonel de cavalerie qu'il convenait de contraindre à remettre en état sa fosse d'aisances encombrée de pierres. La contestation avait été vive entre la maîtresse femme et le vieux militaire qui, prétendant que sa négligence était commune, renâclait devant le coût de la vidange. Il est vrai que souvent des pauvres gagne-deniers se proposaient pour opérer à moindre prix. Ils y perdaient souvent la vie, tant le travail, souillant et pénible, conduisait à respirer de méphitiques vapeurs.

Il constata, pour le coup, que la veuve La Marche se trouvait en contravention avec les prescriptions des derniers édits. Non seulement le produit de la vidange était versé dans des tonneaux percés qui répandaient sur les pavés leur puant contenu, mais encore le travail aurait dû se dérouler entre dix heures du soir et la pointe du jour, sans parler du lavage obligatoire du terrain souillé. Il était trop occupé pour dresser procès-verbal. Il menaça cependant du doigt la veuve qui lui envoya un baiser dans un sourire largement édenté.

Nicolas chercha la maison. Il ne pouvait se tromper, elle était située juste en face du couvent. La porte cochère donnant sur un jardin céda à sa pression. Le bâtiment comportait une autre porte cochère par laquelle la voiture repérée avait dû disparaître. Une petite entrée sous porche permettait l'accès au logis. Il s'en approcha avec circonspection, tourna la poignée, elle s'ouvrit sans difficulté. Échaudé par son expérience de la rue du Poirier, il réfléchissait à un moyen d'en bloquer la fermeture. Il eut le malheur d'avancer ; trois degrés étroits le précipitèrent rudement sur le sol tandis que la porte se refermait dans un claquement sec. Les genoux endoloris, il se redressa et, dans l'obscurité totale, remonta vers l'issue pour l'ouvrir. Il s'aperçut trop tard qu'elle n'avait point de poignée intérieure et qu'il était pris au piège. Il n'aimait pas être enfermé et se sentit aussitôt oppressé. Heureusement, ayant tiré les leçons de ses précédentes expériences, il disposait d'un briquet et d'une chandelle. Alors qu'il battait le premier, un flot de lumière jaillit derrière lui. Il se retourna et vit avec effroi se découper dans l'encadrement d'une ouverture une sombre silhouette. Un moine, le visage dissimulé sous le capuchon, le menaçait d'un pistolet. Nicolas ne saurait jamais par quel miracle l'immédiate réflexion à laquelle il s'était alors livré lui avait dicté sa conduite. Les mots d'un vieux conte breton appris par cœur dans son enfance lui revinrent en mémoire.

— Ha yann ha mont ha darch'haouin un taol bazh houarn gantan diwar e benn, hag e lazhan hep na reas zoken na bramm ! (Et Jean de lui frapper sur la tête un coup de barre de fer qui le tua sans qu'il proférât même un cri !), hurla-t-il.

Le résultat fut étonnant. Supposant que le commissaire s'adressait à un adversaire surgi derrière lui, le moine effaré se retourna d'un coup, laissant à Nicolas les secondes nécessaires pour saisir l'arme dissimulée dans son tricorne. Le petit pistolet de Bourdeau fit feu, mais manqua sa cible, l'inconnu ayant à nouveau fait face avant de se jeter en arrière et de claquer la porte. Nicolas se retrouva derechef dans le silence et l'obscurité. Il respira profondément pour calmer les battements de son cœur affolé. Il regrettait de n'avoir pu tirer un second coup ; il aurait dû pour cela recharger son arme. La chandelle fut allumée, il se mit à arpenter avec précaution l'étroit boyau pour, au bout de sa recherche, découvrir une entrée latérale qui menait sans difficulté à une vaste salle emplie d'un incroyable bric-à-brac. Caisses, ballots à demi éventrés d'où jaillissaient des flots de tissus bariolés ; çà et là, des idoles païennes, balayées par la lueur de la chandelle, le fixaient de leurs yeux morts. Il décela une odeur étrange, mélange de remugles animaux et d'un parfum inconnu. En se penchant vers un coffre, il s'aperçut que la senteur provenait du bois dont il était fabriqué. Dans un recoin, derrière d'autres caisses, il découvrit des clapiers emplis de lapins terrorisés. Un détail le frappa : il semblait que certaines inscriptions sur les caisses avaient été effacées ou brûlées ; des taches noirâtres en témoignaient. Il supposa qu'elles portaient auparavant le nom de leur propriétaire. Dans un coin, il remarqua des gants d'un cuir fort épais et des bottes de la même matière qui lui semblèrent gigantesques, car destinées à monter jusqu'en haut des cuisses.

Une nouvelle porte se présenta, qu'il poussa, en la coinçant avec son chapeau pour qu'elle ne pût se refermer. La pièce paraissait vide, avec un haut panier d'osier posé sur un grand tapis. Un poêle de porcelaine ronflait, dispensant une chaleur humide due à un récipient d'où s'échappait de la vapeur. La température contrastait avec celle des autres pièces. Alors qu'il s'approchait du panier, il s'aperçut, n'en croyant pas ses yeux, que le tapis ondulait sur lui-même. Soudain la frange se souleva et une forme en jaillit dont l'ombre immense, portée par la lumière de la chandelle, se profila sur la muraille. Figé d'horreur, Nicolas sut qu'il avait devant lui l'hamadryade que Guillaume Semacgus avait dès longtemps devinée. Il retrouvait tous les détails relevés sur le croquis du chirurgien de marine. Le cobra, dont les yeux luisaient dans la lumière, le fixait, son capuchon développé, le corps dans une totale immobilité. Un léger sifflement répétitif se faisait entendre. En un éclair, Nicolas analysa la situation. Il était désarmé et fort engagé dans la salle, fuir devenait impossible. Le moindre mouvement risquait de déclencher une attaque. Peut-être la lumière de la chandelle effrayerait-elle l'animal en le fascinant ? Il fallait absolument sauvegarder cette flamme qui ne durerait plus très longtemps. Il comprit à ce moment-là l'usage et l'utilité des gants et des bottes : ils servaient probablement au mystérieux occupant de la demeure à manipuler le reptile sans danger. Ils se trouvaient trop éloignés pour en faire usage.

Le cobra s'était mis en mouvement et sortait le reste de son long corps empreint d'une sauvage beauté de dessous le tapis. Ses écailles blanches et beiges brillaient dans la lumière. Nicolas pensa : « *Ton nom est légion.* » Devait-il demeurer immobile ? L'adversaire s'était rapproché, redressé, arqué. Il semblait prêt à frapper. Nicolas sentit le désespoir l'envahir, il aurait voulu crier et se retenait de le faire. Il se mit à prier. La gueule du serpent s'entrouvrait quand, brutalement, une main se plaqua sur la bouche de Nicolas et, dans le même temps, il entendit s'élever une étrange et sauvage mélopée. Sous ses yeux, une main brune apparaissait, tendue à l'extrême, les doigts dirigés vers la bête. Le chant s'approfondissait dans les graves. Il semblait que le cobra détendait ses anneaux, tête oscillant au rythme de la voix pour finalement, peu à peu, s'allonger, ruban rectiligne sur le sol, comme mort. Nicolas fut brutalement bousculé, il tomba de côté. L'être qui chantait saisit délicatement la tête triangulaire, la porta à sa bouche et souffla dessus. Le corps du cobra s'amollit. Il fut prestement jeté dans le panier dont le couvercle fut aussitôt rabattu. Son sauveur se retourna. Nicolas ramassa la chandelle mourante et l'éleva. Stupéfait, il reconnut le visage couvert de tatouages de son ami Naganda.

Ils s'étreignirent.

— Par quel miracle, cher Naganda, surgissez-vous ainsi pour me sauver la vie ?

— N'en parlons plus, je vous dois bien plus que cela. Le père Marie au Châtelet, où je comptais vous trouver, m'a indiqué que vous veniez à peine de le quitter pour la rue de Vendôme. J'ai sauté dans un fiacre et, en arrivant, j'ai croisé M. Rabouine qui a ajouté à ce que je savais déjà. Il était fort navré de s'éloigner, craignant que vous ne fussiez en danger.

— Il n'avait pas tort.

— De fait je me suis précipité vers la maison qu'il m'a indiquée. De loin j'ai perçu le bruit d'une détonation.

— Hélas, je n'avais qu'une balle. J'ai manqué mon agresseur et me suis trouvé démuni devant la bête !

— Et me voilà, heureux d'avoir pu vous être utile.

À la lueur déclinante de la chandelle, le visage effrayant du chef mic-mac s'adoucissait d'émotion. Il était vêtu d'un habit bleu sombre de coupe militaire, un tricorne dissimulait sa longue chevelure nouée en catogan. Il s'accroupit pour ajuster la cheville de bois qui fermait le panier d'osier.

— Mieux vaut prendre ses précautions. Je ne connais pas ce spécimen. Il est de belle taille, sans doute venimeux. Chez nous, le plus dangereux est celui des marais que nous appelons dans notre langue *makissin*[8]. Sa morsure est mortelle.

— Et, dit Nicolas souriant, vous obéit-il comme l'a fait ce cobra royal ou hamadryade originaire d'Asie ? Encore que rien ne me peut étonner venant de vous !

Naganda posa sa main sur l'épaule de son ami et plongea ses yeux noirs dans les siens.

— Mon peuple connaît bien des secrets de la nature. Vous savez que je suis son chef, et plus que cela même…

Cette énigmatique réponse rappela à Nicolas les manifestations et faits incompréhensibles qui avaient marqué sa première rencontre avec l'Indien de Nouvelle-France[9]. Grâce au commissaire, il avait été innocenté d'une accusation de meurtre, le feu roi l'avait choisi comme observateur des menées anglaises aux confins des colonies de Nouvelle-Angleterre et du Canada.

— Que me vaut la joie de vous retrouver ?

— Le jeune roi, vu cette agitation, souhaite entendre mes rapports de vive voix. Il s'est souvenu de nos rencontres et m'a invité à représenter mon peuple lors de son sacre à Reims.

— Je m'en réjouis. Où êtes-vous descendu ?

— Chez le docteur Semacgus… Nous voulions vous faire la surprise, mais vous êtes insaisissable ! De fait, si je suis parti à votre recherche c'est que *Kluskabe*, notre héros grenouille, m'a envoyé une vision : *le fils de la pierre était en péril* ! J'ai bondi. À notre ami, j'ai apporté des plantes de chez nous et des graines. Je pense que ce…

— Cobra.

— … le remplira d'aise. Il pourra en faire hommage à ses confrères du Jardin du Roi.

Nicolas, en quelques mots, mit Naganda au fait de toute l'affaire. Ils fouillèrent la maison. D'évidence, personne n'habitait là. L'entrée forcée, ils constatèrent qu'un chemin pavé menait à une troisième porte cochère ouverte sur le parc de l'enclos du Temple. Ils revinrent à l'intérieur pour examiner de plus près un amoncellement de tapis, de statues, d'objets étranges, de plats d'argent contournés, de coffrets en cuivre ou en ivoire, toute une brocante [10] venue des Indes orientales.

— Nous ferons saisir tout cela et dresser un inventaire. Le moine a été surpris au nid, là encore il ne reviendra pas. Les uns après les autres nous restreignons ses gîtes et le contraignons à la fuite.

Du bruit se fit entendre. Ils se dissimulèrent dans l'ombre, la chandelle mouchée. Au bout de quelques minutes, Rabouine apparut accompagné d'hommes du guet.

— J'étais sacrément inquiet de votre sort. Seule l'idée de savoir M. Naganda à vos côtés me rassurait quelque peu.

Nicolas lui raconta l'épisode. La mouche tendit la main à Naganda.

— Mais, reprit Rabouine, j'ai du grain à moudre.

— C'est toujours cela.

— Alors que nous revenions rue de Vendôme avec le renfort, une voiture s'est arrêtée et un homme en est descendu. Je ne l'ai pas envisagé tout de suite : il portait un mouchoir sur sa bouche compte tenu de l'odeur… Il s'est dirigé vers la maison. Soudain il a reconnu les uniformes du guet, a aussitôt rebroussé chemin et, bien qu'il ait été en tenue bourgeoise, je l'ai reconnu de loin.

— Alors, qui était-ce donc ?

— Notre abbé de Vienne. Le frétillant Georgel.

Cette révélation ne laissa pas de surprendre Nicolas. La nouvelle recoupait ses suppositions que les événements de leur voyage en Autriche étaient intimement liés à ceux de Paris. Tout un échafaudage prenait corps et d'effarantes perspectives vers lesquelles la réflexion voletait comme un oiseau désorienté. Nicolas prescrivit à Rabouine de mener sans désemparer les préparatifs de son départ pour Lorient. La malle-poste était trop lente et soumise aux aléas du chemin. Il userait de son ordre de mission pour imposer sa priorité dans les relais de poste pour une équipée à franc étrier.

Nicolas et Naganda rejoignirent le Grand Châtelet. Peu après Bourdeau parut. Il poussait devant lui un jeune homme à perruque jaunâtre et lunettes fumées, les mains liées, la tête baissée, l'air buté.

— Voilà le gibier, annonça gravement l'inspecteur.

Nicolas reconnut Caminet. Il ne l'avait vu jusqu'alors qu'en tenue de boulanger. La corruption lisible dans les traits de ce visage précocement flétri par la débauche et les basses pensées le frappa chez un être si jeune. Il attira Bourdeau à ses côtés et lui parla à l'oreille. Il allait tenter d'amener le suspect à avouer la vérité. Des affirmations jetées comme par surprise devraient le déséquilibrer. Aussi ne rentrerait-il pas tout de suite dans le vif du sujet, à savoir le drame de la rue Montmartre. Caminet fixait le commissaire comme s'il en attendait son salut ; il le connaissait depuis des années et pouvait espérer son indulgence.

— Qu'apprenons-nous ? Tu te serais engagé dans de bien calamiteuses voies. Est-ce bien la place d'un honnête apprenti boulanger que d'aller se clapir dans un tripot de mauvaise réputation peuplé de filles perdues et de truqueurs roués ?

À ce moment, Bourdeau, comme pour donner du poids à ces propos, jeta sur la table plusieurs jeux de cartes aux tailles inégales. Nicolas les étala d'un revers de la main.

— Beau matériel ! Voilà un attirail de fripon qui te mènera tout droit au bout d'une corde. Le sang a déjà coulé, à ce qu'on m'a dit ?

Une voix lamentable s'éleva.

— Je me suis défendu…

La perruque avait glissé, laissant apparaître une mèche rebelle de cheveux bruns.

— Et pour cause, dit Bourdeau. Tu as rapiné vingt pistoles à un malheureux innocent qui, lui, jouait de bonne foi.

— Mais… Je n'arrive pas à perdre.

— Vraiment, la belle excuse ! C'est très difficile avec ça.

L'inspecteur prit dans un jeu un huit et un roi.

— Avec une haute carte plus grande que la basse qu'en coupant tu tâtes aisément, on comprend ton impossibilité ! Ta faute et ta violence sont constatées. Un coup de tabouret à tuer net ton adversaire. Remercie le ciel et ta chance de ne l'avoir qu'assommé.

Caminet semblait soulagé.

— Je vais m'amender, monsieur Nicolas.

— Il ne serait que temps. Dis-moi plutôt pourquoi tu t'es enfui de chez maître Mourut ?

L'apprenti prit une expression fermée et sournoise.

— Je n'aime pas ce métier. Le maître est toujours sur mon dos…

Il fit un geste de la main.

— … Oui, j'en ai par-dessus la tête de la farine et du four.

— Tes camarades supportent bien cette vie, eux.

— Oh ! Ceux-là…

Il eut un sourire entendu.

— Ils m'apparaissent louables, dit Nicolas, toujours à l'heure et durs à la tâche. Aimables avec la pratique.

— Parlons-en !

— Tu ne sembles guère les apprécier. Tu aurais intérêt à modeler ton attitude sur la leur.

— Sur cette…

— Cette quoi ? Tu en as trop dit. Qui traites-tu ainsi ? Mlle Friope ?

L'autre s'emporta et se méprit sur le propos.

— Plus mademoiselle que vous ne pensez, cette catin !

— Oh ! Qu'elle soit une fille, nous le savons, et aussi que tu exerçais sur elle et son ami un odieux chantage.

L'attitude de l'apprenti accusa le coup. Il transpirait, tenaillé d'évidence par l'inquiétude de voir qu'on s'éloignait des raisons pour lesquelles il venait d'être arrêté.

— Ça n'a rien à voir. Ce sont là plaisanteries habituelles entre nous.

— Certes. Mais les conséquences de tout ceci ? Deux suspects emprisonnés et menacés des foudres de la loi. Deux malheureux n'ayant, ni l'un, ni l'autre, d'alibi, ou pour mieux me faire comprendre, dont on ignore s'ils se trouvaient où ils prétendent au moment décisif.

— Décisif ?

— Mais ils ne sont pas les seuls suspects, poursuivit Nicolas. Et…

— Je ne sais de quoi vous parlez.

— J'en doute. Mme Mourut, elle, a causé.

— Et de quoi ?

Il fallait plaider le faux pour savoir le vrai.

— Que vous vouliez vous débarrasser de son mari et vous enfuir avec elle.

Caminet eut une crise de rire qui ne finissait pas.

— Que croit-elle, hurla-t-il, que j'en veux encore à sa vieille peau ? Regardez-moi et considérez-la.

— Nous vous considérons en effet, dit gravement Nicolas, et nous voyons un criminel autour duquel se resserre l'étau des présomptions.

L'autre s'emporta soudain.

— Mais la victime, c'est moi, moi ! Il ne cessait de me turlupiner avec ses conseils, me sermonnant sans arrêt.

— La victime de quoi, de qui ?

— De… de… Il m'a frappé.

— Ah ! Qui ? Mourut ? Contez-moi cela.

— J'étais dans une auberge avec l'autre folle.

— Pourquoi la fréquentez-vous donc ? Votre galanterie me passe !

— Pour son argent, elle ne savait rien me refuser. J'étais donc dans cette auberge.

— Drôle d'auberge, en effet.

Caminet le regarda épouvanté. Était-il possible que le commissaire en sache autant ?

— Je suis descendu chercher du vin. J'ai découvert le Mourut au milieu d'autres personnes. Il m'a reconnu. J'ai tout de suite compris le parti que je pouvais tirer de la conjoncture. Il y avait longtemps que je voulais rompre et quitter la rue Montmartre. J'ai averti Céleste sans lui dévoiler le fond de ma pensée. Je suis redescendu pour sortir par la rue des Deux-Ponts-Saint-Sauveur. Il m'attendait, pour sûr ! Je lui ai donné son paquet, au boulanger. Il voulait me retenir, je ne sais pourquoi. Il m'a frappé. Je suis tombé, assommé. La pluie qui a commencé m'a ranimé et je me suis enfui. C'est moi la victime.

— Voilà un beau conte ! Et libre, sans souci, tu as aussitôt choisi ton nouveau logis dans un lieu clandestin de débauche.

— Je le fréquentais auparavant.

— Faux, dit Bourdeau. Un témoin, qui n'a rien à nous dissimuler, témoignera du contraire. Jamais avant il ne te vit et tu as surgi un papier à la main avec l'adresse de sa maison à plus de trois heures du matin, le lundi 1ᵉʳ mai.

— Il ment, il me le paiera !

— Il fera beau avant que tu puisses régler tes comptes, crois-moi !

— Autre détail, reprit Bourdeau clignant de l'œil en direction du commissaire. De quels fonds disposais-tu pour ta fuite ?

— Mes économies.

— Bigre ! On te dit dispendieux à l'excès et que maître Mourut, par ailleurs si mauvais avec toi, ne comptait pas ses deniers à ton profit. En pure perte apparemment !

Bourdeau posa sur la table une grosse bourse de cuir qui fit retentir du métal.

— Trouvée dans la soupente rue des Moineaux. Monsieur le commissaire, elle contient, encore, neuf cents livres en or. Une pincée, pour les économies d'un apprenti ! J'ajoute que selon les renseignements recueillis, ce monsieur aurait plutôt perdu que gagné en dépit de sa cocange depuis qu'il habite rue des Moineaux. Ou il est maladroit, ou les filles en auraient croqué une part. On prétend qu'il disposait de deux mille livres à son arrivée.

— Peste, s'exclama Nicolas, belle somme ! J'attends des explications. D'où provient-elle ?

— De Mme Mourut.

Bourdeau sortit de sa poche une bague, des pendants d'oreilles et un collier.

— Certainement pas. Voici les bijoux qu'elle lui avait confiés. Il n'a pas même eu à les négocier.

Nicolas eut une intuition. Cela valait bien de tenter le coup.

— Le dispensateur de tant de grâces, c'est évidemment le capucin, n'est-ce pas ?

La réaction de Caminet fut à la hauteur des espérances du commissaire. Il tourna la tête de droite et de gauche comme s'il cherchait une issue, se tordit les mains puis éclata en sanglots, replié sur lui-même.

— Je crois qu'il est temps de nous dire la vérité.

— Ce moine… m'a arrêté dans la rue.

— Où et quand ?

— Quelques jours avant ma fuite, devant Saint-Eustache. Il m'a proposé un marché. Je devais donner rendez-vous à Céleste chez la Gourdan, le dimanche soir. On me préviendrait à un moment donné pour que je paraisse dans l'escalier et que Mourut m'aperçoive. Je lui ai dit que je voulais quitter ma maîtresse et mener ma vie. Il m'a remis une bourse, celle-là même, ou plutôt il me l'a montrée en me la promettant si tout se passait comme il le souhaitait.

— Je crois que ce n'est pas tout.

— Non, je devais me montrer insultant avec le maître, le pousser à bout pour qu'il me frappe. Alors il fallait tomber lourdement sur le pavé et feindre d'être mort. Ce que j'ai fait. J'ai entendu qu'on éloignait Mourut et qu'on revenait se pencher sur moi. En fait, l'homme, que je n'ai pas vu, je le jure, m'a palpé, en profitant pour glisser la bourse dans mon habit et un papier avec l'adresse de la rue des Moineaux.

— Soit, jugea Nicolas. Pourquoi es-tu arrivé si tard à destination ?

— Je me suis égaré. Il pleuvait et j'avais peur.

— Il faudra prouver cela. Ton maître a été tué à une heure que nous connaissons. Selon ce que tu avances, tu avais la possibilité de revenir rue Montmartre, de t'introduire dans le fournil avec la clef dont tu disposais et, là, d'assassiner ton maître avec des moyens que le capucin ou tout autre t'aurait procurés. N'est-ce pas cela la fin véridique du récit que tu nous a fait ? N'avais-tu pas appris que tu héritais s'il mourait, que Mourut, non seulement était ton maître d'apprentissage, mais ton père ?

Caminet regarda Nicolas sans paraître comprendre.

— Mon père ?

— Oui, ton père.

Longtemps la vieille forteresse retentit de ses hurlements alors qu'on le conduisait aux cachots.

— Coupable, complice ou victime ? Nous le saurons bientôt, dit Nicolas, pensif.

XII

L'ÉTAU

« Après avoir mal fourni sa carrière, on ne
réussit pas pour reprendre d'autres routes. »
                                    MASSILLON

Du dimanche 7 mai au vendredi 12 mai 1775

Le dimanche, toute la maisonnée de la rue Montmartre, M. de Noblecourt radieux à sa tête, assista à la
grand-messe à Saint-Eustache. Louis eut l'honneur de
tenir l'aumônière de la quête. La présence de Naganda,
que son éducation conduisait à juger vaines les contro-
verses théologiques et qui conciliait, sans états d'âme, sa
foi et les croyances de son peuple, effraya d'abord l'assistance pour ensuite la distraire et, enfin, l'édifier. Au prône,
le célébrant lut l'adresse extraordinaire que Louis XVI
venait d'envoyer à tous les évêques au sujet des récents
événements ayant affecté le royaume ; sa voix retentissait sous les hautes voûtes : « *Vous êtes instruits du
brigandage inouï qui s'est exercé sur les blés tout autour
de la capitale, et presque sous mes yeux à Versailles, et
qui semble menacer plusieurs provinces du royaume. S'il
vient à approcher de votre diocèse ou à s'y introduire, je*

ne doute pas que vous n'y opposiez tous les obstacles que votre zèle, votre attachement à ma Personne, et plus encore la Religion Sainte dont vous êtes le ministre, sauront vous suggérer. Le maintien de l'ordre public est une loi de l'Évangile, comme une loi de l'État, et tout ce qui le trouble est également criminel devant Dieu et les hommes. »

— Cela a plus de tenue que l'adresse d'instructions aux curés du royaume. On m'a fait lire ce texte, verbeux, sophistique et maladroit ! Une piètre défense du contrôleur général dont je crains qu'elle ne fournisse en même temps des armes contre lui, murmura Noblecourt à l'oreille de Nicolas.

En l'honneur de Naganda, une partie de campagne était prévue. À la sortie du sanctuaire, des fiacres les attendaient et, dans l'un d'eux, Semacgus qui, à l'instar du sage de Ferney, respectait le Seigneur mais ne le fréquentait pas. Dans la gaieté, ils se dirigèrent vers les barrières en direction de la Basse Courtille des Porcherons afin de rejoindre Le Tambour Royal, l'auberge du célèbre Ramponneau. L'idée était de montrer au chef mic-mac les simples plaisirs du Parisien.

Passé l'enseigne, on descendait par trois marches dans une vaste salle rectangulaire avec, à main droite, l'office. Sa cheminée monumentale, ses potagers gigantesques et ses fontaines au cuivre éclatant firent envie à Marion et Catherine. De nombreuses tables et bancs accueillaient une foule bon enfant dont la rumeur, par moments, atteignait l'insupportable. Le maître de maison, gros homme rougeaud et courtaud à l'encolure d'un Silène [1], les reçut de belle humeur et les conduisit à une table bien placée, légèrement surélevée, offrant une vue panoramique sur l'assemblée. Il avait reconnu Nicolas, ayant, à plusieurs reprises, eu affaire à lui. Louis s'égayait en déchiffrant les inscriptions sur la muraille, *Mon aise fait tout, la*

Camargo, Belle humeur, Crédit est mort, bonum vinum laetificat cor hominis : le bon vin réjouit le cœur, Gallus cantavit : le coq a chanté. Le docteur et polichinelle. La joie fut portée à l'extrême en découvrant Ramponneau représenté en majesté assis à cheval sur un tonneau.

La chère et la cave, pour simples qu'elles fussent, y étaient réputées. Les gens de cour ne répugnaient pas à venir incognito s'y encanailler. Semacgus commanda le repas, aidé par Awa, conviée elle aussi à ces agapes. Ils se régalèrent de fritures, de volailles à la broche et de gibelottes de lapin accompagnées d'une salade d'améliorée[2] dans laquelle ni l'ail, ni l'œuf dur, ni les lardons n'avaient été pleurés et où abondaient ciboule et cerfeuil. Semacgus se félicita de la *véracité* de la gibelotte. Elle comprenait bien, avec les morceaux de lapin, les indispensables tronçons de jeune anguille préalablement revenus au beurre avec des champignons et des petits oignons. Il convenait d'être rapide avec le poisson pour ne pas le défaire. Le lapin, lui, devait mijoter dans un mélange congruent de vin blanc et de bouillon jusqu'à réduction d'un tiers du tout. Un petit vin de Suresnes accompagna ce festin. Ils achevèrent par des assiettes de gimblettes, poupelins, croquignoles et autres croquets, du café et un ratafia digestif d'angélique. Hors de l'établissement, la foule s'agitait au son de violons criards. M. de Noblecourt, autorisé à goûter de tout par le chirurgien, retrouvait sa jeunesse et se fit prêter un instrument ; battant la mesure de son pied, il entama un air napolitain qui mit la foule en joie et en mouvement. Il déclencha la traditionnelle « *course* », sorte de farandole de cent à trois cents personnes qui achevait de tradition les réjouissances du dîner chez Ramponneau. Déchaînée, l'assistance courait et sautait de toutes ses forces autour de la salle, foulant aux pieds ceux qui avaient le malheur de se laisser choir.

Les jours suivants, plusieurs découvertes marquèrent l'enquête. D'une part, la battue de Bourdeau chez les notaires finit par aboutir. Il apprit à Nicolas que la demeure des Hénéfiance, rue du Poirier, avait été vendue par décision de justice, mise aux enchères publiques après la mort présumée du galérien à Brest. Un certain Matisset s'en était porté acquéreur. Ce qui redoublait l'intérêt de la chose, c'est qu'il s'agissait d'un ancien marchand de grains fort connu sur la place. Le même avait acheté la maison qui faisait face. Nicolas sursauta à l'énoncé de ce nom et consulta ses notes. Le Noir avait évoqué devant lui ce personnage au centre des rumeurs sur le pacte de famine. Outre le lieutenant général, Le Prévôt de Beaumont en avait dénoncé les agissements, le décrivant comme le centre d'un vaste réseau de corruption. Le questionnement sur l'homme s'accrut quand Bourdeau ajouta que ces acquisitions, le notaire un peu bousculé avait lâché la chose, s'étaient accomplies en sous-main au profit d'une opération conduite par un personnage illustre qu'on se refusait obstinément à nommer.

Nicolas lança aussitôt mouches et informateurs. Dans les deux jours qui suivirent, le suspect était repéré, filé et plusieurs rencontres avec l'abbé Georgel rapportées. En revanche, le même Matisset paraissait s'être fait éconduire au Temple. Il apparaissait qu'aux yeux du prince de Conti, certaines relations, moins dans l'air du temps au vu de la tournure prise par les événements, se devaient d'être distendues. Il ne souhaitait d'évidence pas le moindre concertement avec l'un ou l'autre des troubles acteurs du désordre.

De longues marches aux Tuileries lui permettraient d'ordonner ses idées. Si Hénéfiance n'est pas mort lors de son évasion, se disait-il, il doit être vivant. Où peut-il avoir resurgi ? D'évidence il veut se venger de Mourut, son dénonciateur. Et pour ce dernier, quelles raisons plaidaient pour qu'un traître fût toujours assez considéré par la confrérie pour participer encore à ses réunions secrètes ? Peut-être le surveillait-on mieux ainsi ? N'avait-il pas été menacé en ne se résolvant pas à faire baisser le prix du pain ? Que dégager de ces constatations contradictoires ? Les leçons de ses maîtres jésuites lui revenaient et, aussi, celles de Descartes, leur élève à La Flèche : « *L'esprit humain se trompe adroitement de deux façons, soit en prenant plus qu'il n'est donné pour déterminer une question, soit, au contraire, en oubliant quelque chose.* » Il se promit de parcourir tout ce qu'il savait de ces affaires apparemment liées.

Dans cette perspective, le commissaire reprit ses investigations afin de recouper les assertions de Caminet. Une chose l'intriguait à laquelle il réfléchit avec méthode. Il était maintenant avéré qu'un inconnu, le capucin en l'occurrence, pouvait dissimuler n'importe qui et des personnages multiples. Il s'était abouché avec l'apprenti boulanger, l'avait corrompu pour qu'il acceptât de se livrer à une comédie dont il ignorait l'issue tragique, ou alors… Il demeurait que cet individu, quel qu'il fût, se devait au préalable à toute cette mise en scène de connaître les habitudes de la maison Mourut et même sa part d'ombre et ses dessous cachés. La seule chose dont on était assuré, c'était la participation du boulanger à la réunion secrète chez la Gourdan. Mais encore fallait-il alors que le capucin se confondît avec l'homme penché sur le corps de Caminet vu par Friope et Parnaux. Il ne brassait rien d'autre que du mouvant et des incertitudes.

Qui pouvait avoir informé le capucin, ou plutôt comment connaissait-il les secrets du boulanger et de son entourage ? Les deux mitrons ? Son intuition s'y refusait. Mme Mourut ? C'était une possibilité. Caminet ? Le moine savait déjà tout quand il avait abordé l'apprenti. Il songea soudain à la Babine, cette aigre commère à qui rien n'échappait de l'intimité de ses maîtres. Il alla sur-le-champ la trouver. Pour corsetée de réticences qu'elle fût, il la tourna et la retourna tant et si bien qu'à la fin, folle de rage et écumante, elle cracha la vérité : oui, un homme s'était présenté à elle alors qu'elle faisait son marché rue Montorgueil ; non, elle ne se remettait plus la date exacte ; oui, il lui avait posé d'insistantes questions ; oui, elle avait donné les informations demandées. La somme offerte était d'importance, et ce n'est pas ce que Mourut lui départait depuis tant d'années qui lui permettrait de subvenir lorsqu'elle serait bien vieille. Elle ne voulait pas être réduite à l'hôpital avec la soupe en manière d'arlequin. Et elle avait eu raison maintenant que le boulanger était mort. En outre, qu'aurait-elle pu refuser à un homme qu'elle connaissait de longue main ? Bien des années auparavant, maître Mourut se trouvait en affaires avec lui. Elle lui avait tout dévidé, à ce M. Matisset, sur les uns et sur les autres, emportée par le démon de sa langue à entrer dans les bas détails sans s'interroger pour savoir à quoi tout cela pouvait bien servir. Ainsi, peu à peu, les pièces du carton découpé[3] s'ordonnaient. Plus il y réfléchissait, plus prenait corps la forme menaçante de complots imbriqués.

Les jours qui suivirent, Nicolas trompa son impatience de voir Rabouine revenir de Lorient en se consacrant à Louis et à Naganda. Il apprit que son ami s'était marié et qu'un fils était né de cette union. Ce furent des moments précieux de bonheur, une sorte de halte du temps. Ils hantèrent les promenades de Paris, assistèrent à des parties de mail à l'Arsenal où, dans une allée d'arbres fermée de planches, de jeunes gens poussaient avec violence et adresse des boules de bois afin de leur faire franchir un petit arceau de fer, la passe, fiché en terre. Depuis la terrasse des Tuileries, ils admirèrent la vue du Palais-Bourbon et du Cours-la-Reine, coururent à Chaillot voir une jeune artiste qui commençait à percer peindre les portraits du cardinal Fleury et de La Bruyère destinés à l'Académie française. Elle se nommait Louise Élisabeth Vigée. Fascinée par le visage de l'Indien, elle fit en un instant son portrait rehaussé de gouache, qu'elle lui offrit et qu'il reçut avec ravissement. Les courses dans Paris se poursuivirent pour voir, éblouis, les carrosses de Reims, les équipages, les bijoux, la couronne de diamants et une chapelle d'or offerte par le cardinal de Richelieu en 1636, meuble du sacre jadis commandé par François Ier tout de broderies et tableaux exécutés d'après les dessins de Raphaël d'Urbino. Enfin, ils se préoccupèrent d'équiper le jeune Ranreuil chez les meilleurs fournisseurs en vue de son entrée chez les pages.

Le 11 mai, le siècle reprit ses droits sur Nicolas. En fin de matinée, une convocation arriva rue Montmartre, portée par un de ces commis sans âge qui hantaient l'hôtel de police. Elle intimait au commissaire Le Floch, d'ordre de M. Albert, d'avoir à assister avec tenue, robe de magistrat, perruque et verge d'ivoire à la main – il reconnut le caractère tatillon de son nouveau chef dans ces précisions maniaques – à l'exécution des condamnés à mort suite aux arrestations effectuées lors des émeutes du 3 mai. Nicolas s'apprêta tout en interrogeant l'envoyé sur les coupables. Seules deux sentences capitales avaient été prononcées : une contre Jean Desportes, perruquier, et l'autre contre Jean-Charles Lesguille, ouvrier en gaze, repris de justice et arrêtés en flagrant délit de vol et de pillage. Il comprit qu'on souhaitait rassurer bourgeois et artisans que les déprédations des émeutes avaient affolés. Il fut glacé d'apprendre que l'encre de leur jugement à peine séchée, leur exécution s'organisait déjà.

Au-dehors il fut frappé du déploiement de la force publique. Plus la Grève approchait, plus nombreuse apparaissait la troupe. Les baïonnettes brillaient et des dragons à cheval patrouillaient de front la largeur des rues. Devant le vieil hôtel de ville, deux potences se dressaient, d'une hauteur peu commune ; cette disposition voulue par le lieutenant général de police répondait à son souci, lui expliqua gravement le commis, qu'on vît le spectacle du plus loin possible et qu'il contribuât à décourager toute tentative de rééditer une aussi intolérable agitation. Des troupes à cheval et à pied échelonnées sur le passage du convoi en canalisaient l'avancée. Une double rangée de soldats entourait la place de Grève, les uns tournés vers les pourtours, les autres vers les potences.

Nicolas descendit de sa voiture, relevant les pans de sa robe pour rejoindre le groupe des magistrats présents. Sanson, en grande tenue rouge d'exécuteur, le salua de loin d'un imperceptible et morne sourire. Saisi, Nicolas s'aperçut que, pour la première fois, il le verrait officier dans son emploi. Il en éprouva une tristesse profonde comme devant un mystère qu'il n'aurait pas dû contempler. Les condamnés arrivaient, accompagnés par une clameur sourde dont on ne distinguait pas la signification, de pitié ou de vengeance. Les deux hommes vociféraient, criaient au déni de justice, appelaient le peuple à l'émeute en prétendant qu'ils allaient périr pour lui. Jusqu'aux degrés de l'échafaud, ils clamèrent leur innocence, puis tout alla très vite. Nicolas ferma les yeux : le bruit sourd de deux corps qui tombaient et les soubresauts brefs qui suivirent, il les ressentit dans sa chair. Un grand silence plana sur l'assemblée. Peu à peu, sans un cri, morne et silencieuse, la foule se dispersa. Sur le chemin du retour, il entendit bien des propos. En général le peuple plaignait les suppliciés sacrifiés à la tranquillité publique et à celle des vrais coupables « *couverts, eux, d'une explicable indulgence* ». Il pensa que ces accusations, largement fondées, omettaient d'autres responsables dont les menées secrètes avaient dirigé le bras des émeutiers. Le soir même à Versailles, fort tard, il rendait compte de la journée au duc de La Vrillière ; celui-ci s'épancha sans retenue. Le roi, à son coucher, lui confia-t-il, avait déploré les exécutions et prescrit à M. Turgot « *d'avoir à épargner les gens qui n'avaient été qu'entraînés et de découvrir les chefs de tout ce mouvement* ».

Vendredi 12 mai 1775

Rabouine, épuisé, couvert de boue et de l'écume de sa monture, surgit de bon matin rue Montmartre. Il tendit aussitôt un papier froissé sorti de son plastron. Nicolas l'ayant lu fit chercher une voiture et entraîna la mouche au Grand Châtelet. Louis fut chargé de réconforter le cheval avant de le reconduire aux écuries des Messageries. Bourdeau fut, sur-le-champ, mandé au bureau de permanence, au Châtelet. Après un bref échange, il repartait pour de précises missions, tandis que le commissaire prenait sans délai une voiture pour Versailles où il arrivait en fin de matinée.

Forçant portes et consignes, il interrompit une audience de Vergennes, interceptant Sartine sur le point de regagner Paris, le forçant presque à l'accompagner chez le ministre de la Maison du roi. Il leur fit savoir qu'il avait de graves révélations à faire et qu'un conseil devait être réuni au plus tôt pour les examiner. Un message de Vergennes arriva opportunément pour soutenir sa requête.

De retour à Paris au début de la soirée, il rencontra Le Noir qui le convia à souper en famille. Il lui transmit l'invitation d'avoir à assister au conseil du lendemain prévu à l'hôtel de Saint-Florentin en présence de Sartine. Le chevalier de Lastire fut également convié, vu le rôle décisif qu'il avait joué dans l'enquête en retrouvant

Caminet rue des Moineaux. Flatté d'être de la partie, Le Noir s'enquit du rôle de son successeur. D'ordre du duc de La Vrillière, le lieutenant général de police serait laissé à l'écart d'une histoire dont les tenants et aboutissants ne s'étaient pas déroulés sous son mandat. Le Noir sourit à ce prétexte qui gazait avec élégance la volonté de ne pas accepter de voir cet homme brouillon, réputé la créature de Turgot, s'immiscer dans une affaire aussi particulière où la sûreté de l'État et du trône se mêlait à des considérations privées.

Samedi 13 mai 1775

Bourdeau parut fort tôt rue Montmartre. Il monta chez Nicolas rendre longuement compte de sa mission. Il reçut en échange des instructions. Il repartit aussitôt, chargé de recommandations, notamment d'organiser, le cas échéant, le transport de certains suspects jusqu'à l'hôtel de Saint-Florentin. L'inspecteur rejoindrait le lieu de la réunion prévue à onze heures précises. Nicolas plaisanta avec son fils qui attendait Naganda et Semacgus pour une visite au Jardin du Roi et une présentation du fameux cobra. Il gagna à pied la place Louis-XV par la rue Saint-Honoré. Quiconque l'eût observé aurait noté que ses lèvres bougeaient comme s'il se récitait à lui-même une leçon apprise ou le texte d'un rôle à jouer. De fait, sa réflexion, stimulée par le rythme de sa marche, mettait en place éléments et arguments qu'il allait devoir développer devant un circonspect auditoire. Restaient quelques pièces manquantes ; il espérait qu'elles apparaîtraient au cours du débat que ses propos ne manqueraient pas de susciter.

Provence, étonné de l'événement qui troublait le calme habituel de l'hôtel, accueillit le commissaire avec la déférence de mise envers un homme qui avait naguère sauvé son maître d'une terrible accusation [4]. Dans le grand escalier, il sembla à Nicolas que les personnages de la grande peinture *La Prudence et la Force* le regardaient avec ironie. Était-ce un pied de nez du destin ? Aujourd'hui, ces deux qualités lui seraient plus que nécessaires. Il pénétra dans le cabinet de travail du ministre. Comme souvent, une semi-pénombre régnait et un feu d'enfer ronflait dans la grande cheminée de marbre jaspé. Le duc de La Vrillière, Sartine et Le Noir devisaient à voix basse. Il les salua en cérémonie, puis s'approcha du maître de maison à qui il parla à l'oreille sous le regard interrogateur et mécontent de Sartine. Le ministre acquiesça. Nicolas sonna et Provence reparut à qui il donna ses instructions. Quelques secondes avant onze heures, le chevalier de Lastire se présenta en uniforme de lieutenant-colonel, en perruque et sans pansement. Le ministre de la Marine l'accueillit avec amabilité et le présenta au duc et à Le Noir.

— Voici l'un des bons éléments du bureau que j'ai créé et dont vous connaissez l'objet.

— Bon, bon, dit La Vrillière, nous pouvons commencer. Monsieur le marquis, nous vous écoutons.

Pouvait-on signifier avec plus d'élégance que la séance était secrète, presque privée, et l'estime que le ministre portait au commissaire ? C'est ainsi que Nicolas ressentit cette entrée en matière.

— Vous m'avez, messeigneurs, confié cette mission à Vienne dont le prétexte était d'acheminer le buste de la reine à son auguste mère, et le dessein caché de tenter d'éclairer les circonstances dans lesquelles l'Autriche avait pu traverser le secret du roi. Je ne pouvais imaginer qu'elle mènerait à Paris, par le biais d'un crime domestique dont j'ai la preuve, aujourd'hui, qu'il est lié aux événements que nous venons de connaître.

— Par la farine, sans doute ? demanda Sartine avec cette ironie dont il lui arrivait rarement de se départir.

— Comment, comment ! grinça La Vrillière. Si nous interrompons le début, nous ne gagnerons jamais la fin ! Reprenez, je vous prie.

— La tourmente dans le royaume, le caractère prétendu des émeutes et les contradictions qu'on y décèle, tout concourt à soupçonner, sinon une conspiration, du moins un maître d'œuvre occulte dont les buts ont su utiliser le désordre, l'accompagnant pour le mieux orienter. Toute autre hypothèse, outre qu'elle ouvrirait d'effrayantes perspectives, impliquerait une volonté perverse de s'attaquer au trône, ce que la raison autant que le sentiment se refusent à concevoir.

— Nous voilà bien loin de Vienne, remarqua La Vrillière, rompant sa propre consigne.

— Tout au contraire, monseigneur, nous y retournons. Plusieurs certitudes se sont imposées à moi. D'une part, par forfanterie ou naïveté, l'abbé Georgel…

— Naïveté ! L'abbé Georgel ? À qui ferez-vous croire cela ? dit Sartine.

— … secrétaire du prince Louis, ambassadeur du roi, a servi d'instrument aux services autrichiens à la fois pour nous signifier leur connaissance du secret, mais également pour nous faire passer des documents faux ou anodins. Ce système est retenu par l'abbé qui y trouvait ses intérêts et ceux de ses amis parisiens, ne laissant pas de compromettre gravement la position du royaume. L'attentat perpétré contre moi et auquel seule l'intervention du chevalier de Lastire m'a permis d'échapper…

L'intéressé salua.

— … la découverte d'un vestige de la correspondance politique de Georgel marquant, à tout le moins, de troublantes prévisions sur l'avenir proche. Il y a eu, je le dis sans ambages, collusion volontaire ou non entre les

Autrichiens et un groupe de comploteurs qui faisaient tout, relayés par Georgel, pour me faire périr ou, au moins, pour me retenir le plus longtemps possible à Vienne. Qu'avais-je découvert ? Sinon, sans doute, la vérité ! Maintenant il me faut évoquer ce retour à Paris et la suite inconcevable d'événements dont je prétends, moi, qu'ils sont liés entre eux pour une convaincante raison.

Il se leva et commença à parcourir à pas lents le cabinet tout en regardant ses trois interlocuteurs.

— À peine franchies les barrières de Paris, j'apprends que mon fils a disparu, suborné par un capucin inconnu, porteur d'une lettre de moi, forgée de toutes mains. Seul un heureux concours de circonstances a empêché que l'enfant ne tente de gagner Londres. Cela m'aurait lancé sur les routes à sa suite… Survient alors la mort de maître Mourut, boulanger, locataire rue Montmartre de M. de Noblecourt où je loge moi-même. Les causes de son décès à son fournil procurent tant de détails troublants que l'idée de meurtre prévaut au bout du compte. L'arme du crime semble être le poison, mais la méthode opératoire, une plaie à la main, est des plus intrigantes. Je me concentre sur cette enquête au détriment de la surveillance de l'agitation montante que j'avais signalée sans relâche.

Il fixa Sartine dans les yeux sans que celui-ci bronche. Le Noir baissait la tête. La Vrillière, à qui rien n'échappait, les regardait l'un et l'autre.

— Je vous passe les méandres.

— Oui, oui, acquiesça Sartine, gagnez l'embouchure. On se croirait dans un conte de Fromaget[5].

— Il faut quelque peu s'étendre sur la personnalité de la victime. Boulanger certes, mais surtout accapareur et agioteur sur les grains. Soupçonné de faire partie d'un circuit secret de négociants…

Le Noir toussa.

— Dont le maître d'œuvre, Matisset, a été accusé par la rumeur d'avoir organisé le pacte de famine. Vous connaissez tous le personnage, je ne m'y étends pas.

— Une bien cruelle et exécrable calomnie, murmura La Vrillière.

— Ledit Mourut a, jadis, dénoncé un de ses confrères dont les intérêts s'opposaient aux siens. Lequel, un certain Hénéfiance, a été envoyé au bagne à Brest dont il s'est enfui. On suppose, sans en avoir la preuve, que, ce faisant, il a péri en mer. Soit qu'il ait agi en conformité avec les desseins de sa confrérie, soit pour toute autre cause, Mourut n'a aucunement pâti de cette affaire. Il reste que récemment il a pu se mettre en travers de celle-ci en hésitant à hausser le prix du pain, sensible à des menaces reçues ou enclin à attendre une conjoncture de disette plus favorable à son augmentation. Pour compléter le tableau, il possède un fils caché dont il feint de payer l'apprentissage, à qui il passe des caprices dispendieux et qu'il a couché sur son testament. Rue Montmartre, ce ne sont point les suspects qui manquent, susceptibles de souhaiter la mort du boulanger !

— La société à laquelle il appartenait peut-elle gagner à sa disparition ? demanda Le Noir.

— Certes, il n'est plus sans doute à sa main et refuse de payer à la caisse commune tout en agissant pour son propre compte. Sa mort pouvait servir d'exemple et faire réfléchir ceux qui envisageaient de l'imiter.

— Comment soutenir que cette société occulte et puissante n'en vienne pas à trouver d'autres moyens que le meurtre pour contraindre un pauvre boulanger à se plier à ses règles ? J'observe que nous glosons sur un fait qui n'a, d'ailleurs, jamais été établi ! clama Sartine.

— Je n'ai nullement soutenu, monseigneur, que ladite société soit responsable d'une mort dont tout pourtant nous signifie qu'elle est de nature criminelle. Je répondais

397

à M. Le Noir et j'achève mon propos : cette mort sert les intérêts de cette société.

— Vraiment, vraiment, nous nous égarons. La suite.

— Considérons, reprit Nicolas, la femme de Mourut. L'aigreur domine chez elle avec le sentiment d'une mésalliance. Voulait-elle refaire sa vie avec un autre homme plus jeune ? L'idée de se débarrasser de son mari a pu l'effleurer. A-t-elle été complice ? Doit-on croire en son innocence alors que la nuit de la mort de Mourut, elle se trouvait dans les bras de Caminet, apprenti et fils caché de Mourut ?

— Et celui-là ? s'exclama Le Noir.

— Mauvais drôle. Connaît-il sa filiation ? A-t-il appris l'existence d'un testament à son profit ? D'autres le savaient ou le pressentaient, qui auraient pu le lui apprendre. Courant la gueuse, joueur, tricheur, dépensant sans compter. Tout chez lui nourrit les présomptions. Coupable ? Complice ? Qui le sait ? Venons-en aux deux mitrons, Parnaux et Friope. Le second, travesti, s'avère être une fille et, de surcroît, grosse du premier. Caminet a surpris leur secret et exerce un chantage. Ils sont en situation de tout redouter. Si Caminet les dénonce, Mourut les chasse et les voilà à la rue sans ressources. Ainsi, eux aussi possèdent de secrètes raisons de souhaiter la disparition de leur maître. Quant à la servante, la Babine, sa haine de sa maîtresse se hausse à un point tel qu'elle ferait tout pour la détruire et la faire accuser d'un crime capital.

— Mais vous, monsieur le marquis, dit La Vrillière, quel est votre sentiment sur cette affaire ?

— Je dois vous découvrir un fait essentiel. La manière par laquelle le boulanger a été assassiné implique une telle préparation que tous ceux que j'ai cités ne peuvent être coupables seuls. Je ne dis pas qu'ils ne le sont pas, mais j'affirme que, pour l'être, il fallait avoir un complice.

— Encore un de ces instruments étranges qui surgissent dans vos enquêtes, dit Sartine, décidément acrimonieux.

Nicolas pensait que la disgrâce de Le Noir et les accusations portées par Turgot contre lui avaient touché Sartine au plus vif et que son humeur s'en ressentait. Le duc de La Vrillière caressait nerveusement sa main d'argent, pièce à conviction d'un précédent drame[6].

— Que non pas, monseigneur. Pour ce coup-ci, il s'agit d'une hamadryade, grand cobra d'Asie et serpent redoutable par sa rapidité et son venin mortel.

Ses interlocuteurs se regardaient effarés.

— Mais alors, c'est un accident ? s'étonna Sartine, le premier à reprendre ses esprits.

— Non, c'est un meurtre, et des plus diaboliques ! Je m'explique. Il suffit de recueillir le venin de l'animal et, par une plaie volontairement produite, de le faire pénétrer dans le sang de la victime, reproduisant ainsi la nature. Grâce à la sagacité du docteur Semacgus, l'ouverture a permis de déceler une blessure à l'intérieur de la main. Le reste est pure mécanique. Prenant les précautions nécessaires, bottes et gants en cuir épais, vous saisissez la tête du serpent et lui faites mordre le bord d'une écuelle fermée d'un papier. Le venin s'écoule que vous recueillez. La suite est un jeu d'enfant, une poignée de main suffit, une main gantée bien sûr. Une petite ampoule de verre filé emplie du mortel liquide qui se brise, la chair est entaillée et le venin pénètre…

— Mais ce verre ? demanda Sartine que la surprise laissait pantois.

— Il a craqué sous mon pied sur le sol du fournil et j'en ai ramassé les débris. Je suis demeuré longtemps sans en comprendre la signification. Ce n'est que ces tout derniers jours que j'ai fait le rapprochement avec l'hypothèse de Semacgus.

— Mais ce serpent ? reprit Sartine toujours aussi peu loquace.

— Vous le pouvez admirer au Jardin du Roi où notre chirurgien l'a fait placer pour le mieux étudier.

— Soit, soit, dit La Vrillière. Par cette découverte, je déduis que vous remontez jusqu'à l'assassin ?

— Certes, répondit Nicolas épanoui, après de nombreuses traverses. Les lapins m'y ont beaucoup aidé !

Sartine se dressa et se mit à son habitude à arpenter le cabinet.

— Monsieur le commissaire, vous moqueriez-vous de nous ?

— Si vous le laissiez continuer, proposa doucement Le Noir. Qu'il s'explique, nous sommes là pour l'entendre.

— L'emploi d'un animal aussi étrange implique un assassin d'une étonnante perversité, ayant longuement prémédité son acte. Il implique d'avoir acquis un exemplaire de ce type de serpent, là où il vit. J'ajouterai d'autres détails : il faut pouvoir conserver vivant ce dangereux spécimen à une température qui lui convienne et qui restitue le climat de sa région d'origine. Enfin, messieurs, le cobra a la caractéristique de ne se nourrir que de proies vivantes, d'où la présence de lapins.

— Quelle horreur ! se récria le chevalier de Lastire. Et comment êtes-vous arrivé jusqu'à lui ?

— C'est une étrange histoire qui mêle l'intuition et le hasard. Je vais essayer de vous l'expliquer le plus courtement et précisément possible. Il faut remonter le temps, les événements ainsi vous apparaîtront avec davantage de clarté. Hénéfiance, dénoncé par Mourut, est envoyé aux galères, enfin au bagne de Brest. Il n'y a ni procès public, ni condamnation. Il disparaît secrètement, comme d'autres condamnés...

Pour la seconde fois, M. Le Noir toussa.

— … On ignore, en fait, la vraie nature des accusations de Mourut contre lui. Reste que celles-ci menaçaient de grands intérêts pour que la réaction publique soit aussi sévère. À Brest, nous savons qu'il est considéré comme une forte tête et qu'il apprend le breton. C'est la condition nécessaire pour organiser son évasion. Je ne crois pas à l'hypothèse de la fuite par voie de mer. La barque retrouvée n'est qu'un leurre semé pour accréditer sa mort. Je suppose qu'il a utilisé la voie de terre, rejoint Lorient ou Port-Louis et, là, s'est embarqué à destination des Indes orientales. Où débarqua-t-il ? Que devint-il ? Nous l'ignorons pour le moment. En revanche, nous sommes assurés qu'il est revenu en France, l'existence du cobra nous le prouve. À son retour, soit qu'il parvienne à se justifier, soit que sa dénonciation soit en passe de menacer les intérêts de la Société, il renoue avec elle.

— Et sous quelle apparence et identité ? demanda Le Noir.

Nicolas ferma les yeux et se tut de longues secondes.

— C'est bien là le hic ! Je gage que souvent la robe de bure d'un capucin l'a abrité… Il connaît l'adresse de son ennemi, il veut le punir et se venger. Il utilise Matisset pour s'informer des détails sur l'intimité de la maison Mourut. La Babine, servante du boulanger, prête la main à cette quête. Survient la nuit du 30 avril au 1er mai. Sont rassemblés chez la Gourdan, rue des Deux-Ponts-Saint-Sauveur, Mourut, sa femme, Caminet et un troisième homme qui devait être Hénéfiance…

— Ce n'est pas avec des conditionnels, jeta Sartine, que…

— Allons, allons, au fait !

— Caminet, corrompu par ce dernier, se présente ostensiblement au boulanger qui partait. Celui-ci l'attend à la porte. L'autre paraît, altercation, coups et l'apprenti feint de tomber sur une borne. Surgit le troisième homme qui constate la mort présumée de la victime. Il entraîne Mourut dans la voiture, le reconduit rue Montmartre. C'est dans le fournil qu'il assassine le boulanger. J'entends vos objections : ne pouvait-on utiliser une arme du crime plus classique ? Je vous réponds que le meurtrier souhaitait faire accroire que le boulanger était mort d'une attaque ou que, désespéré d'avoir tué son fils, il en soit venu à utiliser un mystérieux poison. Sans la chance d'avoir eu un médecin ayant vécu dans ces régions… J'ajoute que…

— Tout beau, Nicolas, dit Sartine attentif. Il semblerait que vous avez assisté à toutes les scènes que vous décrivez si gaillardement ?

— Les affirmations de plusieurs témoins fondent mes propos : Colette, la servante de la Gourdan, Friope et Parnaux, présents tous deux et longtemps suspects.

— Êtes-vous assuré de ce départ en voiture ?

— Un témoin a entendu le bruit. Plus probant pour moi, les souliers propres que porte le cadavre de Mourut alors qu'aussitôt après la scène de la rue des Deux-Ponts-Saint-Sauveur la pluie s'est mise à tomber, et vous connaissez la boue de notre Paris.

— Enfin, objecta Sartine, un dernier point : comment se fait-il que Mourut n'ait pas reconnu Hénéfiance ?

— Je me suis posé la question, monseigneur, et je crois avoir trouvé la réponse. Si l'homme était bien Hénéfiance, ce que je crains, je ne suis pas du tout convaincu qu'il ait été connu de Mourut qui avait surtout eu commerce avec son père. Je suis presque sûr qu'il ne connaissait pas son visage. J'ajoute que, dans le cas contraire, près de dix ans d'exil, le bagne et les Indes peuvent changer son homme.

— Soit, tout cela est bel et bon, mais ne nous dit pas comment vous avez été jeté sur la piste de l'homme au cobra ?

— Une descente chez la Gourdan nous a permis de trouver un papier au nom d'Hénéfiance qui nous conduisait rue du Poirier. Sans doute prévenu par la maquerelle, l'occupant des lieux se moque de nous et nous retarde, en nous envoyant par énigme loin de là. Cependant, je trouvai sur place d'étranges indices. Une écaille de serpent collée à ma botte et la réaction de ma chatte recoupaient l'intuition du docteur Semacgus. Malheureusement l'occupant avait fui et le risque était grand de le perdre. Il a alors commis sa première imprudence en me filant. Nos mouches, les meilleures de l'Europe, ont fait merveille.

Pour la première fois, Sartine sourit.

— Ils l'ont aussitôt repéré et suivi à leur tour. Hélas, entre-temps, alerté par mon intérêt pour les archives de la Compagnie des Indes, il tue sans pitié celui qui recherchait pour moi des informations sur les mouvements en provenance d'Orient. Ce faisant, il est entré dans le piège en arrachant des mains de Belhome, la victime, un registre qui nous dévoile les années utiles à notre recherche. Nos mouches le suivront jusqu'à la maison de la rue de Vendôme, qui jouxte l'enclos du Temple…

Pour la troisième fois, Le Noir toussa, et La Vrillière s'agita dans son fauteuil.

— Cette piste est la bonne. Un capucin me menace, je tire, je le manque, il s'enfuit. Fouillant le logis, je suis attaqué par le cobra et seule l'intervention de Naganda me sauve d'une mort affreuse.

— Tiens, tiens, dit La Vrillière, l'Algonquin naguère si apprécié par notre feu roi ? Est-il donc de retour ?

— Justement, monseigneur, invité par Sa Majesté au sacre de Reims.

— Admirons le travail et les risques encourus d'un policier hors pair, s'écria Sartine. Toutefois l'essentiel nous manque. Ce capucin, quel est-il ? Nous comprenons tous qu'il peut s'agir d'Hénéfiance, mais sous quel nom agit-il ? L'avez-vous retrouvé ? Il faut l'arrêter.

— Nous voilà devant la grande inconnue. Permettez, monseigneur, que je fasse entrer Bourdeau qui devait me communiquer d'éclairants documents.

Sans attendre la réponse du duc, il sonna. L'inspecteur surgit, lui tendit une liasse de papiers nouée d'un ruban bleu, et disparut. Chacun regardait Nicolas.

— Le 1ᵉʳ juillet 1775, le bâtiment *La Bourbonnaise*, de la Compagnie des Indes, touchait terre à Lorient avec, à son bord, des militaires, des négociants et quelques prêtres des missions étrangères. Je dispose…

Il agita un document.

— … de la liste des passagers et de la description des effets, caisses et malles. Le livre de bord indique que le 30 avril de la même année, un mousse de quinze ans, Jacques Le Gurun, a été immergé après un service religieux. Il était mort de manière mystérieuse sans qu'on ait pu en déterminer les causes. Le cas était si curieux que le médecin de bord en a relaté et décrit les détails. Ils suggèrent, à la réflexion, que le marin aurait été mordu par un cobra présent à bord. Un nom sur la liste des passagers a retenu mon attention. Il s'agit d'un officier. J'ai donc visité les bureaux de la guerre, rue Saint-Dominique…

— Et alors ? interrogea Sartine.

Nicolas consulta un papier.

— Qu'apprenons-nous sur cet officier ? Qu'il serait depuis 1770 au service de Haider Ali.

— Comment, comment ? Nous ne le connaissons pas.

— Haider Ali, monseigneur, était le général du rajah de Mysore qu'il renversa. Il a organisé contre les Anglais la confédération des chefs mahrattes avec l'aide d'officiers français. Notre homme finit par tomber dans un guet-apens. Tous ses compagnons succombent, lui seul en réchappe. Il demeure prisonnier plusieurs années avant de s'enfuir et de réapparaître dans notre comptoir de Pondichéry. Personne ne l'a rencontré auparavant et, par conséquent, personne n'est à même de le reconnaître. Il rentre en France où sa famille est éteinte. J'ai pu retrouver un médaillon qui le représente jeune. Et, maintenant, je vais vous conter une autre histoire.

— Comment, comment ! Nous mènera-t-elle aussi loin ?

— Elle nous conduira en France. Un homme se fait passer pour un autre, usurpe nom, qualités, grade. Et le pire dans cette affaire, c'est qu'il parvient à obtenir des soutiens, des appuis, sans doute de la part d'un groupe qui, à l'ombre du trône, ourdit des complots, profitant de la jeunesse du roi, du retour des Parlements et d'ambitions longtemps réfrénées. Un groupe qui, à tort ou raison, s'exaspère des réformes du contrôleur général. Son entregent lui permet de placer l'intéressé auprès d'un ministre et, qui plus est, dans un bureau récemment créé pour contrer les menées des puissances hostiles à la France. Lorsque ce groupe apprend ma mission à Vienne, il entend que je sois surveillé et que mes recherches soient entravées. Un document trouvé chez l'abbé Georgel prouve qu'il a noué une correspondance secrète avec ces personnes et qu'il a partie liée avec un officier placé auprès de moi pour, soi-disant, me protéger !

Sartine se dressa.

— Vous avez souvent passé les bornes, monsieur, mais, pour le coup, votre audace est intolérable et j'ose à peine croire ce que j'entends ! Ainsi, j'aurais délibérément placé le chevalier de Lastire....

— Qui, jamais, a prétendu cela, monseigneur ? Pour désagréable que cela paraisse, vous avez été, comme moi, abusé et victime.

— Comment, comment ! dit La Vrillière. Monsieur, entendez-vous les graves accusations portées contre vous ? Que vous en semble ?

Le chevalier, interpellé, haussa les épaules.

— Qu'aurais-je à répondre à d'aussi folles assertions ? M. Le Floch devrait se souvenir qu'il me doit la vie.

— C'est vrai ! s'écria Sartine. Tout à l'heure vous le remerciiez.

— La vérité, hélas, est tout autre. J'ai largement réfléchi à cet épisode. Si le chevalier m'a sauvé, c'est que la mise en scène d'une attaque en règle imposait cette fin si bien ménagée qu'il y avait tout lieu de s'y tromper.

— Des preuves, des preuves !

— Des présomptions, les preuves suivront. Revenons en arrière une nouvelle fois. Tout au cours du voyage de Paris à Vienne, le prétendu chevalier a évoqué ses campagnes. A-t-il, à aucun moment, parlé des Indes ? Il n'était question que de batailles en Allemagne. Dans le feu d'une conversation, alors qu'il essayait de calculer le change de la monnaie de l'Empire, il a parlé d'anas, pièces de cuivre et d'argent aux Indes. Il m'a déclaré, j'en ai le vif souvenir, avoir déjà porté le turban ; j'ai cru à une ancienne mission auprès du Grand Seigneur. Enfin, ce médaillon, où l'ai-je trouvé ? Dans les caisses accumulées dans la maison de la rue de Vendôme. Le pourquoi de ces découvertes si Lastire n'est pas Hénéfiance ? Et il y a mieux encore…

— Fumées que tout cela ! murmura le chevalier.

— Vous donnez le mot juste ! À trois reprises, une odeur identique de tabac me frappe. À Vienne à l'auberge où vous fumez la pipe, dans le fournil de maître Mourut et rue du Poirier. L'odeur si particulière de ce tabac dont vous enfumiez notre voiture de poste. Fumée sans doute, également, votre présence dissimulée, alors que la police autrichienne fouille nos bagages ? Hier Rabouine, longtemps hésitant sur le fait et craignant de se tromper, m'a révélé vous avoir aperçu. En fait, vous nous suiviez et renseigniez nos poursuivants. Fumée qu'une lettre forgée de moi à mon fils ? Il reconnaît l'écriture, et pour cause ! Je vous avais chargé de porter mon courrier, ce qui vous a permis d'imiter ou de faire imiter mon écriture.

— Mettriez-vous en doute ma blessure ? se récria Lastire. N'avez-vous point vu mon pansement ?

— Oui, un faux turban retrouvé rue de Vendôme ! Cette blessure ? Un conte pour justifier votre retard. Faux pansement, fausse blessure, faux capucin, vrai meurtrier de Mourut, de Belhome et de Nicolas Le Floch si le destin n'en avait pas décidé autrement !

— Un seul mot et tout ce bel édifice s'effondre. D'évidence, quelqu'un me ressemble et utilise mon nom. Je vais vous en procurer sur-le-champ la preuve. La voici : à l'heure où l'on assassinait le boulanger, j'étais chez M. de Sartine pour lui rendre compte des mouvements de la rue. Enfin qui, oui qui, vous a livré Caminet ? Est-ce là conduite de coupable ? Vous me voyez confondu...

— C'est le mot !

— ... de votre attitude, monsieur. Il faudra que vous m'en rendiez compte, car elle est pire qu'une injure !

— Je suis à votre disposition, si toutefois le roi m'autorise à croiser le fer avec un assassin !

— Messieurs, interrompit La Vrillière, poursuivons. Le chevalier peut-il dire comment il se trouve si précisément au fait de l'heure du crime ?

— C'est moi-même qui, confiant alors, la lui avais révélée.

— Bien, bien. Et vous étiez donc chez M. de Sartine ?

— C'est exact, dit le ministre de la Marine. On m'a réveillé et je l'ai reçu. Il me semble vous l'avoir signalé. C'était dans la nuit du 30 au 1er, à minuit et demi, la pendule de mon cabinet a justement sonné. À quelle heure estimez-vous les faits ?

— Le meurtrier ne pouvait se trouver à votre hôtel avant deux heures du matin au plus juste.

Nicolas réfléchissait. Une parole de M. de Noblecourt lui revenait en tête : « *Une pendule arrêtée marque deux fois par jour l'heure exacte.* »

— Qui a introduit Lastire ?

— Mon vieux valet ; vous le connaissez.

— Votre visiteur vous attendait-il dans le cabinet de travail ?

— Oui, mais je ne vois pas…

— Ainsi, il a pu avoir accès à votre pendule ?

— Certes !

— Sonne-t-elle à la demie ?

— Oui, je ne comprends toujours pas où…

— … Moi, très bien ! Je constate qu'à ce moment de la nuit, un coup peut tout à la fois signifier *minuit et demi, une heure, une heure et demie.* Nous ne saurons jamais si un doigt perfide a retardé le mouvement. Ou plutôt, il suffira d'interroger celui de vos gens chargé de la remonter. Je suis assuré de la réponse.

Sartine semblait pétrifié. Nicolas sortit de sa poche le médaillon. Il pendait au bout d'une chaîne. Il le balançait. Alors tout s'accéléra. Lastire se leva d'un bond, marcha sur Nicolas, le frappa au visage d'une main et, de l'autre, lui arracha le médaillon qu'il piétina avant de le ramasser et de le lancer au feu. Tout ce mouvement s'inscrivit dans un laps de temps si court que les assistants pétrifiés ne purent intervenir. À peine Sartine, le premier, se dressait-il que le chevalier sortait un pistolet de son plastron d'uniforme, les en menaçait et, reculant vers la porte, l'ouvrait à la volée avant de disparaître.

— Ne bougez pas, hurla Nicolas qui se relevait le nez en sang, toutes dispositions sont prises. Il ne s'en tirera pas !

Des bruits sourds leur parvenaient, puis un grand silence, des éclats confus de voix et deux coups de feu presque simultanés, et de nouveau le silence. Enfin, la porte s'ouvrit lentement et Bourdeau entra d'un pas hésitant. Un filet de sang coulait sur le côté de son front. Il dut s'asseoir. Le commissaire se précipita.

— Il a tenté de sauter par la fenêtre, j'ai voulu l'en empêcher. Il m'a menacé de son arme ; nous avons tiré presque ensemble. Il m'a manqué... enfin une balle m'a juste effleuré le bord du crâne. La mienne en revanche a fait son office et il est tombé à la renverse dans la cour. C'était un rude coquin !

— Vraiment, vraiment ! dit La Vrillière, cette maison est maudite.

Chacun se taisait tandis que Nicolas enlevait son habit, déchirait une manche de sa chemise et commençait à panser la tête de l'inspecteur qui, ému, le repoussa légèrement. M. de La Vrillière courut à un cabinet de liqueurs et emplit deux verres d'un liquide verdâtre qu'il leur tendit. Chacun reprit sa place.

— Une question, cher Nicolas, dit Le Noir. Ce médaillon ? Je soupçonne un piège tendu à Lastire, enfin à Hénéfiance.

— Vous voyez juste, monseigneur. De fait, ce que le criminel ignorait, c'est que cet objet, prétendument découvert dans les caisses appartenant au vrai chevalier de Lastire, n'existait pas. Cette boîte de cuivre et de cristal ne contenait rien. J'imagine assez ce qui a dû se tramer dans son esprit : n'avait-il pas, par inattention, ignoré le médaillon lorsqu'il fouillait les effets de Lastire, sans doute laissés en dépôt à Pondichéry au moment où ce dernier partait en mission chez Haider Ali à Mysore ?

— Il pouvait supposer que le médaillon ne se trouvait pas dans les bagages.

— Je crois qu'il pressentait un piège ; de toute façon, je pouvais avoir découvert cette preuve en France.

— Mais, mais, balbutia La Vrillière, dans ce cas il pouvait ne point réagir à votre tentative. Après tout, cela prouvait qu'il était bien celui qu'il prétendait être.

— Certes non, car, argument ultime, j'étais détenteur…

Il tira de la poche de son habit une petite tabatière ovale avec un pastel sur le couvercle.

— … du véritable portrait du chevalier retrouvé avec des bijoux déposés chez son notaire, avant son départ pour les Indes. Et constatez…

Il le leur tendit.

— … qu'Hénéfiance ne ressemblait en rien à Lastire ! s'écria Le Noir.

— C'est pourquoi, désespérément, il s'en est tenu à ses affirmations, persuadé qu'il s'en sortirait. L'argument de la pendule n'était pas une preuve. En revanche, face à cet objet, la vérité s'imposait sans conteste : s'il n'était pas Lastire, dont nous avions le portrait, il ne pouvait être qu'Hénéfiance. Une seule chose reste à déterminer. Comment a-t-il pu tromper la vigilance du ministre de la Marine ?

Nicolas assouvissait une petite vengeance contre l'aveuglement de Sartine.

— Cela demeure mystérieux. Il fallait que l'escroc possédât un garant particulièrement puissant pour s'imposer à un magistrat aussi avisé que vous, monseigneur ! Cela passe l'imagination.

— Là n'est point la question, cette énigme ne sera pas éclaircie, dit Sartine, sous le regard de La Vrillière qui le fixait avec une expression méditative. Je consens à reconnaître avoir été abusé. Je n'avais même pas demandé un état de ses services. D'autres l'auraient été aussi. Enfin, tout est heureusement réglé. Je me félicite de vous avoir aidé tout au long de cette délicate enquête. On reconnaît dans votre action le talent de mes gens.

Nicolas ne répliqua point. La mauvaise foi du ministre participait des agréments de son commerce. Seul, au Parlement, le président de Saujac rivalisait avec lui dans cet exercice de haute école.

— Bien, bien, gronda La Vrillière. Et votre Caminet, qu'en faisons-nous ? Point de coupable, puisque mort, donc point de procédure. Alors, secret absolu sur tout cela, car, par quelque bout qu'on approche cette affaire, au début Sartine abusé et, à la fin, découverte du coupable rue de Vendôme, près de… je m'entends, on tutoie de redoutables… Je propose que pour cet apprenti, on laisse agir la justice pour cocange et rixe. Nous donnerons à Testard du Lys, notre lieutenant criminel, les instructions en conséquence pour que tout soit prestement conclu. Après tout, ce bougre a beaucoup de chance de n'être point poursuivi pour complicité de meurtre.

— Nicolas, demanda Le Noir, quel est votre ultime sentiment sur Hénéfiance ?

— Je crois, monseigneur, que le malheur et l'injustice jettent un homme dans de sombres désespoirs. De là surgissent aridité de l'âme et volonté de vengeance. Hénéfiance fut, à la fois, victime et bourreau. Que n'aurait-il accompli s'il avait utilisé son astuce au service du bien ? Que Dieu lui accorde son pardon ; c'est tout ce que je puis dire.

— Une dernière question. Ces bottes et ces gants d'un cuir à résister à la morsure du cobra, d'où provenaient-ils ?

— Des Indes. Je les ai soumis au docteur Semacgus qui les a examinés avec soin. Il a reconnu du cuir d'éléphant.

— Cela complète, gronda Sartine, lapins, cobra et maintenant voilà l'éléphant !

ÉPILOGUE

> « Vous ne serez jamais ni grands
> hommes, ni honnêtes gens qu'autant que
> vous serez gens de bien, fidèles à Dieu et au
> roi. »
>
> Le Grand CONDÉ

Du 5 juin au 19 juin 1775

Après la fin des troubles, le temps du sacre était venu. Le 5 juin, la cour se portait à Compiègne où, pour la première fois, Louis de Ranreuil participa à une chasse au sanglier en tant que page. Il eut la joie de fournir un cheval à son père. Nicolas avait été chargé par le duc de La Vrillière d'assurer la sûreté des déplacements et des cérémonies. Le soir de la chasse, le roi le fit mander dans ses appartements afin de prendre connaissance du rapport écrit par le commissaire sur les diverses circonstances des événements de mai. Il s'assit et, bésicles à la main, parcourut le document avec une attention crispée. Il demeura longtemps prostré après cette lecture, puis s'adressa à Nicolas en le fixant un peu de côté.

— Je vous remercie, monsieur. Cela m'éclaire. Toutefois je ne souhaite pas que mon règne commence par un acte de sévérité ; il suffit des malheureux du 11 mai... Il y a des équilibres qu'il est préférable ne point rompre...

Il jeta les papiers dans la cheminée et les regarda se consumer.

— Continuez à me bien servir, vous et votre fils, que j'ai vu tantôt. Et dites-moi toujours la vérité quoi qu'il vous en coûte et m'en coûte... Allez, monsieur.

Nicolas s'inclina et baisa la main que le roi lui tendait.

La procession royale traversait par tradition les domaines de la première race des rois mérovingiens, Villers-Cotterêts, Fismes et Soissons. La reine et ses entours empruntaient le chemin des Dames. Nicolas, à cheval, galopait près de la voiture du roi qui parfois se penchait à la portière pour lui causer. Quant à Louis, il voyageait avec ses camarades à la suite du maréchal de Richelieu. Le temps était superbe et les chemins méconnaissables, peignés, arrangés, sablés et fleuris par des corvées. Celles-ci seraient les dernières, Turgot s'apprêtant à les supprimer. Nicolas constatait, au passage, que le prix du pain demeurait partout fort haut et qu'il était heureux que l'exaspération du peuple ait fait long feu. Les hussards de Bercheny, commandés par M. de Viomesnil, patrouillaient pour parer à toute éventualité. Certains murmuraient que le sacre eût ainsi à être protégé par la troupe.

Le vendredi 9 juin, le roi fit son entrée à Reims dans son carrosse de gala à la tête d'une interminable théorie de voitures et de cavaliers de la Maison du roi en grand uniforme. Des sonneries de fanfares éclatèrent auxquelles se joignit bientôt le bourdon de la cathédrale. Accueilli sur le parvis par l'archevêque, Mgr de la

Roche-Aymon, et le clergé, il entra dans le sanctuaire entendre les premières prières.

Le lendemain, Nicolas fit sa cour à la reine qui, dans son appartement trop petit de l'archevêché, recevait pleine de grâce et avec des manières si engageantes qu'elles lui rappelèrent celles de sa mère Marie-Thérèse. La cohue s'accroissait dans les premières chaleurs de l'été. Le comte d'Artois présent plaisantait d'un ton léger et murmurait à l'oreille des dames sous le regard critique de son frère Provence.

Le même jour, Nicolas eut le loisir d'emmener Louis admirer, dans un parc de la ville, un éléphant femelle qui attirait les foules par ses tours et sa bonne grâce. Il débouchait et buvait une bouteille et manifestait à bon escient adresse et intelligence. La joie et l'enthousiasme de Louis lui rappelèrent que son fils était encore presque un enfant. Le roi assista aux vêpres du sacre et au sermon prononcé par l'évêque d'Aix rappelant « *que la France ne pouvait périr que par ses défauts, que restant telle qu'elle doit être, elle serait l'arbitre du monde pour en faire le bonheur* ».

Tard dans la nuit, Nicolas fut appelé par M. Thierry, premier valet de chambre du roi ; il s'habilla en hâte dans le méchant réduit qu'on lui avait attribué près de l'appartement royal. Il retrouva le souverain accompagné du capitaine des gardes. Ils l'accompagnèrent en voiture à la basilique de Saint-Rémi où il souhaitait prier, à la veille de son sacre. Le roi, taciturne, était en tenue de simple bourgeois, habit brun et chapeau rond. Le sanctuaire bruissait des litanies psalmodiées par les moines. Il s'agenouilla et demeura deux heures en prière. Quand il se releva, il paraissait transfiguré. Il considéra Nicolas, qui sortait de l'ombre pour le suivre, comme s'il le voyait pour la première fois. Il lui tendit la main.

— Monsieur, je n'oublierai pas que vous vous trouviez à mes côtés ce soir. Vous étiez à mon aïeul, soyez désormais tout à moi.

Le lendemain, 11 juin, dimanche de la Trinité, les évêques de Laon et de Soissons frappèrent à la porte de la chambre du roi. Par deux fois ils le réclamèrent et par deux fois il leur fut répondu : « *Le roi dort.* » La troisième requête fut différente : « *Nous demandons Louis, celui que Dieu nous a donné pour roi* » et la porte s'ouvrit. En veste longue de dentelle d'argent et soutenu par les deux prélats, il fut conduit à la cathédrale et s'assit dans un fauteuil à bras sous un dais fleurdelisé suspendu à la voûte. Nicolas prit place du côté de l'épître dans un magnifique habit blanc, chef-d'œuvre de maître Vachon. Il fut frappé du spectacle qui s'offrait à lui avec la tribune ouvragée et dorée de la reine, les travées et les entre-colonnes garnies, en amphithéâtre, de dames couvertes de diamants étincelants et le trône où le roi prendrait place sur un faux jubé. Les plus belles tapisseries du garde-meuble, tendues sur les murailles, complétaient la pompe et la splendeur de cette décoration.

Après le *Veni Creator*, le roi prêta les trois serments d'usage, les mains sur les Évangiles. L'archevêque le ceignit de l'épée de Charlemagne et Monsieur lui fixa les éperons. Le prieur de Saint-Rémi ouvrit la Sainte Ampoule et la remit à l'archevêque qui, avec une aiguille en or, en tira la grosseur d'un grain de froment qu'il mélangea avec du saint chrême. Le roi se prosterna à plat ventre à même le sol, l'archevêque à ses côtés malgré son âge ; puis il se remit à genoux pour recevoir les six onctions sur la chair, sa veste et sa camisole ayant été ouvertes. L'anneau fut béni et passé. Le roi reçut son sceptre et la main de justice, l'archevêque prit la couronne et la soutint au-dessus de sa tête en s'écriant : « *Que Dieu vous couronne de cette couronne de gloire et de justice.* » Il la posa alors et les douze pairs, laïcs et ecclésiastiques, y portèrent leurs mains, formant comme les axes d'un moyeu symbolique.

Louis XVI sacré et couronné, vint le moment de l'intronisation. On le revêtit du manteau royal orné de l'épitoge d'hermine parsemée de fleurs de lis avec une longue queue sous lequel il portait la tunique et la dalmatique. Couronne en tête et tenant le sceptre et la main de justice, il fut mené en cérémonie jusqu'au trône dominant l'assistance. Les grandes portes furent ouvertes, le peuple entra, les trompettes sonnèrent, des colombes furent lâchées, des salves retentirent à l'extérieur, les cloches sonnèrent à toute volée. Dans l'allégresse générale, des voix sans nombre éclatèrent en vivats portant jusqu'à la voûte l'acclamation de *Vive le roi !* L'archevêque joignit son cri à la foule et entama le *Te Deum.*

Le roi, encore une fois, parut à Nicolas transfiguré, porté par une joie sans mélange. Il émanait de toute sa personne une autorité et une gravité nouvelles. La reine éclata en sanglots. Les larmes gagnèrent Nicolas. Le souvenir de la triste soirée de transfert du corps de Louis XV à Saint-Denis s'éloignait. Le sacre semblait clore le temps du malheur. La monarchie à laquelle il avait voué sa vie continuait. Il apercevait là-bas, au pied du trône, son fils rouge d'orgueil dans sa livrée de la Maison du roi et, plus loin, parmi les ambassadeurs, Naganda hiératique et le regard transporté, dans un long manteau multicolore de plumes et de perles. Soudain une main se posa sur son épaule. Il se retourna. Le visage d'Aimée d'Arranet, en grand habit de cour, se penchait tendrement vers lui en souriant. Le ciel s'éclaircissait et son cœur se libéra. Il lui sembla qu'une nouvelle vie s'ouvrait à lui, il crut soudain à la possibilité du bonheur.

Ivry – Glane – Rome – La Bretesche
Mars 2004 – Mai 2005

NOTES

Chapitre I

1. *Querelle* : le nom et l'affaire sont authentiques.
2. Le français est alors en Europe la langue universelle des honnêtes gens.
3. *Kaunitz* : chancelier de l'Empire autrichien.
4. *Saisir la balle au bond* : expression ancienne qui vient du jeu de paume.
5. *Redoutables de Sans-Souci* : les espions de Frédéric II, roi de Prusse.

Chapitre II

1. *Duc de Rifferda* (1690-1737) : Hollandais au service de l'Espagne. Disgracié en 1726.
2. *Plumache* : terme utilisé à l'époque pour plumage.
3. *Mesdames* : Mesdames tantes, les filles de Louis XV.
4. *Lanterne* : petit cabinet.
5. *Toise* : la toise mesurait six pieds, soit près de deux mètres.

Chapitre III

1. *Phalange* : cf. *Le Crime de l'hôtel Saint-Florentin*, chapitre VIII.
2. *Cligne-musette* : jeu de cache-cache.
3. *Tarare* : interjection commune à l'époque.

4. *Séder* : apaiser.

5. *Piéça* : il y a longtemps.

6. *Fuyez, astre…* : chœur des *Indes galantes* de Rameau.

7. *Huascar, etc.* : personnages des *Indes galantes*.

8. *Donner dans le panneau* : tomber dans un piège.

9. *Magistrato Camerale* : président de la chambre des finances de la Lombardie sous domination autrichienne.

10. Cf. *L'Énigme des Blancs-Manteaux*.

11. *Bourdaloue* : pot de chambre.

12. *Volaille* : l'auteur s'inspire de détails authentiques d'événements survenus près d'Auxonne, en Bourgogne, en 1775.

CHAPITRE IV

1. *Soixante-douze livres* : environ cinquante-quatre euros.

2. *Objets d'art* : la Bibliothèque nationale en conserve encore une partie. Le cabinet d'histoire naturelle de Bertin fait aujourd'hui partie des collections de la reine d'Angleterre.

3. *Informateur habituel* : le lecteur avisé reconnaîtra le maréchal de Richelieu, vieil ami de M. de Noblecourt.

4. *Abbé Galiani* (1728-1787) : littérateur, auteur de dialogues sur le commerce des blés dirigés contre les économistes.

5. *Antiquaire* : à l'époque, connaisseur de l'Antiquité et interprète d'inscriptions.

6. *Rebèquements* : du verbe se rebèquer qui signifie se rebeller contre l'autorité d'un supérieur.

7. Cf. *Le Fantôme de la rue Royale*.

8. *Sasser* : passer au tamis.

9. *Bluteau* : tamis qui sert à séparer la farine du son.

10. *Fourgon* : pièce de fer emmanchée qui sert à disposer le bois pour chauffer le four.

CHAPITRE V

1. *Taffetas blanc* : le nom de taffetas provient du bruit que produisent ces tissus, « taf taf ».

2. *Vrac* : en vrac, se dit à l'époque de la disposition des harengs salés dans leur tonneau.

3. *Pipée* : chasse aux oiseaux avec des gluaux et des pipeaux dans laquelle on imite le chant des oiseaux.

4. *Salée* : ou poivrée, atteinte de la vérole et, dans ce cas, maltraitée.

5. *Hôpital* : où l'on enfermait les femmes de mauvaise vie.

6. *Manger son étrille* : manger son pain blanc. Une étrille était une auberge chère.

7. *Détournées* : équivoques.

8. *Foutinnabuler* : s'amuser à des riens.

9. *Écornifleur* : parasite.

10. *Coiffure à calèche* : à grand capuchon.

11. *Rue Tire-Boudin* : aujourd'hui rue Marie-Stuart dans le IIe arrondissement.

12. Cf. *l'Affaire Nicolas Le Floch*.

13. L'auteur emprunte cette image à Caraccioli (1721-1803).

14. *Un air d'Albinoni* : le lecteur se souviendra que M. de Sartine possède une bibliothèque à perruques musicale.

15. *Alberoni* (1664-1752) : cardinal et Premier ministre de Philippe V d'Espagne.

CHAPITRE VI

1. *Grandig* : montrer de la mauvaise humeur. Provincialisme autrichien dont l'usage par la reine est avéré ; on dirait aujourd'hui *grantig*.

2. *M. de Vaucanson* : cf. *Le Crime de l'hôtel Saint-Florentin*.

3. *Vox populi* : cf. le bel ouvrage de Jean Nicolas, *La Rébellion française*, 2002.

4. *Donner de l'eau* : uriner.

5. *« Le Louvre »* : la dernière enceinte du château fermée de grilles.

6. Texte authentique.

7. *Brelandiers* : terme injurieux ; joueurs professionnels et donc tricheurs.

CHAPITRE VII

1. *Regoulé* : dégoûté.

2. *Se trouver à cul* : démuni, sans ressources.

3. *Trucher* : mendier.

4. *La pousse* : la police.

5. *Le magistrat* : on appelait ainsi le lieutenant général de police.

6. *Gueux revêtus* : parvenus.

7. *Être faufilé avec quelqu'un* : se lier d'amitié.

8. Cf. *L'Énigme des Blancs-Manteaux.*

9. *Parasol* : on appelait ainsi les parapluies qu'on pouvait d'ailleurs louer par temps de pluie.

10. *La bonne dame de Choisy* : Mme de Pompadour.

11. *Femmes mariées* : tout ce qui touchait à l'institution sacrée du mariage relevait d'une gravité particulière.

CHAPITRE VIII

1. *Se rembucher* : se dit du cerf à la chasse quand il rentre dans le bois.

2. *Malandre* : gâté ou pourri.

3. *L'ermite de Ferney* : Voltaire.

4. *Hoir* : héritier.

5. *Aller à la botte* : se dit d'un cheval qui mord.

6. *De Gévigland* : cf. *Le Crime de l'hôtel Saint-Florentin*.

7. *Nasarde* : moquerie méprisante.

8. *Record* : archet du guet.

9. *Prosopopée* : discours d'une véhémence emphatique.

10. *Brandiller* : balancer entre deux attitudes.

CHAPITRE IX

1. *Logera* : ce n'est qu'en 1784 que l'école des pages et leur logement seront installés dans un local des écuries royales.

2. Texte authentique du mot de Louis XVI à Le Noir.

3. *Soulas* : soulagement.

4. *Harmonier* : former une harmonie.

5. *Mirlavaud* : cf. *L'Affaire Nicolas Le Floch*.

6. *Tranchée* : fossé creusé pour approcher une place assiégée.

7. *Forlonger* : pousser le plus loin possible.

8. *Le Prévôt de Beaumont* : le personnage est historique et son aventure aussi. Ce n'est qu'après la prise de Bastille qu'il sera délivré le 5 septembre 1789, après vingt et un ans de détention qu'il relatera dans un ouvrage intitulé *Le Prisonnier d'État*.

9. *Le Prévost* : remplacer Le Prévôt par Josabet (Racine, *Athalie*, III-4).

10. Cf. *L'Homme au ventre de plomb*.

11. *Le fin d'une affaire* : son point décisif et principal.

12. Cf. *L'Affaire Nicolas Le Floch*.

CHAPITRE X

1. *Reluquer* : usage avéré dès 1730, mot picard emprunté au wallon relouki et à l'anglais look.

2. *Affusté* : se dit d'un artisan qui dispose de tous les articles de sa profession.

3. *Veston* : le mot apparaît en 1769.

4. *Halèner et empaumer* · termes de vénerie, sentir le gibier et être sur sa voie.

5. *Isle de France* : l'île Maurice.

6. *Gittani* : tziganes qu'on supposait à l'époque venir d'Égypte.

7. *Bastille* : cf. *L'Énigme des Blancs-Manteaux*.

8. Sur toute cette question, merci à Philippe Jarnoux pour son bel ouvrage, *Survivre au bagne de Brest*, 2003.

9. *Ananas* : cf. *Le Crime de l'hôtel Saint-Florentin*.

10. L'auteur tire cette recette de *L'Ancienne Alsace à table* de Charles Gérard, 1877.

11. *Duc de Beaufort* : François de Bourbon, petit-fils d'Henri IV, le « roi des Halles » durant la Fronde.

12. Cf. *Les Mémoires du Prince de Ligne*.

CHAPITRE XI

1. Cf. *Le Crime de l'hôtel Saint-Florentin*.

2. Comte de Saint-Florentin, duc de La Vrillière : cinquante ans de carrière ministérielle.

3. Textes authentiques de 1775.

4. La remarque est de Voltaire.

5. *Cligne-musette* : colin-maillard.

6. *Pousse-culs* : archers de police.

7. *Cocange* : tricherie au jeu.

8. *Makissin* : mocassin, serpent venimeux du Nord américain.

9. Cf. *Le Fantôme de la rue Royale*.

10. *Brocante* : le mot apparaît à cette époque. Le verbe brocanter existait depuis 1696.

CHAPITRE XII

1. *Silène* : divinité des bois, père de Dionysos.
2. *Améliorée* : type de chicorée amère et rafraîchissante.
3. *Carton découpé* : qu'on n'appelait pas encore puzzle.
4. Cf. ouvrage cité.
5. *Fromaget* : auteur de livrets et de contes orientaux aux multiples rebondissements.
6. Cf. ouvrage cité.

Remerciements

Ma gratitude s'adresse, d'abord et toujours, à Isabelle Tujague qui, avec un soin exceptionnel et prenant sur ses loisirs, a procédé à la mise au point du texte.

À Monique Constant, conservateur général du patrimoine, pour ses encouragements dans cette œuvre de longue haleine.

À Maurice Roisse, infatigable relecteur de mes manuscrits.

À mon éditeur et à ses collaborateurs pour leur amitié, leur fidélité et leur soutien.

TABLE

Claude Izner

Les enquêtes de Victor Legris

Claude Izner sait recréer l'effervescence du Paris de la fin
du XIXᵉ, celui de l'Exposition universelle, du Montmartre
des artistes, des petits théâtres, des rues sombres,
dans la tradition d'un Eugène Sue et de ses *Mystères
de Paris*. Victor Legris, propriétaire d'une librairie rue
des Saints-Pères, se voit chargé de résoudre des cas
mystérieux, touchant ses proches, comme son ami
et associé, le Japonais Kenji Mori. Au fil des différentes
affaires, le libraire de « L'Elzévir » s'improvise détective,
jusqu'à ce que cela devienne une véritable passion !

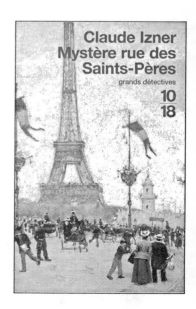

n° 3505 – 7,30 €

Viviane Moore
Les enquêtes de Tancrède

Entre la Normandie et la Sicile, sur terre et sur mer, la destinée
du mystérieux Tancrède épouse celle du «peuple du vent»,
ces farouches guerriers normands venus de la lointaine
Scandinavie. D'aventure en aventure au cœur de l'Europe du
XIIe siècle, le jeune homme va devoir affronter d'innombrables
dangers aux côtés d'Hugues de Tarse, son maître et ami.
Embarqué dans ce périlleux voyage au bout de lui-même,
parviendra-t-il enfin à percer le secret de ses origines ?
Une saga pleine de mystères, magnifiquement restituée
par Viviane Moore.

Cet ouvrage a été réalisé par

BUSSIÈRE

GROUPE CPI

à Saint-Amand-Montrond (Cher)
pour le compte des Éditions 10/18
en décembre 2006

Imprimé en France
Dépôt légal : novembre 2006.
Nouveau tirage : janvier 2007.
N° d'édition : 3895. – N° d'impression : 064497/1.